T0279294

Brujería

Gonzalo Torné

Brujería

EDITORIAL ANAGRAMA
BARCELONA

Ilustración: © Gérard DuBois

Primera edición: octubre 2024

Diseño de la colección: Julio Vivas y Estudio A
© Gonzalo Torné, 2024
© EDITORIAL ANAGRAMA, S. A. U., 2024
Pau Claris, 172
08037 Barcelona

ISBN: 978-84-339-2726-2
Depósito legal: B. 8917-2024

Printed in Spain

Romanyà Valls, S. A.
Verdaguer, 1, 08786 Capellades (Barcelona)

A Judit, fecunda en ardides again

Tú no recuerdas, otro tiempo trastorna tu memoria.

EUGENIO MONTALE

Libro primero

1. ¡VERANO BOMBA!

¿Qué nos retiene en un sitio? ¿Por qué nos quedamos al lado de alguien? A menudo me ha parecido intuir una posible respuesta a estas preguntas, pero enseguida se me ha escurrido entre los dedos... Así que no empezaré divagando, prefiero hablaros del verano en el que conocí a Laura Pons en el mismo pueblecito costero donde de niño pasaba las vacaciones, aunque solo mi madre se instalaba allí durante el verano largo que arranca con el primer sol de mayo y se prolonga hasta que el viento de noviembre impide el baño. El pueblecito está contado enseguida. Queda en esa zona del sur de Europa que los catalanes insistimos en considerar un norte. Lo rodea un semicírculo de montañas cubiertas de pinos con las laderas salpicadas por masías dispersas: a medida que desciende el terreno las viviendas se acumulan hasta formar un tejido urbano alrededor de la plaza, donde el ayuntamiento y la iglesia coinciden en darle la espalda a la doble hilera de casas que se abren al mar como un anfiteatro. A veces la puesta de sol incendia el mar, pero solo los días que las embarcaciones se mecen bajo la luz blanca de junio el conjunto cumple con la promesa de los pueblos de postal.

El caso es que llegué de noche, los faros del coche iluminaban encinas retorcidas y la cinta dura de la carretera. Solo en el último kilómetro el olor a mar se decidió a entrar por la ventanilla.

El caserón familiar seguía igual, una delicia de soledad entre cipreses y la alameda despeinada. ¿Por qué no iba a salir mi madre a recibirme? Me dejé guiar por la costumbre y comprobé que seguía pegada al muro la enredadera que al enrojecerse proyectaba la fantasmagoría de que la casa sangraba.

Al entrar me encontré con un vestíbulo oscuro. Cuando mis ojos se acostumbraron a la luz de la luna reconocí el salón espacioso, de techos altos como las ideas arquitectónicas de otra época: el viejo sofá de tres piezas, las manchas de tabaco que delataban la edad de la alfombra y el biombo chino: los restos de pintura me recordaron a una piel cuarteada, de cocodrilo, algo así.

Le agradecí a mi padre que siguiese en su sitio el cesto de mimbre donde solía dejar su pipa. Me pareció oler restos del incienso que tanto le gustaba a mi madre, y que yo nunca he podido soportar.

Recorrí el pasillo pisando sin fuerza por temor al eco. Llegué hasta la escalera con el pasamanos de mármol; de niño me gustaba subir los escalones de dos en dos, pero sabía demasiado bien lo que me esperaba arriba: el descansillo, la ventana abierta al mar y la habitación donde de noche yo sudaba a la espera de que la campana de la iglesia transformase el insomnio en la hora de desayunar. Me acosté en el sofá sin desvestirme ni deshacer la maleta. Mañana será otro día.

Al despertarme eché un vistazo con ojos diurnos. Aireé y puse orden a mis cosas. Comprobé que los grifos seguían tan viejos que ningún fontanero lograba que dejasen de gotear; y aunque la chimenea me trasladó algo de la vieja confianza, tampoco reuní fuerzas para subir al piso de arriba. Me fui directo al Poblet (así le llamábamos en la familia), dejé atrás calles vacías y establecimientos cerrados y solo cuando llegué a la playa, con el Mediterráneo palpitando al fondo, me alcanzó algo parecido a la familiaridad.

La memoria regresó, pero resultaron ser recuerdos de repertorio: aquel café decorado como una cueva al que se rumoreaba que acudía algún famoso local, el encantamiento de un erotismo sin objetivo y la curiosidad por descubrir la clase de persona que era y cuánto podía exigirle a la vida. Digamos que no me sobrecogieron, pero bastaron para decidirme a pasar el verano en el Poblet.

Después de casi una década fuera de Barcelona había aceptado la propuesta de dirigir el nuevo Museo de Memoria Contemporánea de la ciudad. Os reconozco que pasé el vuelo de Ferrara a El Prat con la mente en blanco, decidido a no dedicarle un pensamiento al museo hasta que no me quedara otro remedio que encerrarme en el despacho. Justo cuando mi maleta asomó por la cinta decidí visitar el Poblet, aunque mi madre no estuviese para preguntarme desde el descansillo de la escalera cómo me había ido el día. No se puede tener todo.

Mientras conducía me asaltó una pregunta desafiante. ¿Qué clase de persona soy? ¿Un tibio? ¿Un cobarde? ¿Le había extraído el jugo a los siete años en Italia? Me fastidia que las respuestas varíen con el humor del día. Llegué a comprarme un cuaderno en la primera estación de servicio, seducido por el fetichismo de la indagación. Pero conocerse lleva mucho trabajo, así que me conformé con la sospecha de que en lo sustancial la vida íntima de las personas es idéntica, que solo varía la espuma de las emociones.

15

Ni museo ni cuaderno, pero no creáis que me dediqué a cultivar la ociosidad. El Poblet me impuso un severo régimen de actividades. ¡Rutinas! El método maravilloso con el que los humanos hemos sido capaces de dominar extensiones intimidantes de soledad. Claro que tampoco encontré la fórmula de buenas a primeras, me sometí a un intenso proceso de ensayo y error. Mi plan era alternar los baños de sal y los desayunos en las «terrazas recién amanecidas». Pero me levantaba tarde y enseguida me entraba hambre (resuelta con una tajada de melón y queso fresco); después ya no me atrevía a desafiar la rabia del sol y me quedaba sin bajar a la playa. Así que convertí la piscina en el centro de mi verano. La vacié, arranqué el festival de vegetación acuática, desinfecté, y cuando volvió a mirarme con la cara limpia (el sol dibuja ahora una temblorosa telaraña de luz al fondo) me pasaba el día nadando. Nadar y nadar y nadar, como si el cloro pudiera anestesiarme. También trabajaba, me temo que sin precisión, en el jardín: renové la tierra, aboné la tomatera y animé la floración del cactus que me compré seducido por la promesa de que no hay planta más agradecida. A mediodía me alimentaba de ensalada y pescado al vapor, y enseguida me rendía a la siesta.

Pasaba la tarde con un libro ligero y después de cumplir con el ritual de bajar la basura me acercaba a la diminuta *trattoria* de Luisló, pedía un plato sencillo (pongamos que unos *tagliatelle a la cacciatora*) y media botella de vino, y mientras las luces del puerto se restregaban sobre la masa blanda del mar agitaba la esfera del tiempo que todos llevamos dentro de la cabeza y os recordaba.

Volvía a casa a una hora razonable, encendía todas las luces de la planta baja para asustar a los fantasmas de los veranos pasados, me preparaba una copa y elegía una película de los ochenta tratando de recordar cómo fue verla cuando teníamos la vida por delante. Y enseguida me hundía en sueños pedregosos. Solo los jueves me regalaba un formato distinto y salía de excursión.

Pero la rutina del cuerpo puede llegar a ser tan agotadora como el examen de la mente, así que decidí incorporarme a la antigua magia de la vida social. Italia me había dejado un regusto ambiguo, una colección de momentos de intensidad variable: gané y perdí cosas, pero tampoco creáis que me marché saturado, pasé sin implicarme ni dañar a nadie. Mis siete años allí orbitan como satélites la masa de un tiempo más vivo: el que compartí con vosotros. ¿Y ahora? A corto plazo, en el Poblet, no me quedaba otra que integrarme en lo que había, y lo que había era el Cogollito de Mayo, una comunidad relativamente nueva.

Os explico. Con la construcción de la autovía, liberados los visitantes de negociar las doce curvas a ras de acantilado que ponían a mi padre de los nervios, las expectativas turísticas se dispararon. La tradicional colonia de veraneantes se fue engrosando con familias de patrimonios en declive, segundos entrenadores del Barça, periodistas orgánicos y cantantes de incidencia local, todos atraídos por la promesa de que el suelo iba a encharcarse de oportunidades de negocio, y por una vivencia anticipada de *glamour*. De todo aquello solo quedan los vestigios de una urbanización que se desparramaba sin orden ni concierto ladera abajo, rematada por la barrera de escombros y ratas que fechas más esperanzadas conocieron como el Hotel Tritón.

De lejos puede parecer una vida ya glosada: levantarse rozando el mediodía, baños de sol, comidas abundantes, siestas prolongadas y tardes dejándose ver por el paseo marítimo. Toda la emoción del día concentrada en la decisión de adónde ir a cenar. De más cerca el ambiente desprende un picante peculiar. Sometidos a la penitencia de rentabilizar la inversión en ladrillo (porque vender, lo que se dice vender, era misión imposible), los miembros del Cogollito comenzaban a aparecer por el Poblet los primeros fines de semana de mayo y permanecían allí hasta bien entrado octubre: le debían su cohesión a un calendario propio que los diferenciaba tanto de los lugareños condenados a pasar ahí el invierno como de las aves de paso que saturaban las playas durante la canícula.

Se entiende que una comunidad como el Cogollito de Mayo (cuya razón de ser consistía en observarse mutuamente y pasar lista, en sentir un leve ahogo cuando alguien se ausentaba y en respirar aliviada al renovarse la lealtad) me recibiese con alegría tras la revelación de que mi madre ya se bañaba en la cala Blanca durante los tiempos heroicos que precedieron a la construcción de la autovía.

El Cogollito ni siquiera había instituido una sede fija, sus miembros se encontraban en restaurantes, yates, chiringuitos y terrazas adaptadas a una copa o al *brunch* (¡qué pena que ya no se usen pelucas en sociedad!). ¿Cómo me presenté? En Lombardía había construido un personaje que ya no trataba de impresionar a nadie ni se entregaba a la improvisación: vuestro histrión dejó paso a un maestro del tacto; pero me relacionaba con personas que, sin ser vosotros, tenían cierta calidad. Para pasar aquel verano de transición decidí interpretar a una figura atenta, respetuosa, de confianza. Me aprendería todos los nombres y no se me olvidaría ni uno, iba a ser impecable. El primero que retuve fue el de Turris, un viejo valor del partido que se pasó veinte años redactando la biografía de nuestro amado líder, un hito de la irrealidad, y que, ya desterrado a provincias, encaraba la redacción de una crónica sentimental

18

sobre la segunda ley de costas. Álvaro diría que era un hombre acabado, pero, al entrar en contacto con mi ojo, ¡cómo ardía su potencial cómico!

También hubierais encontrado memorable (os conozco tan bien) a Ramón de Ramón, nuestro españolazo. Había pasado como responsable de compras o del bar (el asunto no estaba del todo claro) por los consulados de Suecia y Roma (a la que se refería como «la Eterna»), hasta que algún gracioso lo envió cinco años a Kabul. Se había retirado a Cataluña con el propósito de contribuir a la cohesión de su amenazada España. Iba a todas partes con un hatillo de ideas variadas, tan enanas que parecían sacadas de contrabando de Liliput. La terna de intelectuales la completaba el señor Gomà-Galindo, al que no se le conocía obra ni propósito, pero que vivía satisfecho después de haber comprendido a una edad respetable que callando ofrecía su mejor versión.

Apenas intervine dos veces en los debates. La primera para defender un arriesgado plan territorial que ni yo mismo fui capaz de entender, pero que Ramón de Ramón me prometía apoyar si renunciábamos a la manía de convertir la nación en una marranada plurinacional. La segunda para sugerir que una solución a la caída del consumo pasaba por subir los sueldos. Me gané el aplauso de *Chichi* Portusach, uno de esos treintañeros que, alcanzada la cima de su nicho social (cochazo, esposa, parejita, segunda residencia), se abandonan a una alopecia preventiva. Claro que no todo fueron laureles, Turris chasqueó los dedos (os lo juro) para reprocharme mi audacia distributiva; pero no le guardo rencor: es un feroz enemigo de las utopías sociales, entre las que incluye las pensiones, el aborto y el sistema de sanidad público. Gomà-Galindo me dedicó uno de sus silencios más formidables.

Otro aliciente para frecuentar el Cogollito de Mayo era la curiosidad por cruzarme con Sandra, la belleza local que reinaba en ese mundo de competición y miradas cómplices que un cronista a la altura del material no dudaría en titular *Vanidades de antaño*. Pero la Sandra (como la llamaba Bardagí, un fiera que parecía saberlo todo sobre su ídolo) no llegaba. ¿Me aburría? ¡Como una ostra! Pero los días pasaban arrullados por el sortilegio de la irresponsabilidad. Y después de todo, ¿qué me esperaba en Barcelona? La deprimente perspectiva de preocuparme por el museo.

Si retenéis un gramo de lo que solíais ser os interesará saber que he superado «la mitad del camino» sin dolores de cabeza ni artrosis ni temblores ni sensaciones raras. ¿A quién debo agradecérselo? ¿A los genes? ¿Al sol? El corte de cara infantil sostiene una *tofa* de pelo castaño, algo esclarecido en las entradas, pero rabioso y fuerte en los laterales, que insinúa lo que Bodel llamaba «greñas a posteriori». Tampoco ha envejecido mi mirada verde, sigue bien dispuesta a admirar la inteligencia ajena, y confío en que todavía me envuelva el aroma a azufre, el «aura luciferina» que tanto divertía a Clara y horrorizaba a Valeria. ¿Cómo voy a estar seguro si no estáis aquí para confirmarlo?

Pero ya está bien de mí. La Sandra resultó ser una muchacha impecable, pero insípida y atropellada. Por decirlo con palabras de mi madre: no tenía nada. Me reproché con una carcajada haber confiado en la idolatría del malvado Bardagí, pero de todas las supersticiones la más difícil de vencer es la promesa de algo de atractivo.

Cuando el verano parecía estancarse el Cogollito se sacó de la manga una aventurilla. La chica se llamaba Alba, una de esas personas que al cumplir los cincuenta (tendría unos pocos más) deciden descubrir lo poco que les aprovecha una vida «como Dios manda». Resultó que Alba había tenido una *liaison* de verano y el marido no se decidía ni a perdonarla ni a abandonarla. Doce meses de crisis y desconfianza, de celos, remordimientos, reproches e insomnio. Los maridos son una figura graciosísima. El Cogollito mantenía a Alba a distancia sin marginarla, un cálculo defensivo (todo lo miserable que queráis) orientado a preservar la cohesión de la comunidad. ¿A quién beneficiaba juzgarla antes de que se pronunciase su marido? Alba ni siquiera podía alegar que la había sorprendido el lado peligroso del amor: sabía a lo que se exponía y sabía a lo que renunciaba al rendirse y confesar. ¿Qué esperaba? Se necesita mucho amor o mucha indiferencia para pasar por alto una infidelidad indiscreta.

Ya sabéis cómo soy: Alba y yo enseguida encontramos el momento de vernos a solas. Me pidió que le hablase del «gran mundo», que ella asociaba a Francia; pero aceptó encantada que le contase mis aventuras por Ferrara y Mantua. Solo existen tres o cuatro cosas más cautivadoras que una mujer que se libera de la presión de sus seres queridos con un festival de chismorreo indoloro. Ella me llamaba *piccolo* Duque y yo a ella *principessa* Rosenbloom; se nos llenaba la boca de palabras melosas y no podíamos con la tontería que llevábamos encima. Me gustaban muchísimo sus ojos corrientes y cómo el juego entre los labios y la nariz se las arreglaba para transmitir energía y ligereza. No la tenté con nada que no alimentase ya en su cabeza. Estaba deseosa de entrar en otras vidas y despeinarse, ¡qué alegría cuando una persona se reincorpora al juego de la ilusión! Alba, Alba. Qué bien adaptado su cuerpecito al capricho del momento.

A mediados de julio el marido decidió que se reuniesen en Barcelona. Y ella acudió. Era imposible calcular lo mucho que les favorecería el divorcio. ¿Por qué se quedan quietas tantas mujeres cuando el amor se ha consumido? ¿Una sumisión excesiva al dios de la lealtad? ¿Les repele reconocer el fracaso de un tiempo mal invertido? Quizás se trataba solo de dinero. Me dio pereza averiguarlo. El Cogollito me daba cada vez más pereza y empecé a ausentarme tres de cada cuatro convocatorias. No habría llegado a primeros de agosto si no hubieran aparecido los Pons para sembrar el asombro, la alarma y el desconcierto. ¿No convirtió el enigma de la doble señora Pons a los recién llegados en la sensación del verano? Aparecieron en el Poblet uno de esos días perdidos entre la semana donde la promesa de una brisa tibia parece suficiente para alejarse de la maza de calor que aplasta Barcelona. Los testigos coinciden en que el Audi frenó frente a la casita d'en Monroy levantando una oleada de polvo dorado. Desembarcaron en silencio, tres adultos y tres niños que enseguida se perdieron en el jardín con la única compañía de un perro *petaner* harto de perseguir su propio rabo. Uno de los testigos (el otro se durmió enseguida) asegura que la luz del piso superior se quedó encendida toda la noche.

La casita no tenía desperdicio: una villa pintada de amarillo bilis, adosada a un torreón acabado en bulbo. Claro que el jardín era imponente, y la situación era privilegiada: quedaba a diez minutos paseando a pie del centro y a tiro de piedra de la pequeña cala que era la favorita de mi madre.

El Cogollito sospechaba que los Pons pretendían veranear de espaldas al pueblo, pero dos días después el matrimonio se dejaba ver en la pescadería y en los chiringuitos que la incombustible señora Perol llamaba «kioscos de mar» mientras los niños correteaban por la arena: el mayor aparecía por todas partes seguido como una sombra por las disculpas de la joven mamá Pons, mientras que los gemelos desplegaban la ternura natural de las personas dobles. Los intercambios de tanteo con el señor Pons bastaron para reconocer un trato abierto, de los que van de cara, sin dobleces. Gustó.

Si el Cogollito de Mayo se mantuvo alerta y retrasó la invitación a una paella o a una excursión en velero no fue tanto por el señor Pons (encontraron ideal que se llamase Julio) sino por las desorientadoras versiones que llegaban de su media naranja. Claro que la presencia de una mamá joven con tres hijos como testimonios de una saludable sexualidad tuvo que suscitar, en una comunidad de matrimonios maduros que ni recordaban cuándo dejaron atrás las efervescencias del *amor fou*, ese dejarse llevar por las ensoñaciones románticas que vuelven más tiernos los ladridos de los perros. Pero el escándalo era más inquietante, ¿cómo iba a ser esa chica flaca y morena, a la que veíamos corretear de la mano de los gemelos y abrazar a su marido con tanta espontaneidad de otro mundo, la misma muchacha alta de rostro triste (¡y pecoso!) cuya melena roja había causado sensación entre los parroquianos de Queviures Beñat cuando Julio la presentó como la madre de sus hijos?

Enseguida se descartó por aparatosa la trama (sugerida por Turris) de que se trataba de una confusión: de señora Pons solo podía haber una. El aburrimiento veraniego solo admitía una solución, que tenía la desventaja de ser intolerable. Un cogollito como el de mayo podía admitir extravagancias conyugales, pero no estaba dispuesto a exhibir la bigamia de Julio Pons delante de sus hijos adolescentes ni de los nietos a su cargo. Cuando se decidió no invitarlos a la copa anual que Antoni Pere Antoni (un mallorquín de

23

secano) ofrecía en el yate que retenía sin terminar de pagar, la crisis ya se dio por oficial.

El miércoles me mareé sin remedio en el diminuto yate y como no me apetecía nada llegar al caserón y enfrentarme con el desafío de la escalera me senté en el mirador. El Poblet se veía de un blanco tan fantasmal que de no ser por el cerco rosado de las montañas se hubiese dispersado como gas. Había subido tantas veces aquí con mi padre... Sentí un tirón de pertenencia y me dio pena que los Pons pasasen su verano en el Poblet sin conocer las cuevas, la cañada ni la vieja carrasca. ¿Y si lo de la bigamia era una majadería? En mi calidad de vecino más antiguo del Cogollito me prometí resolver el asunto. Esta vez la solución iba a ser yo. ¿Podéis creerlo?

Entré en el caserón sin dedicarle una mirada a la enredadera, que empezaba a ensangrentar la fachada. Me serví una copa de albariño y cuando todavía me quedaba media botella empecé a confundir memoria e imaginación y os juro que os vi: Valeria cuchichea con su vestido aguamarina y después me mira como si pudiese alimentarse de mí; Clara sonríe mientras en su cabeza improvisa respuestas irónicas a nuestras frases; ese cráneo pelado solo puede ser el de Bodel, que trata de retener media hora más a nuestro Álvaro, sonriente entre el humo dorado del tabaco. Amanda cruza el escenario emitiendo la energía implacable de la bondad. Estamos rodeados de vasos vacíos, testimonio de un tiempo convertido en alegría, una fiesta que solo puede pertenecer a la Barcelona de entonces, cuando las horas eran nuestras esclavas. ¿Y no es insomnio lo que prometía la noche? Pero me dormí, vamos si me dormí.

La resaca suprimió el jueves, y el viernes me desperté resuelto a visitar a los Pons. Gasté el día entre la piscina y los cactus. Antes de la cena me decidí. Me vestí de manera informal, aunque la fina tajada de luna árabe invitaba a que me decidiese de una vez a estrenar el turbante que me regaló Clara.

Al llegar a la casita encontré la puerta abierta y enseguida vi una figura femenina, de rodillas, rodeada de la actividad de los gemelos. Y aunque avancé canturreando la chica se sobresaltó, dejó ir un maullido y soltó a uno de los gemelos para estrechar mejor al otro. De su boca salieron las dos palabras más familiares de mi mundo.

–Diego Duocastella. Hola, yo soy Berta.

Estrujé la memoria buscando un recuerdo donde encajase esa chica flaca y sin gracia, demasiado joven para haberla conocido en Londres (a menos que fuese un testigo tangencial, una prima o una hermana menor) y de la que me acordaría si la hubiera conocido en Ferrara o en Mantua, por mucho que se olviden los amores cuando dejan de interesarnos. El crío se le escapó de los brazos y Berta siguió su huida con la mirada inquieta de quien se expone a un castigo.

–Diego, con Diego basta. Encantado, Berta, he venido por...

–¡Diego! ¡Hemos oído hablar mucho de ti!

La voz de Julio Pons sonó firme y grave, se podía escuchar el raspado de la respiración. Me sentí demasiado vestido al lado de su camisa floreada, las bermudas anchas y sus pies descalzos. Pequeño, compacto, anchísimo de hombros: qué firmemente parecía clavado en el suelo. Berta se le acercó como si buscase protección. ¿De mí? ¿Sabéis cuánto hace que no le hago daño a nadie? El color del cielo se había desplomado.

–Pero pasa, pasa, esta es capaz de no haberte invitado a entrar.

La casa parecía demasiado iluminada, el ambientador sintético había fracasado en emular el aroma de la bergamota. Aunque el ramo de espigas secas que presidía el salón delataba una mano sensible.

–Bueno, esta es Berta y yo soy Julio, los dos somos Pons, ¿quieres tomar algo?

Me invitaron a sentarme y acepté la copa de vino, que Julio presentó como un «prodigioso rosado navarro». No me costó reconocer en sus miradas y palabras la compenetración de dos que comparten cama, televisor, esperanzas y complicaciones económicas.

No recuerdo una palabra de lo que hablamos, pero os aseguro que Julio se bastaba para sostener la conversación, incluso interrumpido por los frecuentes abrazos de sus tres hijos. Berta apenas soltaba una risita para recordarnos que respiraba. Movía los dedos como instintos vivos, una esposa ideal para manejarla como un amuleto, eclipsada por la vitalidad de su marido. Rechacé su invitación a cenar, ¿qué iba a formar con estas personas?

–Podemos invitarte mañana o devolverte la visita o bajar al pueblo con la familia al completo. ¡Eso sí sería una sensación! Lo que quieras, Diego, estamos a lo que digas.

Me levanté de un salto para evitar que me saliese de la boca un compromiso del que me iba a arrepentir el resto del verano. Enseguida me dio apuro que con todo aquel vigor los Pons pensasen que estaba impaciente por largarme. Así que pregunté por el baño, añadí «para lavarme las manos», y escuché la risa de Bodel rogándome que me dejase de disimulos: todos sabían que los Duocastella también hacían pipí, incluso caca. Seguí las indicaciones de Julio y terminé en un pasillo que de día estaría tan inundado de sol que a nadie se le había ocurrido instalar un interruptor. ¿Qué puerta sería la del baño? Abrí

una al azar y la mirada se me fue a una lámpara craque-
lada que mi madre no habría titubeado en calificar de
demencial.

El primer indicio de la presencia de otra persona fue
un intenso olor a carne y a cabello humanos. Después vino
la impresión palpitante que desprendía la melena roja, parecía independiente del cuerpo que trataba de liberarse de
la sábana, algo que surgía del fondo del pasado. Metida en
unos pantalones cortos que tanto servían para descansar
como para salir a correr, iba más vestida que cualquiera de
las mujeres que veía a diario en la playa, pero me sentí in-
discreto al descubrir unas estrías abiertas como reflejos de
aceite en la piel mate y rosada, tensadas por el esfuerzo de retener la abundancia de la carne. Aunque la mujer pertenecía a la casa (no estaba preparado para una trama de secuestro), miraba a su alrededor con el lento embobamiento de
quien acaba de salir de un sueño demasiado profundo. Lamenté haberme perdido por tan poco la delicia de verla
despertar. Le agradecí que su reacción al verme no fuera
ponerse a dar gritos.

–Por fin se despierta nuestra bella durmiente.

Berta entró tan deprisa que no pude verle la expresión, se lanzó decidida sobre la mujer acostada, le arregló
la almohada y le dio un beso en la frente mientras volvía a
cubrirla con la sábana.

–Esta es Laura, la mami de los tres locos de abajo.

Al oír su nombre Laura levantó la cara hacia mí. Me
sonrió entre el despliegue rojizo de pecas, pero el hijo mayor impidió que nos saludáramos, se arrojó contra su
cuerpo y por un momento pensé que la cama no resistiría
el peso de sus abrazos. Berta me presentó y Laura volvió a
mirarme enrojecida por el pudor, como si la semidesnu-
dez del cuerpo no la avergonzase tanto como exponer su

27

maternidad. Pero ¿cómo iba a verla sino como una madre? La voz de Julio me arrastró al exterior.

–Así que mañana qué, ¿te vienes a cenar a casa o vamos a gorronear a la tuya? Prometo que no hay más niños que estos tres ni más señoras Pons. Con una mujer y una hermana tengo más que suficiente, suerte que solo sé fabricar chicos.

Me escuché diciendo que en cualquier sitio estaríamos mejor que en mi casa, ni siquiera tenía aire acondicionado, pero les prometí que si bajábamos juntos al pueblo les enseñaría un par de sitios. Cruzamos el salón y desde el jardín la casita me pareció una chuchería que podía guardarme en el bolsillo.

Y así fue como el Cogollito de Mayo empezó a tratarse con los Pons. De cerca Julio se reveló exactamente como les había parecido a distancia: amable y desenvuelto, gesticulador, con la mirada astuta y una energía bajo los estampados de sus camisas de fantasía (cítricos, guepardos, sistemas solares) que parecía correr al doble de revoluciones que la del resto de veraneantes. En contraste con la serie de risitas, bostezos y toses con las que solían resolverse las conversaciones del Cogollito, Julio ofrecía un tono guasón y estimulante. A los tres días ya se arrancaba a hablar del tiempo, las marcas de coches y los negocios de la política local. Caminaba con un optimismo casi despótico y reía como una explosión de fuegos artificiales. Berta respondía a los elogios sobre sus sobrinos con orgullo. Escuchaban, eran amables: causaron sensación.

–Así que habéis confundido a mi hermana con mi mujer... Las risas de Laura cuando baje a la playa van a ensordecer el campanario.

Pero el Cogollito de Mayo no llegó a enterarse de cómo sonaba la risa de Laura, no nos acompañó ni un día de esa semana ni de la siguiente. A menudo me intrigaba su ausencia, pero como ni a Berta ni a los niños se les escapaba una palabra no quise indagar. Las enfermedades de verano son un fastidio. Tampoco volví a pisar su casa ni hice la menor insinuación para que se acercasen al caserón, aunque me incorporé a la corte de los Pons como una figura a medio camino entre el pariente hechicero y un paje conseguidor.

Les gustaba despertarse tarde, los restaurantes pringados de olor a mar y la música callejera. Después de comer se pasaban horas y horas en la playa. Una tarde que declinó el sol chorreante, me sumé al baño con una preciosa bermuda azul *flax flower* a la que no prestaron la menor atención. Berta en bikini, observada a la distancia del anatomista, era una chica huesuda, terminada en unos pies de una gracia sin propósito que dejaban huellas de pajarito sobre la arena ardiente. El verdadero espectáculo lo daban Julio y sus hijos. Julio se pasaba las horas en el agua, nadando en un crol alborotado o dando unas brazadas de mariposa imponentes, ahogando o dejándose ahogar por sus gemelos, riendo, gritando, cantando. El mayor salía del agua como una explosión de luz. Era casi intimidante cómo se tocaban.

Después de ducharse y vestirse nos reuníamos en el paseo marítimo. A los Pons les chiflaba perder horas en las tiendas donde se exponían botes de perfume, relojes de buceo, hilos de pescar, cañas, timones de madera y un zoológico de salvavidas hinchables. Me divertía ver juntos a los Pons: la hermana átona y el hermano que ha rebañado toda la energía vital, la naturaleza se divierte con estos repartos. A veces me dejaban a cargo de los críos, se tomaban mi inexperta vigilancia con una calma admirable. ¿Qué impresión daríamos de lejos? ¿Quién sería el hombre alto en medio de la agitación familiar? ¿El tío Massimo? ¿El segundo señor Pons? Terminadas las compras nos tomábamos una copa y conversábamos en ese tono superficial y blando que pertenece al verano y no es posible trasladar a otra estación. Julio mezclaba informes sobre sus dominios (mujer, hijos, hermana devota) con apuntes impresionistas sobre sus negocios. Administraba sus dardos contra el Cogollito, apenas preguntaba por mí: nos entendíamos. No lo busqué, pero al final nos veíamos a diario, qué divertidas son las personas nuevas.

Y ahora os reiréis, pero no supe anticipar el rebote del Cogollito de Mayo. Podían admitir que un soltero como yo se mantuviese distante, pero se tomaron la lejanía de los Pons como un intolerable desprecio. Respondieron al estilo de los animales heridos: dejaron de saludar a los Pons, y se rumoreaba que en la Peixateria Luque la hija de Gomà-Galindo le soltó una impertinencia a Berta.

Julio no acusó el golpe. Aprovechó el cordón de antipatía para acapararme sin complejos, incluso reanimó el plan de invitarse a mi casa. Me hacía gracia y me preocupaba. ¿Con quién descargaría Julio sus necesidades de expansión social cuando yo me fuese? Ya me parecía asombroso seguir allí a principios de agosto. ¿Qué nos retiene en un sitio? Las respuestas me dieron tanta pereza que dejé morir la pregunta mientras el cielo se apagaba sobre la piscina de mis amores.

El asunto se enconó cuando empezaron a volar rumores de que me entendía con la esposa convaleciente. La acusación no tenía pies ni cabeza, pero yo no tenía ni idea de las vulnerabilidades y complejos que podía ocultar aquel matrimonio bajo su aparente placidez. ¿No son las parejas humanas minas de emoción? Lo encaré de manera directa y se lo solté a Julio mientras Berta correteaba detrás de sus sobrinos. Os confieso que su carcajada me violentó.

–Pues habrá que dejarse ver. Elige el mejor restaurante y allí iremos, tú, yo y las dos Pons. Pero no creas que te has librado de invitarnos a tu casa. Soy como uno de esos perros que cuando cierran la mandíbula no pueden volver a abrirla. No tienes ni idea de con quién te juntas este verano.

Julio insistió en que nos citáramos a segunda hora de la tarde, cuando el ánimo de Laura (nunca se refería a su salud) repuntaba. A cambio pude disuadirle de ir al restaurante más caro y reservar en el Cranc Vermell, donde no nos quedaría otro remedio que soportar la corbata color papagayo de Marcelino, vinos apócrifos y una noción expandida de producto local que incluía el salmón y las nécoras, pero cuya situación en pleno paseo era ideal para «dejarnos ver». Además, cuando el calor se retira, suavizando la luz cambiante sobre el mar, el escenario roza lo prodigioso.

La cita caía en jueves. Me levanté de madrugada para no perderme la excursión, pero fracasé en el intento de alcanzar Les Coves. Al llegar al caserón el sol seguía rabioso, me desnudé y me tiré a la piscina. Aliviado por la frescura y la presión blanda del agua, perdí la noción del tiempo, y cuando saqué la cabeza me pareció que los tréboles se agitaban maliciosos, como insinuando un secreto. No le di importancia a la mancha roja como pulpa de ciruela, desparramada sobre la hierba: sería una mota de sol que me había entrado en la retina. Volví a sumergirme, pero un pulso de inquietud me impidió perder otra vez la noción del tiempo. Apoyé los codos en el extremo de la piscina, la luz del sol ardía en los cristales altos como un acceso modesto a otro mundo. La calma era casi insidiosa, hice visera con la mano, y durante medio minuto vi con claridad una silueta asomada en la ventana que da al descansillo de la escalera; era una figura femenina, presumiendo de su pelo rojo. En los nervios de la mano sentí el anhelo de que mi padre estuviese cerca para afrontarlo juntos. ¿No nos prometieron al traernos a este planeta enigmático que estarían a nuestro lado, que cuidarían de nosotros? Cerré los ojos y sentí que salía de la piscina con un gesto decididamente adulto, que pisaba el césped como cuando de jóvenes soñábamos que volvíamos a ser jóvenes, pero lo cierto es que me quedé en el agua recorrido por la viscosa impresión de no llegar a tiempo, de decepcionar de nuevo. Y así seguí hasta que una nube frágil aligeró la presión solar y la casa recuperó su aspecto correcto: una carcasa de la que era el único inquilino.

Me di una ducha larga, me afeité, dejé volar la imaginación jugando a vestir muñecas: Berta llevaría un vestido de lamé corte imperio color verde quetzal, el único vestido que podía salvarla; Laura se acercaría con un palabra de honor color aguamarina y una falda cortada al bies. Después me incorporé y me decidí por una camisa de seda púrpura que iba a resaltar como una mancha de vino entre el previsible dominio de blancos y azules. Después de todo el rojo sigue siendo mi color, y me apetecía la cena, qué queréis que os diga.

Llegué media hora antes. Muros encalados, ristras de ajos y una rueda de carro; el aire era suavísimo. Rectifiqué la mesa que nos había reservado Marcelino: me apetecía cenar de espaldas al resto de clientes mientras el atardecer transformaba el mar en una suave masa de plata.

Los Pons se retrasaban. Una cuadrilla de adolescentes dudaban si alejarse o acercarse a la playa como gomas de emoción, qué poco me atrae la electricidad de la juventud. A veces me gustaría hundir las manos en un charco de recuerdos personalísimos, pero solo arrastro una memoria convencional dominada por las limitaciones infantiles. De lejos vi avanzar a los Pons por el paseo marítimo: sin la agitación de los hijos, parecían más sueltos. Julio venía a la altura de su leyenda: camiseta multicolor, americana crema y pantalones blancos, como recién llegado de la plantación. Berta constataba que ni dos semanas de bronceado y un precioso vestido de *chiffon crème* podían hacer demasiado por aquel aspecto de fruta que languidecía antes de madurar. Quizás empezaba a tener a los Pons demasiado vistos: por suerte Laura irrumpió como un vendaval de frescura. Había elegido un vestido cacao de un corte perezoso, pero venía maquillada, y contaba con la ventaja de su pelo rojo y vivo. Se sentó echando el cuerpo hacia atrás, como invitándome a que no pasase por alto el fabuloso enredo de cintas con el que se resolvía su calzado.

Aunque Julio repitió tres veces (en diez minutos) que la cena la pagaba él, no dejaba de ser el territorio de mi madre, así que me tomé como una responsabilidad orientarles en las trampas de la carta: Marcelino confundía la albacora con el atún y la carbonara con un revuelto de crema de leche. Tras indagar sobre las expectativas, limitaciones e intolerancias de sus paladares, me decanté por una crema templada para mover el apetito, ostras, vino blanco y una dorada salvaje que era la gloria secreta de Marcelino.

Os confieso que me preocupaba un poco cómo íbamos a llenar tres horas de conversación sin el apoyo de los baños, los críos y el chiflado instinto de compra de los Pons. Trabajos de preocupación perdida: la vida se las arregla para sonar agradable cuando se cena a dos pasos del mar con una madre restablecida y una chica con la treintena por delante. Entre las masas de información periodística que bombeaba Julio, me las arreglé para alternar malicias y galanterías. Berta participaba con su mirada rapaz, algo entre el hurón y la comadreja, relamiendo sus risitas. ¿Qué diablos hacía comportándose como la criada de un matrimonio con hijos?

Me pareció que Laura me miraba con una suave condescendencia, como si su condición de casada y madre de tres fuese superior a la de un soltero sin hijos. Una preeminencia natural, como la belleza o la salud. Pero apenas me resistió la mirada: se puso a tocar con ternura la mano de su cuñada, una pequeña sociedad de confianza y afecto; todavía serían capaces de alcanzar con el piececito las ilusiones adolescentes.

Mientras Julio hablaba decidí disfrutar de los reflejos de oro de las copas y de la temperatura del aire en la mejor de las disposiciones: rendido a ese mundo flotante del verano sin fuerza para arraigar en los meses responsables. Era preciso saber que no iba a enterarme de si Laura se recuperaba, si Julio seguiría delegando a sus hijos en Berta o si repetirían otro verano en el Poblet. El viento de septiembre iba a llevarse este teatro efímero, apenas recordaría los destellos del collar que rodeaba el precioso cuello de Laura.

–Todo esto del mar y la sal está muy bien, pero qué tal se hacen negocios aquí, Diego. Tiene fama de venir lo que en castellano llamamos el meollo.

Sentí que a mi alrededor cuajaba un silencio expectante. El labio de Berta temblaba como un indicio de que la conversación había avanzado de manera sinuosa hacia una pregunta preparada. Crucé las piernas y resistí el viejo impulso de encender un cigarrillo. Me habían empujado justo al sitio donde me desenvuelvo mejor: el histrión que llevo dentro se agitaba loco por salir al aire libre, no os cuento nada que no sepáis.

–Poco se ha hablado de la *droite divine*, pero sería un relato crepuscular. Quedan nombres, pero ninguna gran casa. ¿Fortunas? Todo arruinado por el cálculo, el negocio cortoplacista y las bodas entre la paguita y la comisión. Residuos de la burguesía que se vendió la industria moderna (confección, aceite y cosmética) a cambio de convertir el país en un escaparate costero. Playas, sol, alcohol barato y un sarpullido de chiringuitos montados en serie. ¿Negocios? No, por favor, se requiere cierta violencia depredadora para emprender algo, y los parroquianos del Poblet apenas conservan fuerzas para sostener una misericordia mutua. Es un sitio espantoso para invertir o impulsar un negocio. Quítatelo de la cabeza. El único patrimonio de esta zona es que permite observar en su hábitat natural (puedes saludarlos, besarlos, invitarlos a pipas) a la inmensa familia de los idiotas que medran. Una perspectiva de rentistas tímidos que se extiende hasta donde alcanza la vista. No creáis que los acuso de hipocresía: vienen aquí de Reus, de Valls, de Alcarràs o del Fragolí y obtienen exactamente lo que buscaban de la experiencia mediterránea: sus suvenires, su paella, sus pies de atleta, su ración de aburrimiento y un buen cargamento fotográfico. Son personas como Dios manda, viven como se ofrecen. Fijaos en el señor Gomà-Galindo: está metido hasta el cuello en ser como Dios manda, no perdona ni una, a mí me encanta cuando se queda bajo el sol a la hora cancerígena, inmóvil como una culata de ternera sobre el mostrador de la carnicería. Es su mejor momento, casi logra convencernos de que ha vaciado el hueco del alma, pero la tiene,

¡vamos si la tiene! Se necesita muchísima perseverancia para desprenderse de un alma, el diablo solo compra lo mejor. Por lo demás un alma es un alma y si no descubre necesidades se las inventa: a veces los restos de sensibilidad se revuelven y protagonizan erupciones solitarias como la de Portusach dándose alivio íntimo en cala Blanca. Pero por lo general todo lo posponen, todo lo retienen, un formidable estreñimiento sensual a juego con sus negocios estrangulados por la prudencia. ¡Mirad! Por allí pasa el Turris, no me digáis que no apetece acercarse y chillarle: «¡Qué mal le sienta la vida, señor Turris, qué mal, qué horror!». Pero quiénes somos nosotros para juzgar a nadie. Los conozco a todos, los conozco bien, me educaron así. Supongo que hay destinos peores. Pero ¿negocios? ¿Aquí? No, por favor, no.

–Pero ¿no vive por aquí el pequeño de los Masclans? Ese debe tocar pela.

Sostuve diez largos segundos la copa en el aire antes de dar el último sorbo. Julio me miraba como un tendero a la espera del pedido del año. Laura seguía algo ajena, deliciosamente ruborizada por el vino. Berta respiraba tensa, una tachadura en el extremo de mi campo de visión.

–*Parole, parole, parole.* Los Masclans del lago Ness. Aves de paso. Y tampoco te recomiendo que hagas negocios con la gente del partido. El caciquismo es la única institución infalible del Estado, pero solo funciona a su favor.

–¿Y Dídac de Castellar? ¿No tiene mando en el pueblo? Dicen que su familia es tan antigua como la costa y que veranean por aquí. ¿No podrías presentármelo, Diego?

Aproveché la entrada de la dorada para sentarme correctamente y pedir otra botella de riesling. Sentí como me recorría la lengua una electricidad que llevaba años reteniendo. Claro que los Pons no eran más que el entretenimiento de un inocente verano de transición.

–Sí, claro que podría. Aunque te advierto que hay bastante de leyenda alrededor de los Castellar. ¿Qué queda de todas esas tierras después de desamortizaciones, guerras civiles y la miseria de cuarenta años de política provinciana? Te lo diré: dos pisos en el Eixample, una casa aquí y otra en el interior que vista desde la carretera se confunde con una ermita. Apellidos antiguos, miserias largas. Viven de rascar la olla. La decadencia de una casa grande sin haber conocido la locura de las grandes casas.

–¿Estás seguro?

Respondí como si tras el seto se agazapara Bodel, dispuesto a darme la réplica.

–Dídac de Castellar es la persona que mejor conozco, con la que he compartido escotilla desde que nací.

Berta habló como si su voz atravesase una corriente de agua fría.

–Es él, ¿no te das cuenta, Julio? Diego es Dídac.

Me separé de la dorada (que sabía a baño turco), volví a cruzar las piernas y esta vez sí que encendí en la mente un cigarrillo que me supo largo y picante. Julio estalló en una carcajada de triunfo, encantado de disfrutar de una amistad valiosa en un tablero que codiciaba.

–En la universidad me rebautizaron como Diego Duocastella, y me parece justo responder al nombre que eligieron los amigos a cuyo lado me he sentido más vivo. Supongo que sigo siendo el responsable legal de Dídac de Castellar, pero ya no ejerzo.

Pronuncié las últimas dos frases en el tono que Álvaro calificaba de «repelencia magnética». Hubo risas y un aplauso. Esperaba que Julio reiniciase el ataque para invitarse al caserón, pero la charla se perdió en una blanda corriente de tontería que nos dejó a las puertas del postre. Julio se pidió un pijama; después de un largo debate, Laura y Berta decidieron no compartir el requesón a la crema, y yo picoteé cuatro pasas y dos almendras a la espera de la copa que daba por segura, pero a la que Laura renunció alegando cansancio. Los hermanos Pons se sumaron a la huida sin buscar otras excusas, con la rutinaria promesa de vernos al día siguiente. Los vi alejarse bajo el polvo de oro que caía de las farolas con la molesta sensación de que la escena podía convertirse en el recuerdo emblemático de aquel verano.

Pedí la copa, pero no me apetecía beber a solas. Me levanté y, con las manos en los bolsillos, dejé atrás el paseo marítimo. La luna se veía baja y despistada, recién ascendida del fondo de la tierra. Recorrí las calles vacías como arrastrando la mirada por un texto que me sabía de memoria. Por el camino vi acercarse un chucho de siete sangres, iba con el rabo gacho y la cabeza ladeada. Me gustó su pelaje turbio y la discreción con la que mantenía la distancia para no molestarme. Me acerqué despacio, y sin hacer caso a sus gemidos le acaricié el lomo hasta que conseguí que me ofreciese el cuello y sus ojos de gelatina amarilla. Estuvimos un buen rato así, en la delicada compañía entre especies donde ignoramos todo sobre lo que el otro ignora. No encontré el valor para llevarme la perra a casa, pero le deseé lo mejor, y le puse un nombre donde cobijar el rato que habíamos pasado juntos: Bernarda.

Encontré abierta la puerta del caserón, a estas alturas me resultaba más cómodo convencerme de que me había olvidado de cerrar. Si los Pons hubiesen dado con las preguntas correctas les habría contado que los Castellar permitían que la casa se deteriorase un poco por su leyenda de atraer la mala suerte y bastante más porque estaban hartos del Poblet, hasta que llegó mi madre con su peinado rojo a lo *garçon* y un presentimiento de minifalda y se enamoró de su mar frío. Qué gracia que le viese el encanto a este paisaje, moldeado por siglos de resentimiento y miseria. Pero así eras tú, mamá, y qué guapa se te ve en esa foto, con la pamela de verano, deliciosamente excesiva. ¿En qué pensabas cuando te metías en el mar de la cala Negra dejando atrás a tus hijos mientras los pescadores asaban sardinas? ¿Qué te atraía tanto para ocupar la casa a solas y qué te retenía cuando septiembre nos devolvía al colegio? Se nos escapa tanto de nuestras personas favoritas, a veces apenas vemos una luz encendida detrás de la puerta entreabierta y dejamos que se apague. No voy a culparte de lo que pusiste en marcha en mi vida al venir aquí. El futuro queda siempre demasiado lejos de nuestras decisiones.

Me serví una ginebra y encendí todas las luces, me iluminaron como un aplauso. ¿Por qué he regresado? ¿Solo porque deduzco sin pruebas que mi madre fue feliz en este caserón? Espero no ser el fantasma de mi propia historia. Me dormí satisfecho porque al menos las constelaciones iban a encenderse en el orden acordado.

Abrí los ojos con una arenilla de resaca en el paladar, no eran las nueve y el sol ya se había instalado en su trono tiránico. Tuve un pensamiento para Bernarda, la vi serpentear por el camino blanco hacia sus alegrías caninas. Preparé el café con un malestar difuso que se concretó en la ducha cuando repasé mi discursito de la noche, borracho de frivolidad. Sentí una cuchillada de vergüenza. ¿No podían sospechar los Pons que los incluía en mi sátira? ¿Y si se reconocían así por primera vez? ¿No había prometido sujetar la lengua? ¿No se lo debía a Valeria? Cerré los ojos y me dejé atravesar por un arrepentimiento largo como esos trenes oscuros de mercancías que no terminan de pasar. Me tiré a la piscina y a la media hora recuperé una temperatura moral serena. Claro que los Pons no me convencían, pero eran amables y se interesaban por mí. Salí del agua decidido a invitarlos a una excursión, adaptada a sus intereses. Les mandé un mensaje. Aceptaron en menos de cinco minutos. Exclamaciones y dos emoticonos: un corazón y media sandía.

Pasé el resto de la semana como un buen Castellar, respondí a los sentidos correos de mi padre con ideas improvisadas sobre el museo. Preparé *gnocchi a la sorrentina*, me perdí en las memorias de Carlos Barral y no toqué la bebida. El día de autos llegué un rato antes por darme el gusto de volver a ver las tres siluetas Pons recorriendo el paseo, pero lo único que se acercó bajo las hojas que empezaban a amarillear fue el vuelo del vestido de Berta; me conmovía que el color de su piel no destacase ni bajo aquel estampado color semilla seca.

–A mi hermano le ha salido una cosa, y Laura ha preferido quedarse de niñera. Vamos solos, bueno, si quieres. Si no me voy a casa, y ya estaría.

Le respondí con una sonrisa antes de levantarme para besarla y respirar el aroma ácido que desprendía por el cuello. Estaba tan nerviosa que se escuchaba el trabajo del corazón bajo las costillas. Ni se me pasó por la cabeza la descortesía de devolverla a casa con aquel aspecto de tarta de bodas abandonada bajo la lluvia. Berta sería algo pavisosa, pero era mucho más que un complemento, unas sobras o un taburete. Pagué mi agua mineral y saludé con una complicidad contenida a la señora De Ramón, que nos espiaba con el mismo apuro que si se le hubiese escapado un pedete en el ascensor.

Con aquel vestido de verano (y pese a las chirucas) tuve que descartar la excursión a la cala Negra. Mientras pensaba en una alternativa encaré el sendero de la presa que había cumplido cierta tarea estratégica en 1512 y que desde entonces no le importaba un pimiento a nadie. Me puse a improvisar historias de contrabandistas y piratas, Berta avanzaba mirando el suelo, parecía protegerse de una pregunta directa (¿y si la obligaban a estar aquí?), me prometí evitarle el mal trago. Pero los monólogos son agotadores, y tampoco es que las monótonas extensiones de pinos y de encinas contribuyesen a impulsar la charla. Un petirrojo aterrizó delante de nosotros y se quedó mirándonos y respirando como si todo su cuerpo fuese un latido. Berta reaccionó con una lucecita nueva en la mirada.

—¿No nos tiene miedo?

—No. El petirrojo es un pájaro confiado, se pasea por las casas como si fuese un pariente.

—¿Como el cuco?

—El cuco invade el nido de otras aves y se come sus huevos, es un parásito de la vida ajena, no se parece en nada al petirrojo.

—Suena divertido, lo del cuco, digo. Hablas de él como si lo conocieras bien. ¿Te gusta?

—No soporto a las personas invasivas, Berta.

—¿Ni siquiera cuando el invasor eres tú?

—Prefiero al petirrojo.

—¿Por las plumas rojas?

Algo espeso le cuajó a Berta en los ojos.

—En parte. También porque me recuerda al diablo.

—¿Tú crees que el pajarito quiere tentarnos?

—No funciona así. El diablo soporta mucha difamación. A Lucifer no le gusta tomar la iniciativa, escucha a distancia la cháchara de nuestros deseos. Después toma una decisión. El diablo siempre quiere lo mejor para nosotros. Y ahora vuela, vuela, petirrojo, sé maravilloso.

Di una palmada lo bastante cerca del pájaro para asustarlo, me dedicó una mirada displicente antes de agitar las alas y alejarse como un globito de plumas.

–Hablando de criaturas venerables. ¿Y si nos acercamos al algarrobo de Duval? Pasa por ser el árbol más viejo de la zona. Podemos comer en la cañada, es un poco escabrosa pero la vegetación merece la pena: juncia de montaña, bejuco verde, manojos de bambúes enanos, bolsa de pastor. ¡Un safari botánico!

Me respondió con un suavísimo rubor de mejillas que podía interpretarse como cansancio o como una tímida ilusión. Me decidí por lo segundo. Nos pusimos en marcha, me apetecía y estaba al mando.

La cañada era más estrecha de lo que recordaba, pero lo que me abrumó fue ver de nuevo el río que la atraviesa, pese a que ya lo había navegado en canoa con Val en la época que intentaron convertirlo en una atracción turística. De aquel proyecto apenas quedaban dos puentes indignos de los grandes domadores de ríos. Recordé a mi madre hablándome de los salmones del tamaño de un brazo que al nadar deshacían el reflejo limpio de las nubes sobre la corriente, aunque yo apenas había visto carpas y modestas truchas.

Incrementé la marcha y enseguida llegamos a una zona de pozas profundas, la corriente había engullido aquí a una chica, ¿se llamaba Lluïsa? A los tres días el agua devolvió el cuerpo azulado, blando y con una herida en la frente. Berta me dijo que no quería seguir escuchando, pero la memoria se había envalentonado: se decía que los peces le habían comido los labios y que se aparecía las noches de luna roja. Desde entonces la vida se había acostumbrado a pasar sin Lluïsa, y las personas que hubiesen podido conocerla, compartir unas horas con ella o aprender a quererla tendrían que conformarse con el roce imperceptible de un vacío. ¿Cómo no iba a aparecerse toda esa energía sustraída?

Pasamos por una zona donde las aguas corrían formando islotes de vegetación enmarañada y anfibia; entre los árboles se hundían lenguas de tierra roja y, tras un recodo presidido por una encina descorchada, el río se abrió en un brazo más amplio: el caudal parecía adormecido por el sol. Diez minutos después nos encontramos con una playa de piedras que parecían lavadas por los siglos y con el esqueleto de una cabaña de baño. Decidí hacer una parada para comer. Berta eligió los bocadillos de pastrami y los atacó con apetito.

Dejé vagar la mirada a la espera de nuevas recuperaciones de pasado. La corriente pasaba clara, y en un tramo algo más rápido me pareció que se tensaba como si algo la presionase desde las profundidades. Retiré la mirada con el corazón a flor de pecho y sobre las rocas blancas tropecé con una mancha color ciruela: recordaba a un corazón muerto que no conseguía olvidarse de palpitar. Di un salto, y me temo que también un grito.

−¡Mira qué rojo! ¡Qué gordo!

La voz de Berta me ayudó a ajustar los sentidos. La criatura que se hinchaba y se deshinchaba como un globo sobre la piedra blanqueada era un sapo granate con su equipaje completo de verrugas y cuernecitos. Berta le arrojó una bola de papel de plata y el sapo huyó dando un brinco elástico, dejando el aire impregnado de eructos. La cara de concentración de Berta se convirtió en una carcajada desenvuelta al estilo Pons, que le llenó las mejillas de sangre fresca. Me miró con un destello de orgullo, se sentó en la misma piedra donde brillaba el rastro húmedo del sapo y empezó a darse un masaje en el pie. Le noté un atrevimiento nuevo. ¿Iba a derramarme su vida encima: salud, novios, trabajo? No niego que me intrigaba averiguar qué hacía metida como un punto de libro en la novela de verano de Julio y Laura, pero una pregunta directa sería como tirar del pañuelo con el que mi madre sostenía sus peinados de fantasía: el sacrificio de la ilusión.

–Diego, ¿puedo hacerte una pregunta? ¿A qué te dedicas? ¿Por qué pasas tanto tiempo con nosotros? ¿Por qué desperdiciarlo en mí? Son tres preguntas, lo siento.

–Está bien, las unas implican a las otras. Se aceptan. Pero no digas que estoy desperdiciando nada, el día es espléndido, y hemos visto presas, petirrojos y un sapo. Todavía podemos saludar al venerable algarrobo...

–Lo que tú digas, pero lo que me interesa es lo que te he preguntado. Supongo que si me cuentas cómo era tu vida italiana entenderé por qué te dedicas a entretenernos.

–Italia es muy grande. He vivido en Lombardía y en el Piamonte. También pasé un año en Livorno. Me empleaba como hombre de mundo, el individuo en el que puedes confiar para elegir un restaurante o para organizar un viaje. La mayoría de las personas de dinero no saben nada, han estado demasiado ocupadas acumulándolo, aprecian a los empleados que los ayudan a ensanchar los callejones de su vida interior como si lo que aprenden fuese un descubrimiento suyo. Un conocedor del gran mundo. Un maestro del tacto. Ese era yo.

–¿Eso es un trabajo?

–Si están dispuestos a pagarlo es un trabajo.

–¿Eran tus amigos?

–Eran clientes.

–Pero algún amigo tendrías allí, como los que te cambiaron el nombre.

–No, como ellos no. Mis amigos italianos eran personas simpáticas, amables... coincidimos en el mismo teatro de vida y eran lo mejor que encontré. Claro que me gustaba pasar tiempo con ellos, conversar, abrazarlos, pero no siento que pierda mucho si no los vuelvo a ver. Tampoco creo que influyan en lo que me espera. Algunas décadas pesan muy poco.

–¿Y por qué has vuelto?

–Enseñé demasiado bien a mis clientes.

–Pensaba que habías vuelto para recuperar tus raíces.

–Ya. Un tópico infalible, pero no es para mí, puedo sentir nostalgia de un atardecer, de una cena, de un cigarrillo, incluso de una relación inesperada, pero soy incapaz de sentir apego por una tierra que no moverá un dedo cuando me expulsen de la vida. Aunque reconozco que al Mediterráneo la luz de la tarde le sale como a ningún otro sitio. Y tú, Berta, ¿qué haces aquí?

–Encontrar el amor, amigos invencibles y un trabajo de ensueño.

–No te hagas la loca. En el Poblet, con tu hermano, Laura y sus tres hijos.

–Es largo de explicar, Diego, ahora mismo me conformaría con que dejase de dolerme el esternón. Se me acumulan los nervios y me bloqueo. Pero tengo que aclararme porque quiero advertirte de algo... ¿Sabes? Es muy sencillo engañar a los conocidos sobre quién manda en casa, pero a las niñeras no se nos escapa nada...

Justo en ese momento me di cuenta de lo atractiva que era la voz de Berta, grave y recorrida por tonos suaves, que se volvían muy íntimos en la preciosa vibración de las eses. Después le dió un ataque de tos.

–¿Dónde estábamos?

–Ibas a contarme algo.

–Advertirte, no era un cuento, era una advertencia. Y claro que lo recuerdo. No soy una senil de esas, es solo que a veces las palabras van muy deprisa y se me escapan, y tampoco sé muy bien cómo hablarle a alguien como tú. No pongas esa cara, no te hagas el loco. Nunca había conocido a nadie con dos nombres, el de sangre y el que mola: Diego Duocastella. Cómo me gustaría conocer a las personas que te rebautizaron. Seguro que fue una chica, que te quería. ¿Era sofisticada, sexy? Claro que sí. Qué raro cuando imaginamos personas que no conocemos, ¿verdad? Háblame de ella. De todos esos amigos; claro que te fastidiaría no verlos nunca más, seguro que piensas mucho en ellos.

–A veces, pero es una época que ya queda lejos.

–«Y la distancia es el olvido», ¿verdad? Lo dice la canción. ¿Qué os pasó? Da igual. Te llamas como ellos decidieron. Es bonito. Es generoso. Y si los has perdido... te prometo... ¡que los buscaré por ti! ¿Los echas de menos?

–Me aburre hablar de mí, me conozco de memoria. Los Pons sois mucho más variados.

–¡Variados! Qué gracioso, los Pons, lo dices como si fuéramos un clan. ¡Eres graciosísimo! Pero no somos esa clase de gente, quizás lo fuimos, pero ahora ya no creemos en los vínculos exclusivos ni en los celos. Lo que quieren es arrastrarte a sus juegos, es tan divertido lo que te han preparado... Me muero de ganas de que te pongan al día.

Berta se había ido excitando a medida que hablaba, soltó una risita, se atragantó y empezó a mover la garganta como si quisiera expulsar una espina, pero apenas soltó una babilla incolora. Me rogó con la mirada no continuar conversando, le acaricié la nuca hasta que la respiración recuperó su ritmo natural. Después me mostré inflexible con el plan de llegar hasta el dichoso algarrobo, el aire limpio y el esfuerzo físico nos beneficiarían a los dos.

Así que salimos de la cañada por un camino inundado de pinaza. La dejé ir delante, era agradable verla mover su cinturita flexible, y disfruté cuando al llegar al claro giró el cuello y me dedicó una sonrisa confiada y amable. Es lo que se me da bien, así me he ganado la vida durante casi una década: acompañándolas en su camino a sentirse mejor. Por un momento lamenté no haberle ofrecido más que palabras pálidas. Pero ¿qué iba a contarle a Berta Pons de mí?

Llegamos a una terraza de piedra caliza salpicada de genista de un amarillo exacto, y nos dejamos despeinar por el airecillo mientras agradecía la sensación de pasar unas horas con una mujer embellecida por la cantidad de vida que le esperaba por delante. ¿No sería mejor la tarde si nos besábamos? Qué turbador saber que estaba en nuestra mano abandonar unas horas la soledad. Es tan sencillo enredarse con las partículas de enamoramiento que flotan en el aire. Nos acercamos al acantilado, las olas modulaban la gama de azules de mar. El algarrobo se retorcía agotado, pero aún tenía la vida. Y fue tan agradable volver a sentir como una promesa que en el mejor de los mundos posibles todas las relaciones serían fugaces.

Se opuso a que la acompañase a la casita. Se despidió sin besos, agitando las dos manos y una alegría independiente que le sentaba bien. Antes de girarse se le desprendió una sonrisa que merecía un rostro algo más hambriento. Le deseé una noche tan larga como le apeteciera.

Dos días después Julio me invitó a un *brunch* en el hotel Amat, agradecí tanto que no me esperase dentro de la piscina que pasé por alto que eligiese un vino de los que concentran la emoción en el precio.

–Siento la faena de dejarte a solas con Berta. Es una buena chica, pero sufre de los nervios... Es como el caldo que hierve demasiado, siempre a punto de salirse de la olla. Laura... bueno, todavía tiene altibajos, y a Berta le gustan tanto las excursiones... Traté de convencerla de que te diéramos un descanso, pero ya sabes cómo son las chicas dóciles: cuando deciden llevarte la contraria no hay quien las mueva de sitio.

Me sorprendió la crudeza con la que expuso los nervios de Berta después de un mes ocultando la salud de Laura, ¿sería uno de esos maridos que confían más en una persona de su sangre que en la madre de sus hijos? Le tranquilicé con una versión embellecida y sin nervio de la excursión.

La conversación avanzó a trompicones, pero el vino siempre ayuda. Las frases cogieron algo de ritmo cuando empezó a preguntarme por el Cogollito, seguía de lo más interesado por los pormenores económicos. Entregué un informe liso sobre los negocios de la zona. Rumiaba cada uno de mis comentarios tratando de absorber toda su sustancia. Al hablar de dinero, incluso en aquel tono desapasionado e impersonal, me parecía menos seguro que de costumbre. Ni siquiera una hermana devota, tres chicos sanos y una mujer atractiva aplacaban las responsabilidades del cabeza de familia. Le miré compasivo y enseguida sentí la punzada en mi propia carne. ¿Quién está confortablemente sentado y seguro en su sitio? La imaginación se mueve demasiado rápido: en media hora puede llevarnos a detallar situaciones a las que costaría años acercarse, que exigirían volver a empezar. En un mundo tan diverso sería asombroso no sentir alguna vez que otra nostalgia incluso por aquellas vidas que hemos tratado de evitar.

La segunda copa suele tejer la red de la camaradería masculina, no estaba para confesiones y la rechacé. Me di cuenta de que había pasado la tarde tenso por si Julio me pedía algo. ¿Por qué iban a querer más de mí? ¿Solo porque me sentía de una calidad superior a su pequeño mundo de afectos, baños y compras? Me avergoncé. ¿Y si los Pons me apreciaban de verdad?

El resto de mi verano en el Poblet pasó tan vacío de novedades que el recuerdo se envalentona a recorrerlo en segundos. Seguía viéndome con los Pons, pero ya no a diario, sin empuje, como si hubiéramos agotado la mano de experiencias a la que podíamos jugar juntos. Berta no se resintió de nuestra atropellada intimidad en el río, seguía afable, distante y obediente, pero perdí las pocas esperanzas que me quedaban de volver a ver a Laura. Retomé la relación con el Cogollito de Mayo y aproveché que me recibían con una codicia renovada para rehabilitar a los Pons. Solo me di por vencedor cuando las señoras Turris y Perol extrajeron fuerzas de la molicie canicular para visitar a Laura con unos fabulosos ramos de flores artificiales. Cumplido ese deber me salté el día de excursión, aburrí el cuidado de los cactus y empecé a mirar la piscina con desconfianza. El fantasma de los veranos pasados no se presentó, si quería hablar con mi madre no me quedaba otra que recurrir al teléfono.

Muy despacio los días dejaron de ser impenetrables muros de luz, empezaban a dar coletazos de frescor, Barcelona ya no parecía un despropósito. Un olor a lavanda húmeda presagió la primera lluvia en sesenta días. Nubes densas y oscuras, restregándose las unas contra las otras, la tormenta parecía venir de otro sistema solar. Desde el emparrado de la *trattoria* vi como la lluvia empezaba a golpear las mesas y la arena: los del Cogollito, los lugareños y las aves de paso se mezclaron en busca de refugio, con la sincronización de un ejército de hormigas. Sentí al momento como ascendía el nivel de mi ánimo. ¿Cómo podía ponerle triste a Bodel el final del verano?

Dos días después volvía a Barcelona sin despedirme de los Pons.

2. LAS RESPONSABILIDADES DEL CABEZA DE FAMILIA

¡Barcelona! La llanura anisada del mar, su borde de espuma crepitante, las playas quemadas, chimeneas dispersas por el Poble Nou, tus plazas duras y tus parques de arena y vegetación agotada; la felicidad reticulada del Eixample, los hangares de la Zona Franca, la cicatriz de la Diagonal y el peñón magnético de Montjuïc, dominando el azul, el verde, el blanco eléctrico y todos los matices del gris. ¿Cómo íbamos a resistir tu encanto? Claro que nada de esto significa ya demasiado para mí. Podría disimularlo, darle un toque atractivo, pero ¿de qué sirve mentirse a uno mismo? Siete años han ido desprendiéndome de la ciudad, ya solo os echo de menos a vosotros, y ni siquiera sé si seguís aquí. Supongo que Bodel estará donde le haya llevado la persona de la que cuida ahora, sé que Álvaro se divierte dando pistas falsas a la prensa (Verona, Ciudad del Cabo, San Sebastián), Val no puede haber vuelto de su escondite, y pondría la mano en el fuego por que Clara sigue instalada en Balmes con aquel marido cosmético.

Confieso que acaricié el plan de salir a buscaros, pero la última semana de agosto y la primera de septiembre se fusionan en un periodo algo irreal; los barceloneses regresan pero se quedan en sus casas, un poco avergonzados por no apurar esas vacaciones con las que llevan once meses soñando. Calles vacías y comercios a medio gas, Barcelona parecía una ciudad incapaz de interesarse a sí misma. Enseguida me vi absorbido por la aspiradora maligna conocida como «buscar piso»: techos húmedos, cuartos sin ventilación y cocinas paleocristianas. Tres meses de depósito, seis meses de depósito, un año de adelanto, avales. Terminé por recurrir a la red de contactos, es la manera de rendirnos que los Castellar llevamos en la sangre. Me condujeron a una cajita de bombones amueblada que se llevaría bastante más de la mitad de mi nómina, pero me ahorraron pagos a intermediarios. La luz natural apenas entraba en el comedor. Algo provisional, como todas mis casas desde que salí de la de mis padres, pero en cuanto coloqué sobre la mesa el petirrojo de jade que siempre viaja conmigo para ahuyentar los malos sueños sentí menos ajeno el espacio, ya veis que me he convertido en todo un cangrejo ermitaño.

Aunque el calor no remitía los días iban perdiendo sus cualidades elásticas y se entregaban a una moral distinta: si me hubiera cruzado con cualquiera de los veraneantes que veía cada tarde en bañador no habría sabido qué decirles. Reuní algunos libros, pero me sentía incapaz de pensar en el museo hasta que no me quedase otro remedio, prefería imaginar las caras de los funcionarios con los que había intercambiado correos y que iban a convertirse en mi paisaje vital durante... ¡mejor no *calcularlo*! De Rodríguez, García García y Muñoz no esperaba demasiado... pero Gerchunoff y Vega Meadow lo prometían todo.

Durante un par de semanas me resistí a dejarme caer por el Eixample, pero confieso que por mucho que me oponga a ser el novio de mi juventud disfruté de que tantas esquinas, tiendas y fachadas convocasen las emociones de una ciudad incomprensible para cualquiera que no fuese yo: el banco sombreado por un tilo donde sigo consolando a la chica por la que una semana después me dejaré besar o el portal donde a las siete de la mañana me reúno para ir al colegio con los primeros amigos que el viento de la vida dispersará. Me bastaba con entrecerrar los ojos para que la inmobiliaria me recordase las mesas y la barra del Loop, donde seguimos celebrando una de esas noches que nunca terminaban en nuestra imaginación. ¿Me interesaría por el Diego de entonces si ahora me saliese al paso? Da igual, solo sé que me encantaría vivir una fiesta más con vosotros. Y al pasar por delante de unos apartamentos turísticos siento el impulso de llamar al cuarto segunda porque recuerdo la habitación donde tocabas la guitarra y la voz cálida de tu madre convocándonos para la merienda. Un beso, G, que te vaya bien allí donde estés. ¿No os parece que a veces llamamos nostalgia al paso natural del tiempo, a la secreción inevitable que dejamos al vivir?

Sea como sea los días fueron pasando hasta que llegó lo que en agosto parecía tan lejano: la puesta de largo del museo. Un seminario informal para imaginar cómo íbamos a sobrevivir en la oposición después de que la caída de nuestro líder Masclans nos desalojase de tres décadas en el poder. Lo del museo venía a ser un adorno, del discurso se encargaría el antiguo *conseller* del ramo, su último servicio antes de emprender el exilio a provincias. A mí solo se me pedía figurar. Y os prometo que acudí no solo con la mejor predisposición, sino también algo inquieto. Había disfrutado como una nutria al ver a Masclans arrastrado por el lodo de la corrupción, pero los Castellar dábamos por seguros una serie de abrevaderos profesionales. Es impresionante cuando un poder se derrumba arrastrando con él tus expectativas de seguridad material.

La primera jornada se celebró en una sala polivalente de paredes blancas. Y después de tres horas bombardeado por «diferenciales de influencia», «cooperativa de ideas» y «movimientos de acumulación de capital», me sentí legitimado para tomar el aire: era preferible huir que vomitar. El jardín resultó ser un patio sin árboles donde el sol se ponía ciego a secar los setos. No estaba solo, dos asesores de la Corporació fumaban y repasaban notas. Barrí con la mirada el espacio, nadie se había animado con las bebidas, entre la gente que salía de otras salas para darse un respiro de sus actividades polivalentes reconocí la silueta compacta y los prodigiosos hombros de Julio Pons. Claro que sopesé volver por donde había venido, pero Julio (debía de estar asándose dentro de la franela) me recordó la tontería del verano. ¡Los Pons! ¿Cómo iba a rechazar el beso de la casualidad?

Le agradecí que me saludase sin imitar la camaradería veraniega. También tuvo la delicadeza de no mencionar las llamadas que no le había devuelto: las personas que se hacen cargo de las cosas son de un valor incalculable. Acepté salir juntos de la ratonera polivalente (se había cansado también de su sarao, algo sobre inversión responsable), no es nada fácil detener a dos personas que avanzan con la conversación lanzada.

–Vente un día a mi casa, Diego. Nos debes una por no enseñarnos el caserón. Las Pons se pasan el día hablando de ti. Sobre todo Laura. No aceptaré un no por respuesta. Ya sabes cómo soy.

No lo sabía, ¡qué iba a saber! Pero la frase me hizo gracia y le dejé irse con una fecha y un apretón de manos. Saqué las cuentas: me había dado doce días y unas horas para arrepentirme.

La quincena terminó de reanimar la ciudad, aunque la humedad de baño turco no remitía. En Italia solía imaginar Barcelona como un decorado vacío, verla agitarse de nuevo era casi obsceno. Mi primer día en el museo se fue en presentaciones y en dejar la mente en blanco encerrado en el despacho, amplio y luminoso, con la decoración dominada por un azul metálico que alguien debió de considerar mediterráneo. Los funcionarios me parecieron más expectantes que desganados, dispuestos a fomentar un entorno agradable, me avergonzó haberlos imaginado como figuras de escayola.

La noche del jueves me quedé hasta tarde en el despacho, por la ventana comprobé como adelgazaba la estela de la circulación. La calle desprendía olor a basura y a gasolina. Se me hizo bola cenar en casa y me senté en una terraza bajo unos tilos de plata. En la mesa más próxima una docena de ancianas comían y reían, celebraban que estaban vivas, y decidieron integrarme en su fiesta. Bebían sidra, y, como el resto de las mesas estaban vacías, convencieron al propietario de que les dejase escanciar contra el suelo. Me confiaron que eran un grupo de amigas, que salían juntas de excursión, iban al cine y a cenar, se telefoneaban y se ofrecían apoyo. A una de las amigas le habían diagnosticado una demencia y estaba un poco tristona, como si le retirasen el tablero de juego delante de las narices, pero me prometieron que entre todas la ayudarían a prolongar la partida tanto como fuese posible. La más lista se llamaba Ana y había pasado varios años trabajando fuera de España. Manejaba el inglés, el alemán y el esperanto de la simpatía.

Hacia las doce cerró el restaurante, pero el propietario (convertido ya en nuestro devoto fan) aceptó dejar que nos quedáramos una hora más. Mi amiga Ana se arrancó con unas jotas, una voz más enérgica que dulce, letras nostálgicas de despedidas y recuerdos, las sabía porque la había aficionado un ligue navarro. Nuestras chicas se fueron retirando y me quedé a solas con ella como dos viudos a los que a veces les gusta creer en fantasmas.

Se había casado enamorada, tres décadas de convivencia, y ahora llevaba once años de viuda. Empezaba a recordar a su marido como una película antigua. Me dijo que nada en la infancia nos prepara para cómo el tiempo nos aleja de nuestra propia vida. Bajo la máscara de facciones arrugadas desprendía luz vital, es emocionante que los ojos no envejezcan. Nos intercambiamos los teléfonos, daba igual si nos llamábamos o no. Fue una buena noche, Ana, muchas gracias.

El día de la visita a los Pons el aire era fresco y un cielo dubitativo combinaba rachas de verano y otoño. La dirección quedaba por encima de Sarrià, en una zona medio boscosa donde las casas asoman como los últimos restos de un anhelo de veranos decimonónicos. Me acerqué dando un paseo. Me encontré con uno de esos palacetes empezados y abandonados veinte veces, una suma de estilos con un modelo de *cottage* al fondo. Llamé al timbre y sentí muy encogido el espíritu del verano. ¿Qué esperaba reanimando mi aventura con los Pons?

Cuando Julio me abrió la puerta me avergonzó el contraste entre mis reticencias y su aplomo confiado y satisfecho. ¿Era así como gestionaba los asuntos familiares, con constancia y sosiego? Qué lejos me quedaba su universo de preocupaciones.

Cruzamos el jardín, dejamos atrás botas de agua, una raqueta de tenis sin cuerdas, la piscina hinchable y restos de juguetes en disposiciones caprichosas, todo presidido por una magnolia en plena oxidación.

La puerta se abría a una sala espaciosa: butacas confortables y alfombras de inspiración turca, la mesa de madera nórdica y dos cómodas salidas de una pesadilla estilo imperio; a los Pons les gustaba vivir con cierta distinción pero sin una idea que articulase el conjunto. Contribuían al desconcierto las fotografías familiares que cubrían las paredes como una enredadera contra el *horror vacui*. Sobre la mesa nos esperaban dos botellas de agua con gas, hielo, lima, un licor rojizo y un par de habanos gruesos. Útiles de camaradería masculina. ¿Por quién me tomaba este tipo?

–No te cortes. Esta es una casa de fumadores. Para ponerme de acuerdo con el propietario solo tengo que mirarme al espejo. Barra libre.

Casi pude ver cómo se le caía la babilla de satisfacción. No sé qué cara puse, la incomodidad me aceleraba el pulso. Renuncié al habano, no me fumaba uno desde la época en que Bodel aplastaba el cigarrillo a medias para poder encender otro y alimentar la maquinaria de una conversación que solo vencía el agotamiento. Me dejé caer en el sofá atraído por el enigma de una tapicería desconocida, era de una textura sólida pero grumosa. El licor sabía a raíces amargas.

Julio me miraba dubitativo, le pregunté por los hijos y me habló con orgullo de un colegio inglés, parecía como si le hubiese costado muchos esfuerzos que admitieran al mayor, ¿ya no se conseguía pagando? La conversación avanzaba a trompicones, me pareció que si Julio había perdido empuje era porque estudiaba la oportunidad de pedirme algo. No contribuí, se instaló entre nosotros uno de esos silencios de velatorio que parecen pensados para ahorrarnos los lugares comunes. Claro que en casa de los Pons todos seguían vivos. No me atrevía a preguntar por

Laura para no remover los posos de la enfermedad. ¿Dónde estaban los tres críos? Me hubiese serenado el pulso oír una pisada. La vida es extremadamente frágil, una ventana alta mal cerrada, un cable pelado, unos frenos que fallan... y el vacío empieza a crecer donde antes respiraba una presencia familiar, con la que contábamos. ¿Qué os voy a explicar a vosotros?

La sospecha me hizo sentir vulnerable. Julio me miraba con las manos inquietas y una sonrisa en falso, ¿me estaba pidiendo que encontrase un hilo de palabras para ayudarle a salir del laberinto del trauma? El mundo está tan lleno de gente, y pasamos tanto tiempo lejos de las personas que nos importan. Dos meses atrás no sabía nada de ninguno de los Pons. Claro que cuando uno pierde a un ser querido la desesperación convierte en íntimos a fulanos a medio conocer.

Ya podéis imaginar el alivio que sentí al escuchar la puerta y la voz alegre de Laura. Julio aplastó lo poco que le quedaba de puro en el cenicero y se levantó de un salto con el rostro encendido de satisfacción. Los gemelos invadieron el comedor a la carrera y se arrojaron sobre su padre. El mayor se plantó delante de mí con una formalidad nueva y le ofrecí la mano con la misma obediencia cómica con la que solía estrechar la pata del gato de Clara.

Las Pons entraron casi juntas, parapetadas tras un revuelo de bolsas estampadas con el logo de tiendas que iban de lo caro a lo exclusivo. Berta se adelantó dentro de un vestido de un azul índigo que se oscurecía en los pliegues y destacaba la estrechez de la cintura, relajada y alegre, inesperadamente bonita dentro de su modelo nervioso. La esponjosa mata de pelo rojo de Laura invadió el espacio con la intensidad de otro mundo. Lanzó las bolsas al sofá con una desenvoltura que ponía más en evidencia el agarrotamiento de Julio. Me alegró no haber encendido el habano, y ojalá el alcohol no me pesase en la voz; me dominaba la mezcla de agradecimiento y de suave indefensión ante una belleza (el halter y la falda al bies le sentaban de miedo) que circula libre sin pertenecernos. Busqué con la mirada la complicidad de Julio, pero los gemelos se lo estaban comiendo a besos.

–El bueno de Diego, ¡y sin avisar!

El aire de guasa era nuevo, y también la expansión afectiva con la que Laura se acercó en tres zancadas para estamparme dos besos. Reconocí la alegría impersonal, su fuerza, no necesitaba ni maquillaje ni joyas, iba adornada por algo invisible y más valioso, subida a la fiesta de sí misma. Se tomaba mi presencia en su comedor como la oportunidad de replicar con su yo enérgico y sano la imagen convaleciente que había ofrecido en verano.

Berta salió y reapareció un minuto después sin bolsas, en los ojos le brillaba un ácido amable.

–Aquí tienen *nanny*, Diego, fue la condición que le puse a Julio para quedarme un poco más con ellos, que la tía Berta no se iba a ocupar de la descendencia.

Lo dijo con un aplomo inédito, como si pisase suelo firme, después miró a Laura y no fui lo bastante rápido para interpretar si pedía aprobación o le cedía la palabra.

–¿Por qué casi siempre te vistes de oscuro si no se te ha muerto nadie, Berta? Píntate un poco los ojos, verte guapa da seguridad. Se lo digo siempre, pero no me hace ni caso, es tozuda como una Pons. ¿No te parece un buen consejo, Diego? Algo mejora siempre si te pones guapa.

–Pero si llevas el pelo como si lo hubieses metido en el lavaplatos. Solo que a ti todo te queda bien, zanahoria. Mira qué guapa está, Diego, si más bonita no se puede estar.

–Señoras, dejemos de lado las conversaciones de gatas o asustaremos a nuestro invitado antes de que se haya acostumbrado al humor de esta casa.

Una suave corriente de amabilidad recorrió el salón, me prometí no volver a infravalorar a los Pons.

Pasamos al comedor, donde para mi sorpresa nos esperaba la mesa puesta. La luz alborotada era lo mejor de un espacio invadido por una colección de collages donde las sencillas combinaciones vegetales (espigas, capullos, pétalos) delataban gestos de audacia artística oprimidos por un talento discreto. Íbamos a comer un catering con preponderancia de rebozados, el inevitable *foie*, jamón, aceite de trufa y unas insólitas alcachofas de finales de verano, algo violetas.

–Todo regado de vinos apócrifos. Puro *deep* Penedès.

Me divirtió que Julio recordase mi broma de verano. Me bebí la primera copa casi de un trago. Estaba rodeado de Pons, pero mi primer brindis fue por vosotros, fantasmas de la memoria más benigna: la de los ausentes.

–¡Días santos! Cómo está la muselina, cuando le des un respiro a la alfalfa, Laura, no dejes de probarla.

–Ya ves que en la mesa mi marido actúa menos como un hombre que como una carretilla.

–Diego ya me conoce, cariño, pasamos el verano juntos, fuiste tú la que te lo perdiste.

–Si es que me olvido, como si agosto no hubiese pasado. Es gracioso, nos conocimos al revés, quiero decir que la enferma suele ser Berta.

–No le hagas caso, Berta. Ya sabes que Laura se pone imposible cuando hay público. Quiere todo el escenario para ella.

Estaban animados, me retiré a un segundo plano. Berta respondía con sonrisas a las ocurrencias de Laura y de Julio, su mirada transmitía la presión de un mundo interior que quizás no había valorado lo suficiente. Laura se mostraba alternativamente encantada y displicente con aquel marido que parecía vivir para ella, y se divertía amenazándole con el índice como si fuese su cuarto hijo. Me pareció muy graciosa la emoción con la que Julio se llevaba la comida a la boca. ¿Empezaba a criar papada? Parecía un hombre conforme con su cuerpo, adaptado a la situación, debía de disfrutar lo indecible acostándose con Laura.

Se me había pasado por alto el precioso espejo labrado en plata que sobresalía como una araña de cristal en un establo. Reflejada en la extraña vida de los espejos, Laura se miraba de reojo, no tanto para corregirse como para recrearse, allí se podía descubrir cómo prefería que la mirasen: una ternura llena de vitalidad, recordando la coquetería elástica de los veinte años, en plena posesión de una serena abundancia. Pero fuera del marco el tiempo seguía corriendo sobre ella, imprimiendo sus marcas. ¿Qué escondería dentro de la cabeza? Un universo de ilusiones, resentimiento, espinas y dulzura. Como todos, distinta a los demás. Sentí el viejo miedo de que la curiosidad me enredara. Laura ladeó la cabeza para mostrarme su oreja: circunvalaciones envolviendo el orificio, una rosa de carne. Dejó caer el cabello como una suave cascada roja. Me sobrecogió la concreción de mi deseo.

—A mí no me la pegas, Castellar. He visto cómo te fijabas, no creas que eres el primero, qué va. Estos cuadros llaman la atención de cualquiera, pero tú eres un tío con sensibilidad. Aquí donde la ves, tan puesta, Laura es como un cartujo de la pintura. No puede vivir sin sus horas de reclusión. ¿Qué te parecen sus cuadros? Con sinceridad, estamos en familia.

Julio «estalló en una carcajada» (lo hizo, os lo prometo) y esperó mi respuesta con una mirada de concentración. Laura estaba roja como un tomate. Me llevé la servilleta a los labios:

—Son intensos... delicados... Son...

—Los marcos cuestan un huevo. Como siga pintando a este ritmo tendré que donar un riñón a la ciencia. El que más me gusta es el rojo, este grande de aquí. Seguro que a Laura le encantaría poder hablar contigo de sus cuadros...

—No soy ningún especialista... en el collage...

Eso tuve que escucharme decir.

—Seguro que le das mejor conversación que su público familiar. Los críos son críos, y los Pons... ya nos ves: gente práctica, mundana, ¡negociadora!

La risita de Berta me desconcertó un poco, después miró a su hermano con una mezcla interesante de audacia y ruego, se levantó y me estampó un beso distraído mientras decía algo de ir a buscar el bolso.

Cuando recuperé el campo de visión Julio se había puesto detrás de Laura. Le sorprendí amasándole la nuca con un gesto de cruda intimidad. Laura parecía disfrutar del tacto tranquilizador de la mano que la acariciaba con la atención afectiva que se dedica a recompensar la mansedumbre de una mascota. Sonreía y miraba a su marido con aire expectante, como pidiéndole permiso.

—Dáselo, no seas tonta, o tendré que dárselo yo.

Laura avanzó con paso decidido y abrió una puerta que me había pasado desapercibida. Julio canturreaba y por la abertura pude ver una estantería alta, los libros parecían ordenados por sellos editoriales. Vi unos lomos gruesos de poesía: Neruda, Lorca, Martí i Pol y el precioso volumen de las poetas inglesas de Alba. Laura abrió más la puerta desde el interior como invitándome a mirar, asomaba una cama puesta con gusto (¿su dormitorio de niña?), la firma de algo exclusivo.

–A veces sueño que nos mudamos y les digo a los transportistas: ¿qué joyas voy a guardar si mi mujer se lo gasta todo en marcos?

Laura regresó con un papel en la mano y me lo entregó. Una dirección caligrafiada. El nombre de la calle (Pintor Peralta) me devolvió ecos imprecisos de nuestros treinta años.

–Es un atelier, venden marcos preciosos.

–Y hay un par de cuadros tuyos expuestos. Dilo, Diego es un amigo. Deberías empezar a tener más confianza en ti.

Laura le dio un beso tan inundado por el agradecimiento que no aclaraba si seguían unidos por el pegamento sexual o si se habían aflojado ya en una ternura agradecida. ¿Les importaría? Había vivido lo suficiente para comprender lo disminuida que puede seguir circulando la pasión humana. Dije algo sobre visitar el atelier, esa misma semana.

Berta regresó con el bolso (¿se había cambiado de zapatos?) y le acercó a Laura el suyo. Julio se levantó de la mesa, no me había fijado en que los pantalones blancos le apretaban tanto los muslos; comprobó con una mirada instintiva si se los había manchado, no había disfrutado desde siempre de la despreocupación de que otra persona fuera a lavarlos.

–Bueno, estas dos tienen que irse. Si puedes quedarte un rato, Diego, quiero comentarte una cosa, no te quitaré más de diez minutos.

Supongo que hubiese podido negarme, pero era más sensato, menos violento, dejarse arrastrar, que terminase cuanto antes.

Berta y Laura se despidieron sin besos, moviendo la mano, alegres, agradecidas, con afecto.

—Bueno, hasta las cinco no vendrán a limpiar, y el saloncito está hecho un asco. Te propongo que hablemos arriba, en mi despacho, son cuatro escalones de nada. Las vistas son buenas y tú estás en forma.

Le seguí mientras subía los peldaños de dos en dos, como si tuviese prisa por contarme lo que le hervía en la cabeza. Llegó arriba y abrió la puerta. ¿Qué me impedía marcharme? La curiosidad, la vergüenza, la inercia social. Tampoco me apetecía competir con su demostración de brío físico. Me apoyé en la pared y con las manos en los bolsillos me quedé diez segundos mirando por la ventana. El viento derramaba hojas como si fuesen una belleza amortizada. Las Pons atravesaron corriendo la calle, pájaros alegres (qué cerca queda la juventud a los treinta, ¿os acordáis?, les bastaba con alargar el brazo para tocarla), riendo con la carcajada fresca de los nervios: el enigmático compuesto de la amistad entre mujeres, de la que siempre quedaré excluido.

Entramos en un despacho con las paredes pintadas de color clara de huevo, sin estanterías ni libros. Apenas una mesa noble, la silla de despacho, el portátil y un ejército de fotografías: de la boda, del mayor, de los gemelos mellados, y de Julio y Berta flacos y en pantalones cortos. Las vigas de cedro eran imponentes. ¿En qué consistirían los negocios de los Pons?

Julio me señaló una butaca que había quedado a mi espalda: cuero bueno sin cuidar, estriado en los reposabrazos. Antes de sentarme miré la nota de Laura, una letra blanda y limpia, redondeada sin llegar a ser infantil. El nombre de la calle sonaba ahora como un sortilegio de protección: si cerraba los ojos y lo repetía tres veces me transportaría a un lugar seguro, a salvo de la agitación vital, porque Julio iba a pedirme algo que no dependía tanto de mi carácter o de mis cualidades como de la utilidad que los Pons habían reconocido en mí. ¿No es ese el secreto de tantas relaciones? Los amigos nos empleamos como lámparas para iluminar zonas desconocidas del mundo, un pico para cavar más profundo, extremidades que alcancen donde no nos atrevemos a pisar. Julio no se sentó, trataba de mantener el tono, pero me pareció algo desanimado. Le sonreí sin malicia y crucé las piernas enseñando los calcetines color lima regalo de mi madre. Me tenía donde quería, pero rematar la faena no parecía fácil. ¿Iba a complicarme la vida? Estaba tan intrigado por su propuesta como él por mi reacción.

Julio se había abrochado la americana y era desconsolador cómo se le ajustaba a la cintura. Sudaba. Le crecían pelillos en el hueco del mentón, ningún afeitado podía rasurarle. Qué pena, qué lástima, todo sería más sencillo si Laura fuese una belleza discreta de la que disfrutar en privado. Pero su atractivo es la bandera de los Pons, sin ella ¿quién iba a fijarse en ti? No te creas único, he conocido a muchos como tú. Antes de perderla la harás sentir inferior, le faltarás al respeto, la chantajearás con vuestros hijos, le regalarás joyas y viajes para mantenerla sujeta y desilusionada en esa órbita donde el matrimonio empieza a parecerse a la prostitución. Te justificarás diciendo que estás obligado para evitar que vuestro mundo colapse. ¿Qué crees que estás salvando? Una convivencia que os sabéis de memoria, discusiones interpretadas mil veces como un hábito del cerebro, tensiones y aburrimiento, desengaños, y la costumbre de confundir la ilusión con la responsabilidad. ¿Y qué vas a ofrecerle si decide irse aunque sea por unas semanas? ¿Tu grotesca dependencia? Pobre Julio, deberías ser más cuidadoso antes de abrir la puerta de tu casa. Te comprendo pero no te compadezco, representas a la clase de hombre en la que siempre he evitado convertirme: el marido domesticado.

Me sirvió una copa de ginebra dulzona y le dio a la suya un trago de campeón. Las vistas prometidas eran discretas: una sucesión de laderas sin nada memorable bajo un cielo embarrado, ahora sí que el otoño preparaba su ofensiva final. Julio se desabrochó la americana y me miró con esos ojos que amenazan (podía jugarme el caserón con mi madre dentro) con pedirte dinero.

—Este es el momento que más me gusta de la casa, cuando los niños están en el colegio, Laura se marcha contenta y me quedo unas horas solo. No hay un día fijo, a veces pasan semanas enteras sin que ocurra. No me malinterpretes, los Pons nos adoramos, pero me siento flotar cuando sé que nadie entrará corriendo para pedirme que le atienda. A veces vienen con tonterías, pero otras... tengo que pensar o improvisar... Un estado de alerta continua: colegio, salud, ánimo, trabajo, dinero, ternura... las responsabilidades del cabeza de familia.

»Cuando Laura se quedó embarazada mis amigos solteros empezaron a parecerme uvas verdes, me sentía más maduro, me curtía. Ahora me preocupa secarme, mojama de Julio. A Laura ya la has visto: una tía formidable, trabajadora como la que más. Si volviese a nacer me la pedía de madre, pero quiere atenciones y que la escuchen. Cada pocos días remonta la penosa cuesta de sentirse fea o más mayor. Y duda: de la dieta, de la educación de nuestros hijos y de cómo vivimos. Se recrea en sus dudas como una gacela celosa de sus crías. Son tan bonitas las gacelas, mi animal favorito, me sabe mal no haber visto ninguna con mis propios ojos.

»Así que disfruto mucho cuando me quedo solo. Me abandono a la irresponsabilidad: hablo a gritos, devoro la

nevera, veo las finales olímpicas de waterpolo en plena posesión del mando a distancia, le doy duro al *Street Fighter*,
bailoteo delante del espejo... todo dentro de un orden.
Cuando están a punto de reventar los tíos de mi edad
quedan con amigos, beben a fondo, dicen palabrotas, ima-
ginan que se acuestan con famosas y con las mamis del
vecindario, todo al estilo del vestuario de tíos. No es lo
mío, ya tuve bastante, solo volvería a entrar en una de esas
leoneras si me asegurasen que han escondido tres millones
de euros en la cisterna.

»Y enseguida la echo de menos. Su peso, su pelo, sus
pecas. Y también que mis tres hijos estén por aquí, y las
voces de todos. Supongo que tienes que querer mucho a
alguien para desear que vuelva y fastidie la soledad que
tanto codiciabas.

»Pero lo estoy contando mal. Los Pons venimos de
un sitio menos confortable y luminoso que Laura. A mi
padre le dio un infarto mientras nadaba en la playa de
Castelldefels y se nos ahogó. Berta y yo éramos unos críos
un poco más crecidos que los gemelos. Sobrevivimos viendo cómo a nuestra madre le extraían despacio la sangre de
las venas. Mi mamá, la Terremoto de Pubilla Casas, nadie
limpiaba los pisos como ella, no a esa velocidad, respeto
eterno. Los Hermanos Maristas nos ayudaron con una
beca miserable. Le dedicaron una hora de silencio a mi
padre. La pasé con los cuarenta pares de ojos de mis compañeros clavados en mí. Se apiadaban de mi desgracia y se
alegraban de que cumpliese el cupo por ellos: dos padres
muertos en el mismo curso sería ensañamiento, lo nunca
visto. Un retraso, un error, una palabra demasiado alta y
los profesores me restregaban como un trapo sucio por la
cara que era un huérfano sostenido por la caridad. Se lo
curraban para que la vergüenza se clavase bien dentro. El

abandono de mi padre me volvió un apestado, cómo le he echado de menos y le he despreciado por no cuidar su corazón, por meterse en el agua fría, por dejarse vencer. Siempre me había costado entender las lecciones, las ideas seguían entrando despacio en mi cabeza, pero donde antes había indiferencia ahora dominaba el orgullo. Nunca sería el primero de la clase, pero descubrí que con tenacidad podía dominar cualquier examen.

»De beca en beca pasé el bachillerato y la selectividad. Miles de horas trabajadas poniendo copas, en IKEA, de segurata en perfumerías... el contacto adecuado, un poco de dinero que mi tío no pudo llevarse a la tumba, y me dejaron entrar en Esade, Dirección y Administración de Empresas. Saqué mis notas, acabé mi máster, pero no tenía una empresa familiar, ni capital para invertir. No me quedaba otra que seguir fiándolo todo al esfuerzo; el caso es que el esfuerzo me había dado bastante, pero estaba lejos de ser un creyente, ¿no se esforzaba mi padre cuando volvía a casa con las manos marcadas de forcejear con la chapa? ¿No se esforzaba mi madre cuando renunciaba a vernos despertar porque le chivaban que al otro lado de la ciudad una familia necesitaba que le limpiaran el cagadero? Laura no ha trabajado así ni un solo día, ni uno, y esa era la vida de mi madre, mes tras mes, lo único que conoció. Y ahora compara dónde vive el amor de mi vida y dónde llegaron mis padres. Quiero decir que no me engañaba, había estudiado con los hijos del dinero, pero nunca iban a confundirme con uno de ellos. Era solo que les gusta vivir con las manos limpias, ser cínico a tiempo completo te complica mover el corazón con ternura, así que recurren a la casta intermedia. Nos necesitan pero no tenemos la menor capacidad de presión, pegas una patada a una piedra y te salen cien como Julio retorciéndose en el suelo.

»Sabía todo eso, el realismo era mi fuerza, pero cuando apareció el padre de Laura y me dio una oportunidad y catorce pagas, y me pidió que lo acompañase en coche a casa, mis ilusiones se elevaron como una cometa. Le interesaba el Barça, la situación del país, los movimientos del dinero... Incluso llegó a ofrecerme algunas rebanadas de vida personal. Me enteré de que era viudo y se enorgullecía de su única hija. Le gustaba adoptar un papel paternal, aunque era incapaz de imaginar la vida de los Pons. Dejé mi cometa pisoteada en el barro cuando comprendí que nunca iba a invitarme a su casa. El felpudo era mi línea roja.

»Así que vi a Laura por primera vez en el jardín. Estaba removiendo tierra con el pelo rojo recogido por un pañuelo. Y me miró. Es el truco favorito de la naturaleza. No debe haber cambiado tanto desde que abandonamos las cavernas. Te fijas en una chica y sientes algo vivo en la garganta. La imaginas paseando de tu mano y de alguna manera entiendes que todo va a salir bien. A Laura ya la conoces. El matrimonio y la maternidad han respetado esa dulzura que la ayuda a relacionarse sin complicaciones. Me deslumbró, pero mantuve la serenidad. Solo al llegar a mi cuarto de soltero (ahorraba como una rata para invertir una miseria avanzada la treintena) comprendí como una cuchillada en la cara que no soportaría que fuese de otro.

»Unos años atrás el atractivo de Laura me habría parecido inalcanzable. Tú eres alto y con los ojos claros y el corte de cara ideal para que te integren en esas fantasías románticas donde conviven con chicos de buena conversación que ganan dinero de forma mágica y las ponen cachondas a capricho. Para el Julio adolescente fue todo un impacto descubrir que por mucho que me derritiese de deseo por ellas no me consideraban un interés erótico.

»Las cosas cambiaron cuando entré en la universidad, me convertí en un estudioso de la psicología femenina. Comprendí que por espléndida que sea su fachada todas esconden dentro un cuarto vacío, montones de desánimo. Con lo guapas que son y pasan días enteros sedientas de conversación, cariño y proyectos conjuntos. También descubrí cualidades más útiles que el atractivo, la de guapitos que terminan con una obsesiva chillona. Soy persuasivo, insistente, delicado y firme. Me ofrezco como su devoto sirviente, un buen apoyo ante la inseguridad de vivir en un mundo pensado por los hombres. Desde que me licencié no he conocido a una mujer a la que desease de verdad con la que no haya logrado acostarme.

»Y Laura no fue una excepción, solo que esta vez el delirio carnal era la puerta de entrada para irnos a vivir juntos, casarnos, hacerle un montón de hijos y envejecer de la mano mientras nos comíamos el mundo. Recuerdo esos días con un afecto indestructible. A Laura le parecía tan gracioso sacar la Visa para pagar el hotel y las copas y la cena y más copas que a cambio solo me pedía que escogiese la película y le quitase los tacones cuando volvíamos de bailar, que le transmitiese mi energía de huérfano loco por escalar la ladera de la vida.

»El gran empresario se tomó bien lo nuestro. El siglo XXI solo ha traído buenas noticias para los matrimonios entre clases. Tuvimos una conversación de hombre a hombre, la única escena humillante a la que me sometió. El saldo fue llevadero: apenas dos miradas como retortijones. En la boda rompió a llorar, de verdad, sin efectos especiales. Me enseñó los rudimentos del oficio de la explotación. Empezaba a quererle como se quiere a un suegro cuando a la salida de una curva se fue al otro mundo con el cráneo partido. Ni siquiera bebía. Fue una distracción, un mal segundo que le comió quince años de futuro. Laura estaba muy unida al viejo, lo pasó mal, pero cuidar a un bebé consume muchos recursos. Le di apoyo y ánimo, transfusiones diarias de vitalidad. Había algo sexy y medio delincuente en quedarnos solos como dos huérfanos a los mandos de nuestra vida y de esta casa enorme en la ciudad más deseada del Mediterráneo.

»Me hice cargo de los negocios, era para lo que había estudiado. Todo acreditado por los robaperas de Esade. Contigo no tengo que disimular, y menos después del discursito que nos diste en la cena aquella, que si lo pienso todavía me río. Empecé la ronda de notarios, gestores y testaferros, convencido de que iba a pegarme la gran vida del rentista. Mi suegro había llegado a poner tiendas de discos en la luna, pero la piratería se le había comido el negocio. Aunque el huérfano apestado no podía ni soñar con la posición que ahora dominaba, me tocaba luchar a cara de perro si quería que Laura disfrutase del futuro que le enseñaron a dar por seguro. ¿Otra copa? ¡Claro que sí, Diego! Esta ginebra es un puñal. Lo estamos pasando bien. ¿Por dónde íbamos?

»Nuestros primeros años juntos los gastamos en restaurantes, nada nos gustaba más que comer caro. Viajábamos como si nos persiguiesen: Australia, Islandia, Bali, islas que parecen porciones flotantes de paraíso. Nuestra especialidad era la lejanía disparatada. Pero todavía era más feliz tumbado en su sofá mientras me acariciaba el pelo con la cabeza apoyada en sus muslos. Charlábamos, reíamos, llorábamos por nuestros padres. Disfrutaba incluso de las discusiones que estallaban cada setenta y dos horas. Laura me recordaba que la casa y las empresas eran suyas, y yo que sin mí ella era un manojo de inseguridades, peleada con el sentido práctico. Me estremecía de gusto verla derrumbarse y después le suplicaba de rodillas que perdonase mi victoria. Nos iba bien, joder, nos iba muy bien. No sé qué decirte de la felicidad, creo que tiene que ver con arrancarle de un mordisco algo a la vida y después sentarte tranquilo a masticarlo. Me sentía querido, satisfecho y seguro. Todo gracias a Laura.

»Y luego vino la paternidad. Me acojoné en la sala de parto, no me escondo, pero resultó que me gustaba cambiar pañales, preparar papillas y acariciar a Laura mientras le daba el pecho a mi pequeña bestia. Nunca lo sentí como un sacrificio ni ninguna de esas mierdas. Multiplicó el ajetreo de nuestra vida cotidiana y amplió lo más valioso del universo: la gran esfera de nuestro amor.

»Los gemelos nacieron enseguida, sin que pasáramos por ninguna de esas clínicas de fertilidad. Dicen que los hijos son de la madre, pero sin nosotros se quedarían esperando a que descendiese el Espíritu Santo. Y el bueno de Julio dio en la diana a la primera. Ahora sí sentí que me cubría la responsabilidad como el pelo al hombre lobo. Pero nos adaptamos, era solo más de nosotros, la compensación por todos esos años que nos habían quitado de estar con nuestros padres. Te confesaré que nunca había visto a Laura tan atractiva como después de parir a esos dos. Cumplía con los niños, con el trabajo y los collages, y luego se movía en la cama como si estuviéramos descubriendo la alegría de joder. La quería y la quiero tanto, no ambicionaba nada más, solo más raciones de esto para los restos. Y claro que se lo decía a menudo. La gente se muere cuando menos te lo esperas y se van sin saber lo maravillosos que eran para ti. Y eso es una mierda. La vida es un asunto increíble, en las películas nunca lo cuentan bien.

»Cuando hables con Laura seguro que se queja de que nos aislamos. Es un reproche superficial, como un maquillaje, para incitarme a besarla. Yo no tengo arte conservando relaciones. ¿Y no le había prometido que reduciría mi mundo a ella? Pues cumplí. En cuanto a sus amigos... ¿para qué queríamos fisgones? Esa gente siempre está a la espera de que tu vitalidad vaya a menos. Laura te confirmará que no es por celos, ella sabe que no soy celoso. Solo una vez, en un cumpleaños, al verla hablar tres veces con un tío que de lejos parecía mejor pareja para Laura que yo se me llenó la cabeza de nubes negras. Una rabia fría, se movía a años luz de la violencia, pero que sentí de manera oscura en el peso de los puños. Me duró varios días. Miraba a mis dos hijos como algo que me podían quitar. Fue horrible, no sangraba, no dolía, no me irritó la piel, pero dejó una herida extraña. Me prometí que nunca más, y no ha vuelto a pasar, así que no soy celoso.

»A Laura le gusta la gente más que a mí, pero disfruta de que viva para ella como un león domesticado. Es un buen acuerdo. Un marido que no conociese tanto a su mujer como yo te diría que Laura no sabe lo que quiere, pero lo sabe perfectamente, lo quiere todo, solo que el conjunto es contradictorio. Con todo lo valiente que es Laura tiene miedo de que me suba a un tren y no vuelva. Y la entiendo, el amor puede fallar en cualquier momento, las promesas no sujetan nada, supongo que por eso las llamamos promesas. ¿Cómo vamos a confiar en que alguien envejezca a nuestro lado si ni siquiera sabemos hasta cuándo nos quedaremos con una persona?

»¿Qué mantiene sujeto un matrimonio? Este sí que es un problema jodido. Unos te dirán que el dinero, una moral compartida, el cariño o las obligaciones. Pero yo apuesto por una devoción mutua. No sé cómo funciona la fe, por desgracia no soy una persona religiosa, pero la fascinación amorosa es frágil, se agrieta varias veces al mes, no lo suficiente para distanciarnos, pero sigue siendo triste. Y de algunos desgarros me acuerdo mejor que de otros.

»Sabía que esta parte iba a ser la más difícil de explicar, todavía no sé muy bien qué nos pasó, pero puedo contarte lo que recuerdo de la noche que empezó todo. Serían las dos o las tres de la madrugada, estábamos en el dormitorio desnudos, oliendo a matrimonio. Ninguno de los dos sabía si habíamos terminado o íbamos a seguir. ¿Conocéis los solteros estas situaciones? Ya no soy capaz de imaginar vuestras vidas. Laura me miró con unos ojos tiernos bajo el pelo rojo desordenado, dio una vuelta sobre las sábanas con mi saliva brillando en sus labios y me preguntó cómo iba a retenerla si se decidía a irse. Era un juego, la clase de reto que Laura había aprendido que me atraía, una de las muchas máscaras de la noche. Pero también vi distanciarse lo que me había acostumbrado a sentir unido, y mi vida partida. Le respondí preguntándole lo mismo. Si cierro los ojos todavía puedo oír su carcajada. Seguimos amándonos como si la respuesta a las confusiones del matrimonio fuese más matrimonio.

»Pero me afectó. Ni la fascinación más devota impide que sintamos curiosidad por otras personas. Los interiores humanos son tan ricos, queremos saber en qué se parecen y en qué se diferencian de lo que ya conocemos: caricias de otras manos, risas de nuevos labios. Es solo que conocía el precio y había asumido que la vida adulta consistía en una poda de esos romances ilusorios. Durante años apenas había sentido una nostalgia abstracta por los espacios abiertos de la soltería.

»Después de la carcajada de Laura empecé a ver el matrimonio como una institución ambigua que nos protege del frío y de la dureza de la intemperie a cambio de encerrar nuestro deseo en un solo cuerpo. ¿Cómo retener a

Laura si decidía marcharse? ¿Pensaba en irse mientras pintaba, cuando bañaba a los niños? ¿Antes de comprar unas camisas para mí? ¿Expresaba con sus quejas por nuestra vida social un malestar más profundo? ¿Imaginaba a veces la convivencia conmigo como un pasillo que iba estrechándose? Las preguntas se me clavaban en los ojos, pero no eran celos, sino la vergüenza de no ser capaz de saturar a Laura de felicidad. Mi dios era el del amor matrimonial, había cumplido con mis deberes y sacrificios, ¿iba a darme ahora la espalda?

»Empecé a pensar en el futuro como un escenario de renuncias. No volver a escuchar una voz de mujer en la cama improvisando sobre sus méritos, abriéndose despacio a la sinceridad: su pasado, sus expectativas, su cansancio y su particular empuje. No volver a experimentar cómo una persona nueva se desnuda delante de nosotros, no tocar nunca más otra piel excitada, sentirla respirar cerca... de mí, estoy hablando de mí. ¿Cómo no interpretar esta concentración del deseo como algo antinatural capaz de provocarme un daño irreparable? La frustración me convertía en un padre distraído, un marido desganado, no podía tolerarlo, ¿qué queda de Julio sin su buena predisposición a pasarlo bien? Mi vieja divinidad era un vampiro que le exige sacrificios y más sacrificios a lo mejor de nuestra energía vital. Su altar sería la tumba de mi sexualidad. Supongo que la solución era sentarnos y hablarlo, pero lo dejamos pasar y un día resultó que ya estaba en marcha.

»La ciudad volvió a abrirse como la pradera inmensa de la adolescencia, pero sin los miedos de la adolescencia. Cuando me atravesaba una racha de deseo no siempre iba dirigida a Laura. Quiero que entiendas que no fue nada sórdido. Nunca he podido usar el cuerpo de una mujer para desahogarme. No se parece en nada a las uniones apresuradas en los parques o en los cuartos oscuros. Y no creas que ellas eran muchachitas asustadas por el reto alucinante de afrontar la vida. Eran mujeres casadas (se puede tocar hasta el santo sudario, cómo no vamos a poder tocar a la mujer del vecino), metidas en la treintena, con unas manos y un cuerpo y un cerebro maduros. Hermanas que pasaban por la misma situación en la otra orilla del género, con las que pasar unas horas hablando, haciendo el amor, dejando que me acariciasen el pelo con la cabeza entre sus muslos. Somos cientos en cada barrio de esta ciudad decididos a apurar la vida, incapaces de destruir a nuestras queridas familias.

»El matrimonio me había enseñado a ver las oportunidades perdidas con la apariencia engañosa del beneficio. Cada aventura frustrada era un daño que les evitaba a Laura y a los niños. Pero es mentira, eran solo oportunidades malgastadas, nadie sacaba provecho de mi sacrificio, ni siquiera se enteraban. Te diré algo a favor de la aventura consumada: suministra energía, sacude el cansancio, amplía nuestra experiencia. Y todo lo reinvertimos en ser mejores maridos y padres.

»Aunque adorábamos al dios de la fugacidad lo que pasó estaba dentro de lo que podía pasar. Seguro que lo entiendes, perteneces al gran mundo, cómo no vas a entenderlo. Los sentimientos se concentraron y se volvieron más fuertes, como cuando en el instituto te interesas demasiado por una asignatura. La chica me metió dentro la curiosidad por saber cómo era de verdad, con tiempo por delante, más allá de nuestro arreglo mensual, y a ella le pasó lo mismo, no teníamos suficiente de nosotros.

»Te seré sincero: lo disfruté a fondo, porque estaban la intriga y la aventura, la adrenalina y la complicidad, pero también la ternura de empezar a ser una persona nueva para otra mujer que me escuchaba sin la carga compartida de los hijos, las promesas y los logros, ¿tienes idea de cómo pesan los éxitos de una pareja? Y todo sin dejar de ser lo que siempre he sido para mi familia. Los primeros meses amaba a mis gemelos de una manera tan intensa que casi me dolía saber que ya nunca podría sentirme indiferente a su suerte. Todavía me emociona lo receptiva que estaba Laura a mi entusiasmo.

»Aceptar que en mi corazón había sitio para dos amores plenos empezó a parecerme el acuerdo ideal. Pero las viejas creencias me empujaban a sentir mi situación como algo provisional que debía resolverse en un sentido o en otro. Nunca pensé en abandonar a Laura, pero la idea de volver a encerrarme en casa me debilitaba. Solo me sentía cómodo si fantaseaba con confesárselo en una de esas noches de intensidad mágica, cuando la pareja sexual descubre que sus morbos se adaptan, y nos desvelamos de tanto reír. Pero eran fantasías sin consistencia. Se derrumbaban en cuanto llegaba a casa. Laura es una persona radicalmente sincera, su falta de doblez es casi animal. Y la sinceridad de años es implacable con la sinceridad repentina. Laura degradaría mi honestidad en una ofensa.

»Mi vida se convirtió en un juego de relevos: ansiedad, días tranquilos y otros de soportar una presión casi demente. Una tarde me escuché gritando a mis hijos en el comedor y decidí que la doble vida no era para mí. Fui drástico, corté mi aventura sin apenas despedirme. Habrá quien diga que actué con cierta brutalidad, pero tengo la conciencia tranquila: a veces somos más crueles cuanto más dosificamos el adiós. La chica se puso agresiva y convirtió los últimos coletazos de su angustia en llamadas, mensajes... qué te voy a contar. Lo aproveché a mi favor, le dije a Laura que una loca me acosaba. Me creyó. Se puso de mi lado. Fuimos juntos a cambiar de número. La quiero tanto. Dejé que el matrimonio reabsorbiese la energía sobrante. Me centré en el trabajo, en mejorar el colegio de mis hijos, acompañar en coche a Laura a Pintor Peralta, pedir descuentos en el seguro, comprar billetes para un viaje a Extremadura, mi tierra, ni te imaginas lo preciosa que está en primavera. ¿No es una suerte que siempre queden trabajos pendientes para el cabeza de familia?

»Al principio pensé que dolería, y dolió; y también que acabaría enseguida, y se alargó casi un año. Ya nunca pienso en ella, pero no quiero que pase por esta conversación como un espectro, se llamaba Andrea, todavía se llamará así. No voy a contarte cómo era, no me gusta presumir de mis mujeres. Era mi tipo, solo que de un tipo muy distinto que el de Laura. Y si la guardo en el lado amable del corazón es porque con ella logré escapar del remolino avaricioso del deseo, comprendí que amar a una sola mujer era tan egoísta como amarse a uno mismo.

»Durante un año entero, ponle diez meses, me porté bien, solo que portarse bien se parecía demasiado a sacrificarse por el eco de una moral en la que ya no creía. Miraba a Laura pintar con el ánimo sombrío: los suaves movimientos de los brazos, la inocencia que le brilla en la carita al concentrarse, era tan fácil que otro se enamorase de ella. Si descubriese que Laura me ocultaba un amante claro que me sentiría herido. ¿Y si me lo confesaba? ¿Me asfixiaría el miedo a perderla? ¿Volvería a sentir el peso de los puños? Me examiné con frialdad y te juro por mis hijos que me sentí liberado del viejo dios (celoso, posesivo, cruel) de la monogamia. Estoy seguro de que hubiese apoyado a Laura en la búsqueda de más intensidad, ¿cómo ir en contra de la alegría de la compañera de mi vida?

»A finales del invierno pasado retomé mis aventuras. Eran mucho más que una cana al aire, empecé a considerarlo un sistema refrigerador. Impedían que la maquinaria se sobrecargase. Me impuse que los encuentros fuesen esporádicos, pero echaba de menos tantear en una personalidad distinta, descubrir qué le daba miedo, qué la empujaba a sonreír, darle apoyo, incorporar esas energías reprimidas y las nuevas en el motor de mi día a día. La curiosidad se me comió. El doce de junio me enamoré, ¿se te ocurre algo más humano?

»El asunto venía de antes (ponle dos meses), pero fue la fecha que elegimos, nuestro aniversario, nos salió un día precioso, no hay más. Empezamos porque después de un examen frío ella me convenció de que cumplía con lo que estaba buscando: no era soltera, ni una chica demasiado aturdida por el matrimonio. Apasionada, pero sin riesgo de que se ilusionase demasiado con el futuro de nuestro asunto, quería de verdad a su marido y todavía más a sus hijos. Seguro que yo pasé un examen parecido. Ya sabes cómo va: a veces el sexo parece una murga insistente programada por el impulso loco de reproducirnos, y otras nos renueva con una generosidad que justifica nuestro paso por la tierra. Una variante de lo que me pasaba y me sigue pasando con Laura. Como cuando ves un paisaje que te gusta desde otra perspectiva y te sigue gustando igual. Algo así.

»Fue una época de serenidad inconsciente. Me sentía limpio de celos y envidias, más confiado y generoso. Cada día que pasaba era mejor padre. Tampoco experimenté ninguna disminución de mi amor hacia Laura. Los aspectos prácticos resultaron ser más sencillos de lo que esperaba, para mantener una doble vida basta con levantar una frontera entre las dos casas y asegurarse de que nadie la cruce. No alimentaba dos verdades distintas, las había mezclado en una sola alegría: la vida de Julio.

»Solo empecé a despertarme a medianoche con el pijama empapado de ese sudor que apesta a miedo después de que ella, movida por el cansancio, la excitación, la flojera o el extrañamiento le contara lo nuestro a su marido. La versión oficial fue que si los dos estábamos de acuerdo en que no hacíamos nada malo no tenía sentido seguir adelante con el engaño. Es una chica tan valiente. Pero el marido se lo tomó a cara de perro, ni siquiera montó una escena, se tumbó en la cama y se puso a llorar. Supongo que después se acordaría de que era un hombre, y que nosotros somos los de la acción. Se largó y se llevó a sus hijos. Actuó como si enamorarse de mí convirtiese a la mujer de su vida en una irresponsable medio demente, como si anulase el amor que sentía por él: se comportó justo como le habían educado. No le culpo, me apiado. Es terrible lo que hacen con nosotros. Empezaba una lucha por la custodia que no ha terminado.

»Decidimos pasar un fin de semana juntos. No recuerdo qué le dije a Laura. Supongo que tiré del catálogo clásico de excusas. Me hubiese gustado tanto tenerla a mi lado. Soy mejor cuando mi mujer está cerca. ¿No me había apoyado siempre? Pero no podía ser, atravesábamos fases muy distintas de nuestra educación sentimental.

»No nos acostamos en todo el fin de semana, pero bebimos mucho. Me dijo que no tenía la menor intención de ceder ante su marido. Mientras se secaba despacio el pelo con una resignación que no le conocía añadió que no le importaría "incorporarse" a nuestra familia, y que nosotros nos incorporásemos a la suya. Lo dijo riendo, con los ojos húmedos de lambrusco del bueno. Me aseguró que entendía el riesgo de adentrarse en un territorio sin explorar. ¿No valía la pena arriesgarse para liberar nuestros impulsos generosos de amar y ser amados? Reconozco que la imagen de mis dos chicas formando parte de la misma figura, como el cateto y la hipotenusa, me parecía la solución más elegante al enigma erótico. Me serenaba. Pero no le prometí nada. No iba a mover ficha solo porque ella se había precipitado con su marido.

»Después de todo mi situación era mucho más complicada que la de Mireia. Porque se llama Mireia, qué poco curioso eres. Donde ella peleaba por un asunto de moral que iba a resolverse en los juzgados, yo me enfrentaba a la ruina. Los hijos son de los dos, pero la casa y las empresas son de Laura. No lo he peleado porque no soy codicioso, y porque en su momento pensé que si otro hombre se cruzaba en su vida contaría como prueba de mi devoción. Pobre de mí, como si la generosidad resignada valiese algo ante la furia de dos que se descubren y se codician. La verdad es que si Laura rompía la baraja al estilo del marido de Mireia podía quedarme sin trabajo ni patrimonio con treinta y cinco años recién cumplidos. Vivía con una bomba atada al pecho, ¿cómo iba a atravesar el fuego sin quemarme? Daba por hecho que confesar o no dependía de mí, pero ¿no terminan por descubrir los niños más crédulos que los reyes son los padres? Y Laura ni siquiera era inocente, estaba distraída. Tarde o temprano se tropezaría con lo que no iba buscando porque mi otra vida iba incrementando su masa, era cada vez más difícil de esconder.

»Buscaba en mis propios bolsillos un papel que me delatase, o irregularidades en el saldo del banco. Me despertaba de madrugada y me sometía a interrogatorios sobre mis excusas y coartadas. Eran líneas de seguridad, contenían los peligrosos desbordes del entusiasmo, pero también ejercían una presión constante. ¿Cómo se puede vivir así? Supongo que cuando se ama se puede vivir de cualquier manera.

»Claro que valoré dejar a Mireia, pero eran fantasías sin peso. ¿Qué había ganado al alejarme de Andrea? Inquietud, irritabilidad, frustración: peor padre, peor persona. Pero también sabía en qué nos iba a convertir a Mireia y a mí tanto escondite: en una pareja desconfiada, recelosa, disminuida. La situación no podía prolongarse. Las quería tanto a las dos. A nadie le obligan a elegir a su hijo favorito y a desinteresarse del resto.

»Estaba tan abatido que visité el templo de mi antigua divinidad. Miré sus ojos feroces y pese a que me agoté en la lucha no consiguió que me sintiese culpable. En el conflicto entre la moral restrictiva y los impulsos naturales la víctima era yo. Me decidí a reclamar mis derechos. ¿No había prometido Laura que me cuidaría si me ponía enfermo? ¿Que seguiría a mi lado si un virus (o la hélice del barco que hace tres veranos pasó a medio metro de mi cara) me desfiguraba? ¿Cómo no iba a ser capaz una mujer adulta, sensible y buena, la madre de mis hijos, de ampliar el compromiso para incluir a mi segundo amor? Mi chica no podía ser tan estrecha de miras para preferir una convivencia debilitada a seguir disfrutando de la energía benéfica del compañero de su vida.

»Claro que pasaríamos por una época de turbulencias mientras Laura se desprendía de los celos, los sentimientos de posesión y la fantasía cruel de la exclusividad. Pero se acostumbraría y aprendería a ver a Mireia como lo que era: una persona atenta y honesta, una amiga de confianza y una compañera excelente. Al extremo del desconcierto nos esperaba una madurez maravillosa. Y Laura sería la principal beneficiada. ¿No era una mujer adulta? ¿No tenía ojos y sangre? ¿No deseaba? ¿Para qué atormentarme con la pregunta sobre cómo retenerla cuando podíamos poner las cartas sobre la mesa y dar pasos juntos, según nuestra costumbre, para integrarnos a una nueva manera de vivir, más acorde con la curiosidad de nuestros corazones? ¿No nos pide el matrimonio que aumentemos la belleza de nuestra convivencia con los hijos? ¿No buscamos una casa más grande que nos dé cobijo a todos? Íbamos a ensanchar la esfera de nuestro amor. Una familia extendida. Eso era todo.

»Confieso que aplacé casi un mes la confesión porque disfrutaba saboreando la euforia de estar saliéndome con la mía, pero no dejé de pensar en el asunto, de prepararlo, no me quedé quieto. La noche elegida dejé a los críos en casa de Berta, su tía les cae bien y les gustan las novedades, todo en orden. A Laura le apetecía todavía más que a mí una cena para dos. Media hora antes de que volviera del atelier salí de casa. Junto a los zapatos que le acababa de comprar dejé una nota planteándole la situación, y avisándola de que a las nueve estaría de vuelta para discutir nuestro futuro. Dejé el móvil apagado en el bolsillo de una americana vieja.

»Pasé la hora y media que le había dado a Laura en un bar. Me veía reducido en el espejo, un bulto de carne con los pies colgando en un precipicio de futuro desconocido. No llegué a quitarme el abrigo. Tampoco he vuelto a entrar en ese bar, trato de evitar la calle, y si no queda otro remedio cambio de acera. Llegué puntual a casa.

»Encontré las luces encendidas. Los zapatos seguían sobre la mesa. La carta no estaba a la vista. Decidí no darle importancia al plato roto. Era decisivo mantener sujeta la máquina de las suspicacias, solo con pasos firmes saldríamos de aquel tramo de desconfianza. No estaba ni en el comedor ni en el salón ni en el jardín, pero encontré su bolso con la cartera dentro, y Laura nunca saldría de casa sin documentación. Apagué todas las luces. El hilo de claridad que escapaba por la puerta cerrada del lavabo la delató. Hice ruido suficiente para que comprendiese que estaba en casa. Me moría por abrazarla pero renuncié a levantar la voz, ni siquiera pronuncié su nombre, me había propuesto darle tanto espacio como necesitase.

»Me dejé caer en el sofá como un saco de arena. Una parte de mi cerebro se mantenía en la irrealidad. ¿No era ridículo llegar al momento decisivo con una camisa estampada de limones? Perdí la noción del tiempo, incluso ahora el recuerdo sigue distorsionado por un velo de dolor. Cuando miré el reloj habían pasado casi tres horas. El baño estaba vacío, Laura se había acostado en nuestra cama de matrimonio. Me desarmó la sencillez de su respuesta: dormir, que pasasen las horas, confiar en que la noche lo arregle. Me senté a su lado, me daba miedo tocarla. También sentí que, al abandonarme la noche entera en la incertidumbre, Laura era ingrata con todo lo que habíamos conseguido juntos. ¿Cómo esperaba que reaccionase? ¿Yéndome a un hotel? ¿Durmiendo en el sofá? ¿Despertándola?

»Me tumbé a su lado. Supuse que me apartaría de un manotazo, pero no se dio cuenta o me toleró. Intenté no respirar demasiado fuerte. Empecé a acariciarla con suavidad como tanteando los bordes del sueño. Al mirarla se superponían escenas barajadas de nuestras ilusiones. Cada pocos minutos vencía y se reavivaba la tentación de despertarla para que me informase de una vez de a qué debía atenerme. Me convencía de que no podía más, pero claro que podía más. Después me decía (con tanta intensidad que parecía una promesa) que Laura saldría del sueño limpia de la humillación en cuyos detalles no me atrevía a pensar. Al final me dormí.

»Cuando la claridad entró en la habitación desperté consciente de que podía perderla. Laura seguía acostada. Barrí mi interior y encontré restos de fuerza que me recordaron quién era yo en su vida: la acaricié, la abracé, la besé en las mejillas, en los ojos, en la boca; nunca nos pedíamos permiso si nos apetecía. Le gustó, enseguida me di cuenta de que quería seguir así mucho rato, besarnos era de las cosas que nos salía mejor. Todo era como antes. Mi plan se me apareció como una complicación laberíntica, pero no podía renunciar a Mireia, ¿entiendes? No podía, es así de sencillo. Laura terminaría por ver las cosas como yo. Y aceptaría.

»Me rechazó. Se apartó. Salió de la cama. Me abalancé sobre su lado para aspirar el olor de la mujer de mi vida, y enseguida oí el chorro de pis, cómo amaba aquel dulce sonido, qué cerca estábamos el uno del otro. Era incapaz de calcular el daño emocional que nos provocaría una separación, pero comprendía cómo le iba a doler a Laura, sus venas se habían acostumbrado a latir en mi carne. Me levanté, y de alguna manera me duché y conseguí vestirme. No creo que llegase a cepillarme los dientes porque recuerdo pasar el resto del día con la boca llena de sabor a huevo hervido.

»Laura me evitó, volvió a encerrarse en su baño. Hubiese preferido hablar, gritar, insultarnos... pero me tuve que conformar con dejarme caer en el butacón de mi padre, el único mueble de los Pons admitido en esta casa, a esperar mi sentencia. Berta no llegaría con los niños hasta después de comer, no iban a mezclarse con nuestra situación para refrescarla. Nunca he amado tanto a mis tres hijos, iban a obligarnos a seguir pensando el uno en el otro, aunque fuese con un abogado de por medio. No sé qué hora era, pero tenía mucha hambre, cuando Laura con los ojos hinchados, sin lágrimas, bajo ese pelo suyo que me moría por besar me pidió que me marchase, que recogiese mis cosas. Se había acabado.

»Vi pasar por delante un desfile de pérdidas: mis hijos, la casa, la herencia, el amor maravilloso de Laura. Una energía furiosa me trepó por los brazos, me cerró los puños. ¿A qué estaba dispuesto para retenerla a mi lado? No tuve que responder. Detrás de aquella amenaza de expulsión seguía mirándome la chica acostumbrada a vivir conmigo, me suplicaba que encontrase una salida, o por lo menos un arreglo, como siempre he conseguido hacer desde que juntamos nuestras vidas.

»La miré con una lucidez inesperada que casi me quema los ojos. Reconocí su miedo instintivo al divorcio, el pánico a reconocer que había malgastado una década decisiva. Todo eso la oprimía a mi favor. Habíamos abordado un montón de cosas juntos, nunca me había tenido enfrente. ¿En quién iba a apoyarse contra mí? Sus amigos se habían desperdigado. Su padre iba a seguir muerto. Los niños me querían más que a ella. No se sentía capaz de superar un abandono. Quiero que entiendas que calculaba así por el bien de todos. Laura estaba conmocionada, era mi responsabilidad como cabeza de familia impedir que una imprudencia nos precipitase por el barranco de la lucha.

»Claro que en ese momento no podía retenerla solo con la sinceridad. Desde que murió mi padre he sido demasiado ambicioso para permitirme el orgullo: me arrodillé, imploré, pedí perdón. Expresé mi arrepentimiento como si la vergüenza fuese la emoción dominante. Nos besamos y lloramos confiados en que las lágrimas podían arrastrar el episodio a la distancia justa donde uno puede empezar a reírse de los reveses. Nos acariciamos como se tocan las personas después de una larga separación. Se convenció demasiado deprisa de que la fuerza que manejábamos juntos volvía a estar a su favor. Me perdonó y ese fue su error. Perdió la ocasión de persuadirse de que podía vivir un tiempo sola, prescindir de mí.

»Diré a mi favor que la dejé descansar unas semanas. Ni siquiera fueron días felices. Se instalaron entre nosotros las suspicacias y un leve resentimiento. También la vi debilitada por los celos, la envidia y el ansia de posesión, pasiones que nos embrutecen y nos encierran en una cajita tallada por el miedo. Se me llenaron los ojos de emoción al reconocer que Laura tampoco quería ser esa persona. Lo guapa y fuerte que iba a estar de camino a un estilo de vida más abierto y receptivo.

»Claro que Laura estaba convencida de que mis disculpas iban acompañadas de una retractación, esperaba que reordenase nuestro día a día según nuestra vieja idea de la lealtad. Pobre Laura, de lo único que me arrepentía era de mis disimulos previos, de la inaceptable falta de valor, de la paranoia. ¿Cómo sentirse incómodo siendo uno mismo? Quien puede conseguir todo lo que quiere y da un paso atrás te hablará de generosidad, pero yo solo veo impotencia. Y como comprenderás tampoco iba a mantener encerrada a Mireia en aquel juego de apelativos degradantes: la amante, la adúltera, la otra. No era uno de esos pájaros que se meten en el nido ajeno a comerse sus crías. Era mi amor, mi otro amor. Íbamos a vivir en casas separadas, eso lo respetaba, pero sería parte de nuestra familia. Mantuve la determinación de defender lo mejor para los dos (sabía que al final del proceso Laura brillaría más que yo, que reprimía más amor y sensualidad y ganas de vivir), y fui inflexible.

»Estoy un poco cansado y los recuerdos son ásperos, todavía me tiembla la mano de terror cuando pienso en las noches por las que Laura pasó mientras lo asimilaba. Volvió a amenazar con dejarme, pero ya había llevado una vez el conflicto hasta ese extremo, y solo le había servido para descubrir que no tenía carácter para expulsarme de su lado. Al recordarle el desconcierto estéril en que se iba a convertir su vida sin mí, también la convencí de que debía perdonarme y aceptar. Y estoy seguro de que si Laura se hubiese enamorado de otro hombre yo me habría dejado acompañar a una derrota que nos beneficiara. La dominé y pude ser generoso.

»Una mente cínica diría que he duplicado las responsabilidades del cabeza de familia, pero he aprendido que el mundo es tan cínico como le permites que sea. ¿Por qué no abrirnos a todo lo bueno que hay en nosotros? ¿Por qué vamos a renunciar a la fuerza revitalizadora de enamorarnos, de vernos reflejados en la ilusión agradecida de otra persona? Que la tumba haga su trabajo, no pienso entregarme antes de tiempo.

»Ver a Laura resignada me alivió en un primer momento, pero no era suficiente. ¿De qué sirve un marido si no puede hacer feliz a su mujer? Me parece una desgracia que dos cabezas que comparten almohada vivan en una temperatura anímica diferente. No es mi estilo, no es mi idea de matrimonio. Laura ha pasado por un proceso doloroso y se ha comportado como una valiente, ahora me toca a mí ponerme a prueba. ¿No merecía Laura experimentar el placer de un nuevo enamoramiento sin perder el amor madurado por el tiempo? Antes te engañé, los celos siguen vivos en mí, aunque sean suaves como un ceceo. Es solo que no se me ocurre un sacrificio más bonito que permitir a la persona de tu vida abrirse a otras emociones sin perderla.

»Y no creas que vamos a contentarnos con el primero que pase. Laura sigue siendo mi chica. Buscamos a alguien que entre despacio en nuestras vidas, cuidaremos de él y esperamos que él cuide de nosotros. Y te diré que el acuerdo parece ahora bien encarrilado. Laura se ve con varios chicos, buenos chicos. El que más me gusta es un amigo de años, de confianza, una persona que nunca cruzaría los límites, aunque saltaba a la vista que siempre la había encontrado atractiva. Y sospecho que era la víctima favorita de Laura cuando jugaba a enamoriscarse. Pero también parecía bien encauzado antes del verano y en junio se vino abajo. Habíamos llegado a un arreglo, pero un arreglo no es un acuerdo. Y ahora temo otra recaída. La he cuidado tanto como he podido. Quizás sea el momento de ampliar horizontes. ¿Me ayudarás? Hay algo tan atractivo en ti: ni hermana ni hijos ni amigas. Aislado. Purgado de todos esos afectos familiares que entorpecen el amor. No sabes lo que me ha costado mantener sujetas a Laura y a Berta, algunas mujeres reaccionan con el instinto a la fantasía de un hombre independiente al que domesticar a su gusto. Únete a nosotros. Ya has visto cómo te mira Laura, te escuchará. Solo te pido que te la lleves a sitios, donde transcurra tu vida. Le gusta la pintura, le gustan los libros, la gente de la farándula. Es una compañía estupenda. Déjala que te siga a tu vida de sofisticación, habla con ella, mánchala de mundo.

Libro segundo

3. TE ENSEÑARÉ EL GRAN MUNDO

I

«No sé si contaros mis sueños.» Anotados con meticulosidad uno tras otro en un cuaderno de cubiertas azules. Los cuadernos azules de mis sueños. ¿Os imagináis? No, claro que no voy a haceros pasar por eso, ¡ni a mí! Sé muy bien que el único interés de leer sobre los sueños ajenos pasa por constatar que los nuestros son corrientes, y os aseguro que los míos no son gran cosa.

Aun así me ha dado por estudiar los sueños. Los antiguos los consideraban avisos del futuro, la gran era de la represión nos enseñó a sentirlos como válvulas de escape, y nuestro presente utilitario prefiere interpretarlos como escenarios hipotéticos donde entrenar nuestras habilidades. ¿Os convence? Quizás no sean más que actividades secundarias de un cerebro que no sabe cómo apagarse cuando descansa.

Os confieso que estaba aburridísimo empaquetando mi último piso italiano cuando se me ocurrió que quizás los recuerdos se alteran despacio en los sueños. Damos por hecho que atravesamos el reino onírico sin continuidad ni consecuencias, pero ¿y si llevamos allí una vida doble, más elástica, resbaladiza e imprecisa, regida por otra naturaleza del tiempo que nuestra memoria no sabe retener? Y tenemos casas, oficios y proyectos, y siguen su curso las amistades que perdimos.

En su momento me parecieron pensamientos de tránsito, buenos para ocupar la cabeza en el avión, pero Barcelona los ha avivado. He encontrado la ciudad alborotada, lo que veo no coincide con el mapa de la memoria: calles cortadas que daban a otras calles, jardines desplazados o el puente sobre un pequeño canal que nunca se construyó. A la tristeza de habernos distanciado se sumaba el riesgo de que la memoria os alterase. ¿No era ya un indicio sospechoso que los tres hermanos Montsalvatges recordasen de manera tan distinta pasajes clave de su infancia?

Así que me tranquiliza pensar que cada noche atravesamos el espejo y allí sigo remando por el río con Valeria e intercambio complicidades con Clara, admiro las ideas de Álvaro y nos guardamos las espaldas con Bodel. Si el futuro no tiene ambiciones para mí, al menos puedo disfrutar de ver bailar entre el vapor dorado del sueño a mis fantasmas favoritos. Ahora al acostarme me gusta seguir el hilo de un recuerdo a ver si traspasa la frontera del sueño, y al sentir que me despierto trato de prolongar la aventura onírica, aunque de momento apenas alcanzo a intuir cómo se aleja el puente colgante de los sueños. ¿Se despiertan recuerdos alegres cuando de noche os visito mientras dormís? Ojalá estuvieseis aquí para contármelo.

¿Os apetece oír el sueño de esta noche? Paseaba por una playa quemada por el verano, descubría que había perdido las gafas de sol, de manera irremediable, para siempre, y el disgusto se me metía en la sangre y me hinchaba como un globo y salía volando por encima de la multitud que me señalaba, todos muertos de asco y de risa. Ya veis, nada interpretable, ni un símbolo atractivo, la parodia de una escena sin gracia. Un narrador perezoso y convencional, ¡así me tratan los sueños!

He tenido que darme una ducha larguísima para quitarme de encima la turbiedad cómica. Planeaba desayunar como un cardenal pero mi estómago a duras penas ha podido con la tostada y su chorrito de aceite. He bajado andando hasta el museo y me he puesto a escuchar los informes; media hora después chapoteaba en un aburrimiento sin orillas. Antes de irme he sorteado con *paradinhas* y acelerones a un par de funcionarios; ya en la calle me he metido de cabeza en el Toribio, el vino turbio me ha hecho reír de lo malo que era, pero ha impulsado el capricho de pedir un plato contundente de *mandonguilles* con sepia.

Al salir me he acercado a la protectora de animales. Mientras veía las fotos de los perros se me ha caído el alma a los pies. Una perrita flaca con las piernas entablilladas, el esqueleto blanco de un galgo, un perro grande en cuya piel todavía se apreciaban golpes y quemaduras, y un mestizo con un ojo lechoso y otro vaciado. En comparación Bernarda parecía una princesa persa. Me gustaría tener la sensibilidad de Bodel para comunicarme con los animales heridos, pero mi idea de mascota es un cachorro reluciente como una foca, leal y dependiente, protegido por una cortina de sensibilidad canina del universo de las complicaciones humanas. Y Uli, Senda, Maya, Tron y Kotec... estaban todos marcados por la mano del dolor.

He decidido subir a Montjuïc en taxi para que me diese tiempo a pasear por los jardines de Miramar antes de la cita. Por la ventanilla me he fijado en la caída de las hojas de los plátanos, obedientes al sentido del viento. A veces cuesta creer que esta caída ocre sea la versión vegetal del mismo impulso que renueva nuestro cabello y nuestra piel.

Los jardines han matizado mi recuerdo pero no me han decepcionado. Seguían allí la superficie arenosa, el balcón abierto al puerto, la gran escalinata y la mole de los viejos estudios de televisión reconvertidos en un hotel para recién casados sedientos de buenos dormitorios, aislamiento y vistas. No recordaba que el teleférico subía hasta aquí, y doy por seguro que los dos restaurantes del fondo son de construcción reciente.

Me he dado una vuelta por el paseo de las bellasombras, entre las que asomaban estatuas de mármol falso, cargando con cestas y cuernos llenos de limones y naranjas, al darme la vuelta la luz daba ya las últimas pinceladas sobre la superficie del mar. Apenas se apreciaba el avance de las líneas regulares de espuma y el fantasma juguetón de una ola aislada, qué frágil es la luz de otoño.

Ya no quedaba ni uno de los yonquis que se refugiaban en los viejos estudios, pero la entrada del hotel retenía un poco de ese aire sombrío de los palacios abandonados. La terraza exterior estaba vacía, apenas dos vasos de tubo y un cenicero, residuos de los últimos clientes en desentenderse del verano. El viento agitaba los toldos como una advertencia cuando he abierto la puerta de entrada. Había quedado en el amplio salón-cafetería: mesas robustas, sofás y butacones cómodos, una chimenea de confianza, espejos relucientes y la espléndida alfombra de lana y algodón. Me gustaba que el conjunto obedeciese a una idea funcional de elegancia, y todavía más que respetase el rasgo distintivo del gran mundo: la despreocupación. Las amplias ventanas, los periódicos, la profundidad de la bodega... invitaban a pasar la tarde en una incolora indiferencia.

Me he dejado caer en la butaca, frente al sofá de dos piezas donde Laura podría dejar las bolsas, esperaba que cargase con muchas y que las agitase al ritmo de la conversación. Me arrepentí de no haberla citado unas horas antes para verla subir escaleras arriba envuelta por la hora más agradable del día, pero tampoco me disgustó reconocerla a la luz de los focos de la piscina, indiferente a su retraso. Le quedaba muy bien el drapeado de seda malva en aquel cuerpo grande. Al verme me dedicó una de esas miradas con las que tratamos de convencernos de que por fin estamos involucrados en algo a lo que le hemos dado demasiadas vueltas. Me sorprendió su energía: basta con dejar de ver a alguien un tiempo para olvidar los signos de su presencia real: el color de la piel, el tono de la voz... La desconcertó que la saludase sin levantarme del butacón, muy al estilo de mi familia.

—Me alegra mucho que nos veamos aquí, Diego, el verano no fue un buen momento para mí. Tampoco es que me perdiese demasiado. Ni la arena ni el mar me vuelven loca, aunque me gusta sentir cómo se me seca el pelo leyendo un libro mientras Julio juega con los niños. Pero estaba desganada, reuniendo fuerzas, un estado muy poco conveniente para conocer a nadie. Y quizás éramos demasiados para intimar. ¡Esto va a ser muy raro!

—No tienes que disculparte ni hablar de nada que no quieras.

—Gracias, es solo que creo que soy más agradable de conocer cuando estoy sola. Ya sé que las parejas mejoran cuando están juntas... O eso dicen. ¡Igual es así! Pero hay aspectos de mí que Julio no permite que asomen. ¿Me entiendes?

—No estoy seguro.

—Bueno, ¡da igual! El caso es que desde entonces han cambiado unas cuantas cosas. Vuelvo a disfrutar mucho de peinarme y maquillarme, ¿te gusto?

—Estás preciosa, el rebozo te queda de miedo. ¿Es de *charmeuse*?

—¡Sí! ¿Cómo lo sabes? Pocos hombres... al menos de tu edad, saben diferenciar un chal de un rebozo. ¡Julio sería incapaz!

—Mi madre era una *connaisseuse*. Lo convirtió en su profesión. Al casarse se cansó de trabajar pero no de la belleza. Me transmitió lo que sé.

—Así que me he citado con un conocedor. Este sitio es precioso. ¡No sabía ni que existía!

—Incluso en los vertederos de las peores ciudades encuentras joyas ocultas, aunque reconozco que conocí Miramar antes de que construyesen este hotel.

—¿Me cuentas la historia?

—Es larga.

—¿No lo son todas?

—También es inoportuna.

—¿Hay historias inoportunas entre amigos?

—Claro que las hay. Pero esta no lo es tanto, así que prometo contártela cuando seamos amigos de verdad. Tenemos tiempo.

—¿Sabes? Antes de salir de casa he tratado de imaginar cómo serían las primeras frases entre nosotros. ¡No se parecían en nada a estas!

—Eso no tiene importancia, Laura. Las primeras frases que intercambian dos personas son como esas piedras que se tiran a un pozo para calcular su profundidad. Tentativas. ¿Qué más da cómo empezaron las cosas que nos gustan? Las cosas empiezan de cualquier manera. ¿Estás cómoda?

—¡Tengo mis nervios!

—¿Qué te inquieta? Ponme un ejemplo.

—¿Cómo debo llamarte? ¿Diego, Dídac?

–Diego. Dídac va con Castellar, y nunca he sabido llevar mi apellido.

–¿Y no se puede combinar? ¿Dídac Duocastella o Diego de Castellar?

–Se podría, pero me gusta ser leal a la memoria de mis amigos. Y ellos no habrían admitido ese intercambio de pareja.

–¿Eran rigurosos?

–Severísimos.

–Ya los cambiaré de sitio cuando seamos amigos «de verdad», aunque no pienso ser rigurosa contigo, detesto la severidad. De verdad que me encanta este sitio, tanta madera, tan acogedor, medio aislado. ¡Me recuerda a un submarino! Eres capaz de haber estado en uno.

–Los batiscafos huelen a mar y los pulpos se pegan a los ojos de buey. Son perseverantes y curiosos como ese camarero. ¿Qué quieres tomar?

–¿Qué me recomiendas?

–El café.

–Demasiado tarde para mí, ¿me traería un rooibos?

El camarero se había acercado con una sonrisa de amabilidad exacta; estuve a punto de responder a su ligera reverencia con un aplauso.

–¿Y ahora? ¿De qué vamos a hablar, Diego? ¿Cómo funciona... esto?

–No funciona de ninguna manera. No hay reglas.

–¿Ni una ayuda? ¿Ni un empujoncito?

–Cuéntame lo que pasó después del verano. Cuando os visité parecías...

–¿Recuperada? Sí, aunque a finales de agosto recuerdo estar muy inquieta... ¿Sabes cuando en la cola para subir al avión no encuentras el pasaporte?

–Conozco la sensación.

–Pues así de urgente era perdonar a mi marido. Y resultó que podía perdonar la vagancia, la cobardía, el aburrimiento, verlo fracasar en un trabajo... Pero pisotear la lealtad... intolerable, intolerable, lo peor... me educaron así. Y aquí tienes a Laura revolviéndose entre las sábanas para pasar página y salvar la cara. ¿Había cambiado sin darme cuenta, me había convertido en una persona inconstante? ¿Qué tal lo hago?

–Mejorará si no pones cara de estar pasando un examen.

–No eres un examinador, de acuerdo, eres...

–Un amigo inminente. ¿No te gusta la inconstancia? Algunas personas la consideran un alivio.

–Yo no. Prefiero pisar suelo sólido. Es solo que me di cuenta de que durante mi vida adulta no había prestado atención a lo que sabía de joven... de adolescente... ¡desde siempre!

–No sé si te entiendo, Laura.

–Da igual. Me crié en un ambiente masculino, y me gustaba. El placer de que me llevasen en coche, la ambición que les mueve la cara, ver de lo que son capaces con la fuerza de sus brazos, lo indefensos que están cuando parece que todo lo que sienten depende de nuestra aprobación. Hablo de mi padre, pero enseguida vinieron los demás. Sois muy distintos, pero encuentras más o menos lo mismo en todos. Es gracioso, solo necesitas que te quiera uno. ¡Y hay tantos! Más hombres que moscas. Enseguida me di cuenta de que les gustaba, mucho antes de comprender para qué sirve la belleza ya notaba lo tristes que se ponían cuando los viernes nos despedíamos en el patio del colegio. ¡Sentía los fines de semana como un secuestro! Me divertían los más tímidos, incluso los torpes, a los que casi se les escapaba un beso o se ponían rojos cuando me daba cuenta de que les costaba retirar la mirada. Los besos en la boca estrechan el cerco, pero es parecido. No sé si estoy haciendo el ridículo confiándote todo esto.

–No, ¿por qué? Son recuerdos preciosos. Tienes todo el derecho a contar tu historia, es tu vida. ¿Qué edad tenías?

–Unos cuantos. Por lo menos once, y esa es una edad muy respetable cuando hace muy poco tenías ocho. Pero las cosas se pusieron interesantes con el cambio. Ya sabes. Desenvolví el regalo misterioso de la vida y resultó que tenía algo para mí: era atractiva. Sentí que podía hacer feliz a un chico... ¡solo con estar a su lado! Competían incluso por darme la razón. ¿Qué os pasaba a los muchachos con las chicas atractivas? No es para tanto, somos muchas, ¡ni que pudierais con varias!

–No lo sé.

–Pues yo sí te seré sincera. Me gustó bastante ser virgen. Me sentía como una atmósfera eléctrica moviéndose entre un montón de combinaciones. Imaginaba el sexo como algo suave y el amor como un intercambio de energías. Me daba miedo, me ponía colorada, pero me tranquilizaba al recordar que es algo por lo que pasa todo el mundo... era tan emocionante jugar con las ganas de que empezase de una vez.

Tiró de las mangas de seda, enseguida se dejó caer sobre el sofá. Tenía las mejillas algo acaloradas, deliciosas emulsiones de rubor.

–Explorar las posibilidades que me ofrecían todos esos chicos me provocaba un mareo muy dulce. Todavía me emociona pensar que cada año un cargamento nuevo de chicas dejan atrás la protección paterna y se lanzan a la aventura de que las amen y las cuiden. Da igual que no seas demasiado atractiva o que no te sobre el dinero, te las arreglas para competir. ¿Te imaginas a Berta? Atraer a un chico estando sin blanca y con ese pelo retorcido. Menuda audacia.

—Las personas son muy persuasivas cuando lo necesitan. Seguro que Berta se las arreglaba bien. ¿Y qué me dices de ellos? ¿Qué te atraía?

—Al principio solo rasgos aislados: unos ojos, una espalda... pero ¡me gustaban mucho! ¿Quieres creer que recuerdo bien a la mayoría de mis pretendientes? ¡Y eran unos cuantos! Te prometo que si la economía del amor fuese distinta los iría a buscar, incluso a los que desprecié abiertamente, y les daría de uno en uno las gracias por confiar en mis posibilidades. ¿Crees que me recordarán? Tenía tantísimo que dar.

—Todavía lo tienes.

—¡Claro que lo tengo! Supongo que me daba pena decidirme por un hombre y perder a todos los demás. Amaba el amor sin saber nada del amor. Si me gustaban varios chicos al mismo tiempo era porque todavía no me había alcanzado el fuego del verdadero, el que nos mezcla con la otra persona y nos cambia la vida. Eso pensaba.

—¿Te gustaba un chico después de otro?

—Y un poco mezclados. Elegir me parecía algo imposible. Me daba pánico concentrarme en alguien que apenas conocía. Cuando empiezas a besar a uno no sabes cómo será irse de vacaciones con él, ¿cómo vas a imaginar el resto de la vida juntos? Metidos en el mismo salón, intercambiando familias, amamantando a su progenie, dejándome mimar y pensando en la ropa que le voy a regalar, cocida por los celos, sorteando caprichos, perdonando y dejándome perdonar. ¡Sonaba terrorífico! Quizás era más sensata entonces.

—No podías saber nada de los poderes niveladores de la convivencia, cómo se mezclan las maneras de hablar, los objetivos, incluso la flora bacteriana.

—No seas asqueroso, Diego. Espera. Déjame contarlo a mi manera. Mi vida, mi historia, ¡lo has dicho antes! El primero fue, bueno... ¡Me entraron las prisas! No estoy siendo muy generosa, pero ¿qué puedo contar bonito de él? Ojos preciosos y valiente, pero demasiado bajito y... ¿cómo iba a pasarme la vida con un chico tan irascible? A veces no me acuerdo de cómo se llamaba y tengo que consultarlo en el cuaderno donde apuntaba los nombres de mis besadores. Tenía un corazón... ¿Cómo era? Era así. Insuficiente, insuficiente. ¿Por qué no nos gustan las personas que nos aman? Que nos gustasen es lo mínimo que podríamos hacer por ellas.

—Desde luego que deberíamos ser considerados.

—¿Y qué nos pasa?

—Nos dejamos arrastrar por la energía eufórica de dejarlos atrás.

—No lo diría así, ¡no es así!

—¿Y cómo es?

—No sé explicarlo, es... ¡distinto! Igual sufrieron un poco, pero quiero pensar que mientras duró les regalé un ideal femenino al que recurrir cuando la vida adulta se complicase. Lo pensaba. ¡Lo pensaba de verdad! Ya ves qué diabla.

—Solo veo a una chica sana viviendo su vida.

—¿Sabes lo que daba miedo de verdad? Los interludios entre chico y chico. Me daba pánico que se me «pasase el arroz», que la soltería me comiese el terreno y se instalase como algo permanente, ¿entiendes? Ese terror me obligó a pasar demasiadas noches llorando. Me parecía que sin la compañía de un hombre, aunque fuésemos críos de dieciocho años, mi cuerpo no pesaba lo suficiente para mantenerme pegada al suelo, que iba a salir volando y me perdería las experiencias que volvían valiosa la vida. ¿Sabes cuándo recuerdo pasarlo mejor? Las semanas que disfrutaba de dos... iba a decir novios, pero ni siquiera tenía novio... Eran...

—¿Ilusiones?

—¡Besadores! No sabes lo alegre que iba del uno al otro, ¡y a alguno más! Descansaba de una manera de ser en otra, a veces es como un sueño que se parezcan tan poco. Era feliz pero no me daba cuenta porque me pasaba el día sintiéndome culpable. ¿Sabes? Quería besarles en el cuello y acariciarles a los dos, de manera distinta, pero sincera. Solo que ir de cara como me recomendaba para todo mi padre no iba a funcionar. Estaba convencida como de que el año tiene doce meses de que me responderían con cinismo, con incomprensión, ¡con asco! Me tomarían por una enferma o por una fresca. Supongo que me decidí por replegar mi deseo, mi tímido deseo, no te vayas a creer. Me lo tomé como una fiebre y lo dejé pasar. Durante años me persuadí de que era incapaz de amar a dos hombres a la vez. Pero pasó, ¿entiendes? Eso me pasó.

—Y ahora te lo tomas como un precedente.

—No, claro que no me lo tomo como un precedente.

—¿Cómo te lo tomas?

Me miró para dejarme claro que la importunaba de una manera halagadora.

—Ya casi no estoy enfadada con Julio, ¿sabes cuando una arruga se pone mal en el tejido y vas combinando golpes enérgicos de plancha con toques más sutiles hasta que desaparece? Después miras la prenda y aunque la arruga ya no está todavía la recuerdas, de alguna manera sigue allí. ¿Entiendes? He sido muy insistente. ¿Voy a desesperarme porque la persona que me ama no está dispuesta a compartir conmigo todos los días de la única vida que tiene? No lo sé. Pero la historia de las esposas fieles se confunde con un catálogo interminable de mujeres sin derechos ni propiedades, disminuidas, amenazadas con el convento y aterrorizadas por la violación. No eran fieles, Diego, eran obedientes.

—Eres una mujer con derechos, Laura, nadie va a encerrarte en un convento y las leyes garantizan la custodia compartida de los hijos. La fidelidad de las mujeres que te precedieron no tiene nada que ver con la tuya. ¿Vas a renunciar por ellas?

Rompió el segundo sobre de azúcar, lo dejó caer muy despacio sobre el plato.

—Me estaba lavando el pelo cuando escuché por primera vez las ideas de Julio con mi propia voz. Fue bonito, casi lloré, ¿y si la serie de problemas que me agobiaban solo esperaban a que cediera para dejarme en paz? Bajé a la calle y me compré una falda. Creo que desde que era cría no sentía una necesidad tan intensa de entrar con las manos vacías en una tienda y salir con algo de mi propiedad.

—¿Cómo es?

—¿La falda? La traeré la próxima vez... si es que quieres... repetir.

—Claro que quiero. Espero que esta sea la primera de muchas.

—Me alegro. No sabes cómo me alegro, Diego. Me viene tan bien apoyarme en una confianza nueva ahora que mi día a día se parece a participar en un experimento solo porque nos hemos convencido de que vale la pena... Ya sé que vendrán complicaciones, pero tampoco avanzamos en un desorden completo, nos hemos puesto reglas. Y son bastante estrictas. No buscamos relaciones de una noche, queremos abrirles la puerta de nuestro mundo y que se instalen, que se queden años con nosotros, aunque luego se vayan... solo trataremos con personas que podamos cuidar. ¿Entiendes?

—¿Y la nueva... bueno, la amiga de Julio? ¿Qué pasa con ella? ¿Vive con vosotros? ¿La cuidáis?

–La cuidaremos, pero no vive con nosotros. Están los críos... pero si ella quisiera... No lo entiendes, ¿verdad? De lo que se trata es de vencer los celos, salir de la trampa de la posesión... No puedes imaginar cómo me sentía. Había perdido la confianza en mi atractivo. No es que pensase enamorarme ni besar a nadie... pero ponemos a diario tanta energía sensual en juego... Y ahora tenía que conformarme con la mitad de Julio... o con menos... y lo sentí como si hubiese llegado de repente, el día que descubrimos que ningún conjuro puede ya mantener la... no, no es la juventud... es la sensación de juventud.

–¿Y cómo lo superaste?

–Comprendí lo asfixiante que era mi geometría sentimental. Ahora sé que puedo abrirme y disfrutar, aquí o mañana, de una buena porción de la vida de otro hombre. Que todo ese erotismo no tiene por qué quedarse fuera.

–¿Y has hecho progresos?

Los dedos giraban la taza como si fuese una peonza, estaba jugando con algo demasiado íntimo para escucharme.

–Lo más complicado será entender sus cambios... pero no voy a atosigarle... Si le pasase algo a Julio me volvería loca, no sé cómo iba a seguir adelante, no puedo imaginarme la vida sin él... a este grado de debilidad y dependencia me ha llevado la fidelidad. Perdona, Diego, ¿qué decías?

–Te preguntaba si has hecho progresos.

–Estoy empezando. Me había olvidado de cómo ser receptiva a la seducción, cómo acelerar o enfriar el avance de un hombre. Vuelvo a sentir la atracción como una fuerza viva. A veces se trata de ser tierna y otras firme, te dejas acariciar o te retiras un paso. Un beso puede abrirte la puerta a un mundo dulce, aunque sea fugaz, a veces también te informa de que nadie quiere seguir. Eso también lo había olvidado.

—¿Y te gusta?

—Pregúntame mejor si me divierto. Sé que tengo que ir con cuidado. Los hombres pueden ser tan tímidos e insinuantes... pero es difícil acercarse de verdad a ellos sin comprometerte de alguna manera, y ya te he dicho que no buscamos la pasión por la pasión... Da igual... Lo que quiero decir es que voy a darme tiempo y un día escucharé: «Es ahora. Eres tú». Lo reconoceré y me transformará. Será especial.

Me sonrió, su cabeza era un cesto de pensamientos enigmáticos, ¿cuántas horas tardaría en sabérmela de memoria?

—¿No es esa la estrategia de todo enamoramiento, Laura? Convencernos de que se sale de lo corriente, de que es único.

—Lo reconoceré. Estoy segura. Ya me pasó. Además, tengo un don. ¿Te interesa mi don?

—Muchísimo.

—Y a mí. Envuelve mi vida. Lo malo es que no sé explicarlo.

—Inténtalo. Divide lo que quieras decir en frases simples. Utiliza las palabras que te vengan a la mente, por lejanas que te parezcan de lo que quieres expresar. Después avanza despacio.

—Entiendo. Sí, creo que lo tengo... Pero ¡me voy a ir muy lejos!

—Te escucho.

—Muy bien, allá voy. Cierro los ojos y me veo en bicicleta, tendré quince o doce años, para asegurarme tendría que mirar en el móvil...

—Es irrelevante. ¿Qué época del año?

—Será a finales de verano, porque veo moras maduras entre las zarzas del camino, y pedazos de mar azulísimo

107

entre los pinos, qué verdes son y qué bien huelen. Julio nunca ha tenido el olfato desarrollado, menos mal que con los críos...

–No te distraigas. ¿Qué más ves?

–Abejorros pegados a las flores, gozando de su glotonería peluda. Pero ¡eso sí que es irrelevante!

–¿Y qué es lo relevante?

–Nos acercamos. Alcanzo la cuesta con un aire tibio pegado a la cara, y me dejo caer riendo por la pendiente que lleva al puerto y a los almacenes que huelen a harina de pescado y sales viejas, a madera y paja.

–¿Estás contenta?

–¡Feliz! Pero he sido feliz tantas veces, antes y después... No es eso, es como si esta porción de vida no me perteneciera del todo... una experiencia prestada de la que han disfrutado tantas chicas antes que yo, y que le espera a muchas que todavía ni han abierto los ojos, ¿me entiendes?

–¿Te emociona que haya tanta humanidad antes y después de nosotros?

–Claro que sí, pero no es solo eso, Diego, es como si a cada pocos metros me adentrase en una experiencia que ya he vivido, y una Laura del futuro me mirase como se examina un recuerdo.

–¿Vives rodeada de fantasmas del futuro?

–Sí, ¡sí! Está siempre aquí, envolviéndome, lo que un día seré. Y me habla. Aunque no use palabras. Los dos chicos a los que amé al mismo tiempo no eran una prueba, ¡eran un presagio! Algo que se presenta sin llamar demasiado la atención y que a su debido tiempo cobrará sentido e iluminará mi vida. ¿No te ha pasado nunca? Es como cuando te cruzas varias veces con la misma persona en sitios distintos. ¿Nos vigilan o cuidamos de ellos? ¿Vemos anticipos de los años venideros, aunque no sepamos cómo se llega hasta allí?

—No lo sé.

—Da igual. Llegado el momento me susurrarán que él es mi nuevo amor. El futuro me avisará de que ya está aquí.

Levantó y dejó caer los hombros como si de repente sintiese el peso de la experiencia reciente.

—Sé lo que estás pensando, Diego, las personas como tú sois un libro abierto para mí. Tus cálculos, la dificultad para aceptar... ¡la magia!

—¿En qué más crees que pienso?

—Te preguntas por qué esas entidades futuras que tanto me quieren no me avisaron de que Julio iba a... ¡liberarme! Qué pena si no puedes responder a una pregunta tan sencilla. Es lo más natural del mundo, es elemental. Es solo que tenía que pasar, ¿lo entiendes? Era bueno para todos.

—¿Puedo ser sincero?

—Estás aquí para serlo.

—Te has metido en una historia que no se parece a la vida que llevabas. Dices que sientes las frases que repites, pero suenan a ideas recién aprendidas. Estás en una posición vulnerable.

Laura removió la taza vacía como si pudiese renovar su contenido.

—Qué graciosos sois los hombres. ¿Hay alguna seducción que no sea un abuso?

—No lo sé.

—Ya, claro. Bueno, da igual. ¿Crees que deberíamos renunciar a ser seducidas por un poco de inmoralidad? ¿No apruebas mi vida? ¿Estás aquí para juzgarme?

—No, desde luego que no. Estoy aquí para escucharte. Y ahora que te siento más cerca creo que podré serte más útil. Me recuerdas a una amiga, «cabeza tierna y corazón sensible», pelirroja como tú, a la que pusieron en una situación muy delicada y la resolvió de manera temeraria.

—¿Qué hizo?

—Se marchó lejos.

—¿Cuánto de lejos?

—Donde no pudiéramos encontrarla.

—¿Tenía hijos?

—No.

—Pues yo sí. Se ha hecho tarde. Ha sido un placer, lo he pasado muy bien. Veámonos más... si quieres.

—Claro. Pago y me invitas a la próxima. Abrígate bien, el frío de otoño es traicionero.

—Sí, es lo que tiene el otoño. Pero me gusta. Estos días cortos, como si escondiesen algo. Podría ser mi estación favorita, ¡si me decidiera por una!

Le di la espalda. Mientras pagaba pude ver por el espejo como se ponía el abrigo y recogía el bolso que había estado toda la conversación a medio cerrar. Bajamos juntos la escalera con las últimas cabinas del teleférico parpadeando en el aire negro. Estábamos cansados de hablar. Aguanté la primera racha de frío con las manos en los bolsillos, en noches así mi madre nunca se olvidaba de llevar un pañuelazo. La acompañé hasta el taxi. El abrazo de Laura me cogió por sorpresa, esperaba una despedida tibia, y se sintió como si colaborásemos en el nacimiento de una intimidad. Nos habíamos besado en casa de Julio, pero gracias a la confianza ganada era como si nos tocásemos por primera vez.

Al quedarme solo decidí dejarme caer Montjuïc abajo en dirección al Paral·lel, que brillaba como un surco abierto de electricidad. Me sosegaba saber que más allá de las luces del paseo marítimo se extendía el mar escondido tras la noche, que la tierra ya no podía dar más de sí.

110

Motos, parterres domesticados, tierra cubierta de pinaza que cada poco se abría a plazoletas de grava donde dos columpios oxidados chirrían solo para distraernos. Se me metió en el ojo la masa rojiza de un vómito, y de un segundo a otro me vi recorriendo la cañada atravesada por la corriente del río donde según mi madre nadaban salmones del tamaño de un brazo. Sobrepasé las pozas profundas (el agua movía en círculos la vegetación acuática como una materia blanda) y tras doblar el codo presidido por la encina descorchada me vi avanzar envuelto en risas, respiración, sangre y expectativas de camino hacia la playa de piedras blancas. La memoria de otro tiempo se infiltraba en mi mente al estilo de una canción pegajosa. Sentía la juventud en las manos.

No pude resistirme a echarle un vistazo a la cabaña de baño: en la puerta hinchada por la humedad temblaba la huella de un remo pintado al fresco. Las grietas del tejado dejaban pasar lanzas de luz que parecían relamerse secando la hierba invadida de tréboles.

Inspeccioné la playa (matas de salicornia, lagartijas de agua, salvia azul y espasmos de rana) como si fuese la escena de un crimen, y me decepcionó no atreverme a desnudarme y darme un baño. Rodeé la caseta convencido de encontrar un bote y tuve que sentarme a reparar fuerzas sobre una piedra roja. La corriente bajaba rabiosa en aquel tramo y mi oído se convenció de que arrastraba jaulas de pájaros enloquecidos, pero al girarme solo vi el resplandor del río y la mancha de un petirrojo palpitando en las ramas bajas de un sauce. ¿Qué estaba haciendo aquí? Me miré las manos, no podía tener más de veinte años.

Me distrajo una figura femenina que recorría la orilla contraria tras la cortina de alisos. Al verme apretó el paso y desapareció. Pero te reconocí, pelo de fuego, aunque disimulé por miedo a que se desbordase la nostalgia de nuestra vida común. ¿Cómo no iba a reconocerte? Nunca quise hacerte daño, y a menudo pienso en cómo sería mi vida si te decidieras a volver. ¿Dónde estarás? Te dejaste atrás a ti misma.

Abrí los ojos con cuidado para no dejarme arrastrar enseguida por el presente. Las farolas de Montjuïc desprendían una luz de sudario sobre la vegetación domesticada. ¿No es una pena que Barcelona sea una ciudad sin río? Me costó media hora salir de la montaña y alejarme de mi primera cita con Laura Pons. Los anuncios luminosos del Paral·lel parecían emitir una y otra vez el mismo mensaje, pero me moría de sueño y renuncié a interpretarlo.

II

Me desperté agotado después de una noche entrando y saliendo del sueño. Una cosecha decepcionante: regreso al colegio, perder el tren, el inevitable vuelo sin control, una afasia mortificante... Nada que me conectase con una corriente profunda de vivencias alternativas. Sofoqué la poca hambre que me incordiaba con queso fresco. Me dejé tentar por la idea de darme fiesta en el trabajo y dedicar la mañana a las cartas de Gil de Biedma, pero sé demasiado bien que cuando empiezo a esquivar responsabilidades no toco fondo.

Fui al despacho dando un paseo. Pasé la mañana como convidado de piedra en una enrevesada disputa sobre dietas de desplazamiento donde parecía decidirse la suerte de la Unión Europea. Empezaba a lamentar no haberme dedicado a una ocupación noble como el alcoholismo cuando irrumpió en el despacho un fantasma del pasado, Jaume Pardina, cuya participación en esta historia termina aquí. Otra vez será.

Al salir el mediodía había suavizado el invierno. El menú del Toribio (pimientos rellenos y unos honestos calamares en su tinta) escampó con la fiabilidad de un parabrisas los embrollos burocráticos de mi Versalles de bolsillo. Prescindí del postre y rechacé la tentación de pedir una copa, temía que la sensación benéfica duplicase el efecto de las que pediría por la tarde.

La decoración de diciembre me recordó lo mucho que solían gustarme los prolegómenos de la Navidad. La asociaba a la austeridad con la que se recogen los días, a esa penumbra amable que se apodera de Casp, Trafalgar y de Ausiàs Marc, mis calles favoritas de la ciudad, y también a los escaparates alterados por la nieve artificial, al tren que recorría el tejado de la tienda de muebles, las castañas que me calentaban las manos y las carreras con mi madre para comprar los turrones en Portal de l'Àngel.

Cogí el funicular para subir hasta Montjuïc. En poco más de diez minutos el viejo trasto me dejó en la estación, algo destartalada, en cuyo bar (cerrado desde que tenía uso de razón) al abuelo de Álvaro y Clara le encantaba subir a desayunar de *forquilla*. Aunque cualquiera sabe, tratándose del testimonio de esos dos. El azul del cielo empezaba a ceder y mi aliento se quedaba suspendido en el aire, fantasioso como un vaho de cristal. Al pasar por las gradas de las Picornell me entretuve observando la perspectiva de la ciudad iluminándose despacio junto al azul suave de las piscinas. Eran incontables las veces que había quedado aquí con Clara antes de meternos en la cafetería de la Fundació Miró a fumar y a intercambiar libros, mientras esperábamos con los pulmones encogidos a que la vida se decidiera a acelerar. Clara estaba tan graciosa con sus gorros de punto y sus abrigos oscuros y esa inteligencia siempre dispuesta a reflejarte y a enriquecer nuestras ideas improvisadas. ¿Cómo convencernos de que pronto hará siete años que se acabó esa década de los treinta que esperábamos estrenar como se entra en un misterio?

114

Llegué al balcón de Miramar con los zapatos sucios de arena. El mar brillaba oscuro, plomo recién cortado. Los perros se divertían corriendo y escarbando en la playa. Inviernos suaves del Mediterráneo, nunca os he declarado mi amor como os merecéis, y no permitiré que os desmienta esta luna casi transparente y decidida a helar el agua donde se refleja.

Atravesé el bosquecillo de bellasombras y dejé atrás los álamos despojados de su orgullo veraniego. Pese a la resistencia de los cipreses la naturaleza parecía reducida a su esquema. Mientras subía las escaleras del hotel recordé que incluso bajo aquel sol débil el pulso de la vida seguía trabajando en el interior de las raíces y de los troncos a favor de las hojas y las flores.

Entré en el salón, saludé al recepcionista como si nos llevásemos un negocio benévolo entre manos. Me dejé emocionar por la decoración navideña, el predominio del rojo y el verde, y un imponente abeto decorado con bolas plateadas y luces cálidas. Me senté en la butaca como quien cumple con una tradición, más tierna por no estar todavía asentada. Pedí un crianza de repertorio, y me distraje tanto mirando la chimenea y esas llamas que parecen capaces de teñir de calidez el pensamiento que me sorprendieron los toques que dio Laura en el cristal, apenas pude ver una sonrisa esfumada. Entró diez minutos después (¿en qué se entretendría?) vestida con un abrigo corto, cruzado, de lana marengo, que le cedía todo el protagonismo a la cascada burdeos de la falda.

–¿Cómo estás, Diego? Hace un frío del demonio, y se me ponen las manos rojas, me viene de familia. ¿Y ese vinito?, ¿has subido la apuesta?

¿Cómo estoy en relación a qué? ¿Al día, al mes, al año, al arco completo de la vida? Me tranquilizó que no esperase una respuesta. Pidió un albariño «muy afrutado». Fue delicioso verla hundir las manos en el espeso cabello rojo y después en el cuenco de las patatas fritas. Se la veía empapada de fuerza y de vida. Qué bien nos sienta salir adelante.

–¿Es la falda que te compraste cuando...?

–¡Te has acordado! Sí, lo es. Me gustaba la idea de establecer cierta continuidad con la conversación del otro día, como si fuese una serie... Bueno, da igual, ¿qué te parece?

–Maravillosa. La tela de rayón te sienta de miedo. ¿Muchas novedades?

–¿Por qué lo dices?

–Se te ve más...

–¿Alegre?

–Más tú.

–¡Dicho así! Creo que solo me has conocido siendo menos yo. Pero sí, algunas cosas han cambiado... y no sé si todas para bien. ¿Por dónde empiezo?

–Por el bueno de Julio, por supuesto.

–Sí, desde luego, por dónde si no. Pues resulta que el bueno de Julio ha empezado a impacientarse. Tiene varias maneras muy suyas de insinuarlo, aunque su preferida es reprocharme una y otra vez mi pasividad. Según él se remonta a mi infancia de hija única, mimada por un papá viudo, y se manifiesta en la incapacidad de imponer mis horarios en el atelier, cuando le dejo la responsabilidad de la empresa o espero a que mis hijos decidan qué quieren para cenar. Una acusación así sirve para todo. Se ha convencido de que me gusta que decidan por mí.

–¿Y eres así?

–No, claro que no. Julio desconoce el placer de contentar a otro solo con dejarle espacio. Dame un motivo para no dejarme mimar por mi padre. ¿Por qué quitarle a

Julio la ilusión de que maneja a su antojo las empresas si siguen a mi nombre? No sabes lo difícil que es llevarme por un camino por donde no quiero ir, tengo las venas llenas de iniciativa, ¡lo que pasa es que nunca he querido dominar a nadie! Es la impaciencia de Julio, que no me decido al ritmo que le conviene a él. No es nada más.

–¿Te lo ha reprochado directamente?

–Sí y no. Me da consejos. ¿Puedes creerlo?

–Estoy deseando oírlos.

–Me dice que me deje ir, pero lo que quiere decir es que sea resuelta, que acelere.

–¿Tienes dudas?

–Fastidio. Estoy convencida de que solo van a quererme si me mantengo sensible y alerta. Y te reirás, pero ha vuelto un viejo miedo: el de quedar por debajo de su deseo. Me agota que nuestra relación sea a todo o nada, y que la solución del acuerdo ocupe el espacio donde antes me distraía leyendo, charlando, yendo de tiendas... Ya ni la pintura me llena. Y no es algo que haya pedido yo, ¿sabes? Estaba cómoda en nuestra manera de vivir. ¿Qué hago metida aquí? A veces me lo pregunto.

Empezó a trazar con la uña un círculo sobre la mesa, hacia la mitad renunció a terminarlo, como si el dedo le pesase, se desentendió.

–También temo que mi vida se desordene. Necesito seguridad, suelo firme, hablar seguido de cómo me van las cosas y escuchar cómo le van a él, si no encuentro este apoyo creo que no podré soportar la situación por mucho que se lo haya prometido. Bueno, ya me entiendes, si al final te convences de que te conviene puedes soportarlo todo. ¿No crees? No te enfades, Diego, pero hay algo en ti tan... Creo que miras todo este asunto con un punto de escándalo.

—¿A qué te refieres con «todo este asunto»? ¿Enamorarte? ¿Que tu marido se acueste con otra? ¿Que lo toleres? ¿Venir a contármelo?

—Cualquiera me vale.

—Todo está demasiado mezclado con el impulso de vivir para sacar la carraca de la moral. Puedes estar tranquila. El amor es la energía más barata de la que disponemos para regalarnos algo de intensidad.

—No te entiendo, Diego, ¿cómo voy a saber de qué me hablas si no me cuentas antes por qué has pasado tú? ¿Cuál es tu experiencia? Te quedas aquí sentado como una estrella distante, examinando lo que te cuento como si las pasiones humanas no fuesen contigo.

—Tuve una sensación parecida cuando Julio... me reclutó, de que confiaba en mí porque estaba fuera del juego.

—No, no digas eso. Es horrible. Eso pasó en otoño y ya estamos en invierno. ¿Tú ves a Julio por aquí? Porque yo no lo veo. Estamos nosotros dos, Diego y Laura, y somos... Es una conversación entre amigos. Y los amigos son siempre alegría y luz. Iluminan. Así que dime algo bonito sobre ti aunque sea en ese estilo campanudo tuyo.

—Digamos que atravieso una paz tibia.

—¿Siempre eres tan reservado?

—Confío más en mí cuando estoy callado. Cuando las palabras se sueltan no hay manera de devolverlas a la boca.

—Pero eso no es un problema entre amigos, ¿no? La amistad es confianza, espacio para explicarse... para rectificar.

—¿La amistad es así? No lo sé. Supongo que hay tantas clases de amistad como clases de personas.

—¿Y cómo es la amistad para ti? ¡Necesito saberlo si vamos a ser amigos!

—No esperes un festival de sinceridad. Las palabras

transportan su carga venenosa. Pueden herir, pueden... Conozco su poder, créeme. Las amistades que valoro son las que comprenden y respetan las zonas grises.

—¿Qué es una zona gris?

—El límite de lo que tu amigo está dispuesto a decir o a escuchar. Ayudan a conservar la inocencia.

—¿Me consideras una persona inocente?

—El de la inocencia es un problema muy complejo, Laura. Es como si la experiencia nunca pudiera cubrirnos por completo y dejase un brazo o una pierna o una oreja destapados. Hay quien te dirá que el vicio es un acelerador de la experiencia... pero he conocido a viciosos bregados sin recursos para afrontar cuestiones elementales de la vida.

—Pensaba que «vicio» y «virtud» eran palabras prohibidas.

—Inadecuadas. Pero me has entendido perfectamente.

—Qué vanidoso eres. Y empiezo a comprender la frontera que nos separa: la vanidad te vuelve demasiado frío para el amor, incluso para... ¡ser amigo! ¿Qué me dices?

—Nada serio, Laura. Me gusta escucharte.

—No, de verdad, me muero de ganas de oírte defender la vanidad. Seguro que conoces una frase que ni a propósito para el asunto. Pero sé breve, me queda mucho por contarte.

—Muy bien, señora Pons, ahí va: te concedo que la vanidad es un amor desmayado. Pero ¿qué vale un amor sin vanidad?

—Eres un caso, Diego, aunque no sé si eres una persona fría o un bufón. ¿Otra copa?

—Sí, pero no te levantes. A los camareros les fastidia que invadas sus responsabilidades. Al menos a esta clase de camareros. Y ahora dame la razón con lo de la vanidad.

–Pues te doy la razón. Toda tuya. Ya ves que no soy orgullosa, aunque disfruto mucho cuando el orgullo empieza a subirme por el estómago y se instala en la garganta. Ahora mismo lo que más me gusta de un hombre, más que las manos y las pestañas, es el orgullo que circula entre él y yo cuando nos ven entrar en un sitio juntos. ¡Me gusta más que una voz suave!

–¿Dónde entráis?

–En una cafetería, en un restaurante, ¡en un concesionario! Le gustan los coches. Pero la pregunta buena no es «dónde» sino «al lado de quién». No me falles, Diego.

–Muy bien. ¿Al lado de quién?

–¡Del nuevo!

–No me digas, ¿tan pronto?

–¿Te decepciona? Se llama...

–No, por favor, no me gustan las personas nuevas, y menos si les da por tener nombre propio.

–Pues no te diré cómo se llama. Pero... ¡te estoy hablando en serio!

–Y me alegro por ti... Si es lo que quieres.

Una prevención innecesaria, tenía delante el relámpago de los sueños felices: una mujer con un sentimiento nuevo.

–¡Claro que es lo que quiero! Es solo que se parece demasiado a una canción de verano: el enamoramiento como un camino mágico que se abre paso entre los problemas. Y tampoco es que el sentimiento se haya apoderado de mí como un incendio. Pero quiero seguir, pasar tiempo juntos, ver dónde nos lleva... Y eso también tiene valor, ¿verdad?

–Venga, Laura, estás contenta. Acabas de decir lo primero que te ha pasado por la cabeza. Dirías veinte cosas distintas y te seguirían brillando los ojos.

–Ahora tengo dos maridos. Vivo fuera de la ley. ¡Soy una forajida! Si me viera mi padre.

–Va a ser un espectáculo verte pasear por el Poblet con los dos maridos.

–No creo que volvamos a ese sitio. Ya nos llevamos lo último que quedaba de valor.

–Los halagos no van a desviarme de mi papel.

–Al contrario. ¡Reclamo que insistas en tu papel! Después de años hablando para el oído distraído de Julio estoy disfrutando lo que no está escrito de tener un auditorio tan entregado para mí sola, de que me explores con tus preguntas. Tú puedes quedarte callado como un pasmarote, pero si quieres mi amistad vas a tener que soportar mucho más que «un festival de sinceridad», lo nuestro será... ¡el libertinaje de las confidencias! ¿En qué estás pensando ahora? Justo ahora, no busques una salida airosa.

–Tal y como hablabas de la impaciencia de Julio creí... que seguías buscando.

–¡Te engañé! Es un truco que analizamos en el club de lectura: presentar como una intriga lo que ya está resuelto. Y es tan reciente, no esperaba que me llegase tan pronto... Me gustó, le gusté, pero pasa tantas veces, ¿verdad? Parece que estamos aquí para gustarnos los unos a los otros. La locura de la seducción, el delirio del atractivo... ¡Qué sé yo! ¿O no es verdad que hay tanta gente a cuya vida nos apetecería asomarnos en cuanto nos ponemos sensibles? Suelo disfrutar de esos roces físicos que vuelven tan delicioso conocer a alguien... pero esta vez, al apoyar la cabeza en su hombro, comprendí, ¡casi con el olfato!, que me estaba metiendo en una historia distinta. De regreso a casa me dejé llevar por la euforia y me compré estos zapatos rojos. Me los he puesto solo porque quería que los vieras.

–Cuero toscano. Los zapatos de la condesa.

—¿Una referencia literaria? ¡Diego! ¿No vas a preguntarme dónde le conocí? ¿Si es guapo? ¿Si besa bien? Bueno, no importa. Seguiré avanzando por mi cuenta: que nadie diga que no sé llevar la iniciativa. La primera copa que nos tomamos juntos la sentí como una caricia suave. ¿Me entiendes?

—¿Julio lo sabe?

Se apoyó en la butaca y apretó los labios como si los mordiese. Lo estaba disfrutando de verdad. Suelta, desinhibida como pocas mujeres suelen permitirse, tan confiada como indiferente a mi juicio, atrevida y ruborizada, una valentía pudorosa.

—Ahora no te lo creerás, pero al volver a casa me sentía como si estuviese defraudando la confianza de Julio... Suele ser de fiar... pero a veces no es más que un niño grande, y nunca se sabe cómo se tomará las cosas si me afectan a mí.

—¿No me dijiste que estaba impaciente?

—¡Diego! Por favor, ahora no sé si me estás vacilando o lo ignoras todo sobre la diplomacia matrimonial. Pero no me respondas, ¡déjalo en el aire! Así será mucho más divertido, y después de todo Julio se lo tomó bien. Me levantó del suelo y me paseó por casa sin rastro de celos en los ojos. Estuvo simpatiquísimo con los críos y con Berta al teléfono. Me sentí como cuando de niña mi padre me pedía algo y yo lo conseguía sin saber si lo quería de verdad: ser la primera de la clase, apuntarme a baloncesto, ir bien guapa, guapa de verdad, a la fiesta de fin de curso. ¿Entiendes? Ojalá hubiese tenido la bicicleta a mano para bajar pedaleando hasta el puerto, ¿vendrías conmigo? Da igual. Pero necesito que entiendas que te hablo de asuntos muy recientes. La semana pasada quedé con él por primera vez estando Julio al corriente de lo que... sentía. Me vestí despacio y me maquillé, disfruté atenuando los pómulos, realzando la carne de los labios con el *rouge*, una magia que no puede mejorarse. Me llegaba el sonido de la lluvia y la risa de Julio hablando por Zoom con un cliente. ¿Sabes que siempre he envidiado un poco la amistad masculina? Tan lineal, directa, franca. ¿Qué piensas?

Me sorprendió que Laura no fuese nada cínica, a veces juzgo a las mujeres por el temperamento de sus maridos con el mismo atrevimiento con el que se sentencia a una ciudad por el trato que nos dan los primeros habitantes con los que nos cruzamos.

–Da igual, Diego. Lo mínimo que le podemos pedir al enamoramiento es que simplifique nuestras preocupaciones. Así que... ¿qué me dices de los zapatos rojos?

–Preciosos. A juego con tu pelo.

–No hablaba de los míos, pregunto por los de la condesa, ¿qué simbolizan en el libro?

–¿Simbolizar? Nada. Aparecen hacia el final: una chuchería del gran mundo. Una mujer se los pone con prisa porque los considera una contraseña para el baile y la felicidad.

–¿Es joven? ¿Es guapa?

–«¿No parecemos todos inmortales cuando la sociedad nos desea?» Pero no es eso. La narración se apoya en el hombre que ve a la condesa ponerse los zapatos rojos, y después intenta retenerla con la mirada y las palabras.

–¿Y lo consigue?

–Fracasa. Nuestros hechizos no siempre retienen a las personas que nos gustan, y nunca nos devuelven lo que contribuimos a destruir. Claro que nuestro hombre no es un ciudadano común. Ojalá le hubieras visto brillar cuando podía detener la sociedad con un gesto o llenar de sustancia al recién llegado con una mirada. Las palabras de la época eran las que él decidía. Le llaman Swann, pero podrían llamarle pastor de soles. Y ahora ha caído y mendiga cinco minutos más de atención a una mujer frívola a la que años atrás hubiese podido relegar con un silencio.

—¿Por qué no se va con ella?

—Porque a su alrededor todo son despedidas. Le fallan las fuerzas. El desfile del mundo solo puede ofrecerle las prisas de sus antiguos admiradores, atravesados por las urgencias de un deseo que ya se ha desentendido de él. Se necesita mucha energía para que el mundo nos preste atención cuando nos debilitamos.

—Qué triste. No quiero más de eso, ya tuve bastante debilidad este dichoso verano. Da igual, qué más me da la condesa. Mira estos zapatos, dime, ¿me van a dar suerte? ¿No es el rojo el color ideal para ir al baile de la vida? ¿Emiten algún presentimiento?

—Descálzate.

Se sentó al borde del sofá, levantó el pie derecho y se sacó el zapato. Se acarició los dedos antes de cambiarlo de mano y dármelo. Lo examiné como un adivino el poso de un café. Sin prisa, recreándome.

—Los zapatos no sueltan prenda. Supongo que está en tu mano y en la de él, como de costumbre.

Le devolví el zapato, se había quedado al borde del sofá, con la cintura arqueada, retiré enseguida la mirada de la suave araña varicosa que le envolvía el talón. Reía como si estuviese a punto de llenar el zapato de vino helado y bebérselo a morro.

—¿No crees que sería bonito que pudiéramos leernos la mente, Diego? Igual que nos comunicamos los estados de ánimo con los ojos, pero con más detalle, en profundidad. Tú verías mi memoria de las últimas semanas, y yo tus años escondidos, sin el engorro de la confidencia. ¡Magia blanca!

124

—Eso supondría disfrutar de estados de conciencia claros y de emociones estables, y me temo que nuestra mente es cualquier cosa menos una foto fija.

—¿Crees que no sabemos lo que sentimos por una persona?

—Sabemos lo que queremos hacer con ellas: educarlas, alejarlas, acostarnos, que trabajen por nosotros... Las fijamos por su utilidad, el resto es un paisaje de arenas movedizas.

—No estoy de acuerdo, Diego, no estoy para nada de acuerdo.

—¿Por qué?

—Oh, porque no lo estoy, ¿por qué tendría que encontrar una razón? Las razones son una cosa tristísima.

—Y tú no quieres estar triste.

—Por algo me he puesto los zapatos rojos de la condesa. Para desear y bailar. Y dejar atrás la debilidad. Pero nada de fiestas, lo que me reclama ahora son los hijos, se me ha hecho tardísimo y Julio se hace cargo de ellos hasta cierto punto.

—«Las severas exigencias de la vida mundana.»

—Y que lo digas. Pago, ¿me acompañas al taxi?

—Ve tú, Laura. Me quedo un rato más. Me gusta la chimenea. Evita que se me ponga mente de invierno.

—¿Una copa más? Te la pido. Mírate, emperador de tu independencia, y yo tengo que pactar incluso los adulterios, ¡aunque no creo que tenga derecho a seguir llamándolos así!

—No deberías. Cuida a tu amor. Ahora que habéis solucionado el problema geométrico, ¿volveremos a vernos?

—No es un encargo, Diego. Somos amigos y vamos a volver a vernos, porque eso es lo que hacen los amigos, verse y volver a verse. Deja que esta vez te llame yo, cuando pase el aluvión de afecto de la Navidad, ¡dame recuerdos para Berta y Julio! ¿Te has hecho algo en el pelo? Estás guapo. Ya me contarás, te llamaré. Y ahora me voy, me voy antes de que los zapatos rojos se queden pegados al suelo y el taxi se convierta en calabaza. Feliz Navidad, bonito.

–Feliz Navidad, Laura Pons.

III

El museo resultó ser tan asfixiante como esperaba pero con menos recursos de los previstos. Después de treinta años en el poder, los merluzos, los gobios y los peces payaso, acostumbrados a obedecer consignas mientras se ponían las botas en los comederos oficiales, agonizaban ahora a la intemperie. Estar en la oposición es una masacre. Ya me había resignado a acudir al congreso de primavera como quien tiene dos entradas para el naufragio del *Titanic* cuando irrumpió en mi despacho (quiero decir que vino sin anunciarse) Domènec Rabassa, aunque en La Salle le conocíamos como Mec, el Chino. La vida le había tratado bien: sonrisa amplia, mejor planta, cabellera completa, tres hijos, leal e incapaz de olvidar una deuda o un agravio.

Mec iba a la caza de ideas para un *think tank* y desde los tiempos del colegio el de las ideas era yo. Mi currículum era para limpiarse el culo, pero reconozco que el apellido antiguo, enriquecido por los años italianos, viste a cierta distancia. Me propuso un eslalon de reuniones entre Navidad y Reyes, trabajando codo a codo para «calentar la cosa caliente» (hablaba así). Mientras esperaba mi respuesta casi podía escuchar cómo rebotaba contra su cráneo la pelotita de su ambición. El asunto prometía ser demasiado divertido para dejarlo correr, y le dije que sí.

Gracias a un complejo sistema de excusas no tuve que elegir si pasar la Navidad con mi padre o con mamá, la aventura involucraba Londres y Roma, y unas gotas de responsabilidad laboral, que siempre dan empaque. Mi madre expresó algo sentido entre lamentos cosméticos y creo que mi padre se alegró de no recibir un informe puntual del hundimiento del partido en la desesperación. Dediqué el día de Navidad a hornear pavo, regalarme una corbata y remar contra la fuerza simbólica que presiona para que nos sintamos desgraciados por disfrutar del bien más preciado de la tierra: la soledad. Hacia las cinco se puso a llover y descorché la segunda botella de Tarsus. No me apetecía leer ni escuchar música, y en días así las películas se me pegan al ánimo como malos presagios, así que bajé las luces y me puse a pensar en la peculiar sustancia de la Navidad y en cómo a medida que avanza el día la atmósfera se vacía y las paredes que separan el pasado del futuro parecen cada vez más estrechas.

El efecto combinado del Tarsus y la inactividad me sumergió en una frágil somnolencia. Entraba y salía del sueño, incapaz de decidir si la cañada, el río, la cabaña de baño y la playa de piedras blancas pertenecían al recuerdo o a la imaginación onírica.

Me desperté inquieto y solo muy despacio logré desenredarme del cansancio. Me duché y vestí, y al descorrer la cortina se confirmó la noticia del día: ¡nieve sobre Barcelona!

Apenas recuerdo la nevada que de niño nos dejó encerrados en el colegio, pero conservo como un tesoro la tarde que la nieve empezó a caer como un desprendimiento de pétalos blancos (¿la nieve siempre es tan silenciosa?) mientras Bodel y yo comíamos mejillones en el puerto. Enseguida fuimos a buscar a Álvaro al estudio y a Amanda al centro social porque Clara nos prometió que solo cuajaría si nos reuníamos todos. Y mientras los tres Montsalvatges se entregaban a una guerra de bolas de aguanieve, Bodel salió de expedición por los supermercados a la caza de vodka ruso, y yo me fui a rescatar a Val porque en su edificio se habían «fundido los plomos», y bajamos las escaleras a merced de la «incierta luz del encendedor», abrazados y muertos de risa porque su pelo de fuego no conseguía iluminarnos.

Para no sumergirme en una marea de nostalgia convoqué la sonrisa de Vega Meadow cuando nos cruzamos en el pasillo del museo y pensé en la vida que haría Bernarda por la costa invernal. Decidí quedarme en casa a repasar informes. Al salir a la calle el sol había ascendido sin intensidad, letárgico, el suelo parecía cubierto de grumos de leche: la nieve seguiría licuándose durante horas.

El taxi me dejó en Miramar con un adelanto escandaloso sobre la hora de la cita. Me recibió un viento cortante. La playa era de un amarillo bilis, una loncha de materia en reposo. ¿Cómo no amar el mar de enero, negro como «una noche húmeda»? A media escalera me di la vuelta y miré el cielo lanoso. Convoqué imágenes de finales de otoño: la vegetación verde, ocre, amarilla y roja reflejándose sobre la corriente del río. El sol se había fundido sin dejar marca, entregándonos a un aire de ceniza que parecía disfrutar asfixiando los colores. Pero los días ya crecían y la luz no tardaría en envalentonarse.

Entré en el salón y me convencí de que los bodegones de cítricos compensaban la retirada de la decoración navideña. Mi plan era sentarme en la butaca de siempre y después de fantasear durante una hora dejarme sorprender por Laura. Pero me la encontré sentada en el sofá de dos piezas, con el abrigo verde enebro todavía puesto. Dejó la copa de vino sobre la mesa y me transmitió con una sonrisa resuelta lo mucho que se alegraba de verme. No pude evitar fijarme en la somnolencia que le decoloraba la mirada, no era tanto de preocupación como por esas horas de cansancio leve de las que solo nos resentimos cuando se acumulan. Es notable cómo la edad convierte las expresiones de los otros en indicios fiables, y a todos nosotros en aprendices de Sherlock Holmes.

–Qué puntual, Laura. ¿Cómo han ido las fiestas?

En lugar de saludarme recorrió con la mirada el salón para asegurarse de que estábamos solos.

–Pues te vas a reír, pero en Navidad siempre me da la impresión de que hay algo vigilándome. Y da igual lo mucho que me esfuerce, siempre me pilla en falso. ¡Le damos tantas oportunidades! Nochebuena, Navidad, Sant Esteve... Y todavía queda la Nochevieja, y el primer día del año, y la cabalgata, ¡y Reyes!

–¿Y en qué falta suelen sorprenderte?

–En el afecto. Por los que están, pero sobre todo por los que faltan. Me duele echarles de menos y me duele no echarles lo bastante de menos. También me pasa con el cumpleaños de papá: me fastidia pasar el día planchada por la tristeza, pero me horroriza la idea de que un año me olvidaré... y la Navidad lo intensifica... ¿Me entiendes?

–«El suplicio de Papa Noel.»

–Algo así, jaja, claro, pero... ¡con sus cosas buenas! No todo es suplicio, qué va. ¿Cómo te fue a ti?

–Familiar. Convencional. Pero me gusta la Navidad. La suave opresión de lo sencillo que sería ser más cálidos y afectuosos... ¿De qué te ríes?

–Suenas como una película de Capra. Las odio. De

130

niña prefería pasarme la tarde de Navidad encerrada en el baño a ver otra vez la del ángel o la de los locos que viven en la misma casa haciendo lo que les da la gana, que es nada. ¡No me hacían ninguna gracia!

–Eras una niña lista. No son comedias, son películas de terror.

–Me tomas el pelo.

–Para nada. Hay géneros traicioneros. Las películas de catástrofes: meteoritos, tsunamis gigantes, invasiones alienígenas... Nos alivian al destruir un mundo que ya no sabemos cómo reformar. Capra también rodaba películas traicioneras: son terroríficas porque nos recuerdan lo cerca que estamos de ser más confiables y amables, y cómo lo dejamos pasar. ¿Qué vino has pedido?

–Tarsus. Lo tomamos también en la comida de Navidad. Fue como tenerte en la mesa. No me mires así, ¡fue idea de Julio!

–¿Invitasteis a la familia extendida?

–No, solo los Pons. Julio, los niños y yo.

–¿Y Berta?

–Me sabe mal por ella, pero el año ya ha sido bastante movido. Y tampoco me apetece hablar de Berta. Prefiero contarte algo que pasó mientras Julio jugaba con los críos... Subí al piso de arriba porque necesitaba aire y me puse a llorar... Me sentía bien, incluso alegre, así que lo atribuí a un poco de tensión... pero si cerraba los ojos veía resbalar un fondo de tristeza.

–¿Estás bien con él?

–Bueno, con Julio...

–Con el que no es Julio.

–Sería mucho más sencillo si me dejases llamarle por su nombre.

–Pero mucho menos divertido.

—¿Estamos aquí para divertirnos?

—Siempre es bueno divertirse. Para ponerte triste no me necesitas.

—Le echaba de menos. ¿Puedes creerlo? Estar con un hombre es estresante, pero te las arreglas para olvidar que te lo juegas todo a una carta. Ahora siento que se han multiplicado los frentes de inquietud.

—¿No te sientes más apoyada?

—Sí. Pero no son apoyos que puedan combinar fuerzas. Gana la sensación de que no voy a poder extenderme lo suficiente para protegerlo todo.

—¿No te pasaba lo mismo con los hijos? A medida que los ibas teniendo, me refiero.

—No, claro que no es lo mismo, no se parece en nada. ¡No sabes lo que dices! Los hijos son incondicionales, Dios sabe que son capaces de agotarte, pero hay demasiadas cosas que no entienden de ti, cientos de sitios inaccesibles. Al menos te dejan espacio libre, ¡y no esperan que los reflejes! Un hombre... a veces parece excesivo cómo dependen de que les transmitas que te lo pasas en grande con ellos, que valoras su energía... El que no es Julio... Supongo que cuando permites que una persona se precipite con su amor sobre ti es normal que los días se llenen de sus ideas y costumbres.

—¿Te sientes invadida?

—No sé explicarlo.

—Inténtalo.

—Cosas que te gustaban dejan de gustarte tanto, y admites otras que solían irritarte. Te desdibujas un poco... pero disfruto con este alboroto. De repente me da pena haberme quedado pegada tantos años a Julio, perderme cómo soy con otra persona. ¿Me entiendes? Bueno, da igual si me entiendes, ¡es así! Y me escucha y es atento, y me hace reír, y está muy guapo callado. Y viste muy gracioso, con chalecos y dockers. También me gusta verle dormir, ver dormir a alguien es un privilegio. La persona que sueña merece respeto, merece silencio. ¡Y el que no es Julio duerme tan bien! No ronca, no me ha despertado ni una sola vez. En eso va mucho más allá de las expectativas que había puesto en él. Qué tonta debo parecerte pintando a un adulto de príncipe azul.

–Me pareces humana. También amamos con la imaginación, inventando cualidades y aspiraciones para el otro. Dudo que exista otra criatura que disfrute tanto engañándose. Las ardillas, los monos, incluso los pavos reales parecen inclinarse por estrategias más realistas. Así que bien por él, se ha ganado que le llames por el nombre.

–Alejandro... Pero no vayas a creer que vuelvo a estar atrapada en...

–Alejandro. Imponente, te felicito. Todo un conquistador. Te confieso que he llegado a temerme lo peor. Un Mauro no te pega nada, ni un Ramón, ni mucho menos un Oriol, ¡le sacarías dos cabezas!

–¡No estás obligado a ser enano por llamarte Oriol!

–Admito que no es físicamente imposible que pase del metro setenta, pero la experiencia es perseverante. ¿De confianza? Sí, todo lo que quieras. Pero ese nombre es una losa que les impide crecer. Tampoco un Abel será nunca un seductor, ni un Gonzalo de fiar. Los nombres son conjuros acústicos, sus resonancias influyen en nuestro desarrollo. El del nombre es uno de los asuntos menos inocentes del mundo. ¿Me sigues?

–¡No! Claro que no, ¡qué te voy a seguir! Pero me gusta escucharte, hoy estás... muy, ¡muy tuyo!

–¿Te molesta?

–Al contrario. Me gusta estar aquí.

—¿Dónde?

—En esta ciudad. Dentro de este hotel. Escuchándote. Berta dice que me gusto demasiado pero no es así, nada de eso. Soy consciente de que no soy profunda, nunca me he preparado para trabajar en serio, y me abruma la cantidad de sitios que no voy a conocer y de personas valiosas que nunca dedicarán una hora a estar conmigo. ¿Por qué me escuchas? No me respondas, casi que prefiero no saberlo.

—No has terminado de contarme qué te puso triste.

—No lo sé, Diego. Nunca me habían abandonado, y supongo que si lo de Julio es un acuerdo no cuenta como abandono... pero compartíamos casa y no lo vi venir. Con Alejandro he empezado al revés. Le veo el cariño fresco en la cara cuando me saluda y pienso: ¿cómo será cuando empiece a fallarme?, ¿frío?, ¿desprendido?, ¿buscará un arreglo?, ¿saldrá corriendo? El amor podría ser algo sencillo, pero es aterradoramente maduro, y no puedo evitar sentir nostalgia de la antigua situación. Me da por pensar en las horas que fui feliz con Julio y los críos. ¿Sabes cuando el clima es tan agradable que no lo valoras? Supongo que por contentas y amadas que nos sintamos a veces no nos reconocemos en nuestra propia vida. Algo así, pero pasará.

—Nunca me has hablado de tus hijos.

—¡Creía que no te interesaban! Mucha gente no sabe cómo preguntar. Para los amigos solteros los hijos suelen ser como bultos o... impedimentos.

—Exageras.

—¿Y si te digo que algunas amigas se han distanciado antes de interesarse... o de aprender a hablar de ellos? Pero eres un soltero sin hijos, seguro que no te cuento nada nuevo.

—No estás hablando con un «soltero sin hijos», Laura.

Soy un amigo interesado en ti. ¿Por qué no iba a preguntar por tus niños?

—Me halaga que insistas. Estaba decidida a no mencionarlos, no soporto que piensen que me agoto en mi marido y en mis hijos. Quizás por eso Julio se permite ser más niñero, no corre ese riesgo. Ni en el centro de yoga ni en el atelier saben cómo se llaman. No voy con ellos por delante, no son mi tarjeta de presentación, nada de «Laura Pons, mami de tres»... Tengo mi trabajo, la pintura, cada vez me gusta más leer... No he encontrado en los hijos esa paz que parece un alto en la competencia, o por lo menos una pausa confortable. ¿La encuentra alguien? Quizás sea una leyenda. «Mami de tres» y échate a dormir. ¿Nunca has querido ser padre?

—No he programado mi vida para cumplir con una serie de objetivos. Tampoco he decidido de antemano ni la soltería ni la paternidad. Todavía podría casarme, todavía podría tener hijos. Aunque no se me ocurre en qué circunstancias...

—¡En las de enamorarte! ¿Lo ves? Cuando los adultos hablamos de hijos parece que estemos compitiendo. Al menos por debajo de la mesa. Dicen que los hijos no pesan cuando te mira un hombre enamorado, pero ¡tú no estás enamorado de mí! Ni siquiera sé si te interesas de verdad por los hijos o es que... No sé de qué te acuso, pero ¡te acuso!

—¿Los tuviste pronto?

—¿En relación a quién? Mamá me tuvo a los dieciocho. Pero sí, para nuestra generación fuimos precoces, y me alegro, así mi padre pudo disfrutar un poco del mayor. Y Julio estaba encantado, «trabajo adelantado», decía. Era tan divertido verlo preparar biberones y poner y quitar pañales, ¡se le notaban las manos de dependiente! Es tan niñero que estoy seguro de que le fastidia no haber podido experimentar el embarazo. ¿Sabes la de veces que mi marido ha soñado que daba a luz? Claro que yo también he soñado que paría, y no se parece en nada. Pero no me gusta hablar de partos. Las palabras no son lo bastante alegres ni sucias, y el parto dura y las frases se terminan enseguida. Y tampoco me acuerdo tanto.

–¿Otra copa?

–¿No decías que era mejor dejar que los camareros se acercasen... por su honrilla?

–Año nuevo, reglas nuevas.

Me levanté a pedir. A medio camino eché la vista atrás, Laura toqueteaba su abrigo: una sonrisa tenue, dejó caer la melena del lado izquierdo. Volví con las copas, me dio las gracias con una sonrisa más cómplice que entusiasta. La turquesa engastada en plata vieja me pareció un error.

–¿En qué piensas, Diego? Pones una cara tan graciosa...

–En que nunca he tenido amistad con una mujer embarazada. Se supone que los varones preferimos no estar al corriente de los pormenores... ya no digamos si no eres el padre. Pero me hubiese gustado dar la mano a una amiga durante el proceso. Claro que puestos a pedir también me hubiese gustado disfrutar de una hermana. Igual ahora te parezco demasiado curioso.

–A mí la curiosidad no me parece nada sospechosa. ¿Cómo no íbamos a querer saber sobre las personas que comparten este mundo con nosotros? Sería rarísimo. ¿Sabes que me gustó parir? No te niego que la primera vez las contracciones me asustaron. Estaba nerviosa, incapaz de concentrarme en nada. Y cada vez iban más deprisa y las sentía más cercanas, y tuve que acostarme porque empezó a doler de verdad.

136

Dio un primer sorbo lentísimo al vino, como si le buscase el sabor.

—Con los gemelos fue distinto, rompí aguas de manera escandalosa a las tres de la madrugada, y las contracciones no se detuvieron hasta el amanecer. Y esa vez me dolió muchísimo. Lo atribuí a que los gemelos pesaban el doble, pero el ginecólogo se burló, como si hubiese estudiado a fondo el asunto y no llevásemos siglos muriendo como yeguas durante el parto. Cuando los gemelos salieron me vino un asco de pensar que habían estado en mi interior sin boca y sin piel, pero cuando me pusieron en los brazos a esas personas que antes no existían el vértigo de ser la responsable de que pudieran disfrutar de esta fiesta me llenó los ojos de lágrimas. ¡Lo digo en serio, Diego, no podía ver nada! Me dije que nunca más, me daba pánico que un tercer parto me partiese en dos. Ahora ya no estoy tan segura. No pongas la mano en el fuego por mí. Un hijo de Julio, un hijo de Alejandro, un hijo de los enamorados por venir. Mientras mi cuerpo siga cultivando óvulos no voy a firmar ninguna renuncia.

—¿Fuiste... feliz?

—¿Por qué no me preguntas si me sentí realizada? No me hagas caso, sé que tratas de ser amable y te lo agradezco, me da sosiego que abramos un espacio donde hablar de mis hijos, aunque después no quieras darle continuidad, ¿qué iba a contarte?

Movió los hombros como si quisiera desentenderse de un dolor muscular, en la voz se le notaba la temperatura de la emoción.

—Sí, fui feliz, solo que no era una felicidad serena... de postal... Me arrastraba, era firme y caliente, ¡se movía muchísimo! Y tuve miedo. Ser madre es también un aprendizaje de lo indefensos que estamos ante el sufrimiento ajeno, aunque sea una lección que se aprende enseguida. Me reía de Julio cuando al poco de irnos a vivir juntos se desvelaba en la cama pensando que me podía «pasar algo». Tardé en darme cuenta de que el muy animal pensaba en mi muerte.

–¿Y no temías por él?

–¡No! ¿Qué iba a pasarle a Julio? Es fuerte como un toro. ¿No le has visto subir una montaña cargado con los gemelos? Lleva años levantándose a las cinco de la mañana para ocuparse de nuestros negocios. Fumar un puro, comer mucho, reír, hacerme el amor hasta que se hace de día... Julio está más allá de la enfermedad y de la tristeza.

–Eso no puede saberse.

–Yo sí puedo. Así que me tomé a guasa sus miedos, y tuve que esperar a que naciese el primero para comprender el terror a que una persona a la que quieres se te escurra entre los dedos. ¿En qué piensas? Has puesto una cara rara.

–«Solo el dolor deja una marca singular.» Pero no hagas caso. Es solo la frase de un amigo al que le beneficiaba profesionalmente que cada cicatriz ocultase una buena historia.

–¿Tú no lo crees?

–Prefiero estar atento a no cortarme.

–La cicatriz de un parto puede ser preciosa. Te lo aseguro. ¿Puedo seguir hablándote de mis hijos? ¿Sabes qué es también precioso? Saber que por lo menos durante unos minutos existirá una mirada inocente y que la mía fue la primera cara que esa cara vio. La vida me parecería una película en blanco y negro sin la experiencia de ver cómo se forma una personalidad nueva. Siento tanta curiosidad por mis hijos. ¡Me interesan tanto! ¿Cómo sería la vida si no pudiéramos dársela a otros?

–No estoy seguro.

–¿Cómo es tu vida, Diego?

—Acumulo experiencia, recuerdos, promesas incumplidas, lo de siempre. Pero quería preguntarte algo, ¿después de que nacieran los gemelos no te preocupaba que Julio se sintiese, ya sabes, «celoso de atención»?

—¿Que afectase a nuestra vida sexual? ¿Eso me estás preguntando? Casi me olvido de a lo que habíamos venido.

—No me refería solo al sexo. Y no tienes por qué responder. No estamos preparando un examen. Podemos seguir hablando de tus hijos si quieres.

—No, no, es una buena pregunta. Y ahora que he encontrado un nuevo amor supongo que tu función es ayudarnos a examinar lo que nos haya pasado por alto.

—¿Una función? ¿Crees que soy un tenedor o una llave inglesa?

—No, perdona, no quise decir eso. Eres mi amigo... Es solo que no sé... qué eres para Julio...

—Los dos sabemos qué soy para Julio.

—¿De verdad crees que me importa lo que tú eres para Julio?

Levantó la barbilla el punto justo para mirarme con un principio de arrogancia. Antes de hablar se frotó las manos como si quisiera librarse del tacto de la sensación.

—Durante la lactancia me sorprendió que siguiese agitándose el erotismo de costumbre como un alboroto de tentáculos. Antes de que empezase la época de las grandes sorpresas pensaba que conocía bien a Julio, pero nunca hubiese sospechado que le divertiría mi incapacidad de besarle en aquel caldo de hormonas. Pero ¡le gustó! Supongo que confiábamos en el combustible que anima nuestro matrimonio: el amor físico, hacer el amor y hacerlo bien. Confiábamos en nuestros cuerpos. Y no me digas que todos los matrimonios son así porque no lo son. Y tampoco digas que lo entiendes, cariño, aunque tu mundo interior sea tan ancho que podrías meterte a mi marido entero en un bolsillo, sigues sin tener ni idea de cómo es acostarte con otra persona, la misma, una noche tras otra, diez o quince años, veinte, hasta que tus nervios se mezclan con los de ella. Qué vas a saber. Después del primer parto fue precioso cuando volvió a bajarme la regla y nos pusimos a buscar (¡adoro esa expresión!) a los gemelos. Una felicidad inocente, vital, densa, para la que no nos han enseñado palabras, que no vale nada en el currículum, pero que nadie me niegue que venimos al mundo para sentir algo así. ¿Me lo vas a negar tú?

–No lo sé, Laura. ¿Cuándo empezaron las cosas a ir mal?

–¡Las cosas van bien! Es solo que se han vuelto... inseguras. Pero escúchame, Diego, es importante que me entiendas. No hay nada penoso o sucio, solo personas enamoradas en una disposición distinta. Vuelvo a casa, me acuesto y me duermo pensando en mis hijos. ¿Por qué iban a avergonzarse de la felicidad de su madre? Una madre sigue siendo una mujer, ¿no? Y una mujer es tantas cosas... ¿Por qué iba la maternidad a dejarme sin la aventura? Claro que tampoco es eso, ¡o sí! Pero hay más, mucho más, ¿cómo contarlo? Sí, recuerdo lo que me dijiste: que divida lo que quiero expresar en palabras sencillas. Ojalá fuese solo eso, ser sencilla se me da bien, pero esto también va de atreverse.

–Empieza por cualquier sitio. No trates de ser coherente. No te preocupes de cómo suena ni de matizarlo. Deja eso para después, ahora solo empieza.

Volvió a frotarse las manos, esta vez se las dejó rojas.

–Ya no puedo despertar los celos de Julio, es un poder que me han quitado, y a veces duele como un... Diego, no puedo seguir así, hoy no... ¿Por qué me prestas atención?, ¿por qué aceptaste esto... estar aquí conmigo?

Dejé pasar como un pájaro cuyo nombre no recordamos la idea de que gastar unas horas con una mujer más joven nos ayuda a entender cómo estamos envejeciendo. Le respondí lo primero que se formó en mi cabeza.

–¿Hay algo más sugestivo que entregarse a la sinceridad?

–¡Se me ocurren unas cuantas alternativas! Pero dime al menos qué posición ocupas en mi vida. ¿Una amistad de verano? ¿Un educador? Es una lástima que a las relaciones no se las pueda asociar a un color como a los cinturones de las artes marciales. Del verde podemos esperar esto y al marrón exigirle lo otro... La amistad es una etiqueta demasiado estrecha para tantos sentimientos, intrigas... ¡contradicciones! ¿Qué soy para ti, Diego?

–Una mujer con la que me gusta sentarme y hablar.

–Qué pragmatismo. Mi padre tenía un nombre para esta clase de relación... ¡contertulios! Pobre papá. Lo sentí mucho cuando murió y ahora apenas pienso en él. Mi padre se reduce ahora a sus cuatro papeles y los balances bancarios que guardo en una carpeta verde. ¿No te parece un escándalo que cueste tanto retener a los muertos? ¿Cómo me recordarán mis hijos? Si pienso mucho me entra miedo. En la carpeta también guardo su esquela y fotos de cuando era joven. Mi favorita es una en que está subido en una moto poco antes de conocer a mamá, me gusta cómo agarra el manillar y mira a cámara con ese último esfuerzo de concentración antes de echarse a reír. Está tan guapo. Disfruto mucho mirándolo, siento que lo tengo solo para mí, claro que no sé si los chicos solteros piensan en sus hijas futuras. ¿Qué me dices, Diego, pensaba en ti el joven señor de Castellar?

–Le enamoraría saber que le llamas así. Supongo que escucharía la llamada del linaje. Pero dudo mucho que sus futuros hijos fuéramos algo más que «imprecisas responsa-

141

bilidades de futuro». Menudo susto se daría cuando con la partida de nacimiento le entregaron la carga de un ser vivo. Y era mucho más joven que yo, ahora podría ser su padre.

–Háblame de los Castellar.

–¿Qué quieres que te cuente? Mi hermano heredará el blasón y entre todos nos repartiremos las deudas. Padre invirtió en videoclubes, una ruina lenta, deliciosa como una asfixia. Su pasión era el partido que iba a vertebrar Cataluña y el partido no le correspondió. Supongo que le envidiábamos que conquistase a mamá y le despreciábamos por no haber sabido retenerla.

–Cuéntame más de tu madre.

–Dos pelirrojas en una misma historia es un exceso.

–¿Es esto una historia?

–No, tienes razón, una historia exige un narrador y un propósito. Lo nuestro es solo material.

–¿Qué clase de material?

–El que suministra la vida.

Me frené en seco y sentí en la piel del cuello un cosquilleo familiar: las ganas de hablar en serio con alguien de cosas que me importasen.

–Pues te aseguro que la vida admite muchas pelirrojas. ¡En primaria éramos cinco! Me daba muchísima rabia. De rojo fuego a pajizo. ¿Qué gracia tiene ser pelirroja si no eres especial?

Reconocí en la mirada de Laura la deliciosa obstinación que se apodera de las personas acostumbradas a apartarse cuando se deciden a no ceder. Busqué algo de mi madre para Laura y la memoria se me fue a una de tantas tardes de finales de verano: el atardecer se mezclaba con el aire del salón y la vi aparecer en el descansillo de la escalera con el pelo rojo húmedo y sonriendo en dirección a lo que yo era y lo que esperaba de mí. Un espasmo contrajo el recuerdo, de repente pertenecía al sueño de otra época: aquel cabello rojo no era el de mi madre, los dedos se me tensaron hasta soltar la copa. El vino se esparció despacio sobre la alfombra, espeso como pulpa de ciruela.

Laura se levantó y después de asegurarse de que no me había manchado se llevó la copa y debió avisar al camarero, que secó con diligencia la mancha. Casi me había serenado cuando sentí en el hombro la mano de Laura, dejó sobre la mesa otra copa de vino y un bol lleno de frutos secos. La sonrisa que me dedicó era nueva, burlona, pero también agradecida: una chica encantada de ser no tanto útil como amable. Podría ofrecer un viaje precioso al compañero que envolviese con su atmósfera de sentimientos cálidos. Sentí muy cerca el calor sexuado de su cuerpo. ¿Cómo sería vivir con ella?

—No me mires con esa cara de agradecimiento, pertenece a nuestro oficio ser graciosas.

—¿Ser mujer es un oficio?

—Lo será mientras vivamos en un mundo pensado por vosotros. Mientras convivamos con personas más fuertes. Ibas a contarme algo de tu madre.

La agüilla de la obstinación no se le había secado, seguía contrayéndole la pupila.

—No estoy seguro de ser el más fuerte de los dos. Y desde luego no he participado en el diseño de esta pequeña sociedad nuestra.

—Mira bien, míranos. Tú te sientas y yo respondo. Cada vez que te pregunto cambias de tema. Somos dos. ¿Cómo voy a aprender si solo hablamos de cosas que ya sé?

—Te enseño a verte.

—¿A verme como me vería el gran mundo? ¿Y si quiero explorar el gran mundo a través de ti?

—El gran mundo... son imaginaciones de Julio. Puertas que no se le han abierto y por eso fantasea con que dan a salones espléndidos. No. Olvídate de eso, no vale nada.

—Dime al menos de dónde vienes. ¿Qué hacías antes de que nos conociéramos? ¿No tienes amigos en Italia? Espera, ya me dijiste que pasaste por allí como un patinador sobre el hielo, me gusta esa imagen, es bonita. Háblame de lo de antes, ¿cómo eras entre esas personas que te rebautizaron? Seguro que te ofrecieron un arraigo, que te acuerdas de las historias que os contabais. Venga, soy buena escuchando, déjame demostrarlo. Y me intrigas tanto, ¡desde que oí a Berta hablando de ti! Nunca haré mal uso de lo que digas, odio hacer daño. Deja fuera las emociones si te es más cómodo. Solo hechos.

—Qué graciosa eres, Laura. ¿Crees que una vida puede contarse en frío?

—¡Yo lo hago!

—No digas tonterías. Has tenido muchos años para explicarte la vida al lado de Julio. Es una historia ya procesada, te la sabes de memoria. Mira cómo te tiembla el pulso cuando intentas hablar de Alejandro.

—Es admirable cómo te proteges, lo digo en serio. No eres celoso... ni posesivo... así que debes de ser un psicópata de la intimidad. ¿A cuántas mujeres has abandonado?

—«Abandonar» es una palabra gruesa, casi grosera.

—Sobre todo para el que dejas atrás.

—Si te refieres a huir de alguien que contaba conmigo sin dar explicaciones... A veces cuando parece que peleamos por salvar una relación nos entregamos a cálculos hipócritas con unos sentimientos caducados. Pero con una o dos excepciones siempre he tratado de expresar de manera comprensible y suave que la atracción había...

–Qué delicado. Una o dos excepciones. ¿Tienen nombre?

–Sin duda.

–Y a ti, ¿te han abandonado? Es que se te ve tan... no diría sereno, no... entero, como si no te hubieran herido nunca. No tienes responsabilidades, nadie a tu cargo, ¿cómo podrían hacerte daño? ¿Te preocupas por alguien? ¿Nunca estás triste?

La última frase me agarró de la garganta. Sentía el paso de la sangre entre la respiración. A mi alrededor la luz adoptó la textura equívoca de un sueño. Respondí como si fuese el primer día de la primavera y estuviese pasando la tarde con Clara.

–Sí, claro que lo estoy. Pequeñas decepciones, nostalgias que se quedan aquí, aunque no siempre recuerde de dónde vienen... Es como si las vidas que planeábamos y no salieron bien del todo también fuesen una clase de experiencia, todo lo tenue que quieras... ¿Ves la bellasombra? El árbol que está iluminado...

Le señalé la ventana, al darme la espalda me di cuenta de que el tono de su pelo no se podía confundir con el de mi madre, incluso el grosor y la elasticidad recordaban más al de Val. Pero Valeria nunca se hubiese metido en un arreglo así. Qué inquietantes son las diferencias entre personas que se parecen.

–¿Te refieres al de los nudos? Trato de evitarlo cuando vengo hacia aquí, me da un poco de asco la forma en que se le acumula la corteza formando esos pliegues... Parece piel de elefante. No sabía que se llamaba así, es un nombre precioso...

–Mejora si piensas en cada nudo como la cicatriz de una vida, replegada sobre sí misma, que contiene en el muñón la riqueza de las posibilidades abortadas, experiencias que pudieron ser nuestras y que no vamos a sentir ni a ver, que a veces ni siquiera intuimos. Una persona se cruza y empieza una vida con nosotros y nos priva de otras diez que nos estaban esperando. Una amiga recién conocida o que todavía no conocemos muere o se quita la vida y se lleva con ella el juego de experiencias que íbamos a compartir. Cientos de vidas que pudieron mezclarse con la nuestra y que ni siquiera te permiten echar de menos.

Hice una pausa para beber. El tono de mi voz, incluso la manera de mover la mano pertenecían al pasado, a mi época con Val. Era como si la tuviese delante, removiendo mis ideas en un ambiente de confianza anímica que ya no sé cómo permitirme.

—La mayoría de los días no recuerdo que cargo con estos nudos. A veces siento algo así como un *déjà vu* invertido, un vacío sensible donde debería haber algo... como si alguien que iba a conocer se hubiese perdido o muerto por el camino... pero no le doy importancia, lo dejo pasar. Me gusta mi vida, asumo lo que me ha pasado, Laura. Si en esto consiste la célebre decepción te aseguro que puedo cargar con ella.

—Pero me hablas de decepciones generales. Como querer ser astronauta un día y modelo otro y que no salga bien. Eso no vale nada. ¿De verdad no has sufrido decepciones concretas con personas concretas?

—Me obligarías a remontarme muy atrás. Una manera de ver la vida con la que he puesto mucha tierra de por medio. Casi no la recuerdo.

—Inténtalo. «Descompón los pensamientos en frases sencillas, elige palabras y frases fáciles.» ¡Algo así! Hazlo por mí, ¿qué te cuesta?

Me fascinó reconocer en la mirada de Laura el momento en que la amistad acelera en exigencia.

—Muy bien, señora Pons, allá va: me obligaron a elegir entre dos personas a las que quería muchísimo, y de alguna manera las perdí a las dos.

—¿Quién te obligó?

—Ellas. Yo. Las circunstancias. La moral. La convención. El miedo. El exceso de confianza. La alegría. A veces intuimos antes de abrir la boca el daño que provocaremos con las palabras y otras veces necesitamos años para entender su alcance. Supongo que confiamos en la capacidad de las personas de rebajarse para conseguir lo que quieren, o por lo menos en su inconstancia, en que llegado el momento renunciarán antes de precipitarse en el desastre. Pero muy de vez en cuando nos mezclamos con alguien que resulta ser tan consecuente como nos prometió. Es una lección terrible, te deseo que pases por la vida sin conocerla, pelo de fuego.

Laura había retirado la cara del foco de luz. Era como si bajo la cortina roja del pelo me esperase la cara pálida de Val.

—¿Las sigues queriendo?

—Ya no nos vemos nunca. Pero todavía me impresiona cuando la misma ley que desbarató nuestro amor oprime a otras personas.

—¿Por eso te interesamos los Pons? ¿Para ver cómo resbalamos?

—O cómo tenéis suerte y éxito. Una victoria retrospectiva.

—Entiendo. Hace un año tu historia me hubiese hecho torcer el morro. Disfrutar tantos años de un amor estable me había vuelto... ¿cómo decirlo? Un poco clasista. Me parecía que los separados, los solteros, los que buscan el amor a una edad avanzada eran hasta cierto punto...

—¿Dignos de lástima?

–Algo así, aunque no me gusta cómo suenan las palabras que has elegido... Supongo que da igual... He ampliado mi visión, el sitio desde donde miraba era injusto, exigente hasta el delirio.

–Háblame de ese sitio.

–La base segura de un amor de más de una década, me sentía... con más mérito... ¿Me entiendes?

–Como si el amor fuese la recompensa al trabajo bien hecho.

–¡Algo así! Y sigo creyéndolo... Se dice tantas veces que el amor es cuestión de suerte... Pero hay que trabajarlo a diario, aunque sea un esfuerzo... agradable.

–Así que los solteros, los divorciados, los abandonados... han descuidado su amor.

–No, espera, sí pero no... ¿Sabes cuando defiendes una idea porque es tu opinión desde hace muchísimo tiempo, pero ya no estás cien por cien de acuerdo con ella?

–Sí, claro. Pero aclárame una cosa, Laura, ¿sientes ahora que no has cuidado lo suficiente tu amor? ¿Te consideras responsable?

–Es una pregunta muy difícil, Diego. ¡Tú no la responderías! No sé. Me siento culpable. Pero creo que está bien. A veces me parece que la culpa es el motorcito de las buenas personas... siempre que no te paralice, claro. Y si te soy sincera no siento vergüenza, ni agacho la mirada, ni creo que deba pedir perdón. ¿A quién se lo iba a pedir?

–¿Cuándo has estado alegre por última vez?

–Cuando tiraste la copa y te traje otra. ¿No te parece más interesante la última vez que estuve triste? Me da lo mismo, te lo voy a contar igual: fue el día que cayó aquella cortina de agua brutal, no se veía a dos metros. En esta ciudad los chaparrones son acontecimientos, ¿verdad? ¿Dónde te pilló?

–En el museo.

–Un día tienes que explicarme qué haces allí, de qué va tu trabajo.

–Te lo contaré cuando te interese de verdad.

–Trato hecho, cariño. Yo iba de camino al hospital. Nada grave, intento tomarme los análisis como una rutina, aunque pueden paralizar la vida que llevas de un hachazo. La clínica, la inspección del pecho, saber que la mayoría vamos a pasar nuestros últimos días en sitios así... No sé... Se combinó... Salí atontada, muy triste, y la lluvia seguía cayendo a mala fe. Vi pasar un taxi por el carril contrario, pero no llevaba paraguas ni me atreví a cruzar con los zapatos abiertos, y nunca he tenido valor para gritar en medio de la calle. Se me adelantaron y se me cayó el alma a los pies, oí la voz de Julio riñéndome por mi falta de iniciativa. Me metí en un local algo más animado que un café: estudiantes y parejas de tu edad. Pedí un café con leche y me dejé puestas las gafas de sol para observar la animación de las mesas sin ser vista. ¡Las chicas *voyeurs* también tenemos nuestros derechos! Me concentré en una mesa de tres: dos mujeres, una arreglada y la otra bonita, aunque atacada por esas marcas que deja una mala racha de decepciones. La guapa y cansada le presentaba a su amiga un novio: de esos cuarentones que si te lo encontrases en un sueño no sabrías si echarte a sus brazos o huir. Se tocaban, reían, le contaban a la amiga sin chispa las coincidencias asombrosas que cada día descubrían en su manera de ser, en la suerte sobrenatural de haberse conocido, justo en ese mismo bar, si no entendí mal. Se comían con los ojos. La amiga escuchaba paciente, pero cada vez más inquieta, como si tratase de recordar la delicia de estar en esa fase del enamoramiento. ¿Sabes a lo que me refiero? Después llegó el marido: grueso, con pinta de algo hervido, pero de confianza, bien acomodado en una vida sin excitaciones ni sobresaltos. Un matrimonio de años. Pongamos que se llama Pepi, ¿te gusta Pepi?

–Me encanta. Pepi Pinyol.

–Supongo que Pepi se cansó de su papel de espectadora y empezó a meter cuñas en la conversación: los hits del verano anterior, las estupendas vacaciones y lo bien que se lo pasaron... entusiasmos de los que el señor Pinyol no siempre parecía al corriente. Pobre hombre, no entendía lo que estaba en juego, me entraron ganas de advertirle. A Pepi no le bastaban las alegrías suaves ni la confianza de los años, quería un poco de la ventolera de luz que agitaba a su amiga, que la hacía mirar a su acompañante y pegarse a él. Aunque no fuese a durar.

–¿Tan poco crédito les das?

–Muy poco. Sus cuerpos se atraían, pero eso es un indicativo muy poco fiable.

–¿Y quién te ha dicho que buscaban un amor duradero? Casarse y todo eso. ¿Y si solo estaban disfrutando de la emoción que podían darse? Igual llegado el momento preferirían renovar esa «ventolera de luz» en otro cuerpo antes de verla apagarse entre ellos.

–Ella no, Diego, claro que lo disfrutaba, igual más que él, pero tendrías que haber visto todo lo que llevaba metido dentro: fatiga, abandono, soledad... Necesitaba creer que esta vez sí, que iba a conseguir lo mismo que Pepi, por mucho que se regodease al verla tan envidiosa de sus besos nuevos. Quiero decir que muchas veces creemos porque nos convencen o por juego, pero a veces creemos porque nos parece imprescindible para seguir adelante, ¿entiendes?

–Pero se necesitan dos para que una creencia así se sostenga. Y ni siquiera sabes si él planeaba seguir con ella el verano siguiente.

–De él no lo sé. Eso es verdad.

–Y de ella tampoco lo sabes.

–No se lo presentas a tu amiga si crees que vas a perderlo. No te expones así.

–Quería disfrutar de su momento, airear la emoción, expandirse... A veces una experiencia no parece completa hasta que no la muestras en público. Y van a compadecerla igual: por soltera, por divorciada con hijos o sin hijos... En cuanto se retire la novedad Pepi volverá a compadecerla. ¿No la compadeces tú?

–No, Diego, no me compadezco de ella, es lo que trato de contarte. Un año atrás me hubiese puesto de parte de Pepi, reconocería la solidez de aquel marido que igual parecía un poco anecdótico, pero que se preocupaba, que lo sabía todo sobre cómo apoyarla, y con el que había invertido cantidad de energía por cosas que solo contaban para ellos dos. Al lado de un amor así entiendes lo poco que vale el calor de unos besos.

–Tampoco Berta y yo somos capaces de entenderlo como tú, puedes añadirnos a tu compasión.

–¿Qué tiene que ver tu soltería con la de Berta?

–Que yo te gusto y ella no. Que conoces su vida y la mía no.

–Qué tontería, Diego, no, no. Lo que quiero decir es que un año antes hubiese compadecido a la amiga de Pepi por meterse en una falsa ilusión que acabaría en otro desengaño, y del que saldría tan desorientada como de costumbre pero con dos años más. Pero... esa tarde... me identifiqué con ella. Y eso era un sentimiento nuevo. ¿Cómo dirías que se llama ella? No quiero que pase por esta conversación sin darle un nombre.

–¿Cómo es?

–Rubia teñida, delgada, nerviosa, bonita al estilo que te

quedas mirando a una mujer sin sentir envidia. Mucho más atractiva que Pepi, resuelta, pero con algo lastimoso, como si cargase con una mochila de planes echados a perder.

—Samantha.

—Pues Samantha...

—Pero sus hijos la llaman Sam.

—¿Cuántos hijos?

—Dos varones. La adoran. Pero no le basta. ¿O a ti te basta?

—Eso ahora da igual, Diego. Gracias a Sam pude ver la historia desde un lado que no solía ser el mío. ¿Puedes creer que me dio pena por Pepi? Pepi había dejado la luz que le salía a Sam por los ojos en un pasado casi tan lejano como la infancia. Claro que Sam era mucho más cariñosa que su novio, pero daba igual, Diego, ¡daba igual! Un año antes me hubiese burlado de tanto revuelo, una intensidad «poco apropiada» para la edad de Sam, incluso para la mía. Así solía pensar.

—¿Y qué piensas ahora? ¿Qué ves al mirar a Sam?

—Me conmovió.

—¿Qué te conmovió?

—La alegría limpia de niña mientras una fuerza viva se abría paso en su cuerpo de cuarenta años. El desprecio de lo que se «esperaba de ella»... y también que daba lo mismo cómo terminase, la aventura tenía valor por sí misma. Me pareció algo precioso. Sam, estés donde estés, espero que todo te vaya bien.

—¿Te dio pena Pepi?

—Eso es casi como preguntarme si sentía envidia de Sam. Y no, tampoco. Para nada. No soy una mujer soltera ni divorciada, ni siquiera me han abandonado. Y tampoco quiero volver a empezar ni diez ni cinco ni tres veces. No me interesa esa intensidad para mí. No se la deseo a nadie.

Me basta con que Julio recuerde quién soy y Alejandro lo aprenda cuanto antes. Mi situación es estable, es la manera en que me han enseñado a pensar que la considera algo inseguro... Me alegré por Sam, por Pepi, por mí, por Julio, por Berta ¡y por ti! Como si aumentase mi capacidad de comprender el amor. Como si el amor tuviese algo de bueno para nosotros en cualquier situación. ¿Entiendes?

—¿Qué prefieres que te responda?

—¡Nada! Ahora mismo solo quiero que me escuches. Quizás no me explico bien, pero ten paciencia, soy un desastre ordenando lo que quiero decir, pero si me dejas hablar te prometo... estoy casi segura... de que te llegarán palabras de valor. ¿Qué te parece?

—Siempre me interesa lo que dices, Laura.

—¿Ya me sientes como una amiga? Da igual, qué más da, tampoco soy muy buena con la amistad. ¿Te reirás si te digo que nunca había hablado tanto tiempo con el mismo hombre sin besarlo? ¿Y tus amistades se parecen al amor? Claro que hay tantas clases de amor... ¿Se acercan por lo menos a lo que debería ser el amor? A veces me fastidian las palabras... No me malinterpretes, me gusta mucho hablar y solo se puede hablar usando palabras, las quiero muchísimo. Es solo que a veces son demasiado estrechas para lo que sentimos. ¿No te parece que hay mucho amor fuera de la pasión?

—Claro, ¿no amas así a tus hijos?

—No, no los amo así, todavía no. Son demasiado pequeños, tengo que adaptar lo que digo a su experiencia, no entienden ni la mitad de lo que me pasa por la cabeza. Me refiero a esos amores serenos donde te sientes comprendida y correspondida. ¡Llena! ¿Pedimos otra? Sí, lo mismo, ideal. ¿Te puedo contar algo que vi? Menuda espía estoy hecha. ¡Los misterios de Laura! Y es gracioso porque pasó aquí.

—¿Ya conocías este hotel?

—¡No! Es solo que siempre me ha gustado visitar los sitios que asocio con alguien... ¡sin él! El despacho de mi padre sin mi padre, nuestro coche sin Julio... Es como si las paredes me susurrasen secretos sobre vosotros. Pero no me preguntes qué me dijo de ti porque te he guardado una historia más bonita. Pasó en esa mesa, junto a la cristalera, un padre y una hija...

—¿Cómo sabes que era su hija?

—Eran idénticos. ¡Y le llamaba padre! Y el caso es que al hombre le costaba hablar, no solo iba lento, también se equivocaba con las fechas, cubría los vacíos con anécdotas improvisadas, solo para aparentar que no había perdido su pasado. Confundía la palabra «jarrón» con la palabra «mesa» y a la camarera con su tía Petunia, pero se notaba que por debajo de la confusión circulaba algo con sentido. Seguía una lógica, no estaba completamente desestructurado. Y la hija era capaz de interpretarlo; aunque no es que conociese el código, cada pocas frases tenía que volver a empezar, como si la confusión cambiase de rumbo. Pero no se enfadaba, no le corregía, no sentía vergüenza, se reía con ganas y le cogía las manos. Recordaban juntos. Y la hija se las arreglaba para contarle su vida actual, por lo menos conseguía que entendiese la melodía. Y el padre disfrutaba tanto del tacto de las manos y los ojos de su hija... Estoy segura de que no la reconocía, pero quizás cuando fallan las facultades deja de importar quién nos da afecto, mientras se quede. Si la hubieras visto entregarse a la ternura... La devoción que ponía, la concentración y la seriedad de su cariño eran tan delicadas y complejas como un beso. Me pareció un milagro de amor y de erotismo. Estuvieron allí dos horas, ni por un minuto la hija le transmitió que tenía prisa o que se impacientaba. Me con-

154

movió. Después de dos horas acariciándose las manos se levantaron, ella le acompañó al baño, y al salir le puso el abrigo y se marcharon abrazados. Me terminé la copa sola. ¿Sabes cuando te está sentando de miedo pero ves claro que no te conviene pedir otra? Qué delicia de sorbitos cortos. Al salir las manos me temblaban. ¿En qué piensas?

–¿No es el sueño de «todos los amantes victoriosos» convertirnos un poco en la madre o el padre, en la hija o el hijo del otro? Una mente que colapsa, la excitación del amor convertida en paciencia, mientras la ambición, la lucha, el deseo, el entusiasmo y las expectativas se apagan como canciones lejanas. Todo reducido a cuidar o ser dependiente.

–No lo sé, Diego. Me emocioné y quise salir corriendo, pero ¿adónde iba a ir? Te ha cambiado la cara. ¿En qué piensas?

–Es complicado, Laura.

Me di un tiempo para asegurarme de que la pareja que acababa de entrar eran la clase de personas que me parecieron reflejadas en el espejo. El hombre hubiese pasado por un anciano en cualquier otro ambiente, pero en el hotel se imponían el vigor del bronceado y la camisa amarilla que dejaba al descubierto unos brazos fuertes. Bajo la calva lucía una mirada acostumbrada a doblar el mundo a su voluntad. La chica le seguía a dos pasos, se las arreglaba para mantener la vista al mismo tiempo baja en relación al hombre y arrogante para los demás. El abrigo era una fantasía de visón abierta por el pecho que se ajustaba a la cintura para no competir con la falda de tubo: parecía avanzar dentro de una nube. Le calculé diez centímetros a los tacones. Los pendientes de aro combinaban de fábula con el collar de topacios: en cualquier sitio se pueden encontrar unos labios hermosos, pero la audacia lograda es una golosina infrecuente. Se llevarían cuarenta o cincuenta años.

—Allí tienes a otra clase de padre y de hija, muy distintos a los tuyos.

Fue un azar que cuando Laura los miró ofrecieran lo mejor de ellos: el viejo examinaba el hotel con la alegría indefinida del rico que sabe que nunca le faltará de nada. La cría era como un tigre arqueándose delante del espejo.

—Pueden ser sobrina y tío. Amigos. Compañeros de trabajo.

Sonó algo disgustada por haber permitido que unos extraños invadieran nuestra conversación.

—Todo podría ser. Pero son ropas raras para ir a trabajar. Las medias son decididamente estelares, y no creo que una oficina admita los bombachos de él. ¿Te atreverías a llevar esas joyas al atelier? Apostaría a que ella está bajo su tutela, y, aunque no sean padre e hija, ambos se benefician de proteger y de estar protegida. Podríamos llamarlos Daddy y Bebé, por ejemplo. ¿Qué te parece?

Hablé sin mirar a Laura, después los vi sentarse. Daddy se dejó caer como si la silla estuviera obligada a resistir su peso; abrió las piernas enseguida, ni siquiera fue un gesto vulgar, estaba amparado por la autoridad de la costumbre. Ella tuvo que agarrarse el borde de la mini de tubo, dobló las rodillas en un gesto tan natural que emanaba un tenue escándalo. La respiración le agitó el pecho, tan lleno y ajustado que parecía nacer en las costillas. Barrió el espacio con sus ojos azules. Bodel hubiese dicho que era joven hasta la desesperación.

—No se han hecho ningún gesto de cariño.

—Ni lo harán. Lo reservan para después. Prefieren que nuestras imaginaciones, y no hablo ni de la tuya ni de la mía, sino de la de cualquiera, especulen hasta encontrar

156

la única respuesta posible. Para el resto tienen tiempo de sobra. Seguro que Daddy ha comprado una enorme cantidad de días para los dos.

—¿No podrían decir lo mismo de nosotros?

Bebé le acariciaba la mano. Una risa de alegría y obediencia le encendió los labios. Después le acercó el cuello como si se lo ofreciese, cada gesto desprendía un encanto suave. Mientras Bebé le hablaba al oído y se lo besaba los topacios emitían destellos. Mi madre tenía razón: lo obsceno de las joyas no es tanto lo que cuestan sino lo bien que sientan.

—¿Tú qué crees?

El pudor le recorrió a Laura la cara como una sangre nueva.

—Se necesita mucha malicia para confundirnos con ellos, Laura. Ni siquiera alguien jovencísimo, que no sepa nada de las mujeres de treinta ni de los hombres de cuarenta, se equivocaría. A diferencia de Daddy todavía no he caído en la casilla de la edad donde haga lo que haga lo justificarán diciendo que soy un viejo. Y tú, cariño, con todo lo elegante y guapa que estás hoy, no corres el menor riesgo de que alguien te ponga los veinte años de esa Bebé, si es que los ha cumplido.

Bebé soltó una carcajada entre lo salvaje y lo artificial, era tan improbable que fuese por nosotros como imposible que no se mezclase en nuestra conversación.

—Mira bien, Laura. ¿Crees que su relación se parece en algo a nuestras charlas?

—Me parece que estamos siendo indiscretos.

—Muchísimo. Pero Daddy no es la primera vez que se enreda en algo así, se sabe al dedillo de qué va vivir en un hotel, aquí todos observan y aspiran a ser observados, las horas se inclinan hacia la actuación y el ocio apasiona como un interés genuino. No creas que es el primer pájaro de su especie que observo, he servido a tantos... Consideran la exhibición un ingrediente indispensable del espectáculo.

—Pero la pobre chica...

—¿Bebé? Se sentiría derrotada si no agitase nuestra indiferencia. Y no creas que va a conformarse con el asombro que despierta entre los camareros, lo agradece y lo absorbe, pero aspira a más. Primero bajarán al puerto en un cochazo, se darán una vuelta como quien se relame e irán a cenar, aunque lo que de verdad la nutre sea la excitación que provoca a su paso. Bebé está orgullosa de lo que tú llamas indiscreción y ella saborea como un tributo. No pongas esa cara, Laura, a todos nos gusta que nos vean de la mano de nuestro enamorado, tú misma has reconocido el orgullo que te puede cuando llegas a un restaurante de la mano de tu Alejandro. Daddy y Bebé se limitan a ser consecuentes con nuestros deseos más comunes: tómatelo como una versión más extrema, espectacular, coherente o escandalosa, dejo la palabra a tu elección.

—Pero Alejandro y yo nos queremos. Y entre estos dos no veo el amor por ningún lado... Supongo que debo seguir ampliando mi conciencia.

—No, vas muy bien. El amor es un juego de la clase media: suspendidos entre la necesidad de los desfavorecidos y la responsabilidad de los poderosos, ni cínicos ni crédulos, qué grandes aventuras le hemos entregado al mundo. Daddy pertenece a una naturaleza distinta, seguro que ha cumplido con lo que se esperaba de él: celebró una boda responsable, se fajó para fabricar un heredero y ha dejado el patrimonio como Dios manda. ¿A qué va a dedicarse a su edad? ¿Se te ocurre algo más corriente que un hombre y una mujer receptivos al amor? Daddy persigue una clase de emoción más exclusiva, después de una vida en el potro de tortura de la acumulación de capital, viajes de trabajo, reuniones con técnicos más inteligentes que él y todo ese arte y sofisticación que enseguida encuentran la manera de menospreciarle. No pongas esa cara, Laura, no me digas que te viene de nuevo. Nada puede sofocar la risa de la inteligencia, su desprecio, su terrible clasismo, el más salvaje cuando decide rechazarte. Daddy quiere la revancha, demostrar que puede poseer a su Bebé delante de todos sin sombra de duda. La desproporción de edades es muy útil: asegura que se la merece por cualidades o contabilidades mucho más estables que el atractivo o la simpatía. Que es suya porque puede permitírselo.

—Qué tonterías dices, ¿por qué renunciaría a enamorarla? Así se aseguraría de retenerla a su lado. Te aseguro que muchas chicas son sensibles a...

—No me escuchas, Laura, el amor está descartado. El amor engendra celos, responsabilidades compartidas y un proyecto que por modesto que sea consume energía y recursos. Incluso en la modalidad superficial de la pasión supone una fuente de dependencia y obsesiones. Mira qué felicidad desprende Daddy, ni se le pasa por la cabeza engrosar las filas de los «grandes hombres» dominados por la sensibilidad de una mujer atractiva. La belleza y la juventud ocultan a veces abismos muy profundos. Nadie debería correr en busca de confirmaciones vejatorias, y menos después de una vida dedicada a amasar el dinero imprescindible para evitarse sorpresas.

—¿Tan joven la ves? De repente me haces sentir como una señora mayor. Qué poca cosa es la juventud, un sitio del que nos sacan enseguida. Deja de mirarlos así. Parece que te sientes cómodo con la situación. ¿Te gustaría acabar como este hombre?

—¿Acabar? No desmerezcas a Daddy, quizás aún le quedan unas cuantas transformaciones animado por las pastillas y el bypass. Igual se nos casa o le da por la religión.

—Ya sabes lo que te estoy preguntado. ¿Te ves así en algún momento?

—Comprendo los atractivos de una piel joven, pero lo que me seduce es la sorpresa de un carácter que no comprendo. El rollo de Bebé me parece demasiado directo y evidente. Pero no sé, de niños tampoco imaginábamos las complicaciones de la vida adulta. ¿Quién sabe cómo será ser viejo?

—No te creo. Eres un romántico, Diego, aunque te tragarás la lengua antes de reconocerlo.

—¿Y cómo te imaginas tú?

—Cuando sea viejecita me quedaré leyendo en un sillón igual que este. Pediré que me lleven en taxi a un restaurante carísimo y me dejaré ver con mi pamela nueva y comeré como un pajarito. Te aseguro que no tendré energía para hacer lo que dejé pasar de largo cuando era fuerte.

—Te equivocas, Laura, no sabes cómo te equivocas. ¿No te acuerdas de cuando éramos jóvenes? Jóvenes de verdad. La de veces que nos quedamos quietos por miedo a cometer un error que nos excluyese de las buenas experiencias. Quizás los cuarenta y los cincuenta sean décadas meditativas, las vidas parecen amansarse en las decisiones que tomamos a los treinta. Las auténticas locuras se hacen pasados los setenta, si no las reconocemos es porque las mueve menos la pasión que la cercanía del final, es una audacia fría.

—¿Y ella también está siendo audaz?

—No, cariño. Mira qué piel más blanca, sin rastro de emoción. Bebé ha estado otras veces en un escenario así, probablemente con hombres distintos, y planea seguir haciéndolo. Es su estilo de vida. Su geometría sentimental. ¿No te parecen fascinantes las personas que convierten lo inquietante en algo cotidiano? El escándalo en rutina. A mí me parece que brilláis con una luz distinta.

—¿Es una prostituta?

—¿Bebé?

—No pienso llamarla así.

—Llámala como te apetezca, no vas a cambiar la superficie del asunto. Solo tienes que mirarla.

—Prefiero que me digas qué ves tú.

—Reconozco la vergüenza, el descaro y la obscenidad en proporciones muy distintas a las de la prostitución. Y nada de la amargura ni de la compañía desesperada que vuelve tan estremecedoras sus vidas. Veo interés y dinero, te lo concedo, pero también circula cuando subimos aquí y pedimos nuestras copas. ¿No va de dinero cuando tú desvías la ansiedad comprando unos preciosos zapatos rojos o cuando yo les contaba las audacias de Filippino Lippi a una camada de millonarios ignorantes? Y ni tú ni yo nos estamos prostituyendo. Daddy resuelve el problema de su excitación, veo sexo e interés, pero aquí nadie explota a nadie. Bebé no es una chica recogida en los estratos de la dependencia económica; bien blanquita de piel, sus gestos suaves y su voz educada delatan un entorno culto o por lo menos acomodado. No vayas a creer que nuestra Bebé es un caso aislado, son chicas a las que les gusta ver el dinero a los pies de su belleza. La tribu prospera en Barcelona, en Madrid, en Sevilla, en Valencia..., en cualquier ciudad donde tengas algo para enseñar a los turistas. ¿Por qué no iba a ser un momento bonito de la vida? Una experiencia. Un progreso. Joyas, hoteles, viajes, cenas, Visas, poder. Pueden salirse cuando quieran, y en el futuro se podrán pagar la formación que les apetezca, sin someterse a la erosión de un trabajo de oficina. Les quedan tantos años por delante, a los veinte uno acaba de nacer. ¿No ves que no se parece en nada a la prostitución?

—¿Entonces qué es?

—Un sacerdocio. Se les exige lealtad a las normas: vestidos, peinados y pendientes, gimnasio, gestos, sonrisas, caídas de ojos. Pero a diferencia de otros cultos este le devuelve algo a la sociedad. Considéralo así, Laura: el dinero en el banco nos empobrece a todos, solo trabaja a favor de una acumulación paralizante. Bebé es un catalizador, mira cómo se propaga el gasto a su paso: joyas, viajes, vestidos, esos zapatos carísimos, mucho más caros que los tuyos, cariño, el hotel, litros de gasolina, cenas, licores... Daddy se pasea por Barcelona enfermo de generosidad, regando las calles y los comercios con chorros de dólares. Comparado con las salvajadas que el viejo habrá hecho para retener su fortuna esta historia es un cuento de hadas. Un ladrón y una cortesana, la Robin Hood de los fluidos corporales, ¿se te ocurren barrotes mejores para encerrar a los papagayos del amor?

—Se engañan, ¿no lo ves? Somos más que eso, tenemos más aspiraciones, otras necesidades.

—Claro que se engañan, pero pocas cosas unen más que un engaño consentido si beneficia a los dos. Y en cualquier caso un engaño no es una estafa. Quien promete una lealtad que se cansa de ofrecer, quien no devuelve el valor de lo invertido en pasión, es un estafador. Pero Bebé nunca ha jurado sobre el altar de ninguna fidelidad, y ahora piensa en la cara de satisfacción de Daddy cuando ella se enrosca un tirabuzón en el dedo, saca sus morritos o agita esas enormes pulseras. Ni siquiera estoy ya seguro de que puedas descartar el amor. Míralos, por favor, míralos bien, te conviene. ¿De verdad crees que la mayoría de los matrimonios se engrasan con un amor más puro? ¿Cuántas veces se resuelven en un inequívoco fracaso conjunto? Materia desgastada, sostenida apenas por la fuerza de la costumbre: la más miserable, la única que puede sobrevivir cuando se ha agotado el recorrido de la experiencia, alimentándose de la amargura que juró combatir. ¿Y qué viene después? Las fugas, los adulterios, los amigos a subasta. ¿Vas a decirme que es más valioso un matrimonio degradado? Voy a serte sincero, Laura, no encuentro nada reprensible entre Daddy y su Bebé. Respetan un contrato transparente, limpio como la mirada de un recién nacido: otro arreglo, un buen acuerdo.

IV

Fue como si me moviesen el suelo debajo de los pies, como si encendiesen y apagasen muy seguido las luces, como si la temperatura del cuerpo ascendiese varios grados de golpe (lo recuerdo muy bien) y después me enfriase. Un despertar abrupto, que no impidió que buena parte de mi conciencia siguiera enredada en el país de los sueños.

Cumplí con los ritos de la mañana: ducharme, afeitarme, una tostada con aceite y vestirme. Llegué al museo andando y casi me pareció una broma que Meadow propusiera las «memorias abolidas» como tema de exposición: se me ocurrió «memorias perturbadas», pero me mordí la lengua a tiempo.

Mec me recogió a la una para ir a comer. Le acompañaban dos asesores que no abrieron la boca hasta los postres. Me cogió por sorpresa que el Chino me preguntase cómo íbamos a conseguir la dirección del partido. Me pareció que ponía morritos de estadista. Mec era la única persona fuera de mi familia que me llamaba por el nombre con el que me bautizaron, sonaba a tierra agotada. Le desprecié y le respeté un poco más, todo bien mezclado.

En la hora mágica de la segunda copa le dije que para

imponerse en el congreso bastaba con situar nuestros objetivos donde los demás no se atreviesen a seguirnos. Daba igual que fuese algo descabellado o nos empujase a un callejón sin salida. Lo expuse con una calma ejemplar porque ni yo terminaba de entender lo que estaba diciendo.

–Sueños. Todo el mundo lo sabe, por lo menos desde Martin Luther King. Pero los partidos no se atreven a incorporar a su programa la fuerza de la irresponsabilidad. La derecha promete orden y la izquierda subsidios; sueños estrechos, no me extraña que no vaya nadie a votar. Vamos a prometerles una fantasía de faraones.

–¿Cuál?

La voz aflautada del primer asesor me envalentonó.

–Cualquier cosa: suprimir los impuestos, la independencia, triplicar las pensiones... Somos sus proveedores de confianza. El cielo es el límite.

–¿Quién va a creerse eso?

El segundo asesor cerró la boca como si quisiera absorber las palabras recién dichas, pero se quedaron flotando en el aire con un aspecto formidable. Me gustaba el segundo asesor, ¿no os parece ideal que se llamase Armengol?

–Os invito a que penséis algo. ¿Cómo nos convencen las personas que amamos de que van a quedarse? ¿Cómo se las ingenian nuestros amigos para que confiemos en que nunca se alejarán? Las evidencias en contra son desesperantes, pero nos las arreglamos para confiar porque nos convencemos de que vale la pena, de que sería miserable no tener al menos la esperanza, aunque luego no se cumpla. Intuimos que en ese intervalo de engaño consentido la vida será mejor.

La tarde inundaba el comedor, aunque no permito que la intriga política me ocupe demasiado la mente, reconozco que me enorgulleció ver cómo se iluminaba la cara de Mec (más chino que nunca) calculando lo lejos que podíamos llegar si nos incorporábamos a las autopistas de la desfachatez.

Esperé a que Mec, Armengol y el asesor incoloro se marchasen para tomarme una tercera copa que me dejó el cerebro seco como un trapo después de estrujarlo, y al salir me dejé caer ciudad abajo sin otro rumbo que el capricho. Llegué a una zona de casas bajas, hangares, garajes, fachadas con escaleras de incendios. Entré a tomarme una copa en un bar con las paredes de cristal, plantas enormes colgaban del techo como pájaros acostados en su nido. El ambiente era sofocante, eché una cabezada y al abrir los ojos me sorprendió ver como la noche había caído a plomo. La música sonaba mas alta, pero las melodías parecían ahora demasiado suaves. La mujer que se acercó encajaba en el amplio espectro de «mi edad», podríamos besarnos sin atraer miradas. La melena oscura y rizada había sido mi tipo en algún momento, pero yo buscaba una palabra y no la encontraba, y ella no me lo tuvo en cuenta. Después se levantó y la seguí. Eso fue todo.

Me apetecía poquísimo preguntarle adónde íbamos, y me dejé llevar. Al principio fuimos despacio, enseguida nos pusimos a correr esquivando las basuras y el avance serpenteante de los perros. Las aceras brillaban como si sudasen y el aspecto del barrio ardía de cansancio y expectativas. Nos besamos iluminados por la luz basculante de una ambulancia, pero resultó que ya habíamos llegado. La mujer me señaló nuestro destino: una construcción de dos plantas inspirada en el gótico local, durante años el interior se había dedicado a la celebración de cultos menores. Me pareció hermoso que las religiones se agoten como mueren los idiomas.

Mi compañera intercambió con el hombre de guardia

una contraseña que sonó a una canción que le escuché a dos amigas en días distintos: «Magia negra entre tus manos / Mil caballos desbocados». La puerta se abrió a una nave inmensa: vestidos amarillos, rojos, malva, verdes, lima, ondeaban en el aire recalentado. La perdí entre el sonido de los zapatos cuidadosamente elegidos y los collares que destellaban a la menor agitación del pecho. Melenas largas, rizadas, lacias, cortas, escaladas, oscuras, caoba, amarillas como el sol dibujado en un cuaderno escolar, impregnadas de alas de cuervo o rojas como el fuego. Me moví entre corazones maquillados, y joyas talladas para atraer la zona sensual de la mente, esquivando labios abiertos como orquídeas, insinuando el músculo húmedo y flexible de la lengua. Litros de sudor sobre las pieles elásticas, fermentando el aroma a estabulación humana: perfumes, colonias, cremas, el encuentro delicioso con un olor personal, para el que no hemos inventado palabras.

Conseguí llegar a la barra. Me sirvieron una copa de un líquido aguamarina, olía a los interiores del deseo. Me quedé pensando en las inscripciones de las puertas de los baños, en marcas de pintalabios pegados a servilletas, en el lento retejido de la conciencia después de la anestesia. Y entonces vi la mata de pelo rojo que se dirigía hacia el coro de la iglesia como un sueño de carne. Quería seguirla, pero tenía demasiada sed y no me moví hasta terminar la segunda copa.

Después me dejé convencer de que solo podía haberse esfumado por la pequeña puerta disimulada detrás del baptisterio. Os prometo que fui lo más discreto que pude, pero me entretuve y me retuvieron: redes de afecto, laberintos de conversación, besé y me besaron. Ojos que giran como ruedas de fortuna, exhibiendo una oferta de promesas cambiante, su ración de futuro a nuestro lado. Fogonazos de vida sin cuya luz mi existencia podría perderse. Salía de esos encuentros fugaces y cómplices aturdido, dispuesto y agotado. La renovación era estimulante y me llenaba el paladar de un grumo amargo. Pretendían empaparme con su carga de experiencias y expectativas para mezclarme, concernirme, arrastrarme y domesticarme. Los dogales del amor y su herida carmesí, tan familiares e irreales para el recuerdo. Apreté el paso sin mirar atrás, sin importarme que se pudriesen en su rama los frutos que me ofrecían, abandonados como los hijos no nacidos.

El borde de la puerta ardía como una promesa. Alcancé el pomo y abrí pero no pude pasar. Aunque se había recogido el pelo reconocí a mi acompañante en la mujer que se interponía, la delataron sus ojos rabiosos y dilatados. Las horas que habíamos pasado separados en el templo le habían caído encima como años devastadores. Mirarnos nos daba ahora pena y vergüenza. Nos habíamos perdido y al reencontrarnos no queríamos ya lo mismo el uno del otro. Yo exigía entrar sin ella y ella irse conmigo.

Intenté razonar pero la conversación era humillante para los dos, así que luchamos. Notaba su presa, y cuanto más fuerza hacía yo más me debilitaba. Me arañó y me tiró del pelo, me atravesó la piel y vi cómo asomaba la musculatura, primero blanca, después rosada, en un tajo que cruzaba el muslo hasta la ingle. Solo cuando reconoció la herida pude abrir la puerta y dejarla atrás. Después de todo solo quería un pedazo de mí.

Entré cojeando en una sala tan blanca que las paredes resplandecían de pureza. Un pasillo central distribuía dos hileras de cinco camas, vacías y deshechas, apestaban a desinfección médica. Al fondo se retorcía una escalera de caracol. Cuando la vista se acostumbró a la hiriente claridad pude ver parpadear como una interferencia las siluetas de las embarazadas que descansaban de su carga a la espera de descender de nuevo al escenario de la depredación.

La escalera de caracol me dejó en una sala amplia cubierta de paja, recordé con un agradable dolor agudo la granja donde mi padre me había llevado (pantalones cortos que dejaban al descubierto las rodillas rojas e hinchadas) para que me familiarizase con el medio rural. Las mujeres retorcían las ubres dilatadas y mucilaginosas de las vacas para extraer una leche turbia, que al entrar en contacto con mi garganta (espesa, agria y cruda) me obligó a vomitar. Volví a sentir las arcadas pero me contuve al ver atravesar la sala (una onda expansiva de paja a cada paso) el vestido aguamarina de la muchacha pelirroja en dirección a una trampilla que caía al vacío como un tobogán. La seguí arrastrando la pierna endurecida. Al menos no tenía que darle alcance para saber quién era. Habíamos amasado juntos horas como instintos, resplandecientes, alegres y lascivas, furiosas y tiernísimas: la recompensa que nos dan por sobrevivir a la infancia.

Me dejé caer por la trampilla. La sala estaba llena de una luz blanda y espesa, color miel. Enseguida comprendí que era la sala de las vírgenes, pero no estaba seguro de si dominaba la inocencia o la excitación nerviosa. Reconocí en la niña pálida que se acariciaba el pelo a la muchacha que me daría la mano quince años después para buscar un sitio donde besarla durante horas entre las piernas, y en la criatura morena que pateaba latas como si fueran balones el futuro pecho atropellado por la preciosa cicatriz de una mastectomía que acariciaría noches enteras como una oración. Veo también a una cría que se queda en un rincón con la cabeza llena de ambiciones luminosas y afiladas como estrellas, ¿qué recordará de la tarde que cumplidos los cuarenta nos entregamos al pequeño y oscuro secreto? Pisadas suaves y risas huidizas. Soy un fantasma de vuestro futuro, no debo quedarme aquí.

Al fondo la sala se abría a una escalera imponente, puse la mano sobre el frío pasamanos de mármol, la subí escalón a escalón, cómo me dolía la pierna seca. Al llegar al descansillo cerré los ojos, pero tarde o temprano tenemos que abrirlos, y lo que me inundó la vista fue un tiempo alterado, ligero y agotador, que marca el rostro y no deja señal, discontinuo e inevitable como el sueño: la vida secreta de la excitación. Y no estabas sola, pelo de fuego, llevabas de la mano, susurrando en una complicidad enredada en complicaciones y aristas, a nuestra ala de cuervo. Quise saludaros, pero era precioso ver por fin unos segundos de vuestra intimidad. Una emoción caliente me inundó los ojos y tuve que sentarme en un escalón. Hacíais el amor como erais. Val dejándose caer en el deseo con toda seriedad, y Clara enredándonos en un capricho desafiante y burlón. Val esperaba con paciencia que llegásemos a la cama después de un día de suave emoción, una manera de integrar la sobreabundancia de ternura en el deseo, de incorporarla al ritmo corriente de la vida, como comer y respirar. Clara prefería que el sexo se intercalase en el día como una página extraviada de un libro distinto, que no se sabía de dónde venía ni se podía predecir dónde nos dejaría. Pero las dos devolvíais vida a la vida, y después regresábamos juntos al tiempo de la continuidad, el dinero, las enfermedades, los juegos de la mente y la responsabilidad.

Avancé despacio para deshacer el hechizo de vuestra complicidad con la menor violencia posible. Me dio tiempo a verme reflejado en el espejo verdoso: un flujo de deseo encerrado en un vaso de carne, tantos errores, tantas confusiones, mi generosidad, mi cobardía, mi egoísmo, mi huida, mi quedarme y mi esperar, mi manera miserable de amar, los arrebatos, las trampas nuevas, las promesas, los raptos, el arrepentimiento, la vergüenza, la gloria, el exceso y el miedo a quedarme aislado en un rincón, llorando lágrimas negras por las oportunidades perdidas. Me recibisteis con alegría, pero enseguida comprendí, al ver el látigo en la mano derecha y el dogal en la izquierda, lo que me esperaba. Las mujeres entraron rompiendo el cristal de la ventana y subieron corriendo por los escalones alteradas por la profundidad de su excitación. Enseguida os perdí de vista. Demasiadas mujeres: la que jugaba con los bordes de la inocencia, la que quiso sentirse unas horas como carne, la que me pedía con todos los poros abiertos que la abandonase, la que decía que no cuando decía que sí, la que apretó mi voluntad hasta exprimirla, la que se entregaba al amor como a una piedad, la que celebraba con furor el desafío de vivir. Daba latigazos en el aire y en la piel, y las veía correr y chillar, y las quería mientras trataba de escaparme. El dogal me apretaba en el cuello. Los ojos lloraban para no encontrarse con Val ni con Clara. Corría de un lado a otro como un Barbazul loco por atrancar tantas puertas como fuese posible. Duró horas que sabían a años. El látigo se me cayó de la mano. A mi alrededor restos de un largo combate que solo sabía volver a empezar. La cabeza me olía a sangre y me senté en un rincón a llorar y a reír. Esperé con toda la fuerza de los nervios que vinieses a verme, pelo de fuego, pero ni siquiera el sueño con toda su inocencia puede engañarse tanto. Algunas despedidas son para siempre.

Abrí los ojos de golpe y reconocí mi habitación de Barcelona, me dolían los párpados. El petirrojo de jade me miraba atento. Las sábanas daban asco de lo empapadas que estaban.

A fuerza de voluntad obligué a mi cuerpo a meterse en la ducha, y dos cafés después empecé a recordar la conversación con Mec y sus asesores. El día libre en el museo me traspasó como una fresca lanza de luz.

Desayuné tostadas con aceite y un *regalim* de miel de brezo solo porque era la favorita de Clara. Me costaba tanto acostumbrarme a la vigilia que me dejé arrastrar por un plan medio esbozado el día anterior y salí a dar un paseo por el Poble Sec. Tomé un café en el Apolo, frente a los amplios ventanales donde Álvaro dedicó una mañana a destripar mis esfuerzos como novelista. Al salir, no sé si para huir del pasado o para prolongarlo, me subí al autobús que se metía en las entrañas del muelle, hacia zonas dominadas por hangares extensos como estaciones espaciales, grúas y contenedores, gaviotas y amplias porciones de mar sometidas al aceite y la gasolina. Sentí que en el pecho se abría una sonrisa de agradecimiento al encontrar la cantina-restaurante donde en los descansos entre turno y turno de Bodel íbamos a comer mejillones.

Me tomé una sopa de pescado con la vista dividida entre los cruceros y el cementerio de Montjuïc. Cerca de la terraza una perra descansaba rodeada de cachorros nerviosos, la estuve acariciando diez minutos bajo la mancha del sol. Recorrí el camino inverso con el autobús y llegué a Miramar por aire; desde la cabina del teleférico la atmósfera parecía empapada de partículas delicadas. La playa dormía como una extensión lisa de arena que contenía la monotonía azul del mar. Delicias de la estación intermedia: invierno y verano caminan juntos por los caminos del cielo, pero la tarde parecía decantarse por el calor. Me quité la americana para no llegar sudado a mi cita.

Subí la escalera del hotel sin atender a las bellasombras. Quedaba una hora larga para que llegase Laura y la terraza estaba tan bien puesta que me senté en una de las mesas y pedí una ginebra. Me dejé mecer por la sensación del Mediterráneo. Da igual lo lejos que viaje: el tiempo que pase fuera, lo saturado que crea estar: es el clima de mi cuerpo, el que mejor se acompasa al ritmo de mis nervios. Las cabinas del teleférico se mecían en el aire con el peso de esas ilusiones que son más agradecidas en su estado fantasmal. Me apetecía tanto ver a Laura. Quizás la próxima vez podríamos conversar al aire libre del atardecer dulce de Barcelona, insinuante como un claroscuro, pero todavía no, en unas horas regresarían las ráfagas de aire frío.

Dejé atrás la copa vacía y entré en el hotel. Una familia india ocupaba nuestro sitio, el camarero respondió a mi mirada de pánico con una sonrisa, y tras una serie de maniobras consiguió que cambiasen de mesa sin drama. Me quedé de pie unos minutos prudenciales para no delatar a mi cómplice. La mente se me fue a una imagen de felicidad pura: me vi remando en un río de aguas blanqueadas por un sol cegador. ¿Otra vida? Qué larga parece a veces la memoria.

Apenas tuve que esperar media hora para ver a Laura subir las escaleras, con la vanidad desbocada y un pañuelo verde realzando el rojo del cabello. Me dio por salir a buscarla, me abrazó con esa fuerza que las mujeres altas saben imprimir cuando se sienten seguras. Tardó en retirar los labios de mi mejilla, se me quedó en la nariz el toque húmedo de su perfume. Pedí *champagne*, servido en una copa estrecha el líquido burbujeaba como una alegría rubia. Al retirarse, el camarero nos miró con algo de intriga sobre la clase de relación que manteníamos.

–¿Cómo me ves, Diego?

–Radiante.

—¿A que ya no te parezco confusa?

—Nada confusa.

—Es que muchas cosas se están aclarando. ¡Brillan tanto que me cuesta concentrarme! Otras se complican, pero es una complicación que me gusta. ¿Me entiendes?

—Absolutamente... no.

—¡Tienes que escucharme mejor!

—Vas a tener que resignarte. Por mucho que me cuentes y te atienda, la mayor parte de tu día a día me queda lejos. Y por si fuera poco tú tienes dos intimidades.

—¿No serás de los que creen que solo se conoce a una persona cuando nos acostamos con ella? No pongas esa cara, quien dice acostarse dice convivir... Pero se empieza por acostarse.

—No creo que nadie se abra de par en par ni con los que convive. Las personas somos buenísimas dando sorpresas.

—Entonces, ¿para quién nos reservamos? ¿Para los amigos?

—Dímelo tú. Te estás volviendo una experta.

—Tonto. A veces pienso que convivir con alguien consiste en dar la mayor cantidad de pasos posibles en la misma dirección... Pero me parece que a los amigos nuevos... aunque los veamos poco... les guardamos las mejores anécdotas, reservamos energía para ellos... y eso se parece bastante a dar lo mejor de nosotras, ¿no crees?

—No sé, Laura, el lenguaje de la amistad es complicado. A veces parece que podemos ser más temerarios y sinceros con los amigos porque no somos tan responsables de ellos como de nuestras parejas. El amor juega a exigir un compromiso duradero, pero cuesta mucho romper una amistad.

—Lo que dices es una tontería, Diego, estás generalizando, hoy estás muy tonto, se dan amistades más cortas

174

que un amor... ¡y amores más largos que una amistad! Y hay amigos que se acuestan y parejas que no. Y amigos que se quieren y se preocupan el uno del otro cuando los casados ya se han desentendido. Y puedes enamorarte de un amigo cuando has dejado de amar a un marido. ¡Incluso de dos! Todo es complicado a morir. Pero hay diferencias, sí, las hay. ¡Tú mismo lo has dicho antes! No puedes haberlo olvidado.

—Explícamelo a tu manera, Laura.

—No sé. Imagino el amor como un campo abierto, sin escondites, una rutina de encargos, responsabilidades, gestiones y confianza. La amistad se parece más al mundo de los sueños: interrupciones, incoherencias. Un baile de disfraces donde puedes ensayar poses artificiales y maneras distintas de comportarte porque no tienes que justificarlo todo al milímetro ni ser coherente...

Tiró de la tela de su vestido de seda de un lila muy vivo, y se desprendió un aroma a lavanda y lirios salvajes. El mismo gesto que Val hacía cuando demandaba mi atención.

—¿Sabes qué, Diego? Ahora me gusta pensar en la amistad como en un destilado. ¿Qué te parece? Se lo he copiado a un escritor que asegura que lo mejor de él está en los libros, que si lo tratásemos a diario no tardaría en decepcionarnos. Qué rabia no recordar el nombre, seguro que lo conoces... ¿No te pasa que cuando una novela es buena parece mentira que no la haya leído todo el mundo?

—Si lo decía en una novela no tiene por qué ser su opinión. Una novela incluye cientos de frases que dependen de la situación de los personajes, de su manera de ver la vida, de las personas con las que se relacionan y de lo que quieren con ellas, y todas arrastran su carga de verdad. Una novela es un avispero de intenciones, ideas, imágenes, recuerdos, engaños, deseos, acusaciones y aspiraciones... Es una agitación continua, como la vida. ¿Por qué iba a ser distinta la ficción de la vida?

—Para transmitir una visión del mundo. Ya sé que no todos los personajes piensan como el escritor. Pero al final el novelista se cuela en el libro para contar su experiencia. ¿Cómo iba a contar la de otros? Y lo hace a través de su *alter ego*...

—Aclárame eso, Laura.

—Es una palabra que usa el moderador del club de lectura, seguro que ya la conocías, yo también pero de manera más intuitiva. De niña ya me gustaba leer, pero solo ahora me he decidido a encararlo con sistema.

—¿Qué es lo que más te gusta de los libros?

—No sé si sabré explicarlo... El espacio de intimidad que abre, cómo absorbe las preocupaciones y el cuerpo... incluso la edad. Cuando leo a veces tengo quince años y a veces noventa. ¡Es un espacio tan cálido! Las ganas de estar en silencio antes de empezar y las ganas de hablar por los codos cuando termino. Y aunque te aísles es lo contrario de estar solo, muchas veces suena como una carta enviada a una amiga desconocida. ¡Y la amiga soy yo! Pero me gusta todo: la tipografía y el gramaje, las cubiertas... Y los puntos de libro, los que te regalan en las librerías y los que improvisas, y te encuentras años después: espigas secas, páginas manchadas con el jugo de unas violetas, ¡es que me pasó ayer! Perdona, estoy siendo ridícula...

—Me parece precioso lo que dices. Nadie debería avergonzarse de lo que le conmueve. ¿Por qué decidiste leer más «en serio»?

—Me parecía que mis lecturas flotaban separadas una de otra. Quería, no sé... ¡que se relacionasen! Ya me pasó con la pintura, se vuelve más interesante cuantas más horas dedico, cuantos más cuadros veo, si me rodeo de objetos bellos.

—¿Qué pretendes con los collages?

—Uf, no sé... A ver... Tengo que dar un rodeo...

Agitó la cabeza como si quisiera desprenderse de las preocupaciones cotidianas, centrarse en ideas que solía mantener protegidas donde nadie las podía echar a perder.

—Todos, bueno, la mayoría, dan por hecho que la realidad se agota en lo que vemos, en lo que se puede tocar. Yo no. Te cuento... Están los mensajes del futuro de los que ya te hablé, y los sueños... A veces me parece que todo lo que vivimos está recorrido por una imperceptible magia blanca... Perdona, me emociono, no estoy acostumbrada a hablar con alguien sobre mi trabajo... Qué poco interesamos a veces a las personas que más nos quieren... El caso es que me gustaría acercarme con mis cuadros a algunas de las dimensiones que están escondidas a la vista de todos, o por lo menos al borde...

Dejó de hablar como si tuviese que renunciar a la palabra para mantener la concentración.

—Pero en lo que ocupo mi tiempo es en defender mi espacio. Julio es una persona colaborativa y si te lo cruzas en un día estupendo te dirá que es feminista. Presume de lo bien que se ocupa de nuestros hijos, pero yo me hago cargo de la comida, de los colegios y la ropa, suerte que los váters nos los limpian. Y quiere toda clase de atenciones: que le mire, que le bese, que le escuche. A veces parece que vive para interpretar un monólogo interminable delante de un público cautivo que trata de los éxitos y sufrimientos del pobre Julio, de su catálogo de necesidades. Y a veces yo solo quiero meterme en el estudio y disponer de horas para pintar tanto como me dé la gana. Lejos de su amor. Supongo que una de las ventajas del acuerdo es que voy a disfrutar de más tiempo para los collages, y sé que leer con cuidado va a ayudarme... ¡Pero da igual! Gracias por preguntar, por interesarte... El último día fuiste un poco bruto y hasta ahora me parecía que hablábamos siguiendo el guión de Julio, y bueno, es mi marido y le amo, pero no es la clase de hombre con el que se puede hablar de... ¡Lo estoy pasando muy bien, Diego!

–Háblame más de tu club de lectura.

–Que voy siempre muy limpia, solo pienso bien después de ducharme. Y que el moderador nos ha enseñado a diferenciar el estilo rico del estilo pobre, y a identificar el mensaje que el autor nos quiere transmitir.

–¿Como si fuese un enigma? Los libros no tienen mensaje, Laura.

–¿Entonces cómo se leen?

–La vida no tiene sentido ni mensaje, es un tiempo consciente que atravesamos, y una novela es igual: un mundo de ficción al lado de la realidad. No está allí para que lo resuelvas, se escriben para que los atravieses, aunque sea a una distancia que no quema, y puedas abandonarlos o volver atrás cuando te apetezca.

–¿Sin aprender nada?

–Mucho. Pero no se trata de un conocimiento práctico que te sirve para arreglar un coche o cocinar una *trippa alla fiorentina*. Es un conocimiento ambiguo, subjetivo, te muestra cómo puede ser, pero no te exime de la experiencia ni del error, vas a tener que vivir tu vida igual, la experiencia no puede delegarse.

–No, Diego, no. ¡Las novelas no son así! No son así para nada. Se aprende mucho de historia, de arte, de cómo se construyeron las ciudades y la sociedad...

–Y todo rematado con un final feliz.

–Sí, eso es lo mejor. La semana pasada hablamos de los finales felices. El moderador dijo que son buenos porque nos sacan de los sótanos del cinismo y la resignación. Nos dan esperanza y el ejemplo de que se puede seguir adelante. No lo había pensado así pero me encajó. Se parece a lo que pasa en las pelis de Capra, ¿verdad? ¿Qué te pasa, Diego? Pareces muy... ¿concentrado?

–Pensaba. No puedo estar más en desacuerdo con esa idea de final feliz, Laura, transmite la sensación de que las cosas finalmente se solucionarán sin esfuerzo, por casualidades que rozan la magia, de que todo tiene arreglo, que no hay para tanto: los huérfanos encuentran a sus padres, las deudas se saldan, la traición se subsana, las herencias se restablecen. La acumulación de finales felices impone una falsificación de la sociedad que roza lo intolerable. El laboratorio moral de la literatura es más efectivo cuando nos obliga a mirar hasta el final el efecto de la injusticia. Cuando se trata de ficción la catástrofe es el verdadero educador.

–¡Por fin un poco de sano *mansplaining*! No pongas esa cara. Me has dejado hablar todo lo que he querido. Me he explicado hasta la saciedad. «No sé, no sé», tu muletilla favorita. Qué farsante. ¡Claro que sabes! Y yo he venido a que me expliques cosas. No creas que me educaron para apreciar el valor del esfuerzo artístico. Nos animaban a leer porque estábamos monas, más seguras que en la calle fumando o viendo pasar a chicos, y apreciaban la pintura porque alegra las paredes. Adoro a mi padre, pero lo que esperaba de su Laura es que escuchase con paciencia y aprendiese a gustar, que cultivase el atractivo, porque la belleza iba a salvarme.

Movió las manos en el aire como si se sofocase, reclamando una dosis extra de aire.

—No voy a ponerme farisea, el atractivo te abre muchas puertas, pero hay sitios donde actúa como una barrera. ¿Me escucha el moderador cuando hablo? Una vez, mientras comentaba un libro de James, dijo que siempre hay mujeres atractivas cerca de los libros, pero no siempre es por los libros... ¡Luego se puso rojo y no terminó la idea! Creo que ese es el motivo por el que acepté venir aquí. ¡Un poco de mundo sofisticado! El atractivo de la inteligencia. ¿Hay algo más sexy? ¡Diego, estás un poco ido! ¿En qué piensas?

—La mayoría de las novelas se parecen a lo que te ha contado el moderador. Una trama nítida que solo es buena si puedes identificarte con los personajes, con uno al menos, y todos reciben lo que se merecen al final. Una reivindicación del universo moral del lector, con su buena dosis de entretenimiento. Es plausible, es razonable... y no me interesa nada, me daría asco participar un solo minuto en ese circo...

—Hablas como si fueses escritor. Y te diré algo más... ¡Lo sabía!

—No, no soy escritor, solo merece ese nombre quien publica algo de provecho para los demás, y yo llevo años garabateando tentativas de diarios, casi siempre en mi cabeza. Un juego ocioso, solitario. Sombrío.

—¿Y los escritores no son así? ¿Sombríos, discretos?

—No lo sé, Laura. Hay muchísimos. Los que he conocido eran muy celosos de su soledad, y no les temblaba el pulso cuando defendían su espacio, pero no me parecen sombríos ni tristes. Son monstruos de energía, si se retiran de la sociedad es por lo mucho que les gusta estar cerca de su agitación. Curiosidad en carne viva.

—¿Se lo toman todo como una confidencia? Me alegro de que no seas uno de ellos.

—No creo que funcione así.

—¿Y cómo funciona? ¿Cómo me escucharía uno de tus amigos escritores?

Me miró con una timidez que brotaba de su curiosidad de muchacha, de una vida sin rastro de su marido.

—Tienen una memoria profunda, pero no es eso, nadie nos devuelve las palabras que entregamos.

—¿Entonces qué es? ¿Qué los distingue?

—Les gustaría que alcanzases delante de ellos tu mejor versión, que resplandecieras maravillosa. Pero su curiosidad es fría y su interés desconsoladamente impersonal. Acumulan material humano. Recogen tu luz pero lo que devuelven no es tu imagen. Son espejos opacos.

—¿Me estás hablando de tus amigos, verdad? ¿De los de antes de Italia, de los que te cambiaron el nombre?

Me atravesó un alfiler que solía asociar con un intenso deseo de fumar que ya nunca sentía, un antojo del pasado.

—¿Piensas mucho en ellos, Diego?

—Los recuerdo muy bien. Parece que olvidas años enteros pero la memoria se las arregla para conservarlos. Las ciudades cambian, sus habitantes se van, pero nuestras experiencias quedan retenidas en las plazas, en los parques y en los tanatorios. «Las ciudades donde hemos crecido son laberintos de memoria» ahora me parece un verso exacto.

—¿Por eso te gusta vivir en Barcelona? En el Poblet me dijiste...

—Olvídate. En el Poblet no era yo, me sentía atraído por el despliegue mágico de la tontería.

—¿Y ya vuelves a ser tú mismo?

—La pregunta buena sería cuándo dejé de ser yo mismo. Claro que nadie descansa de su cabeza ni de sus nervios, es solo que nos alejamos de una idea de nosotros con la que nos sentíamos cómodos. Qué te voy a contar, Laura. Supongo que antes me gustaba más vivir. Alejarme de Barcelona me ayuda a endulzarlo.

—¿Y por qué has vuelto?

—No lo sé. «Para trabajar» es una respuesta cómoda. También podría decirte que hay una serie limitada de asuntos que puedes encarar fuera de casa y que cuando los agotas es mejor volver. Hay tantas respuestas, ¿verdad?

Me pareció que el aire alrededor se enrarecía. Traté de iluminar la sala con la claridad suave de la razón, pero el pasado seguía llegando en oleadas.

—Las cosas que pasaron son las que pasaron y así se van a quedar. Se fueron, se alejaron, las perdí. Supongo que cuando te convences de que es imposible olvidar tienes que concentrarte en recordar mejor. Y en Barcelona se me ocurren las bromas que les harían gracia, y entonces oigo a mis amigos reír, y nos reímos, con la risa borrosa y sin peso de la memoria, pero reímos juntos.

—Tus amigos... ¿están muertos?

La frase me estrechó los pulmones, el aire se vació de color. Por detrás de Laura, del sofá y del ventanal los ojos captaban una segunda visión: mis amigos, vestidos de negro, alrededor de una caja. El cielo oscuro como una plancha de plomo. La muerta con un vestido incoloro. Una vela consumida. Flores raras crecen a nuestros pies. No me acostumbro a ser adulto.

—¿Para qué iban a morir? ¿A quién beneficiaría su muerte? Es solo que los conocí hace demasiado.

—Me gusta cuando te quedas sonriendo así, medio ido. Al principio pensaba que te burlabas de mí, pero es una cosa que hacen los músculos de tu cara por su cuenta en cuanto tu cabeza se distrae. Ahora lo encuentro muy divertido. Tus amigos, ¿cuántos erais? ¿Quiénes erais?

—El poeta Bodel, la pequeña Val, pelirroja como tú, y

los fabulosos hermanos Montsalvatges: Álvaro y Clara, y Amanda.

—¿Montsalvatges? ¿El novelista? ¿Erais amigos?

—Los mejores del mundo. Y no te sonará el nombre de Bodel, pero ha escrito algunos de los poemas más precisos y delicados que he leído. Y Clara... ¿no envidiábamos todos las cartas que escribía?

—¿Estudiabais juntos?

—Leíamos y conversábamos. Cuatro horas al día en la cafetería de la universidad y seis horas más bebiendo en el Loop, con los ojos irritados, el mundo era entonces muy permisivo con la nicotina. Días dobles. Nos cubríamos las espaldas, alimentábamos la deliciosa ficción de que todos íbamos a terminar nuestros libros.

—Me hubiese gustado conocerte entonces.

—No te hubiese gustado. Y tampoco nos relacionábamos...

—¿Con personas como yo?

—Con niños. Los niños estaban descartados. Tendrías ocho años.

—¿Y en una realidad alternativa? ¿Donde fuésemos más o menos de la misma edad?

—No me escuchas. Dices que quieres entrar en el gran mundo y no atiendes. Ya teníamos nuestro propio pelo de fuego. Nuestra querida Val, una pelirroja violenta, capaz de conducir sus intereses hasta la frontera entre la vida y la muerte. Si un día viene a visitarte en sueños acércate a ella con cuidado. ¿Otra botella?

—Sí, Julio se queda hoy con los críos, tenemos tiempo.

—Brindemos por el bueno de Julio.

—¡Y por tus amigos!

—Me parece bien. Por la dureza noble de Bodel, la comprensión elástica de Clara y el carisma negativo de Álvaro. ¡Los Montsalvatges! No sabes la clase de ojos que cría esa familia: «azules como el deseo y el miedo a ser comprendidos».

—¡Nunca te había oído hablar así!

—Me has oído hablar muy poco. ¿No estás siempre quejándote de que me escondo «bajo pliegues de arrogante discreción»?

—¡Yo no hablo así!

—Pero dices lo mismo a tu manera. Y yo sí hablo así. Algunas veces, cuando me apetece. ¿Y no va de eso ser amigos? Aprender los tonos y las palabras favoritas del otro, sus inflexiones, el sentido de cada «estribillo de la mente». ¿No querías conocernos? Pues así éramos. Y no necesito pasear por Barcelona para recordar a Amanda hablando de una sociedad que arde para que prospere otra donde vivir sea justo y amable, mientras Clara fuma y se ríe con Bodel y Álvaro piensa en sus novelas futuras y Val descansa su precioso pelo de fuego sobre mi hombro. Sé quiénes éramos y en qué creíamos: en algo mucho más grande que una masa informe de días, en el presentimiento de que algo fascinante estaba a punto de fermentar entre los jóvenes que gastábamos las horas riendo en el Loop. Creíamos en el porvenir, en el milagro cotidiano de que las palabras de los muertos alegren las vidas de los vivos, y en el desafío de escribir para personas que todavía no habían abierto los ojos, incluso bajo tierra íbamos a ser sus contemporáneos. Sembrar el mundo de personas turbadoras como solo merece serlo la bondad, eso queríamos.

—¿Y qué pasó?

—El tiempo, la vida. Nada, todo, lo de siempre.

Nos quedamos callados, callados de verdad, me costó arrastrar palabras que opusieran algo al silencio.

184

–Una manera de explicarlo es que entre las cosas alucinantes que esperábamos no estaba yo.

–¿No les gustó lo que escribías?

–No puedo decir que fueran particularmente duros conmigo, es solo que los amigos pueden ser muy elocuentes cuando preguntas por el valor de tu trabajo, incluso cuando se quedan callados. Cuídate del clasismo de la inteligencia.

–No sé si te entiendo. Pero me da igual. ¿Verdad que somos amigos? Ya tendré otras oportunidades. ¡Me hace tanta ilusión! Por momentos temo que vamos a quedarnos sin cosas que decirnos, pero... ¿Sabes que a veces cuento los días que faltan?

–Tenemos la mejor amistad posible, una amistad ideal.

–No te burles.

–No me burlo. Tú crees que yo puedo enseñarte y yo disfruto de tu credulidad.

–¿Por qué estás aquí?

–Me lo pedisteis.

–¿Eso es lo que soy? ¿Una solicitud?

–Eres muchas cosas alternativas y cambiantes.

–¿Soy graciosa?

–Mucho.

–Cosas cambiantes... Soy graciosa y una pelirroja como esa Val tuya, una buena conversadora, una mujer joven, o cargada de años si la comparas con Bebé... A saber qué otras cosas piensas de mí.

–Pienso muchas cosas de ti, Laura, somos dos adultos que hablan. Y la conversación es una fuerza más disruptiva que la imaginación y el sueño. La conversación puede llevarnos a cualquier sitio, transformarnos en otra persona.

–¡No creo que hagamos todo eso mientras hablamos!

La risa le estalló en la boca, pero enseguida se transmitió al resto del cuerpo, fue precioso cómo se tuvo que tapar la cara con las manos, el esfuerzo por recuperar un tono sereno.

–¿Sabes qué? Durante mucho tiempo he creído que la única amistad posible es la que te separa del grupo. Palabras y vivencias compartidas en una intimidad entre dos. Solo así puedo abrirme a alguien y dejar que el amigo se abra a mí, ¿lo ves igual?

Me miró con esa cara de alumna lista que recita la lección favorita de su examinador. Y no me dejó responder.

–Pero también la amistad a dos es difícil, Diego, dificilísima. Todos andamos ocupados en cosas que nos parecen superimportantes, aunque solo nos afectan a nosotros. Y así es muy difícil. Quizás sería mejor que la amistad creciera en un grupo de amigos, así se alimentaría de estímulos más variados, y encontraría escondites donde descansar... estaría menos expuesta... No sé... pero da igual... Llevo demasiado tiempo entregada a mi familia, ya no sabría mezclarme con tanta gente. Y tampoco creo que tú y yo seamos esa clase de amigos que necesitan contárselo todo para seguir adelante. He aprendido a valorar las semanas que pasamos sin vernos... A distancia también pensamos el uno en el otro, ¿verdad? Y luego nos entendemos mejor. No quiero que invites a nadie más ni invitar a nadie.

–No me apetece nada compartirte.

–¿Quién es tu mejor amigo?

–Ya te he hablado de ellos.

–Elige uno, tu amigo favorito.

–Bodel.

–¿Me compartirías con él? O espera, respóndeme antes a esto... ¿encajaría en este hotel?

–Bodel encajaría en cualquier sitio.

–¿Dónde se sentaría?

–Junto a la chimenea, hundido en el sofá, como si se escurriera en dirección al suelo.

–¿Te lo imaginas aquí, con nosotros?

–Puedo verlo, Laura. El recuerdo es como un arcángel, se aparece si crees en él. Sus labios gruesos y relajados, la chaqueta tosca, el gesto con el que agitaba el fantasma de su melena legendaria, el espléndido corte de calva, los ojos vivos en sus rendijas y esos dedos cortos y gruesos en permanente *liaison* con el cigarrillo y el encendedor. Convencido de que no había nada malo en el mundo que no pudiese arreglar con sus manos. Qué desoladora es la inocencia de las personas inteligentes.

–No lo veo.

–¿Qué no ves?

–Que la inocencia sea desoladora. Y tú lo repites tanto que parece que necesitas convencerte. Cuando el otro día dijiste que todos somos inocentes pensaba que era para darme *peixet*. Pero digo yo que no serás tan listo si no te has fijado en el bulto que me deforma el bolso... y eso que cada diez minutos lo acaricio como si así lo escondiese... ¡y me pongo roja como un tomate! Tan inteligente y tantos puntos ciegos, Diego. Estas rachas tuyas de inocencia son preciosas y me hacen mucha gracia. ¡No son nada desoladoras! Me da igual lo que pasó con esa gente. Ya no estás solo, y mientras seamos amigos no vas a volver a estar solo. Feliz cumpleaños, bonito.

Me alargó un paquete envuelto en un papel casi conyugal, lo desenvolví despacio, preparando los músculos de la boca para fingir alegría, pero la sorpresa se abrió paso sola: una preciosa figura de pájaro tallada en cedro, con un penacho de pelo rojo bajo el pico bien visible.

–Para que no se te vuelen los papeles.

—¿Cómo has sabido que era mi aniversario?

—¡Berta! Berta lo averiguó.

—¡Berta! No ha pasado ni medio año y ya suena como una historia previa a la tracción a motor. ¿Cómo está esa cría?

—Bien, supongo, dentro de lo que una persona como ella es capaz de permitirse.

—¿Sigue tan apegada a Julio?

—¡O Julio a ella! Dicen que vistos desde fuera los matrimonios son un misterio, pero ¿qué me dices de las parejas de mellizos? Fue idea de Julio que Berta viniera a cuidarme. Al principio me negué, me convenció al prometerme que se ocuparía de los críos. Los gemelos tirando de sus bracitos, el mayor corriendo cinco metros por delante de ella, la carita de apuro de Berta... Un brote de sadismo. ¡Eso fue lo que me convenció! Julio aprecia que acuda siempre que la llama.

—Ya se casará.

—¡Ya ha estado casada! Y juntada varias veces. ¿Sabes? Creo que nos ves más jóvenes de lo que somos. Berta va a cumplir treinta y cinco años. En cierta manera se estaba recuperando de la separación cuando vino a «cuidarme». Una compañía ideal. Porque si le preguntas a ella la abandonaron, pero ¿quién sabe quién abandona a quién? Si ahora me marchase de casa, ¿me acusarías de abandonar a Julio?

—¿Conocías al marido?

—Sí, claro. ¡Qué preguntas más tontuelas haces cuando se trata de Berta! Era el cuñado de Julio, aunque no nos lo tomábamos demasiado en serio, como todo lo que venía de Berta. No te lo digo como si me sintiera orgullosa. A veces entre hermanos parece como si se diera por hecho que una vida merece más atención que otra. O eso me parece. No sé. Soy hija única. Y como mamá voy con mucho cuidado. ¿A ti te parece que podría ser así?

—A veces. Sí, podría ser.

—Tampoco creas que teníamos tanto trato. Un par o tres de comidas familiares al año. Ya sabes cómo son: bailes de disfraces donde siempre interpretamos las mismas danzas. ¡Nada de zapatos rojos! De casada Julio ya no recurría tanto a ella. Pero cuando se separó... le valía cualquier excusa para instalarse en nuestro comedor. Y aprovechó que yo estaba... ¡como estaba! para plantar los dos pies... Al menos no se metió en casa de mis padres.

—¿Te molestó?

—No me sentí molesta, es solo que Berta se aferró a Julio con el arrojo de una persona que no tiene a nadie más que la quiera, y eso da mucha pena. Deseaba de corazón que le fuera bien con nosotros, pero me intimidaba la convivencia con dos Pons en una casa extraña... cruzármelos en la cocina, ¡en el baño! Llegó a sentirse como una imposición. Pero la verdad es que fue un amor, se hizo cargo, sin tratar de convencerme de nada, no se puso de parte de mi marido. Supongo que Julio es honesto en sus maniobras. Y a Berta ya la viste.

—No creas que me fijé demasiado.

—A veces puede comportarse de manera extraña. Una muñeca rota, borracha de debilidad. No sé la de veces que le he dicho que si quieres algo tienes que salir a buscarlo. Que se peinase y se vistiese con ganas de besar la vida y no como un desecho del amor. Da igual cómo seamos, todas las chicas tenemos nuestro público... si nos mostramos receptivas. ¿Estoy siendo maliciosa?

—Definitivamente sí, pero también divertida.

—No quiero ser divertida a costa de Berta. Te lo contaré muy seria. Mientras me quedé en la cama el asunto fue más o menos bien, pero después de salir aquella noche a cenar contigo se puso imposible, dejaba el grifo *rajant* toda la noche, la nevera abierta, o se olvidaba de abrocharse el cinturón de seguridad para que saltase la alarma. Supongo que nos pedía que la riñéramos. Se le pasó cuando la sacaste de excursión, como si le hubieras dado... un propósito. Le bastaría con un poco de atención. Pero te confieso que lo sufrí, estuve en vilo hasta que volvió. ¡Hay que tener mucho cuidado con las cuñadas!

–Pensaba que el vínculo peligroso era con las suegras.

–Mírate. Lo bien que te sientan la americana y la primavera. Mi madre te adoraría. Pero Berta y yo solo podemos ofrecerte suegras muertas. Me daba apuro que se comportase como una confidente, o peor, ¡como una delatora! Deberías vernos ahora, salimos juntas a merendar y a comprar ropa. Cuando se suelta es divertida y ácida. Muy ácida. Y le tiene a Julio una lealtad que nunca podré permitirme.

–La intimidad de los lazos de sangre.

–No, no, ¡de ninguna manera! No se trata de intimidad. Berta no conoce a Julio ni la mitad de bien que yo. No ha tenido hijos con él, ni ha pasado por las situaciones que hemos afrontado juntos... A veces no es sencillo saber dónde termina mi marido y dónde empiezo yo. Aunque reconozco que Berta tiene una ventaja sobre mí: crecieron juntos, le vio mientras se desarrollaba, tuvo trato con las personalidades que descartó, conoció sus miedos antes de que aprendiese a protegerse de ellos. Da igual la cantidad de tiempo que yo pase con él, lo intenso que sea, su juventud me está vedada, solo tengo acceso a lo que deciden contarme, ¿entiendes?

–¿Por qué fuisteis al Poblet?

–Deberías preguntárselo a Julio.

–Sabes que no tenemos contacto. Dímelo tú.

–¿Por qué iba a recordarlo? Días tan extraños que me da vértigo acercar la mirada. Tantas novedades desfigurando una vida que me gustaba... Berta, el arreglo, el Poblet, ¡tú!... Mis hijos fueron mi constante. Iban a quedarse quietos un tiempo. Me aferré a ellos. Pero no me entendían, los niños son como los perros o los pájaros, te ofrecen compañía, pero te acompañan sin comprenderte, no es la ayuda que necesitas. Pero da igual. ¿Cómo fue la excursión con Berta?

–Bien. Llegamos al río. Vimos un sapo. Hablamos de pájaros.

–¿Un sapo?

–Rojo como un corazón palpitante.

–¿Y cómo estuvo Berta? ¿Graciosa? ¿Ácida?

–Átona, tenue, silenciosa y sonriente.

–Mejor. No me gusta cuando se pone ácida, se le contrae la cara como un monito.

–Apenas habló para protegerme de vosotros... Me adelantó lo que me teníais preparado.

–Tonto. No se te mueve un músculo cuando mientes, da miedo, ¡me tienes que enseñar! Aunque hay una cosa que no te he contado y me hace sentir en falso... Te la enviamos para descansar de ella. Quiero decir que yo me levantaba tarde, me dejaba arrastrar por la situación, pero de alguna manera sabía que si me sacudía la pereza lograría salir de aquel agujero. Pero Berta está enferma de verdad, enferma de la cabeza, una de esas historias que circulan en las familias y que nunca llega el momento de aclarar. Y como heredé de mi padre la sospecha de que quien está mal de la cabeza es porque quiere, di por hecho que ella y yo jugábamos a lo mismo. Así que el día que Berta no bajó a desayunar lo interpreté como un truco para empujarme de una vez a pasear con Julio y los niños, así me tenían los celos.

Y el caso es que acepté que saliéramos juntos los cinco como en los viejos tiempos, solo que no eran tan viejos, porque me oprimía la idea de quedarme sola con Berta en aquella casa... Llegamos andando hasta la cruz, intenté estar de morros, pero el atardecer era precioso...

–Descríbelo.

–No voy a describirlo, no me sale. Y es lo de menos. Fue ver a Julio riendo y jugando con los críos lo que me alegró, era tierno y bonito y algo mío, dejé pasar el resentimiento. Llegué a casa convencida de que los buenos momentos iban a volver, las ganas de estar bien eran tan reales como las manos o la respiración. Regresamos a la hora de cenar y el comedor seguía igual de desordenado. Berta no soporta ver un plato o un pañuelo fuera de sitio, así que seguía encerrada en su dormitorio, y eran ya las nueve. Julio apretaba a los gemelos contra su cuerpo. Me rogó con una expresión de pánico que me hiciese cargo. Me sentía rodeada de alegría, asfixiada de tanto reír, ¿qué podía ir mal? Subiría y bromearíamos sobre nuestras tandas de pereza, ¡menudas dos! Acaricié la mejilla de Julio: no quería que se preocupase por nada, quedaba mucho por hablar, pero de alguna manera me sentía de vuelta. Fue entonces cuando oímos los pasos en la escalera.

»Me tranquilizó que el mayor estuviese en el jardín, es el más movido, pero también el más sensible de mis hijos. Berta apareció en camisón, y no se parecía a los fantasmas de las películas: no le resplandecía la piel, ni se le había apagado el color de los labios, era solo que parecía demasiado rota por dentro. Nos preguntó a voz en grito, sin dudar de su autoridad, dónde estaba su almohada. Julio le respondió con las orejas tiesas como un zorro: «Buenas noches». Berta insistió en su almohada, no había nada más urgente que su almohada. Julio soltó a los críos, que salieron despedidos al jardín, tomó a su hermana del brazo y los vi subir juntos la escalera. El cuerpo de mi marido parecía a merced de la silueta huesuda y como rematada a desgana de mi cuñada. Berta preguntaba por la almohada y Julio le prometía que removerían juntos la habitación hasta encontrarla. Me recordaron a dos clowns interpretando un gag antiguo y triste que se sabían de memoria.

»Salí a buscar a mis hijos, me sentía unida a ellos por un nudo de responsabilidad, me pertenecían, sin discusión. Apenas quedaba luz, podían caer o darse un golpe, es casi inmoral lo fina que es la piel de los críos, la facilidad con la que sangran. Estaba decidida a exigirles que entrasen para llenar la casa de familiaridad, pero me quedé paralizada en la entrada, fue como si la debilidad que se estaba instalando en el interior me absorbiera. No tardé en oír el grito, subí las escaleras con el corazón latiéndome en las venas del cuello. La puerta estaba abierta, y enseguida vi a Julio en el suelo abrazando a Berta, que señalaba la cama deshecha, sin la almohada. Dirás que es una tontería, pero me dieron muchísimo asco las arrugas gruesas de la sábana, me recordaron a esos gusanos que asoman un segundo antes de volver a hundirse en la arena. Berta respiraba deprisa y temblaba, se sacó de encima a Julio, y cuando me di cuenta de que iba a gritar de nuevo la agarré de las muñecas, y le pedí a mi marido que fuese a acostar a los gemelos.

»Olía a medicina y sudor, ¿te acuerdas de los supositorios? Pues olía así. Estaba tensa como la madera, pero nos sentamos sobre la cama y la abracé. Sé que no puede ser, pero me pareció que nuestros corazones ajustaban el ritmo de sus latidos, y aunque Berta siguió hablando de la almohada y de las personas que se habían aprovechado de su buena fe, con cada respiración parecía recuperar una pizca del dominio de sí misma. La acosté y apoyé su cabeza sobre mis muslos como hacía con mi hijo mayor cuando se desvelaba, de novios a Julio también le gustaba tumbarse así... Da igual, noté que los nervios de Berta se serenaban bajo mis caricias, y fue como si de la cantidad incomprensible de personas que hay en el mundo solo contásemos ella y yo, y yo olía a humillación y a Julio, y ella a debilidad y confusión, y cuando su tacto me devolvía la suavidad cálida de una mujer adulta yo entendía con una precisión que invitaba a llorar lo fácil que sería confundir nuestras heridas.

»Alternábamos silencios incómodos con una comprensión cómplice sobre el miedo y el abandono y la decepción y la ingratitud. Pasamos así horas, y hacia las cuatro de la madrugada (lo sé porque sonaron las campanas de la iglesia) la suavidad de sus gestos me convenció de que se había dormido.

»Quince minutos después abrió los ojos como si le quemasen por dentro y tuve que ponerle la mano en la boca para que los gritos no despertasen a mis hijos. Las convulsiones arrojaron a Berta contra el suelo, y allí empezó a agitarse. Si vencí la tentación de desentenderme, si me sobrepuse al miedo y al punto de asco que vuelve tan complicada la compasión, fue por un pensamiento fugaz e inseguro: "Si ahora me marcho, ¿quién va a cuidarla? Si a todas nos da por huir, ¿quién cuidará de nosotras?". Así que me fui al suelo con ella y empecé a acariciarla y a cantarle una canción que me gusta aunque no me sé la letra entera: "Entre mis formas / Suben hormigas, se enraman / Romeros de sierras altas / Fresco el aire que me cantas / Se han abierto las ventanas / Beben cientos de gargantas / Mientras alzas con la mano / El vino que todo sana". Y al salir de mi cuerpo la voz arrastraba lágrimas y sentimientos que ya no quería en mi interior, y fui sintiéndome cómoda, o por lo menos cercana y bien, con mi cuñada y mi amiga, lejos como nunca del mundo de Julio y el tuyo, el que habéis construido sin consultarnos pese a lo mucho que os queremos.

»Berta recuperó primero el pulso y después el aliento, y durante media hora me habló con la mente clara de una frustración "larga como un día que no sabe cómo apagarse", eso dijo. Disfruté hasta lo indecente de la confianza que veía en sus ojos, de la temperatura de las manos, de que ya no temblase. En algún momento debimos dormirnos juntas. Cuando recuperé la conciencia una sábana me protegía del frescor traicionero de las madrugadas de verano. Con el ánimo sereno examiné la habitación y encontré la dichosa almohada aplastada en una bola debajo de la mesita de noche. La dejé dormir un poco más, pero antes de reunirme con mi marido le eché una última mirada a Berta, me fascinaba la fuerza con la que aquel espinazo sostenía tanta debilidad. Qué tía, de verdad. ¿Quién crees que se acordó de que era tu aniversario?

—Al menos espero que el petirrojo lo hayas elegido tú.

—Sí, eso sí. Ella solo me recordó la fecha.

—¿Y cómo la sabe?

—No seas tonto, me puse un poco celosa fantaseando con que se lo habías dicho durante la excursión. Pero tuvo que enterarse cuando la enviaste a tu caserón a buscar los libros. ¿Ves como es una persona útil?

—¿Qué libros? ¿Qué casa?

—¡Yo qué sé qué libros! ¿Y qué casa va a ser? La tuya, la del Poblet.

—Berta no ha estado allí.

—Sí, sí que ha estado. Te lo aseguro. ¿Y no la enviaste tú? Definitivamente, qué tía. ¡Qué cara tiene! Es increíble. Mejor habla con ella, Diego, habla con ella.

4. UN JUEGO DE MÍ

I

Me temo que no he sido absolutamente sincero con vosotros. En el Poblet hice algo más que rondar recuerdos apagados y dejarme cortejar por los Pons. En una de las excursiones de los jueves intenté llegar al sitio favorito de mi madre, que no perdonaba un verano sin visitarlo dos o tres veces: Les Coves. Solía ir sola, mi padre se escaqueaba de acompañarla por no perderse una mañana de navegación en la modesta barca familiar; mi hermano la acompañó una vez, pero se desalentó a media cuesta y tuvieron que volver con los bocadillos intactos en la bolsa.

Yo sospechaba que mamá se servía de la excursión para refrescar sus años juveniles en las Landas, y que la disfrutaba más sin que ninguno de nosotros le recordase sus responsabilidades de madre y mujer casada.

Ahora veo natural que al crecer yo asociase Les Coves con el cambio de familia que mi madre decidió a la carrera antes de que se desvaneciesen sus últimos años de fertilidad, y que nos fue relegando a mi hermano y a mí a una penumbra amable, donde ya no disfrutábamos a diario de su calidez. No quiero ponerme tétrico, pero al alejarse mi madre también nos desentendimos del Poblet.

Después fueron pasando los años, cumplí los veinte, cumplí los treinta, me distancié de los Castellar, me instalé en la Lombardía, y mientras me ganaba la vida con lo que había aprendido de mamá, empecé a pensar en Les Coves con una curiosidad nueva. Me apetecía ver la cala Negra, imaginar a mi madre tal como era entonces en uno de sus sitios favoritos.

Dediqué un jueves entero (ya conocía a los Pons pero todavía no me habían absorbido) a llegar a Les Coves. Recuerdo que salí de casa a las cinco de la madrugada. No sé si, como juran los noctámbulos, es el mejor momento para ver el Poblet, pero disfruté de las lenguas de aire fresco que bajan furtivas de las montañas. Los únicos seres vivos que encontré fueron una camada de gatos negros, un primo desorientado de Bernarda y varias figuras bamboleantes que apuraban la experiencia de ver amanecer desde una esquina etílica.

Resultó que el principal atractivo del tramo que discurre por la vieja carretera y su asfaltado épico era una sucesión de casas descabezadas por el abandono. Al llegar a la altura del fantasma lanudo del sauce se toma el desvío que asciende entre crestas de viñedos. La luz cuajaba muy despacio y comprobé que ya no se encuentran las uvas salvajes que chiflaban a mi madre, perdedoras de las secretas guerras de la vegetación. Me esperaban unos cuantos kilómetros con la única compañía de cortinas de pinos e higueras pacientes.

Poco antes del mediodía llegué a la cima pelada, víctima, según se dice, del viento raso que sopla a malas desde la costa africana. Otras excursiones me habían llevado hasta este mirador, un sitio privilegiado para comprender el miserable equívoco que confunde con un norte esta avanzadilla del sur: costas pedregosas y laderas secas, enmarcando un desierto de agua, sin otra espuma que la que cría por rutina un oleaje domado. Pero los días buenos da gusto ver el cielo como recién segado y la circunferencia blanca del Poblet igual que un cesto lleno de sol. Me senté junto al tronco partido del alcornoque. En el pueblo lo dan por muerto, pero este verano se las ha apañado para arrancarle a la madera una hoja seca y erizada. A su tímida sombra me he comido mi bocadillo de queso. El mar jugaba a ofrecerle olas a la costa y quitárselas. Después de parpadear para liberarme del aire ardiente he aprovechado para reordenar lo que sabía sobre Les Coves.

Aunque su complicado acceso las aleja de las rutas turísticas, el sistema de cuevas excavadas por el agua en el acantilado de la cala Negra ocupaba una posición relevante en la modesta literatura antropológica de la zona. Durante décadas se había discutido el grado de participación del hombre en el acabado de piedras, conductos, estalactitas, y en las «columnas» y «rosetones» que se abrían como visiones en lo más vivo de la piedra. A partir de 1936 solo podía dudarse de la intervención de los humanos por vicio. Entre el catálogo de latas, preservativos y cascos de vidrio que dejan las excursiones amorosas y alcohólicas se encontraron piedras talladas con la intención de manejarlas como herramientas, y que según el extremo del tiempo desde el que las examinases parecían utensilios primitivos o milagros de sofisticación. Solo la desidia retrasó hasta el año que se murió el tarado de Franco que una expedición abriese el suelo y examinase los huesos que, debidamente combinados y recubiertos de piel, habían sostenido esas bolsas de órganos maduros que llamamos personas.

Las pruebas eran incontestables: llevaban allí desde mucho antes que los primeros íberos, eran más antiguos que la historia. Aunque si algo dejó atónitos a los científicos fue la disposición de los cuerpos: enterrados con las cabezas orientadas hacia el mar, quién sabe si como una recompensa o para que se acostumbrasen despacio a estar muertos.

Pero prefiero imaginar a esos hombres vivos, conjurando con inscripciones en la pared de su cueva el miedo a los relámpagos. Distingo a uno que sale de su casa-cueva y avanza por un paisaje animado por el amarillo que desprende un sol tibio. En una época en la que la siembra y la siega se vivían como aventuras épicas, y comer carne exigía escenas de esfuerzo físico y sangre en las espigas, le permito pasar la tarde recogiendo moras, sorbiendo el yodo de las ostras, apoderándose del espasmo de carne del mejillón con una piedra afilada. De noche se reagruparán junto al ojo incandescente de una hoguera. ¿Cómo veía la tierra: joven, cansada, pujante, anciana? Trato de ampliar el alcance de su mundo pero la imaginación se cierra enseguida. A su alrededor la realidad formaba una densa selva de indicios enmarañados, imposibles de interpretar: la geografía oculta tras las montañas, los motivos mudos de las plantas, el mar incomprensible más allá de la costa, la bipolaridad del clima, el engañoso horizonte con el que la Tierra oculta su condición de bola prodigiosa que orbita, protegida por una fina capa de atmósfera de la furia de los soles desperdigados en la fría y oscura profundidad.

La intimidante cantidad de tiempo que separa a ese hombre de nosotros recuerda a una broma de mal gusto. Vivir una sola vez y nacer tan lejos de las comodidades más modestas me parece un borrador de vida, una existencia de juguete, pero enseguida recuerdo que el mundo también acaba de empezar para nosotros, y que hemos cartografiado la Tierra y domesticado a los animales pero seguimos en la oscuridad cuando se trata de comprender los sueños o la duración del amor. ¿No es inconcebible la cantidad de tiempo que nos separa de nuestros últimos descendientes?

Me pareció una idea a explorar, pero iba a ser en otro momento, si quería llegar a Les Coves tenía que ponerme en marcha.

El curioso que pretenda llegar a la cala Negra deberá tomar un camino que si no está señalizado es porque tampoco tiene pérdida. Avanzará una hora en paralelo al único arroyo superviviente de lo que en otro tiempo (cuando el Poblet se reducía a dos masías, una ermita y la promesa de un pozo) fue una telaraña de senderos de agua. El torrente avanza por un terreno quebrado, roca partida y tierra revuelta, a puros borbotones de voluntad, hasta que se agota (apenas una sombra húmeda entre la arcilla) poco antes de llegar a la imponente cruz de González Vil, una caprichosa forma de granito que marca el quiebre donde el camino empieza a descender entre pinos azules. El sendero tallado en la propia montaña, tan estrecho que solo pasa un viajero, serpentea como trazado por un capricho retorcido. Las botas se me empaparon de humedad y el olor a mar fue incrementándose mientras recorría el tramo final del camino que estrangula la base del acantilado hasta desembocar en la cala Negra.

El sol ya declinaba cuando alcancé la playa: un arenal cubierto por manchurrones de algas viscosas y helechos de mar. La concentración salina palpitaba en el aire, y el mar agitaba sobre su lomo musculoso grumos de espuma. Dejé la mochila en el suelo y me descalcé. Pelé una manzana y no tardé en descubrir la caída del acantilado, oculta a cualquiera que no la busque desde esta playa ennegrecida por la posidonia oscura. En la pared del acantilado apenas crecen mechones de lentisco antes de que la abrupta caída se atempere en un sistema de escalones agrietados, en cuyas hendiduras la espuma crujiente regula a lametones un ecosistema de salicornias y alacraneras. En las terrazas superiores los suelos rojos de arcilla apenas dejan crecer zarzas anémicas, olivos y alguna sabina de madera albina que sube retorciéndose sobre sí misma.

Aunque escondida desde el arenal, bastaba con acercarse a los escalones para reconocer la entrada de la cueva, rodeada de tres peñas blancas. El acceso, que desde abajo parece seguro, no tarda en abrirse en una serie de precipicios tallados por los lentos oficios del agua. Hice una inspección de tanteo, pero ni llevaba comida suficiente ni manera de salvar las caídas de varios metros en cuyo fondo se amontonaban rocas afiladas de color burdeos, era como si el acceso se rompiese en el aire. ¿Cómo había conseguido entrar mi madre? Sé que a veces algunos recuerdos nítidos no encajan con la experiencia, pero prefería atribuirlo a un corrimiento de tierras posterior, que había pasado inadvertido a la sociedad geográfica local, aislando un poco más aquel mundo perdido.

Renuncié a Les Coves pero no al día. Me tumbé en la arena y me puse a pensar en vosotras dos, en la manera tan distinta que teníais de mejorar las vidas que caían bajo vuestro signo. Era tan estimulante salir de casa para ver a Clara en el chiringuito de la playa, con la melena oscura y las inmensas gafas de sol, o tras el ventanal que la protegía del frío, abrazando la taza con los mitones y quejándose del herpes que le endurecía el labio en un pico de pato. Volaban tan suaves las horas, mientras nos reflejábamos en tu conversación sin prisa, que no tenía la menor intención de llegar a conclusiones definitivas sobre las personas que nos gustaban.

Y claro que Valeria podía ser divertida y mordaz, pero le gustaba transmitirte lo que te quería y le importabas sin enredarse en palabras. No esperaba sacrificios ni pretendía mejorarte. Disfrutaba de un don especial para querer a las personas, como quien tiene oído o facilidad para los idiomas, algo discreto, nada opresivo, que te beneficiaba sin que te enteraras. Por eso era tan desolador verla triste, y me hubiera cortado la lengua antes que hacerle daño.

Durante años estuve convencido de que si me privaban de la compañía de cualquiera de las dos mi vida se estrecharía hasta echarse a perder. Ese tiempo ya pasó, pero a menudo me gustaría volver a reunirnos, superponer nuestras tres memorias. ¿No sería milagroso que entre los millares de recuerdos que compartimos hubiésemos retenido los mismos?

El libre juego de la ensoñación me acompañó hasta el momento más hermoso del día, cuando el cielo se decide a envolver la playa como una membrana crujiente. La vitalidad del terreno estaba casi agotada, y no sé explicar lo viejísimo que se veía el mar inmóvil como una seda muerta.

Me calcé y recogí la mochila. No estaba seguro de la hora que era. El mar brillaba como una caldera de oro capaz de fundir los cuerpos que se atreviesen a refrescarse en él. De repente todo parecía vasto, lejano, elástico, difuso y preciso, inquieto por comprender el misterio de la luz en nuestros países ardientes. Me retiré con una danza de sombras verdes, amarillas y moradas en la retina.

De regreso agradecí la atmósfera suave, impregnada del olor resinoso de los cipreses. La cañada me ayudó a dejar atrás la sensación del aire pegado en la cara como un trapo húmedo, la respiración del verde parecía jadear. Cuando llegué a la terraza una claridad más humana doraba las nubes blancas. Atenuado por el atardecer el alcornoque me esperaba más seco que antes, un fantasma que ha sobrevivido al incendio de su mundo. El tronco se retorcía en una contorsión demencial, dolía imaginar a qué profundidad buscarían sus raíces nutrientes, escarbando por debajo del nivel del mar, enredadas en manojos de algas sacudidas por el ritmo cambiante de la corriente. Y era como si cada tentáculo de madera envidiase hasta el resentimiento los ágiles pies humanos.

II

—Te lo volveré a preguntar, Berta, ¿qué hacías en el caserón?

—Cuando Julio me puso a investigar...

—¿De qué te ríes?

—¿No te intriga que Julio me pidiese investigar tu casa?

La impresión física que transmitía Berta era muy distinta a la de su hermano. La cara de Berta era tersa, nada que ver con la olla hirviendo de expresiones de Julio. Solo al sentarnos de frente y a solas me di cuenta de que los Pons se parecían en detalles curiosos... en la manera de levantar los ojos mientras esperaban una respuesta o en la respiración entre frases. También se rascaban igual, aunque el efecto fuese casi contrario.

—No me intriga, Berta. Me da igual. ¿Qué hacías en el caserón?

—Supongo que la curiosidad se me despertó en verano, preguntaba por ti y me llegaban habladurías sobre la casa de los Castellar.

—¿Qué clase de habladurías?

—Luces extrañas, ventanas que se abren cuando se supone que la casa está vacía... El repertorio completo. ¿Sabes si allí murió alguien?

—En todas las casas viejas ha muerto gente, a veces te las venden con el incentivo de su fantasma. ¿Laura sabe que accediste...

—... a tu morada? ¿No te parece ideal que «acceder» y «morada» viajen siempre juntos? O son los mejores amigos o están hasta las narices el uno del otro. Venga ya, Diego, soy una persona adulta. Pregúntales a los niños y a los viejos, para ellos tú y yo tenemos la misma edad. No se lo contaba todo a mi madre, se lo voy a contar a mi cuñada. Le dije que habíamos intimado durante la excursión, que hablamos de poesía, que intenté un par de citas contigo de espaldas a Julio... y que al ver que coincidían tanto nuestros gustos me diste permiso para sacar algún libro de la biblioteca. Trolas como una casa, pero cuando pienso que sería bonito que fuese verdad me parece que miento menos. ¿Me habrías dejado entrar si te lo llego a pedir?

—Supongo que sí.

—Recuérdame que te lo pida la próxima vez. Y tampoco me acerqué a traición ni salté por la ventana ni forcé la puerta. Le pedí la llave a la chica que te limpia la casa, la Layla, un amor. Pensé que te avisaría, ¿no lo hizo? En las antípodas del allanamiento.

—¿Y encontraste a tu fantasma? ¿Pistas del crimen?

—Oye, que la de las energías y las presencias es Laura. No nos confundas. Además, antes de entrar corté unas lilas y su fragancia me protegió. Te confieso que me quedé sentada en el sofá con las piernas muy juntas viendo cómo oscurecía el paisaje cautivador que se ve desde el salón, pero también es verdad que enseguida me puse a inspeccionar.

Miró alrededor como si todavía pudiese descubrir entre mis cosas algo de valor que se le hubiese pasado por alto.

—¿Y qué buscabas?

—Señales tuyas. Pero solo encontré libros, muebles viejos y pasado. Y montones de fotos de tu madre, como si la casa fuese solo suya.

—Algo hay de eso.

—Por cierto, tu madre es preciosa. ¿Pelirroja natural? El mismo pelo que Laura. Una coincidencia de las buenas.

—No puedo imaginar dos personas más distintas.

—Yo.

—¿Tú qué?

—Déjalo. Buscaba tu fecha de nacimiento para el regalo de aniversario sorpresa de Laura. ¿Por qué Laura puede decir «regalo de aniversario sorpresa» y no parecer una tarada? Misterio misterioso. Lo encontrarás todo bastante en su sitio: muebles, fotos y la biblioteca entera menos un libro o dos. La cultura está para compartirla, ¿no? El resto te esperará hasta que te decidas a volver. Si vuelves. Tener una casa cerrada y vacía debería ser un delito. Expropiación y cárcel.

—La casa es de mi padre, ni siquiera la heredaré yo.

—¿Qué te gusta de esa casa? Ya sé lo que me contaste, aquello de darte una pausa antes de meterte a sacar pasta del museo. Pero en verano todo parecía distinto, qué mentirosa es la luz de agosto... Tu casa está bien, la enredadera es total, parece que la fachada sangra, pero el pueblo es una gruta: mar frío, aglomeraciones, el viento loco y la comida pretenciosa. ¿Por qué volviste?

—Fantasmas privados. Creía que estarían esperándome.

—¿Y te los encontraste?

—Me pareció ver a mi madre apoyada en el descanso de la escalera, su pelo rojo y su sonrisa, más joven de lo que soy ahora, ilusionada con ofrecerme las galletas y la limonada que acaba de preparar cuando vuelva de la playa.

Su cabeza va llena de emociones y pensamientos que entonces no era capaz de comprender y por los que ahora no sabría preguntar.

—Tu madre está viva. Le puedes preguntar lo que quieras.

—La madre de la que te hablo está hundida en el pasado. ¿Hay alguna diferencia?

—Muchas. Estar muerto es lo peor. De estar muerto no se regresa.

—Tampoco del pasado.

—¿Vas a volver al Poblet este verano?

—Pasaron cosas en esa casa y mi padre decidió cerrarla, y así es como va a seguir. No volveré a poner un pie allí. El verano resultó ser un interludio nostálgico, aunque lo planeé más bien como una penitencia.

—Pues a mí me gustó. La escalera es de peli de época, y qué preciosa está la piscina.

—Así que te metiste en la casa para llamar mi atención.

—Es una manera bastante egocéntrica de plantearlo. ¡Lo hice por Laura! ¿Es aquí donde os veis? No me gusta nada Sarrià, demasiado lejos del mar.

—¿Por qué no se lo preguntas a ella?

—Se cierra en banda. Labios sellados. Es su manera de hacerse la interesante.

—Es una persona interesante.

—Interesante de morirse. Laura es sosa, ¿no te parece una manera fascinante de alcanzar lo que quiere? Se ha tragado que el día de la excursión intimamos. Y la muy creída se convenció de que si ella te lo pedía volveríamos a vernos. A su manera se preocupa mucho.

—Un plan sin fisuras.

—Bueno, estás aquí.

—¿Qué quieres de mí, Berta?

—Lo mismo que Laura. Que me veas bien. «Las previsibles Pons» es nuestro nombre artístico. Ninguna de las dos pasábamos por nuestro mejor momento este verano. Pero ella, bueno, es guapa... y la belleza es la inteligencia del cuerpo.

—¿De dónde has sacado esa frase?

—Es mía, ¿te gusta? Sí, te gusta, lo veo. Tengo muchas parecidas, ya las irás escuchando si...

—¿Si me quedo? No voy a salir corriendo, Berta.

—No te intereso, ¿verdad? Dime si estoy haciendo el ridículo...

—Me intrigas.

—¿Eso es más o menos que interesar? Por lo menos suena divertido. Tampoco creo que te «intrigue» por lo que pasó durante la excursión, quedé como una idiota.

—Te movías con una inesperada agilidad de monito, pero quien se asustó del sapo fui yo. No, mi intriga viene de antes. ¿Cuántos años tienes, Berta? ¿Treinta? ¿Treinta y cinco? ¿Qué hacías pasando un verano con tu hermano y su familia?

—Después de tratarme como una cría ahora voy a parecerte demasiado mayor para que me cuiden. ¿No serás de los que piensan que solo los niños merecen amor y atención? Esa gente es lo peor. Si el ojo pudiese ver a través de la piel se confirmaría que todas vamos heridas por dentro. La edad es lo puto de menos. Es solo que pasaba por una mala racha, y estaba tan sedienta de afecto que me dejé convencer de que podía vivir de las sobras de otros. O me convencí yo sola, ya no lo sé, solo recuerdo que dejé mi equipaje en la que iba a ser mi habitación, pequeña y luminosa, decidida a dejarme atrapar por la masa blanda de una familia satisfecha; eso es lo que pensaba de ellos: el matrimonio logrado, bendecido con hijos. Menudo lince estoy hecha. Por lo menos Laura disimuló en el coche, pero su salud es tan formidable que me olió mal en cuanto dejamos atrás Barcelona. A la segunda noche, mientras se retorcía sobre las sábanas, ni dudé de que la familia ideal se estaba hundiendo en el barro.

—¿No sabías nada del arreglo?

—No prestas atención, lo consideran un «acuerdo». Seguro que Julio te taladró con la diferencia, está muy orgulloso de su matiz. Pero no, no sabía nada, y cuando le pregunté a Julio por qué Laura se pasaba el día entero metida en la cama me salió con lo de que «Se quedó sin hierro». ¿Cómo te quedas? El tifus hubiese sido más verosímil. Pero mi hermano pasa de todo cuando lleva prisa por solucionar un tema que se le ha enconado. Así que antes de que irrumpieses en el jardín, la emoción del día era acertar a qué hora iba a levantarse la señora Pons.

—¿Y te lo tomaste bien?

—Encontrar a Laura más débil que yo me ofendió. Me daba miedo que fuese algo serio, no quería que se tirase por la ventana mientras me ocupaba de los críos. El suicidio da mucho miedo. Algunos se comportan como fieras salvajes antes de quitarse la vida. Así que me tranquilizó que se tratase de lo que se trataba. Me daba muchísimo palo que se separaran, pero también es verdad que los naufragios sentimentales son movidos, molaba la perspectiva de que tratasen de seducirme para ganarse mi apoyo... ¿Hay algún pájaro que construya su nido en la desgracia ajena? Claro que Julio se las arregló para imponer su acuerdo y la amenaza del divorcio se derritió. Cuando te fuiste estaban tan contentos que ni sabía por qué seguía ocupándome de los críos.

—Se te veía muy unida a los niños.

—Sobrepasada. Pero gracias, es bonito oírlo. Casi entiendo que Laura diga que eres terapéutico... ¡Subes el ánimo! En realidad ella dice que eres «medicinal», pero entonces el elogio suena a supositorio, y a la vista está que no te pareces en nada a un supositorio.

—Te preguntaba por los críos.

—Pues pese a mi ya legendaria actuación como *nanny* te confieso que los niños no me gustan demasiado, todavía no descarto parir un par, pero nunca he sentido la ternura innata de la que cotorrean tantas. Y te aseguro que cuando Laura conoció a Julio tampoco iba borracha de sentimientos maternales. ¿A ti te gustan los niños? Cuando te relacionabas con ellos parecías simpatizante del partido de Herodes.

—Los admito como el precio que pagamos por poblar el mundo de adultos maravillosos, pero me impacientó mucho ser niño. ¿Cómo te llevas ahora con Laura?

—¿Quieres saber si estoy celosa?

—Te he preguntado lo que te he preguntado.

—¿Sabes lo primero que pensé de Laura cuando Julio me la presentó? Que mi hermano iba a disfrutar mucho con esos conos gigantes, rellenos de glándulas esponjosas y terminaciones sensibles, duros como un desafío, esto lo digo como hipótesis. A mí las tetas me dan igual, pero mi hermano es muy sensible a las manifestaciones más evidentes del atractivo femenino, nunca se fijará en un tobillo, en el juego de la muñeca ni en el reflejo de la inteligencia en la risa. Pobre Julio, siempre a rastras de su bestia interior.

—Te preguntaba por tu relación con Laura.

—Pero es que mi relación con Laura empezó por lo que provocaba en Julio. De qué iba a elegir a esa tía como amiga. Palabra que intenté que nos lleváramos bien, pero se interponían esos aires de señora que se da, toda digna, y yo solo respeto a una clase de gran dama: la que dispone del día entero para ella y puede permitirse que su marido no dé un palo al agua.

—Pensaba que Julio estaba a cargo de las empresas del padre de...

—¿Las empresas? Ya, supongo que el gran dinero sabe cuidarse solo, pero te aseguro que la cantidad que heredó Laura exige mucha atención, y tesón y madrugones.

Cruzó las piernas como si quisiese cambiar de tema, las chirucas se parecían a las que llevaba el día de nuestra excursión (con el añadido de los cordones fosforito), pero la corriente de entusiasmo nervioso era nueva.

—Lo que me pone frenética es cuando me habla de arte. ¿No te parece fascinante la tempestad de tontería que lleva en la cabeza? Parece adormecida dentro de su propia serenidad, me entran ganas de sacudirla. ¿De qué te ríes?

—¿No encuentras nada bueno en ella? Laura habla bien de ti.

—Quieres decir que es condescendiente.

—Tú también lo eres, Berta, seguro que si te esfuerzas encontrarás algo...

—Claro que lo encuentro. En mis peores momentos, que también eran los suyos, me habló y me escuchó, me dio la oportunidad de abandonarme.

—¿Te refieres a la noche que pasasteis en vela?

—¿Te lo contó? Vaya con la mosquita muerta, se supone que era un pacto entre hermanas. ¿Qué te contó?

—¿Qué te pasó?

—Y yo qué sé. Llevaba varias noches con insomnio. Me sentía expuesta, vulnerable, como si hubiese perdido el control, muy desorientada. Fui dura conmigo, me dejaba pisotear por la corriente de pensamientos negros para dejarlos pasar de largo, porque lo que me daba miedo de verdad era que se acostumbrasen a mí y se quedasen dentro. La primera semana en el Poblet me encontré mejor, mis recorridos por el círculo de pensamientos cortantes eran cada vez más breves. Se suponía que la playa y el cielo abierto me ayudarían, pero enseguida volví a impacientarme, me metía en el mar como en un caldo denso de asco. No se lo dije a Julio ni a Laura, ni mucho menos a ti. La angustia es mala, pero al menos tienes algo a lo que oponer resistencia, pero cuando no la sientes y sabes que te está trabajando en silencio es peor. Y cuando vino lo sentí como una hemorragia en el sistema nervioso, no lo sé explicar mejor. ¿Cómo te lo contó Laura? Seguro que te habló de la pena que le di. Berta como inconveniente, Berta como fastidio. Si es que la puedo escuchar, así le gusta verme. Del desánimo que la aplastaba cada noche contra la cama seguro que no te habló. ¿O sí te lo contó?

—Me dijo que estaba confundida...

—¿Y qué pensaste?

—Que era normal. Que acababa de entrar con tu hermano en una manera nueva de organizar... el afecto.

—¿Eso pensaste? Por favor.

—Los inicios de cualquier pareja son así.

—¿Cómo es así?

—Inciertos.

—Mentira. ¡No son así para nada! Es una explosión de euforia, como si al hablar llovieran miles de cometas. Y a Laura se le contraía el pecho, se asfixiaba. ¿No te lo ha contado?

—Me dijo que te cantó.

—«Magia negra entre tus manos / Mil caballos desbocados / Corren con el morro en llamas / El fuego baila y tú cantas.»

—¿Es la misma canción?

—Cantamos juntas. Pero nos gustan estrofas distintas, y una noche sin pegar ojo da para mucho: «Lamen lunas desorbitadas / Las mareas mareadas / Así me sigues al trote / Y de cabeza al galope / Magia negra entre mis formas». Cantamos juntas... Pero estoy siendo injusta, ¿no te parece increíble que sea tan fácil ser injusta? Al acercarse Laura consiguió que volviera a sentirme una persona, con sus trampas y sus miserias, pero para nada derrotada. El sufrimiento ajeno tiene algo de impenetrable, pero nunca comprendemos lo que empezamos por compadecer, y esa noche las dos nos esforzamos por darnos compañía. Antes había intentado volverme insensible... Pero no quiero sonar dramática, solo me estaba divorciando...

—¿Quieres hablarme de tu divorcio?

—Cuando se trata de separaciones y abandonos, ¿quién no está al corriente de lo básico? Al tacto es como un pelo tieso, el sabor de una boca que lleva cuatro días sin lavarse los dientes. Muchas amigas han pasado por lo mismo y se han entregado al alcohol, al cine coreano o a Tinder. Yo no hacía más que desmoronarme en la angustia y en el insomnio, se perseguían mutuamente, riendo de excitación...

Berta se quedó mirándose la mano izquierda; no se parecía en nada a ninguna de vosotras.

—¿Y cómo se sale de aquí? Eso es lo que nadie te explica. Loca, histérica, ansiosa... cualidades de acompañamiento femenino tan naturales como la simpatía o la suavidad. Pero a vosotros nadie os pide que os curéis dejando la mente en blanco cuando se os hincha la próstata. Laura me abrió una ventana, y eso no lo voy a olvidar nunca, me recordó que sabía respirar, ni siquiera tuve que salir corriendo, cerré los ojos y creí. La ansiedad ha dejado tierra quemada en el pecho, a las emociones amables les cuesta rebrotar, pero ya ha pasado, lo he dejado atrás. Siempre me tendrá a su lado. ¿Me entiendes? ¡Qué vas a entenderme! Pero si me das tiempo me entenderás.

–Lo tienes.

–¿Qué tengo?

–Tienes mi tiempo.

–¿No esperarás que te dé las gracias?

Se rascó la muñeca como si pudiera encontrar las palabras que estaba buscando debajo de la piel.

–Incluso después de nuestra noche gótica mi problema con Laura ha seguido siendo el mismo: el clasismo de la belleza. No va tanto con Laura como contra el reparto del atractivo.

–No exageres.

–Vete a la mierda, Diego. No sabes en qué ciénagas y a qué deshoras he tenido que arrastrarme para sentirme deseada, la de veces que he mendigado la mirada de un tío que ni siquiera me convencía. Es mejor que no te enteres, y tampoco te importa. Pero yo lo sé porque me pasó y se quedó aquí.

Fue la primera vez que la vi tocarse el plexo solar como si fuese una zona enemiga.

–Lo entiendo, Berta. Y Laura también. Me dijo que sintió el despertar de la pubertad como una competición.

–¿Por los chicos? Qué mona. Seguro que piensas que estoy celosa de ella. Es una fantasía muy masculina. Igual si la hubiese conocido la primavera que miles de chicas sentimos por primera vez calor en la entrepierna me hubiese escocido lo fácil que lo iba a tener para apoderarse de uno de esos muchachos guapos y deseables, resueltos y con las emociones en su sitio. Pero cuando la conocí ya era la novia de Julio, y adoro a mi bolita de pelo, pero no se ha dado que lo confundan con un guaperas de carpeta.

No somos rivales, no dejes que la imaginación convencional te ponga en ridículo, respétate.

La vi temblar bajo el vestido de algodón, era cierto que desprendía un olor a medicina, nada desagradable.

–He conocido a muchas mujeres, Berta, no tengo por qué compararos a vosotras dos.

–¿Y con quién me estás comparando? Mentiroso. Qué mentirosillo. Da igual. La transparencia es mi estilo: fui una chica fea y ahora soy una mujer fea. Aunque estoy orgullosa de mis orejas y de lo suave que se me pone la piel en la parte interior de los muslos. ¿No es una pena que los tobillos coticen tan poco en el mercado del erotismo? Porque los míos son de primera, seguro que te has fijado, bueno eres tú. Y tampoco te creas que todo son desventajas, el problema de mucha gente es que tardan demasiado en darse cuenta de que son pesados, celosos o tontos, incluso los envidiosos creen en sus derechos secretos. Las feas constatamos lo nuestro a diario, cuando nos tratan con esa brutalidad que la belleza siempre encuentra la manera de suavizar, se parece a mirar el sol sin gafas de sol, pero en asqueroso.

–No pareces una mujer resignada.

–¡No estoy resignada! Escarmentada, sí. Pero no sé por qué me esfuerzo si para tus oídos hablo en marciano. Incluso si fueses feo con ganas tendrías que ser mujer para entenderme. Un hombre siempre cuenta con las reservas de autoestima de pertenecer al sexo fuerte, con la ventaja adaptativa de transformar los rechazos en síntomas de histeria femenina, puede desahogarse con una puta barata. ¿Cómo es acostarse con una puta barata? No encontrarás a muchas chicas que puedan responder, a menos que se conviertan en una... Me da igual que nunca te hayas dado el capricho, podrías esta misma noche, y eso «hace una diferencia», como dicen los tontos del culo.

216

—Conozco el rechazo, Berta, sé cómo es que te dejen de lado.

—No sabes nada, no tienes ni idea de la brutalidad... de esta clase de brutalidad... No vayas a creer que ser fea te desahucia por completo, qué va, te vuelve más llamativa a medida que avanza la noche y las cuchilladas de desesperación atraviesan los corazones solitarios. ¡Te vuelves fosforito! No es que traten de conocerte ni que se interesen por ti, piensan en su fea como en una muñeca capaz de consolarlos de tantos rechazos mientras satisface sus instintos con un oportuno orificio entre las piernas. Puedo provocarme el vómito recordando la clase de personas que me he metido dentro.

Berta se dio una pausa, pero no intenté averiguar si el recuerdo trasportaba un rostro concreto o una serie de rasgos barajados.

—Es tan mal negocio seducir a alguien dando pena... Igual en relaciones más avanzadas, cuando el deseo se parece a ceder al deseo de otro, puede abrir perspectivas de excitación, pero en esos polvos de una noche solo abonas el resentimiento por haberlos involucrado en ese vergonzoso lío cuyo centro resulta ser la pobre Berta Pons. No quieras saber los torrentes de odio que supuran si los rechazas, lo sienten como si insultases a sus madres. En los ojos les arde el impulso de insultarte, de herirte psicológicamente: es tan agradable. Laura no ha pasado por una sola hora así, y tú menos. Y no te digo que está mal pensado, al dejarme magrear también sentía la euforia de la carne y el ansia impersonal de que me comieran la boca. Solo que yo quiero todo lo demás: el contacto con el otro sexo para enriquecer mis sensaciones y ampliar mi conciencia. Quiero lo mejor que pueda darme un hombre, su presencia tranquilizadora, confianza, complicidad y apoyo, pero ¿con qué tíos nos casamos?

217

—No lo sé. Y creo que has bebido demasiado para contármelo en condiciones beneficiosas para los dos.

—Condescendencia, tienes nombre de varón. ¿Has estado casado?

—No.

—¿Y eso?

—¿Te parece raro?

—¿No has encontrado a la persona? ¿Encontraste a demasiadas? ¿No crees en la pareja?

—No sé.

—Trata de seguir el ritmo, Diego, es tu vida.

—Y la conozco, pero tú me preguntas por un modelo elegido de manera voluntaria al que someter mis elecciones, y la vida no se juega así.

—¿Cómo se juega?

—Se juega como juegas tú o como juega Laura, entre cambios involuntarios y muchas veces forzosos que obligan a reconsiderar el pasado y los movimientos futuros. Improvisando con las cartas que te llegan. ¿De qué te ríes?

—Nos has vuelto a comparar.

—No puedo compararos, estáis descompensadas: de Julio sé más de lo que me gustaría, y de tu marido no sé nada.

—Ya no es mi marido. Ni está invitado a la conversación. Tenía que pasar y pasó. Ni siquiera le guardo rencor, aunque detesto el sitio donde me ha arrojado.

—¿Vas mal de dinero?

—Qué vulgar eres a veces, Petirrojo. No, mi situación económica es una putada, pero tengo trabajo, el apoyo de Julio y no estoy a cargo de ningún crío. Lo terrible es el carrusel de buscar pareja, de probar, de tantear. Me sienta como una tortura: días de labios rojos y de sonreír al vacío, y noches de cenar una rebanada de pan crudo y medio aguacate, porque para qué te vas a cocinar más para ti sola. Horas que pesan como una mala digestión. Y te hablo de las noches buenas, las peores son las que te animas a salir. Yo también sé cómo ponerme guapa. Marcho de casa con una entrada que alguien me regaló porque le sobraba y cuando me miro al espejo con un triste Johnnie Walker en la mano y mi mejor vestido (y los tacones) resulta que soy una mezcla entre una punk pasada de moda y una siniestra inconsolable. Y todo el tiempo me late en el cerebro que hay cosas que es mejor no volver a intentar. ¿Qué va a salir de esto? Una noche para amar y otra para desengañarse, no se le puede pedir más a la casualidad. Mis domingos se han vuelto tan oscuros que solo sirven para colocarme más. Y da igual la puerta que abras: todos estáis emparejados, absorbidos por vidas cargadas de hijos, cuentas conjuntas y tardes de manta y peli.

Cogió mi copa y la vació de un trago, estaba disfrutando.

—Me había acostumbrado a sentir la fealdad como una canción hortera y pasada de moda que solo sonaba de fondo si me miraba distraída en el espejo. Durante el día a día me sentía como una esposa atractiva para su marido. Y aquí me tienes, participando en un remake de la asquerosa peli de terror adolescente que ya me obligaron a interpretar. Y te ruego que no me vengas con la simpatía ni el puto carisma. No niego que la belleza sea subjetiva, pero ser fea es de una objetividad implacable. Soy fea y eso me descarta para las fiestas y sitios donde la belleza es la contraseña. Si Laura no te lo hubiese pedido jamás hubieses gastado una tarde conmigo. ¿Crees que no veo lo que piensas detrás de los ojos? Te costaría explicar qué haces en este bar con una como yo. Tus propias dudas, la vergüenza. Nadie se enamora en contra de los criterios de belleza de la ciudad donde vive, a menos que no pueda permitirse otra cosa.

—Estoy aquí.

—Tú das igual. Ni siquiera nos estamos besando. Piensa en cualquier otro. Hay cientos, miles. ¡Y ahora mismo ninguno es para mí!

—Exageras.

—El problema nunca son los hombres que siguen a mi alcance, sino los que se quedan fuera. Todos los que se cierran a ser una oportunidad para mí. No sabes lo ambicioso que puede ser mi amor. No tienes ni idea. Me veo sentada en el centro de una fiesta, con el vestido manchado de vino y mi pelo de fregona empujándome al aislamiento. Y soy la primera en reconocer que besar a una mujer así sería como acariciar a un perro por caridad.

—Sabes que nada de lo que dices le importará al hombre que se enamore de ti.

—Ya sé que existen situaciones excepcionales: el guaperas y la jorobada que se quedan atrapados en una isla, dos que se enamoran en un centro de rehabilitación, los placeres del sacrificio, las retorcidas rutas del sadismo, o de la santidad, a veces cuesta diferenciarlas. Incluso estoy dispuesta a creer en el enamoramiento súbito, pero la estadística es mi enemiga. ¿Uno de cada mil? ¿Medio de cada diez mil? Ganar la lotería es un proyecto vital más realista. El dinero también ayuda, pero los Pons no tenemos.

—Tu hermano vive en un palacete.

—No es un palacete. Es un amontonamiento de reformas absurdas, una casa con elefantiasis. Y tampoco es suya. El viejo lo dejó todo a nombre de Laura. Y con todo lo poderoso que Julio se siente en su despacho y la cantidad de hijos que le ha metido coño adentro, Laura no ha aflojado la firma, en eso no ha podido torcerle el brazo. La casa, las empresas, todo pasará a los hijos. Julio es una correa de transmisión. ¡Pons! ¿Tú crees que es nombre de rico? Por favor. Pons, Pons, Pons... Suena como una campana descojonándose de nosotros. Al menos Castellar es sólido, no tan imponente como Duocastella, pero tiene su *flow* arraigado.

–Si tú lo dices.

–«Si tú lo dices.» Mira qué vocecita de narciso pones. Te gustas, Diego, es tan gracioso cómo mueves la melenita, y esos tirones que les das a los pelitos de las patillas son ya totales. Las personas que os gustáis sois maravillosas, puro ecologismo sentimental: sin inseguridades, sin remordimientos, nada de celos. Laura es igual, al menos cuando Julio la deseaba: os lo podríais montar mirándoos cada uno en un espejo distinto. Pero la Berta reconoce en ti algo más que un joven guapo que ha madurado en un hombre favorecido. Veo un trofeo, una respuesta, un premio, ¡una conquista! Algo que pudo ser mío y no me lo dieron. Tengo buena cabeza, ¿sabes? Pero a veces sacrificaría mis mejores pensamientos a cambio de aprender a moverme con el contoneo suave de las flores. Ya ves que ni siquiera pido unas tetas memorables, me basta con una cara arreglada, algo para ofrecer en el desfile de la naturaleza.

–¿Y qué planes tienes?

–¡Operarme! Seguro que entre los nuevos amigos de Julio alguno aspira a fabricarse su propia muñeca. Espera, espera, ¿de verdad quieres que me confiese? Te advierto de que no voy a dejar pasar la oportunidad de humillarme delante de una mirada como la tuya. ¿Conoces ese placer?

–De oídas.

–Todavía no sé qué voy a hacer. A veces creo que prefiero quedarme lejos de la energía y la frustración masculinas. Perderme entre mujeres, amigas con las que pasar la mañana y merendar. Hablar del pasado pintado de ilusiones y de las emociones abiertas del futuro. ¿Quién quiere vuestra agitación? Yo, claro, ese es el desastre. El amor me presiona, una necesidad fisiológica, como si mis propios latidos pudieran estrangular el corazón. Pero no voy a asustarme, la vida maltrata a quien la teme.

—Y por eso asaltaste mi casa, para sentir que sigues atreviéndote.

—No, qué va a ser por eso. No he dedicado un segundo a pensar en ti desde que me largué de ese pueblo del demonio. Fue por otra cosa, ¿no te lo he contado ya? El tiempo pasa muy distinto dentro y fuera de mi cabeza... Pero ya que estamos de vuelta en el caserón, tengo una pregunta para usted, señorito Duocastella, ¿puede explicarme qué hacía entre las orlas, las tarjetas plastificadas para aprender a sumar y restar y la bata escolar con el «Dídac Castellar» bordado en el bolsillo... una medalla gigante en forma de clave de sol chapada en oro? Me flipó. ¿Cantabas?

—Desafinaba en un coro, me pidieron que me limitase a mover los labios.

—¿Por qué no te echaron?

—Me crié entre personas educadísimas, aprendimos a despreciarnos como amamos, con frialdad. Pero me conozco de memoria, tú eres mucho más divertida. Y, además, estabas a punto de humillarte.

—¿Soy graciosa como un gato? ¿Como un koala? ¿Como un puto oso panda?

—Ya te lo dije, pero no prestas atención: eres graciosa como un monito.

—Y tú eres un hijo de puta. Pero nos gustas, ¿sabes? Me entra la risa cuando me acuerdo del miedo y la pereza que me diste durante la excursión por el río. Tan estirado y confuso, tan pedagógico. Con todos esos árboles y pájaros que te sabes. ¡Qué ganas tenías de usarme para lucirte delante de Laura! Intenté advertirla de lo larga que tienes la lengua, ¿crees que alguien me escucha? Se rió de mí en la cara, con una risa distinta, de esas que se apoderan de ti, involuntarias. Da igual, Laura tiene muchas risas, y la mayoría las usa para rebajarme. A veces ni siquiera mueve los labios, se ríe con los ojos. Pero la perdono, porque la noche que dormimos juntas fui yo la que le enseñé a reír...

–Has bebido demasiado, Berta, mejor lo dejamos aquí...

–Y una mujer bebida es intolerable, una inmensa bandera roja, algo mucho peor que un tío borracho, nadie sabe el motivo, pero todos lo aceptamos, como la ley de la gravedad o el cálculo de las derivadas que aprobé copiando. Da igual, el caso es que nos gustas, a mí, a Julio y a Laura, sobre todo le gustas a Laura, y les gustarás a los críos cuando crezcan. Les has metido el demonio dentro. Así que voy a salvar a todos los Pons.

–Querías verme para organizar un exorcismo.

–No seas idiota, Diego, los años pasan y no puedo permitirme más idiotas en mi vida... ¿Sabes lo que hice al volver de la excursión? Busqué información sobre el petirrojo, en ninguna parte encontré que fuese el emisario del diablo, supongo que prefiero pensar que manejas datos confidenciales que creer que me engañas en la cara. Pero aprendí mucho sobre Lucifer. Tiene un montón alucinante de nombres: Samael, estrella del alba, pastor de soles, el Caído... Me dio pena Lord Lucifer, tan guapo y tan condenado a escuchar el parloteo humano al borde de lo que nunca nos atrevemos a reconocer que codiciamos: irnos, quedarnos, arrastrarnos, ser leales, traicionar. Cualquier cosa siempre que sacuda nuestras vidas, ¿para qué queremos un tentador si salimos tentados de casa? Lo que necesitamos es valor para arder.

–¿Adónde nos lleva esta conversación?

–¿Qué crees que recordará mi marido de mí en esa vida nueva que se está montando? Las personas que abandonamos se vuelven enseguida borrosas, como si nos las hubiéramos inventado, es increíble, es asqueroso. ¿Qué quiero? Que aprendas a abrir los ojos para verme, y para eso tengo que ocupar el escenario, sin compañía, que vengas a rondarme, ver cómo el fuego baila y tú cantas. ¿No has sentido nunca que una canción sonaba como un mundo concentrado, una creación de bolsillo donde podías quedarte a vivir sin llamar la atención? ¿Quién nos sujetará y por cuánto tiempo?

–No eres nada mío, Berta. Estoy aquí porque Laura me lo pidió. No tienes motivos para mostrarte y yo no tengo por qué verte.

–Con qué seguridad lo dices. Tan alto, de buena familia. Tan orgulloso, tan resuelto. ¡Mírate! Si sueltas destellos de suficiencia cuando mueves las manos. Laura y Julio se quedan en la superficie, pero la feílla de Berta ha estado en sitios más oscuros y estrechos, húmedos de debilidad, y sabe mirarte de otra manera, bien.

–¿Y qué ves?

–Qué ojos más bonitos y tristes, qué apagados. Te agotaste en la caída. Tu belleza es un residuo de lo que solía ser. ¿Quién te abandonó en esta indiferencia? ¿Cómo te hirieron? Pero no me respondas, todo a su momento, espera a que subamos juntos al escenario, tenemos tiempo de sobra si lo enfocamos bien, por ahora es un juego de mí. ¿Lo ves? Tú solo tienes que escucharme, ¿se te ocurre un motivo mejor para estar juntos?

La inteligencia le recorría las manos y desde allí se transmitía al resto del cuerpo.

–¿Te gusta Laura, Diego?

–Pensaba que era un juego de ti.

—Y lo es, pero es un juego complicado, y las reglas solo se aprenden practicando. ¿Te gusta Laura?

—Me cae bien. Y me gusta hablar con ella.

—No te pregunto eso.

—No me gustan las conjeturas, ya es bastante lioso hablar con vosotras dos cuando os esforzáis por explicaros con claridad.

—Te pregunto si te enamorarías de ella.

—¿Cómo quieres que lo sepa?

—Venga, Diego, enamorarse no es algo que te pasa sin querer, no es una abducción, es un cálculo deliberado, una apuesta... ¡No puede ser tan distinto para los guapos! ¿Te has enamorado de mí? No digo una gran pasión, no hablo de casarnos. Solo un rato. ¿Bastaría para acostarnos? Las personas damos sorpresas increíbles. Si te parezco una descarada puedes atribuirlo a mi locura, ¡te lo permito! Es de lo más cómodo. Y en mis sueños eres tan comprensivo, el testigo ideal.

—¿Sueñas conmigo?

—Despierta. La imaginación nocturna me parece un juego para perdedores, los pocos sueños de los que me acuerdo emplean material de tercera. ¿Por qué no quieres enamorarte de Laura?

—Me gustan las mujeres difíciles.

—¡Pues Laura está metida en un lío de cojones! Su vida es pura turbulencia. A su lado la mía es un mar muerto.

—Meterse en un embrollo no basta para convertir a una mujer sencilla en una complicada, Berta. Solo la condena a buscar salidas demasiado simples a problemas complejos.

—¿Y vas a rescatarla? Claro, cómo no me di cuenta, el complejo del príncipe azul, vas a rescatarla de su credulidad.

—No quiero rescatarla de nada.

—¿Por qué quedas con ella? Me dice que os pasáis la tarde charlando de «arte». Incluso de su «arte». No puedo creer que no hayas notado lo lento que va su pensamiento de gata gorda y satisfecha debajo de esa carita sensual.

—Hablamos. Nos miramos. Pensamos en silencio sobre lo que hemos dicho. Desde muy joven me he expuesto a personas que eran cualquier cosa menos inocentes. Estrictas, lúcidas; llegado el momento no les importaba mostrarse crueles. Durante un tiempo fui como ellas, orgulloso hasta lo indecible. No contemplaba el dolor que pueden causar las palabras.

—¿Te arrepientes?

—No devolvería ni uno de los minutos que pasé con ellas, pero me alivia refrescarme en la luz tranquila de una persona como Laura. Su inocencia me recuerda lo oscuro que fui una vez.

—Pero Laura no es inocente, es sencilla y puede mostrarse amable, pero también las personas sencillas calculan, cobijan sus malicias... Hay tanta tontiastuta suelta. ¿No recuerdas lo que te advertí durante la excursión? Cuídate de sus juegos.

—¿Qué iban a querer Julio y Laura de mí que no me hayan pedido ya?

—Da igual lo que quieran, es lo que va a pasar. Te decepcionarán, van a herirte. Puedo ayudarte, pero Laura no debe enterarse.

—Se enterará.

—Yo también creía que el secreto era una criatura mitológica, pero un día comprendí la fórmula: basta con que todos los implicados sospechen y ninguno quiera enterarse.

—¿En qué vas a ayudarme, criatura?

—Qué tonto y qué guapo cuando me confundes con Laura. Ella no te servirá para nada mientras no asuma en qué posición la han dejado los arreglos de mi hermano. Ya ves cómo vive: ojos cerrados, oídos taponados.

—¿Y tú cómo vives?

—Soy una artista del abandono, he sumergido la cara en ese ácido y he abierto los ojos sin preocuparme de si me quemaba los párpados, quería apurar la experiencia hasta el final. A mí sí puedes hablarme de tus amigos, de los que te abandonaron y te dejaron caer.

—¿Has acabado?

—¿Quieres que comparemos notas? Te lo contaré todo sobre el abandono. Los primeros días me tomaba las muestras más corrientes de alegría ajena como un insulto personal, cuando pillaba a dos dedicándose una mirada agradable era como recibir un gargajo caliente de moco en medio de la cara. Todo eso parece malo, pero luego se vuelve peor. Tampoco quería mejorar, ni dar pasos adelante, solo quedarme quieta en la humillación, el único sitio donde me dejaban estar con mi marido huido. ¿No te parece algo increíble la filantropía del sadismo? A rachas siento una decepción tan intensa que parece imposible que tanta rabia no pueda ayudar a nadie, y no puede, es estéril. Niega si te atreves que no te suena de nada la música del abandono.

—No tienes ninguna necesidad de rebajarte.

—Hay una gran diferencia entre tú y yo, Diego, entre tu caída y la mía. Yo estoy viva y voy a seguir estándolo. Y tú te has perdido en la indiferencia. Durante un tiempo igual encontraste aliciente en las compañeras fugaces, pero las personas ya no te interesan lo suficiente para llenar la vida con la seducción. Tu fuego está seco, Diego. ¿Hay algo más triste que volver al pueblo de tu infancia? Bueno, sí, seguir como un perrito faldero a una mujer solo porque te recuerda a otra es todavía peor.

227

—Basta, Berta. La conversación termina aquí.

—Pero sigues aquí sentado. Si vieras la carita que pones. Laura tiene encanto, pero yo tengo dos talentos. Enseguida descubro qué destrozaría a una persona si se lo quitases. Es un talento odioso. ¿A quién quieres que le haga daño? El talento amable es el otro: se me da bien encontrar cosas, aunque luego las pierdo enseguida.

No sacó los libros, ni leyó de una nota, me miró a los ojos y lo repitió de memoria.

—«Para nuestro buen amigo Duocastella, que nunca encontró la disciplina para escribir.» «¿Has visto, Diego, cuando tienes una idea el provecho que le saco yo?» Y espera, mi favorita: «A Castellar, el espíritu amorfo que enterró sus talentos en la cara oculta de la luna. Nuestro fervoroso fan». ¿Ves como me documento? No me mires así, son las dedicatorias de tus amigos del alma, estampadas en tus ejemplares. Te confieso que suenan a cuando te sitúan a una distancia cómica, lejos del afecto, al menos del auténtico, sé de lo que hablo, créeme. Es halagador que me mires con este interés, Diego, pero es un poco incómodo, ¿has visto algo nuevo en mí?

—No sabes nada de ellos.

—Sí, sé algo, sé bastante. La red va llena de entrevistas con Álvaro. Y me gustó el libro que me llevé de tu biblioteca. Es muy plástico eso de las generaciones que descienden desde las profundidades del tiempo como ríos de sangre, esquivando azares, muertes, miles de circunstancias que nos hubieran impedido abrir los ojos y nacer. Milagros cotidianos, más improbables que la repentina transformación del aire en oro: eso somos, ¿verdad? Pero todavía me gusta más cuando Álvaro dice que solo se puede ejercer la moral (ser amable, generoso, tierno) cuando te has apropiado de una posición de fuerza. ¿Te imaginas a Laura comentando el pasaje con el moderador de su club de lectura? Seguro que es flaco y soñador, al estilo de los chicos que nunca ha permitido que le gusten, es facilísimo añadirle bufanda y unas buenas patillas. Y ella le escucha con esa carita de nostalgia sexy que pone cuando se siente elevada. Te estoy hablando.

–¿Qué quieres que te diga?

–Nada, estoy hablando yo. Solo quiero que me escuches, y pon atención que ahora le toca a Clara, también encontré algunas de vuestras cartas: «Pelo de ceniza, ala de cuervo», «Mi querido Two Castles». Me chifla cuando le llamas Gata y ella te llama Dos Castillas, y luego se desencadena un festival de diminutivos, apodos y morisquetas, como si ningún nombre saciase vuestra imaginación disparada. ¿Por qué no se escriben libros con ese lenguaje infantil del amor que queda más allá de la cursilería porque no aspira a salir del dormitorio? La delicia de una orquesta de xilofones y campanillas interpretando las espaciosas sinfonías de la pasión, qué vulnerables y fuertes somos cuando estamos... No me mires así. Las locas tenemos bula. Y con la venia de la chaladura te confesaré que mirando las fotos de los Montsalvatges llegué a pensar que los ojos azules eran el requisito para entrar en vuestro Eton del Eixample Dret. Así que celebré los vulgares ojos marrones de Bodel como cuando te enteras de que el club donde pasa las tardes tu chico favorito no es del todo nazi. Me gusta Bodel, parece el menos predispuesto a excitarse y sobresalir, el más normal... ¿Me dejas que lo diga así?

–Dilo como quieras.

–El único con el que me gustaría hablar ahora mismo, aunque sus poemas no sean sencillos, nada sencillos. Sus dedicatorias son más amables: «Para Diego, por los pasados comunes y el futuro por estrenar». ¿Te gustaba?

229

–¿Bodel? Mucho. Todos. Todos me gustaban mucho.

–Supongo que eso incluye a Val. ¿Qué decir de la tierna Valeria? No dejó dedicatorias, ni libros, ni cartas, ni otro rastro que cuatro menciones condescendientes en tu correspondencia con Clara. Ah, y esa fotografía suya que parece barajada entre las de tu madre para no llamar demasiado la atención. ¡Entre pelirrojas anda el juego! Menuda explosión de pecas. Vas a conseguir que las odie. Aunque no hay manera de confundirla con mamá. Tu madre es delgada y distante, y Val está llena de carne y de cercanía. ¿A quién nos recuerda?

–¿Qué quieres de mí, Berta?

–¡Una máquina del tiempo! Me gustaría abrazarte mientras tus amigos te dejan atrás como si soltaran el lastre que les impide alcanzar cielos más dulces, a los que no estás invitado. Nos gustan tanto las personas luminosas, nos convencemos de que podrían darle una forma distinta a nuestra vida con su existir más intenso. ¡Cuánta tontería llevamos encima! Y qué pillín, Diego, qué pillín. Toda esa condescendencia para la feúcha de Berta mientras hablabas de los putos pájaros como si recorriésemos el jardín de la creación y el padre divino los hubiera amasado para ti el día anterior. «Vuela, vuela, petirrojo.» Y resulta que te abandonaron como a mí, tan caído como yo, un ángel con las alas embarradas. Tan vulnerable, herido hasta el hueso. Pobrecito. ¿Quieres hacerme compañía en el vagón de los medio amigos, de los mediocres? Qué farsante, todo mentira, qué farsante.

–¿Qué quieres, Berta? Te doy cinco minutos.

–¡Te lo estoy diciendo! Pídeme cualquier cosa, te la conseguiré, soy rápida de manos, seré valiosa como una amistad abnegada.

–¿Y a cambio?

–Ayúdame. Ayúdanos.

–¿A quién?

–¡A los Pons! Somos decididos, pero no conocemos el terreno que pisamos. Ni Julio ni yo intuimos por dónde nos vendrá el próximo golpe. Ayúdanos. Hace tan poco que abandonamos las habitaciones sin expectativas donde nos criamos... Un torrente de sinceridad podría dejar ciega a Laura, pero para los Pons sería de un valor incalculable entender. ¿Nos ayudarás?

–¿Cómo quieres que te ayude?

–Déjate guiar. Deja que te aconseje. Pero me has dado cinco minutos, así que ya no será hoy. Ya volveremos a vernos, pronto, pronto, Petirrojo. Los dioses piden sacrificios y obediencia, solo el diablo ofrece lucidez. No sabes cómo odio que tu mirada transparente lo que piensas: la cuñada pelirroja y bella y la cuñada oscura y fea, la inocente y la amargada, por favor, ¿en qué clase de novelucha crees que te has metido? Me vienen ganas de llorar. No me decepciones, por favor. Si me pareciese a ese monstruo de resentimiento y envidia que imaginas a mi costa lucharía para que arrancases a Laura de brazos de Julio y luego erosionaría vuestra relación hasta que la dejases tirada. ¿Eso sería ganar para la que insistes en ver cuando me miras? Lo divertido es que si esa Berta fuese yo, ¿no crees que estaría cada vez más cerca de ganar? ¿Cuándo repetimos, Diego, cuándo volvemos a vernos?

III

Val, Valeria, Val. Pelo de fuego, pelo de sangre. ¿Preguntas por ella? Claro, quieres saberlo todo de Val. Te lo contaré todo, te lo contaré ahora.

El primer recuerdo de Val se confunde con la sensación ligera de su cuerpo correteando por la orilla de la playa, riendo como si respirase. Después la veo adentrándose como una pincelada en un mar que apenas debía de sentir su peso. Se atrevía a ir más lejos que yo, hasta la boya donde nos decían que si tocábamos suelo nos ahogaríamos antes de salir de nuevo a la superficie para volver a respirar el precioso aire de la vida. Me miraba con los ojos rojos porque los había abierto bajo el agua con la naturalidad con que yo los ofrecía a la luz. ¿Qué ves en el fondo del mar, Valeria? Y me habla de peces de colores y peces acorazados y de algas onduladas como sombras lentas. Y después escapa de mi segunda pregunta, agitando la media melena que parpadea como el fuego, y deja atrás un rastro de huellas sin peso en la arena, como si su cuerpecillo fuese un préstamo de las olas. ¿Cómo iba a retenerla a mi lado?

Después pasan los años, nos crecen los huesos y nuevos miedos relevan a los infantiles. La veo llegar de ma-

232

drugada cargando con una mochila más pesada que su cuerpo. Nos sentamos temblando de frío en los últimos asientos del autobús. El interior es azulado: una atmósfera de acuario apenas iluminada por los resplandores fugaces de los coches que avanzan en sentido contrario. La ventana se ennegrece y refleja el momento en que Val decide apoyar la cabeza en mi hombro. Si cierro los ojos nos imagino viajando hacia el futuro dentro de una lámpara encendida.

El autobús se detiene en el cruce, bajamos y volvemos a cargar con las mochilas. La linterna ilumina sotobosque, raíces, hojarasca y la silueta de un pino; es emocionante encontrar entre los caminos que se ofrecen un buen sitio donde acampar. Nos quitamos las botas y enciendo el infiernillo, pero no tenemos hambre. Val se pone a fumar despacio y me habla de su casa y de sus primeras amistades, indicios de esa vida remota y en marcha con la que empiezo a mezclarme. Sentía el espacio saturado de aire futuro, quería absorberlo todo, todo para mí. Dentro del saco hablamos abrazados y me deja que la bese, tiembla entre mis brazos como un fantasma delicado. Y se ríe cuando le digo que me decepciona que su pelo rojo no desprenda calor. Aceptamos los ruidos y las criaturas que nos pasan por encima con sus patas frágiles como invitados a esta porción del mundo que nos está gustando tanto.

Cuando abrimos los ojos derrotados por el hambre la luz lleva horas cargándose de fuerza. La veo vestirse sin prisa: bajo el pelo alborotado, recorrido por briznas de hierba verde, su sonrisa se parece a la de siempre y también es nueva, me incluye con la fuerza cautivadora de contar con alguien. Pelo una manzana, compartimos nueces y Val calienta café mientras dos ardillas agitan su cuerpo elástico entre las ramas de un haya. Nos ponemos en marcha. De los árboles cuelgan hojas cremosas, verdes, amarillas, ocres... pero nuestras favoritas son las pinceladas sangrientas de las hayas. Abro la marcha, me desoriento y me inquieto, me sudan las manos y me da vergüenza mirar a Val, pero enseguida el sendero vuelve a obedecer a nuestro mapa y nos lleva hasta la orilla de un río color azul piedra, que parece fluir con la cadencia de los sueños.

Pasamos por una zona donde la corriente progresaba más lenta formando islotes de vegetación enmarañada y anfibia, entre los árboles se hundían lenguas de tierra amarillenta, y tras un recodo presidido por una encina descorchada el río se abrió en un brazo más amplio, el agua avanzaba tan despacio que parecía adormecida por el sol. Diez minutos después nos encontramos una playa de piedras lavadas por los siglos y la prometida caseta de baño, erguida como una cabina telefónica, con su techo de pizarra y el remo recién pintado sobre la puerta de madera.

Cuando me giro para compartir el triunfo Val está recogiéndose el pelo en una cola. Acabas de salir de la adolescencia y estás loca por desplegar las alas con la soberbia de un pájaro que entendiese por primera vez las miles de horas de vuelo que le quedan por delante. La sensación de ser joven nos llega con una luz nueva. Corremos por la playa limpios de inquietud, lamentando que no sea más larga. Dejamos las mochilas en la caseta y dices que la canoa te recuerda a una herida de madera abierta sobre el suelo. Todavía puedo sentir en las manos el tacto de la cuerda (que raspa y resbala al mismo tiempo) mientras forcejeo para desamarrar el bote, verme ocupado en algo mañoso te despierta una risa casi carnívora. ¿Hemos cumplido los veinte años? Hay algo precioso en el presentimiento de que la respuesta no importa, porque mientras subes a la canoa y yo empiezo a arrastrarla hasta la línea de olas el futuro se ofrece como una sucesión de años domesticados donde avanzamos de la mano.

Nos sentamos el uno enfrente del otro, me pongo de espaldas a la corriente y te sales con la tuya en lo de ser la primera en remar. Tus brazos delicados y laxos agitan el agua, nos desplazamos tan despacio que parecemos integrados en el tejido palpitante del paisaje: el azul espléndido del cielo, los alisos, los fresnos, y las escamas de luz que parpadean sobre la corriente. El río suena como una criatura consciente de mezclarse con nuestra modesta historia, la única importante. Apoyo el codo y enciendo un cigarrillo con toda la serenidad de una época despreocupada. Me siento tan a gusto dentro de mi cuerpo mientras te veo soplar cada pocas paladas el mechón indisciplinado de pelo rojo que no se cansa de caer sobre tu nariz.

Disfrutamos de un silencio amable que con los años se convertirá en una de nuestras formas favoritas de conversación. Paseo la mirada como una ofrenda por las orillas mansas del río: cañas, los cuellos vencidos de los sauces, remolinos inofensivos de algas, ¿será así adentrarse en esa vida adulta de la que tanto he oído hablar?

Tardas casi media hora en pasarme los remos. Sonríes, te masajeas los brazos doloridos. Una telepatía nueva me anticipa que estás deseando descalzarte, acierto. Remo despacio para no alterar el suave hechizo de tu ritmo. Ladeas el cuello para medir la distancia que hemos recorrido, señalas la estela que dejamos a nuestro paso como si fuese la señal de que el río nos aprueba, y después te recoges y sueltas y vuelves a recogerte en un nudo blando tu pelo de fuego. Miras tres y cinco veces tu reflejo borroso en la corriente y canturreas una melodía pegajosa e inofensiva como las canciones de entonces, y enseguida te tumbas sobre la manta que cubre el suelo de la barca con una alegría nueva latiéndote en el centro de la cara. Las uñas mordidas, los dientes algo separados, el lóbulo diminuto, ese puente tan pronunciado del pie... marcas de identidad más convincentes y conmovedoras que las huellas dactilares. ¿Cómo iba a perderte?

Avanzamos bajo las ramas de un sauce desbordado de hojas y me hablas del invencible buen humor de tu padre, saltando de trabajo en trabajo como si fuesen los juegos obligatorios de la hora del patio, y lo injusta que es la tristeza que paraliza a tu madre, estás tan orgullosa de haber superado la adolescencia sin herirte. Me hablas de tu amistad con Clara, de cómo os entendéis con una sonrisa, y de la suerte increíble, más que si te llamaran de la radio y te regalaran entradas para tu grupo favorito, de reencontrarnos después de aquel borroso verano que pasamos juntos a los cuatro o cinco años. Dejo de remar porque veo arder el sol en el borde de su pelo, y enseguida noto su peso acostándose en mi abrazo, y nos besamos distinto mientras el mediodía despliega su alquimia de luz, antigua como la tierra, y se funde con las ramas y las hojas, la corriente, la vegetación acuática y la animación de la orilla: una fuga de fuego líquido. Y entonces te hablo del divorcio de mis padres y callo las semanas que pasaba como quien atraviesa un corredor oscuro. Y nos reímos aterrorizados de la sucesión de años como cáscaras en los que se hubiese resuelto la vida si Clara («si es que os tenéis que conocer, si es que tiene que pasar») no llega a juntarnos de nuevo.

Pasamos un tiempo acostados, escuchando el revoloteo de los pájaros. Val se perdió en el sueño, yo abría de vez en cuando un ojo para ver caer una lanza de luz entre las hojas de los álamos blancos. Y era como si los nervios de las manos le pidieran al día que avanzara más despacio para retener el momento y más deprisa para que fuese ya mío y nada pudiese perturbarlo. Me incorporé para sujetar los remos y dar media vuelta.

Mientras Val se frota la cara la mirada se me va a un tramo de corriente dominado por una espesa agitación de algas rojizas. Medio minuto después el agua estancada empieza a burbujear como si desde el interior le presionase un objeto enloquecido por regresar a la superficie. El pulso se me acelera en el cuello, me pongo a parlotear de pájaros (zorzal, oropéndola, carbonero) para que no te fijes en la despiadada contracción de las aguas, pero en el repentino decaimiento de los colores entiendo que ya es demasiado tarde, comprendes dónde estamos tan bien como yo, y en la silenciosa mirada que me devuelves los dos oímos lo mismo: «Vuela, vuela, Petirrojo, aléjanos de aquí, que este fantasma del futuro no es para nosotros, todavía no».

Atracamos el bote en la orilla y dejamos los remos en la caseta. Recogimos las mochilas y pese a las botas pesadas de humedad enseguida dejamos atrás el río, resplandeciente como una plancha de plata. Llevábamos dos kilómetros de camino cuando nos acordamos entre risas de comer. Acampamos junto a un árbol que a ti te pareció un fresno y a mí un chopo negro, sacamos los bocadillos y con unos dedos saturados de energía corté en gajos la manzana que nos quedaba. Te hablo del caserón familiar donde pasaremos la semana, de la escalera con el pasamanos de mármol, y del vacío que dejó mi madre al irse, pero no me escuchas mientras batallas con el encendedor. A partir de hoy voy a verte soltar miles de veces el humo con la misma expresión de dulzura y confianza, tu marca en la tierra, pero esta es la primera calada que das instalada en nuestro nuevo mundo de lealtad.

Cae la tarde. Avanzamos por un bosquecillo de encinas. La luz no cede: prefiere volverse verdosa, acogedora e inconsciente, desapegada de sí misma. Hablamos por hablar, montados en la fiesta de tener una lengua húmeda capaz de emitir sonidos mientras rebota contra los labios, los dientes y el paladar. Me arrastra un vértigo de alegría cuando comentas que las palabras son un bien inagotable, que no las vamos a ahorrar porque tampoco se gastan.

Cruzamos el puente de piedra rodeados de luciérnagas y me dices que te gustaría meter todo aquel fuego animal en el interior de un frasco y luego regalárnoslo como un ramo de luz.

–Pero solo aceptaré un ramo de luciérnagas si me prometes que las soltarás. Nadie debería irse a dormir sin asegurarse un día más de vida, que no van a quitárnosla enseguida, que vamos a jugar muchos años, hasta aburrirnos. Voy a decirte algo, Diego, morirse está completamente pasado de moda.

La noche se espesaba, y como tenía que entrecerrar los ojos para seguir viendo su carita, la abracé y avanzamos pegados, ajustando mis zancadas y sus pasos en un ritmo que nos fuese agradable a los dos. Teníamos veinte años y sentíamos el peso de las dos décadas, pero también intuíamos cómo el resto de nuestra vida estaba a punto de desenrollarse como una cinta maravillosa.

IV

—¿De verdad que el día de la excursión solo te gustaron mis tobillos?

—Me has exigido la verdad, Berta.

—Pues ahora te concedo dos mentiras si me favorecen. Pensé que me había puesto guapa. ¿Ni siquiera te gustaron mis ojos?

—¿Te respondo como Castellar o como Duocastella?

—¿Para qué vas a estar con un Duocastella si no es para jugar un poco con él?

—Tú lo has querido. Me gustó «tu mirada vaga, expresaba una ternura manejable». Ojos de miope. ¿Por qué no llevas nunca las gafas? Te sientan bien.

—También puedo responderte de dos maneras: que a mi cara de fea solo le faltaba llevar gafas o que con los ojos desnudos mantengo viva mi agresividad. Espera, se me acaba de ocurrir otra: quería gustarte.

—Pensaba que te enviaron a verme contra tu voluntad.

—Hablas de la voluntad de Julio y de la mía como si fueran cosas distintas, qué gracioso eres.

—Él tiene a Laura, la empresa, tres hijos y una novia. ¿Qué tienes tú?

—¡A ti!

La sacudió una risa que parecía nacer de varios sitios (el estómago, los hombros, el pecho), le sirvió para evitarse mi respuesta.

—Julio y yo somos dos modulaciones de la misma ambición. Queremos lo mismo, aunque lo vivamos en cuerpos distintos. Una diferencia irrelevante. ¿Te importa si me fumo otro?

—Abre la ventana.

—Voy a hablarte de Julio, te vendrá bien el aire. Lo siento, es mi tema favorito. Veníamos en la misma caja, los mellizos Pons, dos muñecos por el precio de uno. ¿Crees que nos parecemos?

—Como un huevo y una castaña. Una flordeguisante y un tocino. Una pelirroja y un ala de cuervo. Un...

—Frena, lo pillo. Se supone que nuestros espermatozoides entraron juntos en el útero materno. ¿Te imaginas no haber llegado a conocer nada de todo esto? No nacer es muy triste. En la placenta compartimos espacio y nos protegimos con abrazos acuáticos mientras mi corazón se separaba de su corazón. La gente malinterpreta, da por hecho que Julio es el mayor, pero fui yo la que se aventuró a salir primero.

—Berta, la exploradora.

—Cretino. Para que yo avanzase más ligera hacia la luz él se quedó más sustancia, por eso Julio va siempre por delante con esa energía frenética suya. ¿Qué te parece la explicación? Es casi una parábola.

—Imponente. Menudo vértigo la idea de unos fabulosos siameses Pons. A Laura le encantaría escucharte.

—Laura, Laura, Laura... ¿No te parece alucinante que compartamos el mundo con personas que disfrutan de unos labios y de un hígado como nosotros y que por mucho que se esfuercen nunca van a entendernos? ¡Las queremos tanto! Es solo que cuando empezamos a decir algo íntimo y palpitante lo desvían y reducen para que encaje en su colección de ideas preconcebidas, las que aprendieron escuchando a sus padres o la televisión. No pongas esa cara de asco. ¡Las queremos! Al menos a Laura. Nunca le haríamos daño, ¿verdad? Prométemelo.

—No voy a hacerme cargo de tus fantasías, monito. Nadie sabe qué puede hacerle daño a una persona.

—Prométeme al menos que vamos a querer a Laura tal y como es.

—El único que pretende cambiarla es su marido.

—Te cuesta tan poco burlarte de Julio como a mí de Laura, pero yo quiero a mi cuñada y tú desprecias a mi hermano.

—¿Cómo te trata Julio?

—Se burla de mí, pero nunca le avergüenzo. No tengo que hacerme cargo de sus inseguridades y arrepentimientos, y si me pide consejo escucha y apechuga. ¿No te parece una relación ideal? Lo único que me fastidia es su insistencia en que sea feliz, ¡yo no le pido que mida metro ochenta!

—Es agradable que un hermano quiera verte feliz.

—Venga ya, la felicidad es un estado incomprensible, como las paralelas esas que se supone que se cruzan en el infinito. La alegría es un estado más manejable, con la alegría sí me atrevo. No sé por qué Julio no se conforma con verme alegre. ¿Tú me ves alegre?

—Supongo que ya se aprecia mi influencia.

—¿Sobre mí? Mírate, empapado de arrogancia, tan largo como eres, no me extraña que te expulsasen del Paraíso. ¿Sabes cuál es tu problema? Piensas en mi hermano como si fuese un personaje de Álvaro, un Falstaff charnego, entregado a ver el mundo desde el interior de su bragueta. Pero existe otro Julio, y resulta que también es de verdad.

La mirada burlona se le enturbió de recuerdos, a veces llegan como ráfagas, estaba tan graciosa escondiendo su labio inferior bajo los dientes.

–Deberías ver de dónde venimos, entonces lo entenderías todo: estrecho, insípido, amarillento. Una caja de zapatos.

–El fetichismo de la humildad, la vergüenza del origen. He conocido muchas familias pobres. Los Pons no me impresionáis lo más mínimo.

–Saca la humildad de mi boca. Las personas que no venimos al mundo con un piso bajo el brazo no somos humildes, no te atrevas a quitarnos nuestro orgullo. Y si a eso vamos los Pons no éramos «pobres», ni te das cuenta de las cosas que dices. Papá trabajaba y mamá trabajaba, catorce pagas y vacaciones pagadas que arrancamos a los Castellar de la vida por miedo de que quemásemos sus mansiones con ellos dentro. Pobres, dice: un festival de hogueras vivientes, eso es lo que merecéis. Fue solo que mi papá se metió en el mar y le dio un infarto. Julio dice que flotaba como un nenúfar. Pobre hombre, teníamos siete años, se me quitaron las ganas de creer en otra vida, era insoportable imaginarlo en el puto cielo viéndonos sufrir un año tras otro. Una década pasó mi madre con el agua al cuello.

–Lo siento.

–No seas condescendiente. No es el fin del mundo, podría contarte mil historias más tristes. Tristes de verdad, de las que te asfixias de lo poco que circula el aire. Es solo cómo me fastidia que el primer recuerdo de la infancia sea la puerta de casa abriéndose pasadas las once de las noche.

242

Quiero levantarme de la cama y abrazar a mi madre que se está calentando la cena en la cocina, pero reprimo el impulso y me hago la dormida, por no molestar, ¿entiendes?, por no molestar.

−¿Y tu hermano?

−Julio duerme como un tronco. Y en muchos sentidos todavía éramos una familia alegre, es solo que reíamos bajito para no llamar la atención de otra desgracia.

−¿Recuerdas algo de cuando vivía tu padre?

−Supongo que cada uno luchaba por su lado por avanzar en la misma historia. No me fijaba mucho. Sé que mi madre le cantaba cuando papá volvía deslomado, tenía una preciosa voz de contralto. Y si a ella le gritaban en el trabajo papá no se rendía hasta que la escuchaba reír, imitaba voces, era muy gracioso. Le gritaban, ¿puedes creerlo? Adultos gritando a adultos. Cuánta indefensión cuando no tienes margen para perder ni el pulso más pequeño, solo obedecer y cumplir. ¿Y todavía te extrañas de que este país esté saturado de rabia? Pero de eso hace tanto..., la prehistoria de mis recuerdos. Mi madre era para mí una mujer sola que cargaba con la vida en la que aquel hombre la había metido y después abandonado, aunque fuese sin querer. Qué triste sonaba la puerta de su habitación al cerrarse. La imagino cayendo en el interior de su propio mundo. Al final había pasado el doble de años viuda que casada. ¿Qué recordaría de mi padre?

−¿No volvió a enamorarse?

−¿No nos enamoramos todo el tiempo? Lo que nunca me presentó fue un novio. Quizás había quedado harta de los hombres y de sus promesas, quizás los besaba lejos de casa, para preservar el hogar del olor a sexo masculino. Unas veces nos miraba como un consuelo y otras como un impedimento. Después enfermó de un día para otro.

No me saco de la cabeza la indignación con la que se agarraba a la sábana. No le pregunté cómo recordaba a mi padre y ya no lo sabré. Supongo que está bien que la intimidad de las personas se vaya con ellas. Mamá siguió adelante con sus cosas y nosotros también.

Se abrazó las rodillas, se le marcaban los huesos de la espina dorsal. Intentó tres veces formar una burbuja de saliva, la mantuvo un buen rato entre los labios antes de que explotase.

–Cuando murió mi padre Julio y yo dábamos mucha pena, pero al final de una generación solo quedan huérfanos hablando con huérfanos. Lo que sí me pone triste es imaginar la mano de cartas que no me dieron la oportunidad de jugar. Pero nunca permito que la rabia me clave los dientes como a Julio, una parte de él se ha quedado con papá y mamá en nuestra caja de zapatos.

–Yo lo veo muy satisfecho de adónde ha llegado.

–En el mundo de Laura interpreta un papel, con los años se le ha pegado a la cara, el arribista satisfecho y agradecido. ¡Es un papel horrible! Pero no es justo contarlo así. ¿Sabes qué me dijo la primera noche que pasamos como dos huérfanos en la vieja casa por pagar? Que nunca me faltaría de nada.

–Un hermano protector.

–Un iluso. ¿Cómo mierdas vas a proteger a nadie? Supongo que te ha contado su slalom de becas, exámenes y créditos de La Caixa que le estrangulaban ese cuello corto que tiene. Consigue que suene como Mandela oponiéndose a la segregación racial, pero yo también aprobé mis exámenes y fui a la universidad y me titulé y encontré trabajo antes que él y me casé. No necesitaba para nada su protección. Claro que agradezco que estuviese a mi lado cuando me separé y cuando la enfermedad me agobia, y

244

nunca dejará de ser la persona de mi vida, pero el dependiente es él. A mí me basta con un trabajo para ir tirando, no le hago reverencias al dinero. El sueño de Julio es nadar en bolas dentro de una piscina de billetes.

Me impresionaba la dedicación con la que se rascaba la oreja, el mismo placer de la perra que se arranca pulgas. Me miró con la complicidad a la que tan poco me había costado acostumbrarme. Rechacé el cigarrillo que me ofrecía, aunque le di una calada con la imaginación.

–Nuestra actitud ante las agresiones es distinta. Yo cambiaba la postura para repartir el dolor, Julio prefería dejarse golpear en el mismo sitio hasta dejarlo entumecido e insensible. Por eso me quedo siempre un paso atrás: para vigilarlo y cuidar de él. Y así fue como el muchacho desfavorecido se lanzó a conquistar su porción de dinero: el esperanto moral del mundo.

–Hasta donde sé trabaja enchufado en las empresas de tu cuñada y su talento más llamativo es revolcarse en los placeres de la materia.

–Sus noches con Laura. ¿No estarás celoso?

–Te aseguro que ahora mismo estoy donde y con quien quiero estar.

–Diablo halagador. ¿Sabes cómo reaccionó cuando le felicité por el patrimonio que se llevaba con la boda? Se le llenó el cuello de venas gruesas y me chilló que él no era así. Le ofendía que incluso la persona más importante de su vida le malinterpretase, el dinero no era para él más que «un fluir mohoso sobre las emociones profundas». Te pongo la idea en modo Bodel, Julio lo dijo distinto.

–¿Y le creíste?

–Me gustó escuchar que yo era la persona más importante de su vida, y después de todo... Quizás sí... Cuando me hablaba de Laura la cara se le contraía como un puñado de carne roja, volvía de verla como un puerco que llevase horas revolcándose en un campo de trufas, era asqueroso. Te aseguro que el dinero le provoca un nerviosismo más frío. Y además la que empezó fue Laura, se puso a revolotear alrededor de mi hermano, intrigada por la manera de hablar, oler y besar de las clases subalternas, se pegó a él, cuando se besaban le mordía el labio hasta hacerle sangrar. Si quieres lo probamos luego. Laura pagaba las copas, los viajes y los hoteles, ¡la puta fue él! A Julio ni se le había ocurrido que se podía ligar a una tía así, y cuando digo ligar me refiero a tenerla cerca de manera permanente. ¿Sabes cómo se lo tomó cuando le dije que me casaba?

—Se alegraría.

—¿Por colocar a la fea? ¿A la chica enfermiza? Qué pena das cuando usas la boca para repetir mis lugares comunes de ayer. ¡Se lo tomó fatal!

—¿Y cómo te tomaste su manera de tomárselo?

—Al principio me desconcertó. Después de años cultivando la imagen del depredador hecho a sí mismo (aunque la taza del váter se la limpiaba mi madre) supongo que le pellizcó el orgullo que yo me independizase antes. También contemplé los celos, ¿cómo no van a estar los mellizos un poco enamoriscados de sus hermanas? Y tampoco podía ir por el mundo diciéndose que peleaba por las chicas de casa: una madre muerta y una hermana casada y cotizando, menuda falta nos hacía. La familia dejó de ofrecerle un escondite. Su competitividad masculina se dirigiría en adelante hacia una lucha menos caballeresca, más desesperada y sucia: no terminar como un pelele, un don nadie, el Capitán Patata. Esa iba a ser la batalla de su vida.

—Hablas del trabajo como si fuese un presidio, Berta. Eres abogada, tus problemas no se parecen a los de los trabajadores manuales.

—Te delatas, Diego. Qué protegido has vivido siempre para suponer que solo desgasta el esfuerzo manual. No tienes ni puta idea de lo que supone una jornada laboral en una empresa que compite en la era dorada del capitalismo. No he llegado al final de la treintena y estoy agotada hasta los huesos, es un cansancio que se te mete en los ojos y en la espalda, te come la risa y las ideas. Da igual lo bien que lo hagas: no vas a comprar un piso en tu puta vida. Inquieta por si te suben la luz y atemorizada por el futuro de las pensiones, con los proyectos emocionales colgando del hilo de la precariedad laboral. No conozco a nadie de mi edad que no esté ansioso por encontrar trabajo o desesperado por conservarlo. Los viajes que promocionan por televisión se escapan como esos sueños donde eres el único que no sabe volar. Tú juegas a la nostalgia de tu época dorada cuando eras la golosina de los Montsalvatges, la mía brota de la rabia por las expectativas pisoteadas. No te atrevas a comparar tu capricho biográfico con una injusticia estructural.

—¿Y qué piensas hacer?

—Ya te lo dije: expropiación y cárcel. Un río de fuego que queme las calles del delirio del crecimiento económico constante y el crimen de la acumulación. La hora del lobo. Todavía no sabemos cómo organizarnos, vamos a tientas, pero encontraremos el camino. Y tampoco creas que me casé para compartir los gastos del piso, para eso bastan unos amigos con ganas de juntarse; me casé porque, aunque me volvía loca la palabra «novia», enseguida me cansé de su aire provisional, era como si cualquier día él pudiese levantarse de madrugada y largarse.

—Una persona siempre puede levantarse y marcharse. ¿No fue eso lo que hizo tu marido?

—Gracias, casi lo había olvidado.

—¿Por qué te casaste?

—Ya te lo he contado.

—Cuéntamelo otra vez, cuéntamelo mejor.

—Me casé porque me gustaba que sus días fuesen míos, era como taparse en febrero con una manta bien amorosa; porque me pareció que nuestra casita de papel importaba, porque encontraba delicioso resbalar por la pendiente de la posesión y de la mutua dependencia emocional; porque me liberaba de buscar y perder, de rechazos y dudas, y porque me parecía guapísimo. ¿Sabes la de veces que le sentía a mi lado como algo extraño que se había pegado a mí y no me dejaba alzar el vuelo? ¡Alzar el vuelo! ¿Qué tópico no encontraremos a mano en la cabeza? ¿Seguro que no quieres fumar?

—Segurísimo.

—Es bonito tu nido, por todas partes veo las marcas de tu afectada idea de provisionalidad. ¿Este bicho es de jade?

—¿No te gusta?

—Me gusta pensar que Laura me sacaría los ojos si se enterase de que me has traído aquí. Tienes que prometerme que no se lo diremos...

—Prometido.

—Al menos hasta que cambie de opinión.

Cuando se sentía inteligente Berta enseñaba las encías, de un rosa que recordaba el interior de las conchas, algo entre lo duro y la carne.

—Se me ha olvidado decirte que también me casé porque nos imaginaba juntos cinco, diez, quince años, treinta... y me sentía segura. El futuro seguía siendo esa masa oscura que avanza hacia nosotros, pero ya no me daba miedo lo que me tenía preparado, fuese lo que fuese lo afrontaríamos juntos. Me gusta recordar el matrimonio como un generador de confianza.

248

Removió con energía su pelo castaño, tan crespo que casi desprendía un ruido metálico.

–¿Te imaginas que nos dejasen ver unos minutos dónde viviremos y con quién dentro de diez años? Nos petaría la cabeza tratando de imaginar el recorrido que nos conduce hasta allí. Es tan incierto... Miles de palabras para convencernos de que nuestra inversión mutua descansaba sobre alguna garantía. Cada promesa suya me daba cinco horas y media de oxígeno. Lo sé porque lo tenía calculado. ¿De qué te ríes ahora, Petirrojo?

–Nunca he sentido nada parecido. Has desplegado un universo completamente marciano. Quizás por eso no me he casado nunca.

–Qué guapo estás, Diego. Las ideas estúpidas te relajan las facciones. Cómo debiste de resplandecer antes de la caída. Claro que ni te hubieses fijado en mí. Mejor haberte encontrado herido, no sabes lo que te favorecen las cicatrices, me vuelve loca verte sangrar.

–Ibas a contarme cómo te sentó el matrimonio.

–No se juega así, Diego, primero tienes que insistir en que de fea nada, que estoy muy guapa, aunque sea mentira. ¿Lo estoy?

–Arrebatadora.

–¿La segunda más guapa de la corte de las Pons?

–Garantizado. Y ahora cuéntame.

–¿Disfrutas?

–Muchísimo.

–Entonces te lo contaré todo sobre el matrimonio de Berta Pons. Pregunta cuándo nos conocimos.

–¿Cuándo os conocisteis?

–Con más énfasis, Petirrojo, así no vas a tentar a nadie.

–¿Cuándo os conocisteis?

–Ahora mejor. Ha sonado casi celoso. Fue en el bufete,

me había montado una cabaña en mi zona del despacho para afrontar las horas extras que necesitaba si quería cumplir con los objetivos. Era el informático de la empresa. Implementando un programa de torturas para recursos humanos. Iban a calcular cuánto tiempo pasábamos en la cafetería y en el baño. Tú vas poquísimo a mear, es muy raro lo tuyo, investigaré. En cuanto le vi reconocí al enemigo, además era medio atractivo, la clase de persona que no suele fijarse en mí. Pero yo estaba en un buen momento, sin ansiedad en los ojos, obligada a arreglarme para dar buena imagen, y demasiado cansada para pasarme tres noches seguidas bebiendo.

»Además, el programa no tiraba y mis horas extras coincidían con las suyas en la soledad del despacho. Hablamos y hablamos, y ya sabes cómo me favorece explicarme a mis anchas. Y sabía escuchar, era esa clase de chico, tenía algunas ideas firmes y dispersas, pero en la mayoría de cosas le daba igual uno que veinte. Jugaba a fútbol, tenía una silla de *gamer*, había superado el «proceso de selección» (¡lo decía así!) a la tercera y estaba pagando a plazos un coche. Puedes completar el cuadro con unas novias. Es divertido cómo al principio cabe en un puño la vida de las personas que nos interesan.

Me miró sin verme, como si fuese una posición absurda en su tablero mental, y dio una calada profunda al cigarrillo, a la manera suave, casi mortificante de Bodel.

—Me gustó, no me interesaba nada, pero me gustó. Son cosas que pasan. Me gustaba ser más inteligente que él y que él fuese más manitas que yo. Que yo escogiese el restaurante y que él me llevara en coche. Me gustaba lo que veía cuando entrábamos juntos en el ascensor: él vestido con la ropa que le había elegido y yo con el traje de tres piezas que me había dado por llevar. Me volvía loca estar con un hombre cuya mente no podía abarcar la mitad de lo que me pasaba por la cabeza, y que lo aceptaba como algo natural. Deja de poner cara de preguntarme cómo era en la cama.

—Tengo menos interés en eso que en su nombre.

—Pregúntamelo. Dame ese capricho

—¿Cómo erais en la cama?

—Era devoto. Y también en el coche, en casa, en la oficina, delante de mis amigos y de sus padres. Me adoraba, ¿entiendes? Trataba mis ideas, mis frases, mi ropa, lo que comía y las fotografías que me hacía como si beneficiasen objetivamente al mundo. Cargaba con las maletas, iba a buscar mi champú favorito a tres barrios de distancia, una vez dije «columpio» y me prometió un parque de atracciones. Recordaba mis palabras, ¡las citaba! Era magnífico, imponente, se volvió aterrador. Me repugnan los hombres que se pasan el día entero pensando en mí, me ofenden, me recuerdan que soy incapaz de una devoción parecida.

—Monito mentiroso, tu marido te dejó a ti.

—Me pillaste. Claro que no fue así. Aunque es imposible no mezclar unas cuantas verdades cuando se miente sobre una misma. No me niegues que sería bonito ganar alguna vez.

—¿Crees que gana quien abandona?

—¡Claro! ¿No conoces la canción? «El ganador se lo lleva todo.» ¿Alguna vez piensas en las personas que dejaste atrás?

—Pensaba que era un juego de ti.

—Todavía te jode que te calase. Si el orgullo con el que hablas de tus dos apellidos es gracioso, imagina tu arrogancia de ángel caído. Mi Petirrojo. ¿Qué ha sido el amor para ti desde que te abandonaron? Ni me respondas: «Cuando el amor se acaba no se recuerda como amor sino como algo distinto». Ya ves que he leído las novelas de Álvaro, y todos los poemas de Bodel, un día me dejarás estudiar tu correspondencia con Clara, ya verás. Ni siquiera tendré que pedírtelo... Me lo suplicarás. No es mi estilo desautorizar a tu héroe, pero no estoy para nada de acuerdo con Álvaro: cuando hemos amado a seis o siete hombres, sin contar a los amantes de una noche ni a los que se quedaron dos semanas, lo de menos es cómo los recuerdas. Claro que tú eres capaz de agrupar los años, coloreados por las ilusiones y las emociones de una mujer distinta: tu época Clara, tu época Val... «Ahora me toca una fácil, ahora una de las difíciles, este verano vuelven a llevarse pelirrojas», y ahora... «¡una fea!». ¿Cuántas novias has tenido? ¿Cómo se siente así el amor?

–No lo sé, no las cuento. Y no es así como funciona... Que uno sea divorciado o soltero, monógamo o promiscuo, no lo dice todo sobre cómo experimentamos el amor.

–¿Y cómo funciona?

–Este es un juego de ti, Berta, céntrate.

–«¿Qué importa la caída de un rey al lado de una buena historia guarra?» ¿Más vino? Lo vas a necesitar. No vayas a creer que lo de divorciarme es una novedad, no, lo mío viene de antiguo. Soy una experta. Mi primera separación la pasé bebiendo, es tan liberador cuando por fin los sentidos se relajan. Sería tan bonito vivir en un mundo blando, sin continuidad, donde los robots se encargan del trabajo y te dejan pasar las tardes drogada sin decepcionar a nadie. Pero no puedo fumarme ni un triste porro cuando me siento derrotada. Bebía para sentir menos miedo y olvidarme un rato del agotamiento. Y suele funcionar, pero se me rompió el juguete de tanto usarlo. Con cada copa erosionaba mi capacidad de decisión, cada semana me quedaba más rato en cama, al final solo salía para ir a trabajar, y mi apartamento no era una casa de muñecas, se parecía más al culo de un orco, apestaba a paranoia e indulgencia, además de a todo lo que es inevitable encontrar en el culo de un orco. Ya ves que puedes seguir mi comparación sin ser un especialista en la Tierra Media, qué poca pinta tienes de jugar a rol, mi Petirrojo...

—Te ruego que pases a la segunda separación.

—Esa fue seca. Nada de abismos etílicos, lo hice al estilo de la época, me sumergí en los foros de internet. Mi especialidad eran los orangutanes de extrema derecha. Señores convencidos de que sus problemas con las mujeres se arreglarían con nuestra sumisión. Conspiraciones, paranoia, racismo, patria por un tubo. Al lado de estos estercoleros mentales los culos de los orcos resplandecen como lagos de luz. Y me hundí en ellos: mi nick era $69master$$, dejé comentarios, me revolqué como una reina de la noche caída en desgracia. No te rías, Petirrojo, ¡no tiene maldita gracia!

—Mis disculpas.

—Llevaba una vida alternativa en Tinder, que en comparación parecía un balneario, y allí le encontré. Me dijo que le parecía una chica con la que no le faltarían temas de conversación. Era guapo al estilo soviético de hoy: mucha barba, ojos salvajes pero soñadores, por no decir un poco desamparados. No odiaba a las tías. Se dedicaba a la gestión medioambiental. Me ponía un montón que tuviera pinta de funcionario, ya sabes que a veces me excita la luz del sol haciendo lo suyo con el aire, pero después de mi eclipse incel lo de la «plaza de funcionario» sabía a romanticismo genuino. Nos vimos en un sitio malo, no me estoy poniendo estupenda, la cerveza no valía nada y los ceviches eran para enviar al cocinero a Perú a pedir disculpas, pero entendía lo que me estaba proponiendo, lo que trataba de contarme sobre él. Me invitó a su casa, pero no nos acostamos a la primera, seguimos hablando, y solo al final nos enrollamos. Al día siguiente le mandé a comprar un vino carísimo, un Barolo transparente como un coñac, y nos lo bebimos mientras... ¡ya sabes lo que me gusta de verdad! Era todo rarísimo, porque cada vez que me meto en un lío nuevo me parece estar dentro de la demo de un videojuego donde solo se habla coreano, y al mismo tiempo es tan familiar como oír canturrear a mi madre. Me sentía protegida, y esa es la marca de que me estaba enamorando. Todavía seguimos juntos. Mira qué cara pones. Te has creído la historia.

–Mentirosa.

–Mentís mucho más cuando os marcháis de casa, una mentira por cada vez que prometisteis quedaros. ¿Qué encontraste de malo en Clara? ¿Y en la preciosa Val? ¿Tienes débil la raíz del compromiso? Quizás disfrutas del juego que tanto me humilla: buscar pareja, tantear, ofrecerse. No me respondas, se aprende más de alguien observando cómo nos escucha. Así, callado.

Me hizo el mismo gesto con el que se sosiega a un caballo joven.

–Espero que esta curiosidad por saber cómo me fue de casada no pretendas usarla para tantear cómo nos iría juntos en el futuro. Las historias que nos pasan las elegimos y no las elegimos, las protagonizamos y no somos los protagonistas, no nos contienen por completo, nunca nos agotan. Tuve un amor y me abandonó, pero esa historia no define mis posibilidades como amante. Me gustan las personas, las personas son lo mejor que le ha pasado nunca al planeta. A menudo son decepcionantes, pero es bonito estar a su lado cuando se acercan, mientras se convencen de que les irá mejor si se quedan contigo.

–Ven que te abrace.

—Quédate en tu rincón, Petirrojo. Te contaré mi verdadero matrimonio, pero no creas que lo recuerdo todo. Meses enteros concentrados en la tarde que subimos el sofá dos pisos por la escalera porque no queríamos gastar en transportistas. Me veo cocinando curry, corriendo bajo la lluvia a la salida del cine para no perder el autobús, alucinando con los precios de los vinos, llorando la noche entera porque estaba tan triste... Y supongo que cada vez recordaré menos, quizás sea una estrategia del cerebro para protegernos.

—No te fuerces.

—Me apetece. Aunque ya no siento lo que sentía por él, disfruto recordando unos años que me gustaban, no permitiré que se contagien con la porquería del desenlace. Laura no es la única que imaginaba el amor antes del amor, ¿sabes cómo lo hacía yo? Apoyo físico. Y lo tuve, ¡estaba todo allí! Pero al convivir el cuerpo no solo da recompensas, eso será en tu mundo multicolor, también te expone al cansancio: brazos y piernas extenuados por los madrugones, contracturas y ojeras y la niebla de invenciones sobre el tema «Cómo ha ido el día», que no sabes si sirven para protegerle a él o a ti. Te presento nuestra convivencia romántica.

—Épica.

—Tengo por delante los mejores años de mi vida y estoy agotada. Mi chico y yo nos queríamos y empujábamos para que fuese bien. Pero no nos dejaron. No fueron desajustes de carácter. No fue un desamor. Nos presionaron y nuestro barquito quebró. O quebré, ya no me acuerdo bien.

—¿Te dejó cuando te pusiste enferma?

—No, eso lo encajó. Se portó como un campeón, aunque supongo que fue sumando, ¿cómo voy a estar segura? Pero qué tonterías estoy diciendo... No fue por eso...

–Cuéntamelo, monito.

–Da igual por dónde empiece a contarlo, siempre termino en el mismo sitio. Así que esta vez empezaré por los niños, a todos nos gustan los niños, ¿o no te entran más ganas de proteger a Laura cuando piensas en sus tres críos? Pues resulta que mi futuro marido era niñero, pero no de sus niños como Julio, sino de todos: los mira, les sonríe, les habla y los toca de una manera tan natural que no sé cómo no le ponen una orden de alejamiento. Y le responden, incluso los bebés le sonríen, con cinco años le hablan, y los de siete le buscan para que dé patadas con ellos a la pelota. Daba un poco de apuro, pero a mí todo me da vergüenza cuando empiezo con alguien. Y además era vocacional, monitor desde que cumplió los catorce años. Así que me dio por interpretar lo de que le gustasen los nenes como un indicio de que sería un marido doméstico, que cuidaría de su familia. Las cosas que me divierten de mis novios me horrorizan para mis maridos. Igual te piensas que cuando nos casemos voy a permitir esta dieta tuya a base de Tarsus y raviolis.

»Al irnos a vivir juntos la paternidad se convirtió en un proyecto natural, mis hijos futuros se metían todo el rato en nuestra conversación: cómo se iban a llamar, qué rasgos nuestros iban a combinar, a qué colegio les llevaríamos. Yo contribuía a alargar la conversación solo porque a él le gustaba y le daba la razón en todo porque me daba igual. Cuando los tuviese correteando a mi lado ya me ocuparía, y pelearía cada decisión.

»Los dos primeros años fuimos cuidadosos, tomamos precauciones. Mi posición en el bufete era tan insegura como ahora, pero la mezclaba con unas esperanzas que ya no me permito, y él estaba ahorrando para abrir su propio garaje. Salimos de aquel periodo con apenas un par de sustos. ¿No era la prueba de que íbamos a ser unos padres responsables? Ni me enteré de lo sabrosos que pasaron esos años, y me las arreglé para prolongar el escudo anticonceptivo ocho meses más. Me amparaba en que no llegaba el ansiado contrato fijo... y es que me daba tantísimo gusto llegar a casa, poner la tele, descalzarme y fumar con las piernas cruzadas y que cocinase para mí... Imaginaba la llamada de las responsabilidades maternales como un meteorito decidido a impactar sobre mi mundo, pero solo lo pensaba cuando me quedaba sola, a su lado sentía el parto como un fundido en negro que daba paso a una serena plenitud. Hacerse cargo de las fantasías de tu pareja es la gloria y la miseria de las personas enamoradas, pregúntaselo a tu Laura.

»Y entonces llegó con la sorpresa. Esperó, además, que fuese Navidad, para que la fecha le proporcionase un extra de simbolismo. Y ahora el recuerdo está mezclado con nuestros gorros de Papá Noel. Me dijo que renunciaba al garaje propio, que con sus ahorros podíamos alquilar un piso con dos habitaciones y centrarnos en «la aventura de ser padres».

Aplastó con una energía lenta el cigarrillo contra la pared. La marca adoptó la forma de una península.

–Y nos pusimos a buscarlo, que diría Laura, y no lo encontramos. «Semillas de vida perdida», qué asco dan a veces nuestros poetas favoritos. Nuestro matrimonio se convirtió en una actividad alrededor de una carencia. Seis o siete meses después su sensación de fracaso lo teñía todo, estaba seguro de que el problema era suyo, sentí un gran alivio cuando las pruebas certificaron que su esperma era «de fuerza». Tardé en darme cuenta de que la responsabilidad se trasvasaba hacia mí. Después pasaron tres años mezclados por la misma sensación difusa de culpa. Los hijos de Julio sonaban como un gong de vibraciones maliciosas. Las listas de espera, la sala de espera, las pruebas y la espera de resultados. Todo era esperar a que la vida se reemprendiese. Me decía que esperaba por amor, pero el amor se había vuelto algo distinto. ¿Dónde podía reclamar? Fue tremendo el día que se nos ocurrió pedir presupuesto para un tratamiento que no iba a funcionar, porque el truco es que falle hasta que estás verdaderamente desesperado, exprimidos como dos limones. No podíamos permitírnoslo, y tampoco quería pasar por ese proceso, y se notó.

»Al principio no le dio importancia. Nos quedamos mucho en casa, yo delante de la tele y él en el ordenador. Cuando veíamos a un niño suelto por la calle sentía la cuchillada que le daba en la cara a mi marido. Pronto me dará igual. Tardé tres o cuatro meses en volver a estar alegre, en ser la de antes de «empezar a buscarlo», y entonces él ya estaba escapándose hacia una vida donde no cabía yo. Y un día no lo encontré porque se había ido. Es de los que prefieren dar las explicaciones a distancia, me parece miserable, pero se lo agradezco.

—¿Te dejó porque no podías tener hijos?

—¿Y qué esperabas? ¿Una amante? No me gustan las aventuras, pero tampoco me dan problemas. Nunca le dije nada cuando sospechaba de las suyas, y si él se olía algo tampoco me lo hizo saber. Fomentar un comprensivo disimulo me parece más civilizado que presumir de que lo has descubierto. Qué pereza convertirlo todo en una carrera de obstáculos.

—¿No valoras la lealtad de tu pareja?

—La lealtad es cuidar de alguien. Compartir la vida. No me parece tan grave fantasear unas semanas con otra persona o irme de fin de semana con un señor. Un rato de vida ajena que nos regalamos cuando parece que ya no podemos más. A ti no tengo que explicarte que una noche puede contener un mundo. ¿No te parece que un adulterio es un desahogo inocente?

—No lo sé.

—Me parece precioso cómo lleváis los cuernos la clase alta. Saber que si te vas o si él decide romper un hogar nadie se queda en la calle. Sin el cargo material ha de ser delicioso hacerse la digna. Tragar saliva, dejarse mimar y disfrutar de administrar el perdón. Lo de Laura podría ser una gozadera si a Julio no le hubiese dado por jugar al sultán...

—Recuerda. Un juego de ti.

—Me dejó porque no podía darle hijos y se vive solo una vez y no íbamos a ganar nunca el dinero para pagarme un tratamiento milagroso ni alquilar el vientre de otra todavía más desesperada que nosotros. Y me parece bien. ¡Me parece justo! ¿Ves? Es como si le perdonase en nombre de la moral. ¿Qué dice Bodel de la moral?

—«La moral es una divinidad tardía y la convocamos / (como al resto de su especie) para que nos perdone, / no para ahorrarle el sufrimiento a los demás.»

—Imponente, qué tío. ¿Y sabes qué? Tampoco sé por qué me quejo tanto de estar sola si me da tanto gusto tirar la ceniza al suelo sin que nadie me riña y puedo acumular posos de mis bebidas favoritas, y limpiarme los mocos con la mano y mojar el pan en salsa y escoger la serie que me gusta y no tengo que negociar a qué maldita hora volveré a casa después de estar con las personas que prefiero, aunque no vayas a creer que queda tanta gente con la que trasnochar. Es una mierda, Diego, estar alegre y triste, enérgica y débil, ¿puede durar años?

—Por lo menos siete. Quizás una década.

—¿Tanto los echas de menos?

—Me formé con ellos. Juntos decidimos lo que despreciábamos y lo que queríamos ser. Siempre pienso en ellos y siempre están a mi lado. Son el clima de mi mente.

—Te he preguntado si los echas de menos, no por tus consuelos.

—Me gusta pensar que he llegado a acuerdos decentes con la distancia y la ausencia. Pero el recuerdo también es social. Y al hablar de mis amigos con Laura y contigo se ha reavivado...

—¿Y en qué piensas cuando los echas de menos?

—Muchas cosas.

—¿Hoy, por ejemplo? ¿Qué has pensado de ellos?

—Que sería tranquilizador que al abandonarnos también se arrancasen del futuro.

—¿Y no lo hacen?

—El futuro siempre adopta la única forma posible para nosotros, por eso es tan aterrador.

—¿Les hablas?

—¿Hablar? Las veo, los escucho... Vienen de noche, al caer la conciencia, y me ofrecen una fantasía de continuidad... en sueños. Estaba tan graciosa cuando le crecía el herpes en medio de su precioso labio, como si el resto del cuerpo fuese a naufragar si no me pasaba la tarde besándola. Y lo bien que le quedaba el vestido aguamarina. La noche que me invitó a cenar por primera vez en el pequeño restaurante griego me acariciaba con la misma mano blanca con la que escribía y tachaba y subrayaba listas que luego perdía, y yo las encontraba y leía como profecías de otra línea temporal... como si quisiera protegerme de algo que entonces nos esperaba y ahora hace demasiado que dejamos atrás.

—¿Hablas de Clara o de Val?

—Da lo mismo, Berta. Lo importante es que te agradezco que estés aquí, poder revivirlo con alguien en unas condiciones más amables que la soledad.

—A mí también me gusta hablar contigo, Petirrojo, te miro y veo la indecencia de un origen privilegiado, huelo tu aroma a presumido, pero cuando te cuento mi historia es como si la entendiese por primera vez. Si se lo chivas a Laura o a Julio lo negaré. Y ahora vas a concentrarte, no quiero que me malinterpretes. Voy a encontrar a tus amigos. Te los devolveré. Confía en mí. ¿Por qué no confías en mí? La solución soy yo.

El sudor le brillaba como si ardiese con el don de la profecía.

—Berta, tenías razón en algo, no supe verte. Eres inteligente, inquieta, te desvives por demostrar que puedes ser bondadosa. Y ya hemos hablado otras veces de tu atractivo. Pero estas cualidades te suponen un esfuerzo, eres intermitente, discontinua, te retuercen, te agotan. Solo prosperas en condiciones ambientales demasiado particulares para poder ayudar a nadie. Eres lo contrario a una solución.

—¿Y quién va a ayudarte? ¿Clara Montsalvatges?

—Sería lo justo, es mi amiga más antigua. Al irse se llevó episodios de mi vida...

—Todos nos llevamos recuerdos de...

—No hablo de la memoria. Existen salientes del propio carácter que solo eran posibles con la persona que se va. Digamos que al alejarse Clara me privó de mi manera de ser favorita. Eso me lo debe.

—¿Y de qué sirve encontrar a una persona que huye de nosotros?

—Una frase digna de Laura.

—¿Y no es preciosa, Laura? ¿No deberíamos convertir su felicidad en nuestra causa?

–¿Ya no quieres vencerla?

–Quiero ayudarla.

–¿A qué?

–¡A encontrar el amor! ¡Hacia la felicidad! O lo que sea que busque. Mi vocación es ayudar. Te lo dije. Pero me miras y, aunque ya enfocas mejor, sigues sin verme. Soy buena consiguiendo cosas. Tengo su correo.

–¿Qué correo?

–¡El de Val! ¿Te imaginas? Pero no, de eso todavía no soy capaz. El de Clara Montsalvatges. Al que responde ahora, donde no te tendrá en «indeseados». Dependerá de ti que te responda, pero al menos verá que le escribes.

–¿Crees que no puedo conseguirlo?

–Claro que sí. Pero no lo consigues, y te quedas aquí con personas que no te interesamos demasiado.

–No digas eso.

–Lo retiro. Pero te lo estoy enviando, lo verás resplandecer en tu correo como la señal de un mundo muerto. ¿Resistirás la llamada de la ciudad de plata? ¿La última oportunidad de regresar a tu paraíso perdido?

–¿Qué quieres a cambio?

–Ya lo verás. Ahora escríbele. Habla con ella.

5. UN JUEGO DE TI

I

Salí del museo más tarde de lo esperado y me encontré con un día oscuro. El viento era frío y húmedo y las nubes se frotaban las unas contra las otras con una parsimonia de gusano. Había superado las reuniones como quien atraviesa una fantasía ociosa. Sentía el museo como una interrupción de mi vida auténtica, que transcurría a tirones, extraviada dentro del sueño. En ese estado era preferible pasar de cualquier manera la tarde antes que volver a casa. Entré en un colmado a comprar una botella de agua y me alivió que no emergiese un solo recuerdo asociado al sitio: no había pasado un minuto allí en mi vida. Lamenté no encontrar una excusa para quedarme el resto de la tarde en una silla al lado de las botellas de agua, saboreando la tregua de la memoria.

Al salir el cielo contenía la respiración. Paré un taxi y le pedí que me llevase a Miramar. Apenas presté atención a lo que ofrecía la ventanilla, me concentré en mover los recuerdos a una velocidad que impidiese que ninguno se asentase. Cuando bajé, el vapor de agua jugaba a condensarse en una niebla tímida. Desde el balcón de mar el Mediterráneo se ofrecía disfrazado de Cantábrico: agua verde,

263

oscura, de una viscosidad mineral. La tímida resaca había cubierto la playa de posidonias y conchas, y la memoria se me fue a las cunetas de finales de abril donde los dientes de león brotan para atraer los parpadeos amarillos de las mariposas recién transformadas.

Empezó a llover con suavidad y a tirones, parecía como si alguien presionase con suavidad una esponja. Desestimé la carrerita hasta las bellasombras, la copa dejaba pasar el agua al estilo de los coladores. Preferí poner a prueba el paraguas, avanzar con una serenidad afectada hasta el hotel, resignándome a mojarme los pantalones. Subí la escalinata con cuidado de no resbalar. El día se cerraba como una garra de frío, incluso bien avanzada la primavera el invierno encuentra grietas por donde asomarse.

Al entrar en el salón disfruté del contraste entre mi abrigo mojado y el olor de la tapicería seca. La lluvia volvía más lento el cristal de la ventana. Me pareció que la chimenea se avergonzaba de no ser capaz de secar el cielo; la perdoné, nos había servido bien durante los meses de invierno. En el ambiente se dejaban sentir las ondulaciones del final de la fiesta, cuando se apagan las luces y alguien levanta una mano para pedir otra botella porque nadie debería irse a dormir. Convoqué una atmósfera de confeti y dados de hielo olvidados en sus vasos con la idea de resbalar por la nostalgia durante la media hora que me separaba de mi cita, pero al encarar con la mirada nuestro rinconcito tropecé con la melena roja de Laura, no podía ver bien cómo iba vestida, pero sí la copa de Campari. Le pedí al camarero un spritz y mientras me lo preparaba me recreé observando a Laura mordiéndose la uña y toqueteando el móvil. ¿No sería felicísima la vida si pudiéramos pasar horas observando sin ser vistos a las personas que nos gustan, saboreando sus gestos y silencios, atracándonos a

264

conjeturas? Claro que solo me valía como preámbulo de la conversación.

—¡Diego! Ven que te bese. Una amiga me ha fallado y he venido directa, espero que no te importe, sé lo que disfrutas de tus... rutinas.

—Ibas a decir rituales.

—¡Pero sujeté la lengua a tiempo!

—No me molestas, al contrario, yo también me he adelantado, así disfrutaré más de ti, antes de que tus hijos te rapten.

Iba envuelta por un vestido corto de seda negra, pensado para la copa de la noche, y que la gabardina malva cubría casi como un arrepentimiento.

—¿Es nueva la gabardina?

—Claro que es nueva. ¿Sabes qué me gusta de ti? Nunca me dices si estoy más delgada o si he ganado peso, tampoco si marco ojeras, nada físico... siempre te fijas en la falda, en los zapatos, en mi pañuelo... como si fuesen extensiones de mi personalidad. Pero ibas a decir algo de mi gabardina. No te rías... Me la he dejado puesta para que la vieras.

—Me gusta, pero con lo que te has ganado mi respeto es con el vestido. ¿*Crêpe chiffon*?

—¡Acertaste! Tu madre estaría orgullosa de ti. Es tan bonita la ropa cara... Aunque luego me siento vacía cuando la tienda se queda el dinero.

—Los encajes son preciosos.

—¿Y atrevidos?

—Con la lluvia que está cayendo son casi temerarios. ¿Celebrabas algo?

—¡Novedades! Si van a seguir entrando por la ventana y sin avisar, ¿no es mejor que me alíe con ellas? Qué ganas tenía de verte, Diego. A ti parece que nunca te pase nada.

¿Sabes lo que dice Berta? Que nos miras como si nos hubieses visto morir a todos. ¡Qué ideas más locas tiene! Creo que Julio está un poco celoso... ¡de nosotros!

—No fastidies, con lo bien que nos portamos.

—No, no, de Alejandro y de mí... Claro que ya no sentimos los celos como antes.

—¿Y cómo los sientes?

—¡De manera distinta! Supongo que tú sabrías explicarlo... Debe de ser precioso tener todos esos pensamientos en la cabeza y tiempo por delante para encontrar las palabras adecuadas...

—¿Qué has pedido?

—Spritz de Cynar. Está muy de moda. ¿Lo apruebas?

—Solo si me dejas a mí elegir la segunda copa.

—Trato hecho. A lo que íbamos. ¿Tú sabes por qué «envidia» es sinónimo de «celos»? A mí me parece que he sido muy celosa y nada envidiosa. ¿Puede ser?

—Claro que puede ser. La envidia es un aprecio situado en mal sitio, expresado en un momento inoportuno. No está mal que sientan envidia de ti, es la prueba de que les interesas. Pero es una emoción peligrosa, si alguien te la despierta te recomiendo que no te acerques al afortunado.

—Pobre Berta, aunque igual es un problema de los Pons. Me ha dado por pensar que Julio me envidiaba cuando nos conocimos. Ya te dije que era el chófer de mi papá, de algo más se ocuparía en la empresa, tampoco es que fuese con uniforme, pero así le conocí yo, llevando y trayendo a mi padre, que se recuperaba de un esguince y no podía pisar el embrague sin dolor. Me acostumbré a que rondase por el jardín, era agradable intercambiar belleza por admiración. No hay nada malo en mirar a una muchacha bonita. ¿No te parece una crueldad llamar viejos verdes a los ancianos sensibles al atractivo femenino?

Leímos un libro en un club... ¡lo criticaron mucho! Pero desde entonces me parece preciosa la idea de posar desnuda delante de un hombre muy mayor, ofrecerle a la vista algo natural que ahora me sobra y un día me arrancarán.

–¿Así te miraba Julio? ¿Como si fueras un amanecer?

–¡Espero que de manera más personal! Te diría que me sorbía con los ojos, que me flechó a primera vista, pero después de tantos años de convivencia con mi marido igual es un recuerdo que nos hemos ido inventando a medias. Yo ya no creía en el amor para toda la vida, pero el prestigio del flechazo seguía intacto, esperaba que entre pretendientes, besadores y novios apareciese el chico que me diese la mano para salir volando sobre los tejados. «Es ahora, ¡el amigo eres tú!» Y después nos iríamos a pasar la tarde al parque. A un parque que yo me sabía y que reservaba justo para ese momento.

–¿Y volaste al tocar a Julio?

–Lo supe, de alguna manera lo supe, pero me comían las dudas. Le encontré un atractivo distinto a los guapos aniñados que pegábamos en las carpetas. Julio era duro, compacto, agresivo sin querer, era el primer ser vivo al que podía llamar... ¡hirsuto! La situación era graciosa, y se suponía que el amor era un asunto serio... Claro que el amor es divertido, pero eso lo supe después...

–¿Tan gracioso era?

–Julio era como ese payaso blanco que cuando más serio se pone más te partes de risa. Daba risa sin querer, y eso a veces da mucha pena. Que yo fuese la heredera de las empresas y él nuestro chófer. Que le sacase diez centímetros. Mi casa como un palacio y su hermana como una rémora... ¡Sabes perfectamente de lo que hablo! Pero en lugar de ponerse a la defensiva o putearse lo empleaba a su favor, vivía las desventajas como una conquista. Me volvía loca la ternura con la que pronunciaba «Laura» desde la cima de ese montón de fuerza, y también que dijese que era muy cariñosa y guapa y yo me sintiese cariñosa y guapa, y que dejase horas sus labios pegados a mi pelo, ¡tengo la cabellera muy sensible! Necesitaba pasar tanto tiempo como fuese posible con él, hablarle y escucharle, recorrer juntos la historia de nuestras vidas... ¿Entiendes?

–«¿Qué es el amor sino una forma inquieta, superior, de curiosidad?»

–Compro, compro. ¿Sabes? Su familia no veraneaba, se quedaban pasando calor en la Barceloneta, ni siquiera abrían la ventana de noche por miedo a que se los comieran los mosquitos. Aquello debía de ser un horno, no me extraña que su madre se muriese tan pronto. Igual suena cruel, pero es como lo siento, y hemos venido aquí para ser sinceros, ¿verdad?

–Sabes que puedes hablarme con libertad.

–Mi padre ya tenía las maletas en el coche para irnos al Port de la Selva cuando le convencí de que me dejase quedar en BCN con la excusa de cuidar a una amiga deprimida. Me sentía capaz de decir cualquier cosa, era como si la vida corriese a mi favor. Papá ni me preguntó el nombre de la amiga, pero no creas que fue por indiferencia, sentía una fe incondicional hacia su Laura. ¿Llegaré a sentir algo así por mis hijos? ¿Sabré dejarme engañar o apartarme por ellos? Me gustaba tanto ser buena con él, era de lo mejor de la vida, acariciarlo en un café con vistas al mar. ¿De qué me vale encontrar a mi padre en la otra vida si me habré perdido la experiencia de madurar como madre a su lado? No sabes cómo le reprocho a Dios ese descuido. ¿Me entiendes?

–Supongo que es inevitable pensar que conoceríamos mejor a las personas que nos gustan si nos dejaran pasar más tiempo con ellas. Pero por complejas que sean solo pueden expresarse dentro del estrecho margen que les permitimos. Me temo que si los muertos regresasen nos servirían una y otra vez raciones de lo mismo.

–Venga ya, Diego, era tan bonito lo que decías, no lo mezcles con estas sofisticaciones frías.

–Protesta aceptada. Que no conste en acta.

–Te perdono, y prepárate porque estoy dispuesta a contarte mi primer verano con Julio, ¡y va a ser peor de lo que esperas! No pienso ahorrarte nada: ni el bañador de bananas que Julio alternaba con las bermudas de flores ni cómo se metía en la boca los frankfurts de dos en dos. Nunca se me había ocurrido ir a una playa de Barcelona y ahora las probábamos todas: Nova Icària, Poblenou, Nova Mar Bella... Por la mañana Julio me inmovilizaba en el agua con sus piernas fibrosas a juego con esa constitución compacta de jugador de waterpolo... ¡No me lo invento!, había jugado en la selección catalana. A mediodía nos atracábamos de patatas bravas, calamares y hamburguesas empanadas que se traía en unas fiambreras de plástico. ¡Filetes rusos! Nos pasábamos horas riendo, y me gustaba el tono grave de su voz, era precioso sentir la urgencia de que le escuchase. ¿Qué te parece?

–Imponente. ¿Qué viene ahora, Laura? ¿Puestas de sol?

–Nos separábamos antes. Se supone que se iba para cuidar a su madre enferma, pero la madre ya estaba muerta. Trabajaba toda la noche poniendo copas o de segurata, el asunto nunca se aclaró, ¡qué mal pagabas, papá! Nosotros igual no sacamos tanto beneficio, pero Julio se asegura de que todos puedan vivir con la nómina. Los años buenos reparte una tercera paga extra. Está loco. Ahora me da vergüenza reconocer que cuando me lo encontraba en Llacuna con la cara caída de sueño sospechaba que se había pasado la noche de fiestorro con sus amigos. Fumaba como un carretero, no sabes la lucha que fue quitarle el vicio, pero esa la gané. Y la vivimos como una victoria de los dos. Antes me gustaba decir que la clave de un buen matrimonio era convertir en una victoria de ambos las derrotas del otro. Esa solía ser yo.

—Era un buen consejo. Lo sigue siendo.

—No me des coba. Y ahora tápate los ojos, que llegan las escenas de sexo. Aunque no se parecen a las que escribe Álvaro, qué cochino se pone... De lo que más me acuerdo es del disgusto que me entró al ver el piso que había alquilado: estrecho como un corredor, y un dormitorio en el que no corría el aire, ¡la madriguera de un tejón! La cama era cómoda, eso sí. Y fue bien, ahora lo recuerdo como el primer capítulo algo confuso de una serie larga y buenísima. Lo viví con emoción, creo que lloré, bueno, ¡lloré! Y al llegar a casa dibujé un corazón en mi diario.

—¿Conservas el diario?

—No. ¡Y menos para ti! El caso es que me había acostado con unos cuantos chicos. Berta me dijo que las primeras veces la dejaron fría como una estrella de mar. Yo lo había pasado bien, más cuando me apetecía de verdad y menos cuando no tanto, pero bien. Era solo que no me había preparado para hacer el amor de una manera que involucrase la respiración, lo que tocaba y oía, como si Julio estuviese pendiente sin descanso de mí. Dejé de considerar el sexo como un estado que atravesamos a toda prisa y aprendí a sentirlo como un lugar con el que cuentas. Supongo que Julio le había dedicado más tiempo, que estaba más interesado... ¡qué sé yo! Disfruté mucho entregándole mi inocencia, ojalá lo hubiese sido más. Durante mucho tiempo me pregunté por qué Julio no había ahorrado para que fuésemos a un buen hotel. Lo que sí comprendí enseguida, mientras se ponía los calcetines como una bestia feliz, es que no podía hacerle la pregunta ni en broma, que de una herida así tardaríamos en recuperarnos. Fue un pensamiento muy adulto. Todavía me siento orgullosa. ¿Cómo lo ves?

—Supongo que Julio quería repetir muchas veces y no podía pagar dos seguidas un hotel de esos a los que estás acostumbrada, quiso evitarse una decadencia demasiado temprana.

—Cuesta imaginar lo pobres que son, ¿verdad? Aunque no seas rico, si estás en el dinero es algo increíble, como para un pájaro imaginar una vida sin alas. Tus amigos, ¿eran así?

—Los Montsalvatges sabían que iban a heredar un piso cada uno, y supongo que Val podía permitirse algún error. Pero Bodel vivía al día, no conocía otra cosa. Cuando te decía que llevaba los últimos veinte euros en el bolsillo eran de verdad los últimos: para fumar, para tomarse una cerveza, para lo que dieran, y después no había más, al menos durante un tiempo. La imagen del pájaro es bonita. Al lado de Bodel solía pensar en la escasez como en unos pulmones débiles, atados a una máquina de respirar. ¿Seguisteis viéndoos en el piso-pasillo?

—No. La diferencia entre lo que podíamos permitirnos con mis medios y los suyos era obscena y me la jugué. Le invité a un hotel de mi gusto. ¡O de mi presupuesto! No me importaba que mantuviera esos ideales de crío salido del fango porque mientras siguiesen vivos yo conservaría el poder de hacerle soñar, pero no iba a permitir que el orgullo de machito nos impidiese disfrutar de lo que era de los dos solo porque venía de mí. Y se dejó, quiero decir que no me lo tuvo en cuenta. Igual te parece sencillo, pero el agradecimiento es como un ácido. Y Julio nunca me lo reprochó. ¿Entiendes?

—Mejor que nunca, Laura.

—Pídeme otra. Qué bien estoy en este sitio, qué cosa más tonta. ¿Por dónde iba? Ah, sí. Empezó una nueva etapa, fue precioso cómo las sábanas de seda relavadas y las duchas con jabón de romero moldearon a nuestra pareja. Y papá seguía sin enterarse de nada, aunque incluso con ese tobillo restablecido a veces le pedía a Julio que le llevase en coche, ¡algo debía de gustarle mi chico! ¿Sabes? Que otras presuman de sus títulos, los viajes o lo que ganan, yo voy a saber siempre que valió la pena porque fui la chica a la que han besado tan bien después de dos copas de vino blanco: la que se resiste a dormir porque prefiere estar despierta cuando su marido abra los ojos para dedicarme una sonrisa resplandeciente de vanidad viril. Qué envidia me daba ser él y poder amarme y qué pena ser él y no poder sentirme así de deseada. Me revolcaba en esas ideas como sobre almohadones de risas despreocupadas, sonaban tan alocadas y ciertas cuando las agitaba en la cabeza. Por eso pasé y ya no pueden quitármelo.

—¿Y cómo se lo tomó tu padre?

—Se puso contentísimo en cuanto lo escuchó. Esa noche me fui a dormir pensando que Julio y yo íbamos a recuperar juntos todo lo que el nacimiento le había negado. ¡Me gustaba tanto sentirme un botín de guerra! Su dote era la energía, la seguridad de que no se rendiría. Y un día miramos atrás... perdona... no puedo decirlo sin emocionarme... y pese a las frustraciones y los reveses, conseguimos que valiese la pena.

Tragó saliva y levantó el mentón con un aire de dignidad que enseguida se deshizo en una sonrisa curiosa.

—Hemos pasado por tanto... Igual había algo enrarecido en ese espacio estrecho de Laura y Julio, Julio y Laura... Pero no creas que hemos sido una pareja asfixiante, nos hemos dado mucho espacio. ¿Cuántas veces habré entrado en su despacho sin avisar? Las cuento con la mano y me sobran dedos. Es solo que volvíamos a cada poco al otro para conversar, preparar la comida, acariciarnos. Claro que teníamos días aburridos, solo que no me importaba. Creo que casarse consiste en elegir en qué escenario decidimos actuar. Mi vida se ha movido en círculos estrechos (mi casa, mi marido, mis hijos, el atelier...) que me gustaban, me gustaban muchísimo. Y si el precio ha sido dejar de ser interesante lo he pagado con gusto; da igual que Berta me considere una inocente, la inocencia hay que merecerla. Ay, no sé lo que digo.

–Te estás explicando muy bien.

–Nos da aprensión que nuestra vida se quede quieta, pero hay un valor en retener y en la paciencia de quedarse quieto. Supongo que somos muchas a las que ni se nos ocurre desear cambios hasta que empezamos a caer dentro de nuestra propia casa. Claro que Julio me va a seguir queriendo. ¿Entiendes la diferencia? Y, además, no quiero ponerme dramática... Es la lluvia, y que estoy sensible... Pero sigo siendo la misma, ¿entiendes? La vida no me sabe a nada si no cuido y me dejo cuidar por otra persona con la que poder dar pasos seguros.

–Y ahora tienes dos apoyos.

–Alejandro es un novio estupendo, pero un novio no es un marido. ¡No tiene nada que ver!

–Entonces búscate a otro, un marido mejor.

–Está lleno de hombres, ¿verdad? Pero ¿cuántos me quedan por conocer? Y ahora al tiempo le ha dado por ir a la carrera, ya no se parece nada al ritmo de desfile que llevaba cuando éramos niños, como dejándose ver para que nos acostumbrásemos a la vida. ¿Tú también tenías prisa por crecer? Yo algo, pero los días no querían acabar nunca... Y ahora... ¿Cuántas veces ha sido primavera este año? ¡Si parece que los cumpleaños son cada seis meses! Claro que esta sensación acelerada tiene sus ventajas, ¿no te parece que nosotros nos conocemos desde siempre? Una cosa por otra. ¿No podrían ser los hombres de los que me enamoro un poco como tú?

Movió los labios en silencio como si anotase algo de cabeza para retomarlo después, cuando se quedase sola.

–¿De qué clase de mujeres te enamoras, cariño? Berta dice que de las complicadas, pero Berta a veces se pone tan Berta... No te conviene, es casi indecente lo poco que te conviene. Estás poniendo la mirada esa, ¿qué te pasa por la cabeza?

–Nada demasiado concreto.

–Quiero escucharlo.

–No elegimos a las personas que nos gustan porque nos convienen o porque sean las adecuadas, las elegimos porque nos estimulan o nos inquietan. Las elegimos porque nos gustan.

–Ya, claro, ¿sabes lo que me pasa? Estoy siendo injusta y caprichosa con Alejandro, de una manera que nunca me había permitido con Julio. Es un buen tío, ideal para este momento de la vida... Pero a cada poco me da por pensar: ¿me daré cuenta cuando se canse de mí? ¿Será de los que cortan en seco? Son preguntas que me debilitan, porque no quiero vivir el amor como una película de suspense. Igual estoy sensible a la fragilidad del amor, y los celos de Julio tampoco ayudan: puede ser muy insistente, y sabe dónde pellizcarme. Sé que bromea, el humor es su manera de relajar las situaciones tensas, y nadie tiene que venir a explicarme que a la pareja más sólida se la puede mirar desde un ángulo grotesco, pero me afecta; creo que después de todo merezco algo más que una sonrisita condescendiente mientras desayuno. ¡Le llama Don Pantuflo! ¡Le llama Pepeluis!

–Quizás el acuerdo no le va tan bien como a ti, Laura. Una cosa es proponerse dejar fuera los celos, y otra que te obedezcan: son unas emociones muy inquietas.

–¿Eres celoso?

–No. Pero la pregunta está mal formulada. Sospecho que los celos no son un rasgo permanente del carácter. No los he sentido, pero llegado el momento, con la persona adecuada, supongo que podrían afectarme...

–¿Sabes qué me digo? Que los dos pasamos por una fase de ajuste, de avance y de retroceso, me gusta imaginarlo como una marea. Solía averiguar enseguida lo que Julio quería, me bastaba con oírlo respirar para saber en qué dirección avanzaba su ánimo, y ahora voy perdida, y me fastidia, pero también me digo que no es justo darle al matrimonio todas las oportunidades porque es un arreglo como Dios manda... y bajar los brazos al primer contratiempo solo porque estamos embarcados en algo nuevo. ¿Cuánto tiempo llevo hablando? Estoy acaparando la conversación, qué horror. La lluvia me altera, cada vez que llueve el buen tiempo se vuelve irreal, ¿cómo se las arreglará para volver? Mira qué luz. ¿No te parece que los días de mayo son los más bonitos del año? Es como si todo lo que ha preparado la primavera saliese por fin de su escondite... ¿Por qué te metiste en esta manera de vivir?

–«Sin casa ni perro ni jardín.»

–Soltero. Solo.

–Nunca he estado solo, Laura. Míranos en ese espejo, no puedo estar mejor acompañado. ¿Soltero? No sabes cómo era yo a los veinte, y ni yo sé cómo seré a los sesenta. Me deja frío no encajar en taxonomías sobre cuyo valor nadie me ha consultado.

—No me salgas con eso, Diego. ¿No he sido generosa yo contigo? Me he confiado, y pese a todas tus prevenciones contra la intimidad ajena bien que me has escuchado. Y hoy quiero algo a cambio. Ya te lo he pedido muchas veces, y resulta que hoy lo quiero de verdad. Quizás en una novela sea de mal gusto insistir varias veces en lo mismo, pero no somos personajes, somos amigos, y los amigos insisten hasta averiguar lo que quieren de las personas que nos gustan. Así que dime, bonito, ¿cómo has acabado en esta manera de vivir?

Lo que me dejó sin reservas no fue que Laura me pidiese diez minutos de sinceridad, sino el crudo presentimiento de redimirme. Crucé las piernas y dejé que la lengua se calentase en mi boca.

—Nunca sé qué responder, Laura, es mi vida y no sé responder, es frustrante. Es como si mi pensamiento no fuese lo bastante profundo o ligero para llegar a conclusiones definitivas sobre mí mismo. ¿Cómo soy? ¿Me gusta mi vida? ¿Qué hago aquí? No sé cómo he llegado al presente. A veces me parece que el amor erótico nunca se está quieto, que una relación soporta una cantidad limitada de palabras y que si damos un paso más allá nos arrepentiremos. Y otras que levantamos casas con las manos de la mente y nadie quiere vivir en ellas, que tenemos mucho que dar, pero repartido en personas distintas, que el conjunto no lo soportaría nadie. Quizás por eso a veces solo pongo en juego una pequeña parte de mí, la imprescindible para...

—¿Sabes cuántas veces he sido media mujer?

—Espera, Laura, estoy haciendo un esfuerzo, termino enseguida... La soltería se parece a veces a correr detrás de trenes que a nadie parece importarle si los pierdes. Pero en el fondo no es tan distinto a lo que te pasó con Julio: primero ves un cuerpo, después lo llenas de tus fantasías y anticipas las suyas, porque amar también va de aceptar el relato del otro. Y sin darte cuenta te han atrapado preocupaciones que antes te eran indiferentes. Así que te podría decir que prefiero reinar en la soltería que servir en el matrimonio. Es una frase equilibrada, y seguramente un escondite. No siempre he entrado en el amor pensando que iba a ser algo fugaz o que se terminaría enseguida. Y nunca se ha roto igual. Unas veces dejaba a mi amor atrás como quien cambia de camisa, otras después de una pelea violenta, o se apagaba tan despacio que nos dejaba empapados de agradecimiento, y una vez se interpuso la muerte. Enamorarse poco y amar tanto como se pueda, para estar a la altura del verso favorito de mi padre: «como dicen que mueren los que han amado mucho», pero quizás sea al revés, enamorarse tanto como sea posible y amar poco: no lo sé, Laura. Quizás lo único que he aprendido es a integrar la separación como una fase más del amor, inevitable como los besos o los proyectos conjuntos. Igual que mueren las flores, los pájaros, los idiomas y las ciudades: ¿por qué iba a durar más mi amor? Cuando la vida es una perspectiva de cuerpos, da igual lo breve o larga que sea la relación, la vida se va coloreando con la tonalidad de la mujer predominante, y el conjunto se vuelve algo resbaladizo. Si el matrimonio es una institución narrativa, el mío es un relato roto, repartido, sin centro, nadie me ha visto, nadie me ha pensado en conjunto. Solo sé que a menudo me parece que en un mundo feliz todas las relaciones serían fugaces.

–Gracias, Diego, nunca te había oído hablar así, tan... en serio. Lo agradezco mucho. Ahora voy a respetar mejor tus silencios. Estoy contenta de que nos conociéramos este verano. Unos años antes, ¡no hubiese encontrado nada que decirte!

Movió la mano en el aire como tratando de despistarme de la emoción que se le había pegado en la cara.

—Todavía no ha pasado un año. Me ha costado recuperarme, y no quiero volver... Me marea recordar la dependencia que llegué a tener de Julio. ¿Cómo podía vivir así?

—No lo sé. ¿Y has dado pasos?

—He alquilado un estudio, pequeño y bonito como una cajita de bombones, que dirías tú. Espero pasar allí tardes que sean solo mías. Voy a llevar los caballetes y los pinceles, siento que le puedo devolver a la pintura algo de lo muchísimo que me ha dado.

—Un plan maravilloso, Laura, me alegro mucho.

—Julio no se lo ha tomado bien. Claro que con el dinero no puede fastidiar demasiado. Por mucho que casi se atragante gritando por el pasillo: «recesión, recesión», el alquiler es irrisorio, y además de la empresa y la casa, mi padre me dejó un rinconcito de dinero y en ningún sitio está escrito que tenga que traspasarlo tal cual a los hijos. ¡No soy una correa de transmisión! Tengo mis ideas, mis proyectos, no dejaré de ser una madre responsable por gastar algo de dinero en mí. Si no confío en tenerlo todo un día nunca disfrutaré de lo que consigo. ¿Entiendes?

La emoción se le movía por toda la cara, costaba mucho decidir si estaba triste o alegre, ilusionada o agitada, quizás todas esas cuerdas tiraban de ella en direcciones distintas.

—Julio recurre a argumentos tan mezquinos que cuando se los repito y los escucha de mis labios recula y me acusa de malinterpretarlo. Reconozco que tiene algo de razón cuando insinúa que no alquilo el estudio solo para pintar. También quiero que sea un espacio abierto donde recibir amigos y divertirnos, una casa de artistas, personas con ideas y conversación. ¡Me da igual si se siente excluido!

Se dejó caer sobre el respaldo del butacón, quedó fuera del foco de la lámpara, oscurecida.

–¿Vendrás a verlo, Diego? ¿Traerás a tus amigos de visita? Aunque al principio preferiría que vinieras solo, si somos tan felices sin ellos, ¿para qué vamos a ir a buscar a nadie? ¡Demasiados nombres propios! Te prometo que todo seguirá igual que aquí, pero estaremos más cómodos, rodeados de cosas bonitas y de olor a pintura y libros, y podremos descalzarnos... ¿Sabes? A veces creo que me traes a este hotel porque te sientes más protegido en un espacio público, vigilado por los camareros. ¿Quieres otra? ¿No? Bueno, yo sí.

Laura echó adelante el cuerpo y al iluminarse de nuevo su rostro me ofreció un remolino de vida hambrienta. Le sobraba fuerza para envolver en seguridad, amor y confianza a dos hijos más, no digamos a un hombre. Pero solo mostraba esa energía sin querer. Me lo pensé mejor, pedí otra copa para mí.

–Así está mejor, es indecoroso dejar a una chica a solas con su copa. Tu madre te iba a reñir por esa falta de tacto y ahora estará contenta. ¿La echas de menos? Dicen que las pelirrojas dejamos una marca intensa en la memoria. Da igual, ya me lo contarás. Tenemos tiempo, tanto tiempo que me emociona... A Julio también le ha dado por decir que el estudio es el primer paso para separarme de Alejandro... Pero voy a seguir con él, es solo que ahora no estoy segura de si me conviene un novio o dos, ¡o una novia! ¿No va de eso la libertad? De organizar mi vida como Julio organizó la suya, sin consultar a nadie. ¿No está siempre dándome la murga con mi falta de iniciativa? Me emociono, me falta el aire, qué tontería. Lo llevamos bien, pero a Julio le da la suspicacia y me agota. Nos hemos peleado un par de veces, empezamos a las nueve y terminamos a las tantas, lo detesto, se consume demasiada energía, tanta confusión... ¿Y para qué? Para terminar como Berta, que nos debilita a todos con su debilidad. Cómo me alegro de que no sigas viéndola.

—Con una vez tuve más que suficiente.

—Es solo que no me da la gana de ir con tanto cuidado como cuando estaba segura de que íbamos a morir juntos. Entonces me daba pánico herir a Julio. Y ahora ya no me quemaría para evitarle las llamas. Pero estábamos bien, estamos bien... es solo que no quiero volver atrás, no quiero... ¿Sabes? A veces tengo la sensación de caminar al lado de mi vida en lugar de dirigirla desde el interior. ¡Y es mi vida, la única que tengo! ¿Existe para cada uno de nosotros un camino oculto? ¿O vivir es soñar con ese camino? ¿Entiendes lo que digo?

En el cuello, en las sienes y sobre el labio vi cómo se le marcaban las venas vivas de su carácter. Estaba agitada por el esfuerzo. La lluvia había dejado paso a una luz suave, y mentir es una de las formas superiores de la educación.

—Sí, Laura, ahora sí te entiendo.

—Soy guapa. Tenemos dinero. Me han amado mucho. Me enamora la pintura, me gusta mi trabajo. ¿Sabes cuánto he llorado en la vida? Por lo que he ganado y por lo que he perdido. ¿Cómo se las arreglan las personas menos afortunadas?

La vi vacilar al borde de su carácter, incapaz de decidir si prefería escapar o hundirse. Le tendí la mano y me la agarró, primero con nervio, después con suavidad. Sentí la temperatura, la palpitación de la sangre, el prodigioso juego de huesos, venas y nervios que la naturaleza había invertido millones de años en desarrollar, y ahora Laura disfrutaba de dos manos para ella sola y se dejaba acariciar por las mías.

—Qué triste, ahora sí que te estoy ofreciendo la sustancia de la vida: material para la compasión. Suerte que no conseguiste ser novelista.

—Aunque me hubiese salido con la mía no deberías temer nada de mí. No era de la clase de escritores que dan cuenta de los movimientos de sus emociones ni de su bolsillo. La mía era una poesía moral, esclava de su tema, concentrada en pellizcar el ingenio, quizás demasiado. A ver si me acuerdo de alguno: «Perdónanos Señor / nuestro furor por los charlatanes / pues engañan / a precio módico / a quien tanto lo necesita». ¿O era «a quienes desean ser engañados»? Da igual, ¿te gusta? Trataré de recordar alguno más. Debí de llenar cientos de libretas.

—Perdona, Diego, estoy bien. Es solo que a veces me tiembla la confianza.

—¿La autoestima? Aléjate de ella, te aseguro que la humanidad se las ha arreglado de maravilla durante milenios sin chupetear esa golosina venenosa.

—¿Y cómo lo afrontaban? ¿Cómo se prescinde?

—Asume las cosas como vienen. Alegres por vivir y tristes por morir. Eso es todo, olvídate de lo demás. Como solía decir una amiga: «Localiza lo que te gusta y entrégate». Eso es todo.

—Gracias, Diego... Eres un buen amigo. Un amigo de verdad. Creo que no voy a terminarme la copa... A veces está bien no apurarlo todo hasta el final. Antes de irme quería contarte... una tontería, sí, pero graciosa... El sábado me desvelé, me tumbé en el sofá y pillé una película a medias. La actriz explicaba a cámara que en una fiesta se había cruzado con un desconocido... Es importante que entiendas que nunca le había visto antes... y que al mirarle supo que abandonaría marido, hijos, trabajo, casa, padres, amigos... para seguirle. Comprendió con la sangre que si él se lo pedía lo dejaría todo atrás.

—¿Y conoces hombres así?

—En la película... la actriz... sonaba tan creíble, violento y liberador. Dar un paso y entrar en otra vida. Si existiera un hombre así sería el mismísimo Lucifer, ¿no crees?

—Lucifer. No hay historia más triste ni peor contada que la suya. Peleó por todos nosotros, por llenar nuestro cerebro de lucidez, y cayó. Un gesto de audacia y un destierro interminable, condenado a ver propagarse a su alrededor el mercadeo de las pasiones. Llevamos milenios usándole como excusa para nuestros anhelos de más intensidad.

—¿Simpatía por el diablo? Eres una caja de sorpresas, Diego. ¿Sabes lo que dice Berta? Que el diablo solo acelera el camino que estás loca por tomar, que nunca ha tentado a nadie. Menudo par, vosotros dos. Pero la película es diferente, la clave no está en la seducción: el hombre apenas mueve los labios, es ella la que escucha la llamada y la que llegado el momento dará el paso. Arrancará al diablo de su aburrimiento. La clave es convertirse en esa clase de mujer, y ¿no van estas conversaciones de convertirse en esa clase de mujer?

—Hemos pasado mucho tiempo juntos desde nuestra primera cita. Sabes perfectamente cuál es la respuesta. Lo último que pretendo es arrancarte de tus hijos y de tu casa. ¿O es que quieres convertirte en esa clase de mujer?

Un mechón rebelde le ocultaba el ojo izquierdo, se lo quitó con un soplido que conocía: la misma determinación vulnerable que Val. Después me respondió con una risa seca, casi involuntaria, de las que es sencillo confundir con un sí.

—No, claro que no. Ya soy esa clase de mujer. Ha pasado sin que nos diéramos cuenta. Nunca te he pedido nada, pero hoy te voy a pedir que te vayas antes, que me dejes aquí sola pensando en... ¡en lo que ha traído la lluvia! Julio cree que estoy en el estudio. Y Berta se ha quedado con los críos, ¡como en los viejos tiempos!

Me levanté y me puse la chaqueta, el paraguas parecía un murciélago enfermo. Me pareció caritativo dejarlo atrás.

–Nunca te pido nada, Diego, pero un día te lo pediré. Quizás no sea hoy ni dentro de un mes, igual dejo pasar años... Quizás no te lo pida nunca... He aprendido mucho sobre la inseguridad de las promesas. Pero si te lo pido, rescátame. Solo rescátame. ¿Me rescatarás?

Nos besamos y nos despedimos.

El mar respiraba desprendido de su disfraz cantábrico. El viento sur empezaba a calentar el aire, presagiando los horrores del verano. Cerré los ojos y una mente de invierno me llevó hacia llanuras boreales que congelaban el agua y la savia en el mismo blanco sin fisuras.

La luz era incapaz de mantener la tensión que exige un cielo azul. Me subí al taxi sin una idea clara de adónde quería ir, las frases de Laura daban coletazos en mi cabeza. Entre los plátanos de Gran Vía y los escaparates iluminados como una provocación me pareció que se agitaban esas ondas sagrativas que a veces interpretamos como señales del futuro. Y por primera vez me vi integrándome a la existencia de Laura, Julio y Berta como algo más que un entretenimiento de verano. ¿Y si me dejaba asimilar por esa gente que me respetaba como siempre había querido que me codiciasen? ¿Qué hay de malo en los Pons? ¿Qué hay de reprensible en convertirme en uno de ellos? Me froté los ojos como si tratase de escapar de un sueño prolongado hasta la violencia. Me hubiese gustado encontrar en el Loop a Clara y a Álvaro discutiendo al estilo intenso de los Montsalvatges. Y no quieras saber lo que hubiese dado por seguir teniendo la llave del entresuelo «más oscuro que mi reputación» y recibir a Bodel con una botella de vino turbio porque no podía esperar a mañana para leerme sus poemas nuevos. ¿No sería ideal que pudiéramos reservar unas dosis de presente para respirarlas años después, cuando las necesitásemos de verdad? Pero todos los caminos del pasado se han ido cerrando, así que le pedí al taxista que me dejase en el Clot. El nombre de la calle me bailaba, pero los pies me llevaron sin vacilaciones hasta tu portal. Me quedé en la acera de enfrente mirando la ventana iluminada como una abertura mágica hacia nuestro pasado. Te había esperado tantas tardes, madrugadas y noches debajo de este tilo, Val, convencido de que como amigos o como amantes íbamos a estar siempre involucrados en la vida del otro, «siempre», ¿existe una criatura más ingenua que el ser humano? Aquí dormías y respirabas, pensabas y deseabas y estudiabas y te preguntabas qué te tenía la vida reservado. ¿Dejaste marcas? ¿El roce de una uña, el clavo del que colgaba nuestra foto besándonos en el jardín de Bassani?

Iba a contarlo todo sobre ti, Val, Valeria, Val, y os he hablado de su pelo de fuego, pero todavía ni una palabra de su pelo de sangre. Y lo cierto es que la historia completa se escapa, se pierde, se enrosca, se mezcla, desaparece, se desconecta y difumina sus contornos. Una y otra vez me siento atraído por la energía salvaje del final, nuestros últimos días, espesos como cuajarones de tiempo. ¿Cómo lo contarías tú? Yo me veo alejándome del río donde remábamos quince años atrás, avanzo solo hacia el caserón de mi familia. Ráfagas de brisa arrugan la lámina azul de la piscina, la ventana alta arde como la entrada a otro mundo y retiro la mirada para no ver el grumo rojo como pulpa de ciruela que palpita entre la hierba estrangulada por los tréboles.

En el interior me espera lo de siempre: el salón espacioso, de techos altos como las ideas arquitectónicas de otra época, el viejo sofá de tres piezas, las manchas de tabaco que delataban la edad de la alfombra y el biombo chino. Apoyo una vez más la palma en el pasamanos recalentado y a cada paso siento crujir la madera de los escalones. Si me detengo en el descansillo es porque Val me espera en lo alto con el pelo rojo chorreando, vestida apenas con una camisa de hombre. Me alegro de que la salpicadura de pecas siga en su sitio, de que en la sien apenas se aprecie la cicatriz (una uña de carne rosa y blanca) que te curó mi madre cuando de niña resbalaste entre las rocas.

Si doy media vuelta y te dejo atrás y me siento en el último escalón es porque ahora entiendo lo que siete años atrás me pediste con la mirada. Me despeino con las dos manos y los recuerdos regresan muy despacio por el camino del sueño. Vuelvo a estar en Barcelona, me ducho, me visto y busco una corbata negra. Lo siguiente que recuerdo es el taxi recorriendo la ciudad en dirección al tanatorio. Caras que no conozco, caras que lloran a Val en la sala aséptica donde sus padres la exponen. También Álvaro, Bodel y Amanda, y Clara detrás de unas enormes gafas de sol que no le había visto antes. Los abracé sin que me saltasen las lágrimas, no hablamos mucho, y horas después les dije adiós a medida que iban regresando a sus casas. Hasta que tu madre no se durmió sobre el banco no pude escapar de la sensación de estar actuando en una obra escrita demasiado tiempo atrás por un dramaturgo incompetente. Solo entonces pude mirar con agradecimiento a esa mujer que te había protegido de niña mientras crecías, la primera en alegrarse de ver cómo se espesaba tu melena roja. La disculpé por exhibirte con ese vestido soso, en lugar del aguamarina que al mirarlo nos llenaba de energía.

El recogido tampoco hacía justicia a ese pelo tuyo que parecía crecer para los peinados de fantasía que yo dibujaba en las salas de espera de los aeropuertos solo porque te divertía. Y me prometías que ibas a exponer todos esos dibujos en las paredes de la casa que nos esperaba a los dos en algún pliegue del futuro. Qué extraña te pareció siempre la vida. ¿Recuerdas cómo de niños nos convencieron de que nuestros compañeros de clase iban a seguir a nuestro lado mientras nos crecían los huesos, nos enamorábamos, encontrábamos trabajo y educábamos a nuestros hijos? Íbamos a cruzar de la mano de una década a otra. ¿No te parece increíble lo que permitimos que el tiempo te hiciese?

Álvaro, Clara, Bodel, Amanda, yo mismo, tus padres y el resto de asistentes a tu despedida íbamos a ser disciplinados, representaríamos nuestro papel hasta el final, pero, aunque nos dolieran las rodillas de tanto rogar, ninguno de nuestros amigos hechiceros, con todo lo inteligentes y valientes que son, encontraría un conjuro lo bastante poderoso para regresarte. Algo va mal en el amor, Val, si no puede levantar a los muertos y reintegrarlos a la vida palpitante a la que pertenecen. Nadie vuelve, ese es el saldo desolador.

Te velé la noche entera. Cuando mi perturbación iba a más salía al pasillo y caminaba de la máquina de refrescos hasta la cristalera (que transparentaba un cielo oscuro como una plancha de cobre) y de la cristalera a la máquina de refrescos. Compré un agua, una Fanta, dos Sprites.

En el cristal que te cubría veía fluir la corriente del tiempo (su fuerza pura, sin matices, su lenta e implacable tracción), arrastrándonos a un futuro vacío de ti. No ibas a tener casa ni hijos ni vejez, ni siquiera cuarenta años. Habías nacido y pasado y eso era todo. Me abrumó la cantidad de frases, silencios y miradas tuyas que solo conocía yo: en adelante buena parte de mi vida consistiría en retener tu historia porque no podía confiar en las pinceladas que tu recuerdo trazaba en el cuadro mental de tus amigos y familiares. Tu madre abrió los ojos y contuvo como pudo el impulso de gritar, la abracé y la acaricié mientras lloraba. Seguías durmiendo.

El entierro pasó y después las semanas y los meses y me reincorporé a la vida corriente. Durante un tiempo me pareció que establecía alguna clase de comunicación visitando tu tumba, te contaba las novedades, que nunca incluían ya noticias tuyas. Te llevaba orquídeas, violetas y flores de Judas, trataba de asimilar el estupor de que vivieras en un sitio tan ajeno a tus gustos como una tumba. Después (te hablo de años) empecé a beber cuando tenía sed y a besar cuando me apetecía. He viajado mucho, he sido el paisaje amable de muchas personas, pero no he vuelto a implicarme. Ahora me gustaría que estuvieses a gusto en tu cementerio, te pediría que no salgas de sus límites, no vuelvas, el otoño está lleno de relaciones rotas, de ramas como manos cortadas. Me he olvidado muchas veces de ti, a veces durante meses apenas volvías como una leve opresión, los compromisos con los muertos son tan frágiles, ¿dónde ibais a reclamar? El mundo es de los vivos hasta extremos indecentes. Me hubiese gustado que vivieras tu vida. Has tenido mala suerte, Val, qué mala suerte has tenido.

Creí que te perdía o te di por perdida, no me pidas que ahora sea preciso, pero una tarde paseando con dos amigas por los jardines de Bassani oí tu voz, una versión más seca, después de siete años durmiendo bajo un sueño de cobre, pero demasiado familiar para confundirla. Desde entonces has ido regresando por los caminos del sueño. Quiero que sepas que he vuelto a Barcelona en busca de

287

un atajo para que mi voz llegue al paisaje mental donde sospecho que todavía flotan residuos químicos de tu cerebro, como una de esas flores que se abren para nadie en un paisaje inalcanzable. ¿Quién sabe cuándo termina de apagarse una mente?

Desde entonces te he visto remar en sueños nuestro río, te he acompañado en una versión feliz de tu vida y estoy convencido de que si me cruzo con la niña que corretea por la playa de tu infancia sabré cómo advertirla. Me acercaré despacio, le pondré una mano en el hombro y le hablaré de un día futuro (¡te quedan tantos por delante!) en el que un hombre con el que habrás recorrido el tramo más feliz de tu vida te hablará en lo alto de una escalera. Reconocerás el momento porque estarás mojada y temblarás, vestida apenas con una camisa de hombre que te viene grande. Igual piensas que es la conversación de tu vida, pero son solo frases, a veces los hombres hablamos como si nos hiciéramos pis encima, déjalas pasar; aunque muerdan en el ánimo las palabras no tienen cuerpo, atraviésalas, hay tantas, ¿no aprendí de ti que son inagotables? Deja la escena atrás como la luna sus fases sombrías, a la vuelta te esperan cientos de días por estrenar que no merecen perderse a nuestra Val. Recuerda y te prometo que no vas a tener que irte, Valeria, que vas a vivir muchos años.

II

Querida Clara:

Espero que disculpes la intromisión de este espíritu de las juventudes pasadas en tu correo. Llegó hasta mí y no pude resistirme, ni siquiera estoy convencido de haberlo intentado, ¿estoy todavía a tiempo de presentarlo como un gesto de audacia?

¿Qué tal estás? ¿Cómo te trata la vida? Que frías suenan estas preguntas después de haber intercambiado palabras tan cálidas, es el tono de quien ha perdido el hilo, tómalas como lo que son: cortesías retóricas al servicio de una buena intención.

De alguna manera hay que empezar, así que allá voy: pienso en ti a menudo, en cómo estarás y qué haces, y también en la tarde que pasamos juntos en el jardín de las estatuas, cuando me dijiste agitando una sonrisita en los labios: «¿Por qué conformarte con ser un Castellar si puedes tener dos Castillas? En adelante ya no serás más Dídac, sino nuestro Diego Duocastella, vámonos al Loop, me muero de ganas de informar a los demás». Y llevábamos tanta tontería encima que doy por bueno el recuerdo de que puse la rodilla en el suelo para que afianzases mi nuevo nombre de caballero andante golpeándome los hombros con una rama de pino.

Seguro que también recuerdas cómo se interrumpe nuestra historia. Así que puedes mirar esta carta como una cicatriz que oculta lo que vino después. He ordenado el relato de estos siete años sin vosotros en una versión para ti. ¿Quieres leerla, ala de cuervo, tengo tu atención?

Te mando un beso,

DIEGO TWO CASTLES

III

Mec ha causado una impresión imponente a las momias comarcales reunidas para escuchar nuestras propuestas. Daba gusto oírle recitar con emoción contenida y solvencia de cobrador del frac las frases que le había escrito la víspera: tantos «historia», «victoria» y «futuro» escanciados sin ironía. Mec quizás no entendía todas las implicaciones de lo que estaba diciendo, pero transmitía una confianza incontestable. La credulidad expansiva, ese es su talento.

A la salida, Armengol y Rosenkrantz, los asesores chiflados, se han acercado para felicitarme. Confieso que ya sentía un cosquilleo de arrogancia cuando Mec me ha pedido un aparte. Nos hemos retirado a un despacho vacío y descomunal. Siguiendo un medio consejo que no recordaba haberle dado, el Chino me ha confirmado que ya tenía en el bolsillo a las fortunas medias que en provincias son la sal de la tierra: inversión inmediata a cambio de una situación preferente cuando recuperemos los grifos del dinero público. Consejeros de consejeros, cargos de confianza de cargos de confianza, la multiplicación de los incentivos y las dietas, lo llevamos en la sangre. También me ha pedido que incorporemos a gente de mi confianza.

291

En cuanto me he quedado a solas he tirado una silla de un empujón suave, he cruzado las piernas sobre la mesa y he constituido mi gabinete en la sombra: Álvaro a Punición, Bodel a la Consejería de Hambre, Amanda al Departamento de Guillotina y Clara a Festivos.

En la calle me ha recibido un sol vehemente, he sentido cada pulso de luz como un latigazo en los ojos. Las ráfagas de aire parecían salidas de un horno y desdibujaban los perfiles de los paseantes mezclándolos en la misma modorra. En Vía Laietana la circulación avanzaba despacio sobre el asfalto ardiente como los ríos del infierno. Una manada de turistas sofocados se recuperaba en las escaleras del edificio de Correos. Perros atados, muchachas en bicicleta, cientos de chicles pegados a la acera, el pestazo a entrañas de bacalao y las copas llenándose de espuma y fermentaciones. La sensación de humedad era febril.

Pese a lo despacio que me movía rompí a sudar. Me rescató el aire acondicionado del funicular, compartía la cabina con una pareja de ancianos que parecían intimidados por el avance del deterioro personal. ¿Quién llevaría mejor la caída del otro? En cuanto puse el pie en Miramar volvió a oprimirme el calor, los nenúfares flotaban hinchados y exhaustos, es descorazonador cómo el arranque de junio debilita los árboles y consume las últimas flores. Desde el mirador el mar se movía espeso como un yogurt, la arena estaba saturada de turistas rosados, estudiantes y oficinistas a la caza de una ranura de descanso: el hormigueo humano de la ociosidad temprana. Tuve que parpadear para sacarme de encima el aire ardiente.

Envuelto de calor el hotel tenía algo de criatura medio desenterrada de la arena del desierto. Bodel, amigo, ¿has vuelto alguna vez aquí? Ahora no parece tu clase de sitio, pero me divierte imaginarte paseando por el salón con tu jersey de cuello vuelto, comprobando tu elegante línea de cráneo en todos los espejos, ¿no era una de tus habilidades asimilar el espacio, volverlo un poco tuyo, como si llevase años esperándote? La terraza hervía de parejas recién casadas, familias indias y ancianos echándole un último pulso a sus hígados. Les deseé que todo les fuera bien en sus increíbles vidas.

Entré en el hotel con el corazón a flor de pecho. ¿Por qué estaba tan nervioso? Para calmarme imaginé el estallido de flores escarlata de mi enredadera, reflejada sobre el agua verdosa de la piscina. Pedí una copa de vino blanco y un vaso de agua con hielo y tres rodajas de lima. Por la expresión burlona del camarero comprendí que ya estaba allí, aunque no me esperase en el asiento que le había sugerido. El vestido de seda color hojarasca pisada y la absurda camisa por encima de los hombros imitando una rebeca, las chirucas y ese cabello crespo pese a la cola alta, envolviendo su valiosa cara: un cesto de pétalos abandonados bajo la lluvia.

—Mi queridísima Berta.

—Este sitio es tremendo, Diego, tremendo. ¿No podría estar un poco más lejos? Da igual... ¿Qué vino te has pedido? Vale, sí, lléname un poco más la copa, o pedimos otra botella, no seas agonías. Y vayamos a lo serio. ¿Te ha respondido?

—¿Clara? Ni le he escrito.

—Que no te responda está bien, que no le escribas es mejor.

—Aclárate, Berta, ¿no me diste el correo de Clara para que hablásemos?

—No me conviene que vayas por Barcelona convencido de que puedes quedar con Bodel o con los Montsalvatges cuando te apetezca. La esperanza es una caja de dinamita. Es mucho mejor que comprendas que ya no te atreves. Deja de mirarme así, ¿no te gusta mi modelito? Empate técnico, a mí tampoco me gusta este sitio, huele a pretensiones, a club de elite para arribistas. ¿Por qué la traías aquí? No me respondas, deja que lo adivine. ¿Para impresionarla? Negativo, la impresionarías montado en un burro, ¿de qué va esto del hotel fantasma?

–Tiene cierta ambición de estilo, buenas vistas, la bodega es ejemplar y los camareros están bien adiestrados.

–¿Como perros? Lo dices solo para escandalizarme. No, no. Seguro que este sitio está conectado con tu vida antes de la caída. ¿Era tu nidito de amor? ¿Venías aquí con Val?

–El hotel no existía, solo la explanada infestada de heroinómanos, una docena de bellasombras y los viejos estudios de televisión a medio derrumbarse. En el techo anidaban pájaros, era precioso cuando salían volando en bandadas blancas.

–Romanticismo transilvano.

–Venía aquí con Bodel. Acababa de sacarme el carnet de conducir y para hacerse perdonar su divorcio mi padre me regaló un Golf. Salíamos de copas y terminábamos en Montjuïc, rallies por la cuesta del castillo. Aparcábamos en la explanada del cementerio o en el bosque de acacias donde nos llegaban los berridos del manicomio infantil... Fumábamos y hablábamos de nuestro pasado, nos sentíamos tan mayores y nos gustaba tanto ser Diego y Bodel. Nuestro sitio favorito era el balcón de mar, mirábamos el laberinto lumínico de la ciudad y la desafiábamos a que intentase torcernos el brazo. Yo la veía como la espina de una viejísima criatura en descomposición, y Bodel como la deliciosa aspiradora maligna de nuestros mejores sueños. Estábamos ansiosos por enfrentarnos a ella cara a cara.

–¿Hablabais de mujeres? ¿Tenías novia?

—Supongo que sí. Pero no era relevante. Las chicas estaban allí, les gustábamos. Cambiabas de novia como quien cambia de camisa. Era la edad, era la época.

—Y si quedaban bien arrugadas seguro que alguien se ocuparía de plancharlas. ¿Sabes que cada vez que hablas de tus amigos se te enturbian los ojos? Te tienen atrapado en sus círculos misteriosos. Es divertido y un poco penoso.

—Si tú lo dices.

—¿Y Álvaro? ¿No ibais el trío lalalá al completo?

—Al pequeño Montsalvatges le conocimos un poco después. Supongo que se hubiese apuntado, pero sin la continuidad que vuelve las cosas memorables. Álvaro nunca ha sido accesible. Ni ahora que es famoso se sabe a ciencia cierta dónde vive. ¿Friburgo? ¿Lugano? ¿San Sebastián? ¿Nueva York? ¿Cuánta gente conoce la cara de su mujer o el nombre de su hija? En la universidad ya era así, esquivo, o no, no es eso... «Seamos precisos ya que no podemos ser sabios»: la palabra es «discontinuo». Cuando tienes su atención parece que no exista nada más importante que tus ideas y tus sentimientos, supongo que no se da cuenta de que promete más de lo que puede ofrecerte...

—Un egoísta.

—No. Para nada. Podías contar con él, nunca le he visto escabullirse de una promesa concreta, cumplía hasta la insensatez. Pero era celoso de su tiempo, y tardé en darme cuenta de que su curiosidad por las personas era impersonal.

—¿No erais amigos íntimos?

—He disfrutado a Álvaro en noches en las que parecía que nadie debiera irse a dormir. Pero se reservaba, como si estuviese allí solo para reír, darte confianza, estimularte... y extraerte hasta la última gota del jugo de lo que podías darle... Nunca te ofrecía un lado vulnerable, con él nunca llegaba la hora de la confesión.

–Qué pena, Diego, qué asco me da la gente así.

–No digas eso. Siempre he tratado de seguir su ejemplo. Claro que a mí la vanidad de escucharme enseguida me calienta la boca. Pero estoy orgulloso de haber participado de manera indirecta en sus libros. ¿Y sabes qué? Seguro que Álvaro lamenta no haber desarrollado nuestra amistad, que nos reserva para otra vida. Aunque no creo que nos den nada más que esto, lo que ves es todo lo que hay y habrá. ¿No es increíble?

–Esos libros no valen tanto, Diego, millones de personas viven sin conocerlos. Es insignificante, irrisorio, y no me voy a bajar de ahí. ¿Cuándo dejaste de ver a Álvaro?

–Cuando terminamos la universidad siguió llamándome durante unos años: me arrastraba a tomar una copa en el Loop o a cenar en el Ana Gorría, y era como si los correos y las llamadas que no te había respondido no existiesen, volvías a disfrutar de su afecto sin reservas, te escuchaba con toda la atención. Después volvía a desaparecer. Existía solo en la prensa y en comentarios indirectos de amigos comunes. Nunca sabías si seguía al corriente de tu vida, si le interesaba o si apenas pensaba en ti como pasado amortizado. Y un día dejó de llamar y la semana que acaba cumplimos ocho años sin vernos.

–¿Cómo fue ese día? El último que os visteis.

–Un funeral. De los de verdad.

–¿Fue así con todos?

–No lo sé. Por muy amigo que seas de dos personas, nunca sabes con exactitud cómo se tratan entre ellas, quedas fuera de una parte de su intimidad. No sé cómo eran Álvaro y Bodel cuando se veían sin mí.

–No te pregunto eso. Te pregunto si los demás también se alejaron así de ti.

–Con Amanda nunca fuimos cercanos. Val se marchó

lejos. Clara se casó con un tío que no era yo. Y Bodel... ni siquiera sé en qué ciudad está.

–Podrías averiguar dónde vive. Podrías ir a verle mañana mismo.

–No me educaron así.

–¿Qué pasó entre vosotros?

–La década de los treinta. Lenta e insegura como un tren de mercancías. Cargada de responsabilidades e informes crudos sobre nuestro potencial. La década que nos vuelve sensatos porque nos gusta vivir y la vida impone sus reglas. Deja eso, Berta, no se puede fumar aquí.

–Ya vendrán a reñirme. ¿Y Val? ¿Qué me cuentas de la pelirroja?

–¿No prefieres que te hable de Clara? Creía que eras su representante.

–Ya tengo su correo, le escribiré cuando me dé la gana, seguro que responde, me juego lo que quieras a que una de sus aficiones es atender a las personas «humildes», no digamos ya si están desequilibradas.

–No estás desequilibrada.

–Claro que lo estoy, solo que ha pasado lo que ha pasado entre nosotros y como así estamos bien no te conviene que sea una de esas locas que arma pollos. Te gustaría que mi estado de salud fuese otra de las mentirijillas de Berta. Pero mi cerebro es una charca de medicamentos, se necesita un gran esfuerzo químico para mantenerme a raya. Cada vez que bajan las aguas negras, ¿sabes qué ve tu Berta? Te lo diré: un paisaje de navajas decididas a cortarme. Pero ya hemos hablado de mí hasta hartarnos. Cuéntame cosas de Val, ¿era tu novia? ¿Otra de tus camisas?

–Nos gustábamos. Nos acostábamos. ¿Novia? Quizás ella lo sentía así.

–Hablas distinto de ella que de los demás.

—¿Qué quieres decir?

—Cuando mencionas a Álvaro entrecierras los ojos como si emitiese una luz extraña; con Bodel te relajas tanto que parece parte de tu propio cuerpo; cuando se trata de Clara te pones tenso, y bastante meloso. De Valeria hablas como si te diera miedo romperla, como se mira a una mascota herida.

—Lamento haberte dado esa impresión. Quería mucho a Valeria, todos la queríamos mucho. Pero es cierto que Álvaro, Bodel y Clara... eran, cada uno a su manera, monstruos de energía. Y Val...

—¿Era una chica frágil? ¿O una de esas complicadas que tanto te gustan?

Berta se retorció en el asiento y me dedicó una mirada descompensada: la pupila izquierda abierta como la membrana nictitante de una serpiente, y la derecha contraída, tratando de contener el derrame de inteligencia.

—Si vas a llevarlo por ahí...

—No quiero llevarlo por ningún sitio, Dídac de Diego. Trato de entender. Me gusta entender. Y lo de hoy es un juego de ti. Así que responde.

—Valeria era una persona sensible, lo que en ciertos ambientes y entre personas avasalladoras, dispuestas a seducir y a dejarse seducir, podía transmitir cierto aire de... desfallecimiento.

—¿Qué pasó con Valeria, Diego?

—Fue la primera de nosotros en alejarse, y no hemos vuelto a saber de ella. A veces la veo en sueños, al principio dudo de si será mi madre, tienen un tono de cabello muy parecido. Pero cuando me acerco... es Val, sin duda. Le gusta demasiado hacerse la muerta.

—¿Qué clase de sueño?

—Viscoso, un cristal recorrido de lluvia espesa. Siempre hace un calor opresivo, y me duelen los ojos. El verano mediterráneo es interminable.

–No te preguntaba por el aspecto, cariño, lo que quiero saber es si son sueños inocentes como cuando barajamos fotografías viejas o...

–¿No son inocentes todos los sueños? ¿Cómo vas a sentir remordimientos en un reino sin continuidad ni consecuencias? «¿Quién censura al que camina en sueños?»

–No suenas nada convincente.

–Plantea problemas morales, pero me da pereza resolverlos.

–¿Qué le hiciste? ¿Te portaste mal con ella?

–¿Mal? El mal es un concepto muy viejo, Berta. Solo tiene sentido asociado a una moral, y la vida es demasiado breve para instituir una propia, en la que pudiéramos confiar. Recurrimos a lo que nuestros antepasados se acostumbraron a llamar bien y mal, pero su mundo ya no es el nuestro. A veces me parece que los sistemas éticos son monumentos a nuestra impotencia.

–Te diré lo que está mal, Diego, deja que sea tu código. Despreciar está mal, insultar está muy mal, pegar es horrible, imperdonable. ¿Le hiciste daño?

–Sí, claro que le hice daño.

Vi cómo le temblaba la mano con la que sostenía el cigarrillo recién encendido, la vieja energía de la intimidación.

–¿No está implícito en vivir y amarse? La dañé como cuando nos vamos de casa, nos alejamos de los primeros amigos, cambiamos de vocación o nos desentendemos de promesas demasiado viejas, resultado de un desconocimiento intolerable de cómo progresa la vida. La dañé y Val me hizo daño porque estamos vivos y somos frágiles. Por eso es tan importante cuidarnos los unos a los otros mientras podamos, y ser amables, amables, tan amables como sea posible.

Con un gesto distraído de muñeca repartí el resto de la botella, como si fuera la última que quedase en el mundo.

–Y también reíamos y nos apoyábamos y estábamos bien. Te aseguro que éramos muy buenos en hacernos la vida mejor. A Val le gustaban los perros y podía detener una excursión para acariciar a un caballo o fotografiar a una cabra, y le volvían loca los burros blancos y las mariposas de alta montaña. Era una chica acomodada en la vida, pasamos juntos ese momento en el que todo lo que te sale al encuentro parece nuevo y dispuesto para nosotros. Pero éramos unos niños y nos prometíamos cosas que no siempre logramos cumplir.

–Precioso, precioso. Y ahora te visita en sueños. Ya no quiero saber qué le hiciste, no me lo cuentes. La moral también es algo mucho menos sofisticado: son las decisiones que tomamos, y no quiero verte del lado de la brutalidad, no lo soportaría.

Soltó una risa como una tos, algo entre ella y sus expectativas.

–¿Por qué se fue? Eso sí quiero saberlo. ¿Por qué os alejasteis? Dímelo.

–Pasaron cosas. Y no supe encontrar una geometría afectiva que la retuviese a mi lado. O un conjuro. Dices que desprecio a tu hermano, pero lo cierto es que no tuve ni el valor ni la astucia de Julio.

–¿No te dije que te arrastrarían a sus juegos? ¡Te lo advertí! Has instalado tu nido en su fantasía. Y es una solución equivocada, aterradoramente insatisfactoria. Si por lo menos se dedicasen a las orgías... ¿Te imaginas a Julio en una? Temeroso de descubrirse un poco mariquita, con lo bien que le vendría comerse una polla, entender lo que se siente al domar a un cachalote con la energía de unos pechos pequeños. Julio es como es y me gusta, pero encerrado como está en el callejón hetero se lo va a perder. Se compró una cama de cuatro metros, la enseñaba a las visitas, presumiendo como un pavo, un papagayo... el pájaro que más vacile, lo dejo a tu elección, y ahora esos críos pegajosos como chicles la usan de nave espacial, mientras su padre duerme dos de cada tres días en el sofá porque ronca. Vale que el delirio sexual puso en marcha el arreglo, pero después de tantos meses las sábanas seguro que vuelven a estar tibias. El matrimonio exige cariño, compromiso, ternura y lealtad porque somos frágiles, tú lo has dicho, la convivencia no se puede apuntalar sobre los conductos seminales. Casarnos nos vuelve sensatos pero exige un poco de fuego, aunque sea débil, un remanente de ilusión. Por eso sigues soltero, aunque sueltas llamas espléndidas, tu fuego está frío, Diego, eres tan fascinante y das tanta pena.

Levantó los pies del suelo, estuvo a punto de volcar el vino de la copa, el ardor de su mirada me recordó la energía desaprovechada de los soles que queman en el centro de una galaxia deshabitada.

—Lo que quiero decir es que no se rompe un matrimonio ni se cambia de pareja porque nos pongamos cachondos sino porque estamos débiles. ¡Mírate!

—Me tengo ya muy visto, Berta, y no consigo interesarme por Julio. Te recuerdo que es Laura la que nos gusta a los dos. Hablé con ella el mes pasado, estaba radiante, montada en su propia satisfacción.

—Laura. ¿En qué ha salido ganando Laura? Dos cargas familiares en lugar de una. Dos inseguridades masculinas, dos exigencias sexuales, dos escaparates donde exponerse.

Ha dejado de ser un dromedario y ahora es un camello. Menuda ganancia. No te rías, no tiene ni puta gracia. Laura no puede disfrutar de la multiplicación de los panes y los peces, su amor está saturado de grandes pensamientos que nadie puede satisfacer. ¿Cómo va un amante a estar a la altura de la intensidad de sus emociones? ¿Quién va a colmarla como mujer y como artista? No olvidemos a la artista.

–Laura ha estado desorientada, pero se está recuperando, y en unos meses...

–Piensas que se está recuperando porque es lo más cómodo para ti. Pero Laura siempre ha confiado en el poder de su cuerpo, nunca ha profundizado en la naturaleza de la pérdida, ni en sus peores pesadillas podía imaginarse avanzando por los caminos donde la ha metido Julio. Era algo que les pasa a las desgraciadas, a las humildes, a las feas. Los hombres no abandonan a una mujer como ella. Son las reglas del juego, la base de su sociedad, y ahora sangra por una herida que le atraviesa la cara de arriba abajo: ha descubierto que amaba a Julio con una pasión maternal, cobarde.

Con qué lenta malicia se bebió la copa y cruzó los pies antes de volver a levantarse.

–Laura necesita racionalizarlo todo, Petirrojo, nunca deja nada a la intuición, cuenta idea a idea, como si todo lo tuviese que pagar con calderilla. Y el abandono es una tormenta de inseguridad, te atrapa entre un pasado que ha cambiado de valor y un futuro de humillaciones. Las caídas son así, y si no lo ves es porque sigues embrujado por la esperanza de recuperar a Bodel, a Val y todo ese montón de Montsalvatges. Y una mierda vas a recuperar. Están improvisando y Laura necesita algo estable, seguro y, sí, convencional. ¿No lo ves? Se derrumbará.

—Me divierte tu defensa de la normalidad estadística, pero estás siendo injusta. También las parejas promedio atraviesan fases de celos, desconfianza, desánimo, resentimientos... Y nadie las considera fracasadas, al contrario, subestiman a los solteros y a las divorciadas desde su fantasía de ejemplaridad.

—«La normalidad estadística», bien jugado. Pero perdona que te diga, ¿qué vas a saber tú de la pareja promedio? Te aburre, te intimida. Y aquí no se trata de encontrar una «geometría afectiva» más acorde con nuestra época, sino de cómo les va a sentar a las personas concretas que se meten en ella. Y se necesita mucha audacia, complicidad y paciencia para improvisar una manera nueva de amarse. Y estamos hablando de mi hermano y de tu admirada Laura, ¡de tres requisitos fallan en dos! Ya eran un matrimonio vulnerable a lo que pensaran de ellos, ¿cómo van a manejarse cuando los miren con lupa, desprecio, envidia, burla y asco?

—Nadie se va a fijar en ellos.

—Nadie los va a dejar en paz. Los vecinos, el pescadero, las amigas de yoga, el mendigo de la esquina. ¡Verás cuando se entere nuestro tío Lomanas! Y Laura necesita sentirse especial, hasta que apareciste no se le conocía un latido que no estuviese inspirado por Julio o sus hijos. ¡Es una devota! ¿Desear a otros? Como se fantasea con ir al polo norte, sin pensar en el frío. ¿Lo entiendes? No tiene nada que ver con la normalidad estadística, están violentando su carácter. No saben cómo seguir.

—Te lo inventas. Y no es asunto nuestro. ¿No estás bien ahora? Déjales que vivan su vida.

—Mira cómo se te hincha la papada de satisfacción. Qué gusto te da jugar al tolerante, al hombre de mundo, uy, sí, como si Ferrara fuese Shangri-La. No ves más allá de tu nariz. Atiende a la geometría de la situación. No importa cómo estoy ahora ni cómo estás tú. La espuma de las emociones es demasiado pasajera.

—Estás hablando sin sentido, por hablar.

—Igual es que me va a dar un brote. Una crisis aquí mismo. ¿Te imaginas? Litros de vómito purificador, una forma anárquica de protesta. ¿Me abrazarías o saldrías corriendo? Da lo mismo, ya me sé el final: es triste y no justifica el viaje. Perdona que no sea tan sofisticada como tu Clara, tan paciente como Valeria; consume mucha energía arreglar la vida de los demás. Qué dulce ha sido este cigarrillo. Seguro que los camareros han disfrutado viéndome fumar.

—¿También quieres arreglar la vida de Julio?

—¡Sobre todo la de Julio! Es mi hermano, nací antes que él, es mi responsabilidad. Laura no se entera, pero nos criamos juntos y reconozco cuándo tiembla de miedo.

—Hace mucho que Julio abandonó la casa de tus padres. Es otra persona. Un adulto.

—No niego que ha prosperado. Sé que transmite esa sensación de calma. Confiando en su campechanía, revolcándose en el placer gorila de su dominio doméstico. Todo eso lo veo igual que tú. Pero la serenidad no es algo natural a su carácter, es una impostura que le consume muchos recursos. Julio es demasiado consciente de que ha tenido muchísima suerte. Su orgullo está ansioso, casi desesperado, por demostrar que es un hombre de calidad. Así que no te fíes de él cuando parece satisfecho, el rencor le remueve las tripas como un hierro al rojo vivo. Es solo que odia sin encabritarse, la superficie parece plácida, pero el resentimiento no deja de retorcerse por culpa de los años que le privaron de lo que merecía. Si ahora se concentra en Laura es porque le queda a mano, es la única a la que ha podido dominar completamente. Pero en sus fantasías planea contra todos.

—¿De quién quiere vengarse tu hermano?

—De los Castellar, pero también de los Montsalvatges y de las personas que iban a clase con Laura. De cualquiera que alimente el clasismo del dinero, y de los que se creen con el derecho a hacerle sentir inferior. ¿Y sabes qué? Sería una venganza justa. Pero quien deja caer la espada no puede confiar en un corte limpio, la mayoría de las veces termina empapado de sangre inocente. Por eso prefiero sonreírte a dispararte entre los ojos.

Me sonrió muy al borde de la butaca. El brazo rebuscaba en el bolso como un tentáculo con una voluntad independiente.

—Los hombres que no creen en el talento son terribles, Diego, todo lo confían al esfuerzo, a la constancia. Y Julio solo tiene una pasión: la de avanzar, si se detiene está muerto. Necesita moverse, armar un escándalo.

—Todos sentimos eso, Berta, «la vida se juega hacia delante».

—Deja de hablar como un libro, me pones de los nervios. Necesito que pienses como una persona corriente, que te esfuerces por entender al Julio real, por el bien de todos. Te lo repito: mi hermano es el emperador de su casa y de las personas que orbitan a su alrededor, lo que me incluye a mí y seguramente también a ti en calidad de sirviente especializado, pero le aterra asomarse al mundo y comprobar que nunca dejará de ser un segundón en la carrera del dinero.

—No sabes lo que dices, Berta, ¿quién no es insignificante en esa carrera? Mírame a mí.

—Pobre Diego, Laura te gusta demasiado si tienes el descaro de identificarte con la suerte de mi hermano. Julio no es como tú. Qué va a ser como tú, no sería capaz de abofetear a una persona con la elegancia de quien le presta un servicio. Tú flotas entre nubes de favores mutuos y a Julio le duelen los brazos de intentar mantenerse a flote. Expropiación y cárcel. Quiero que sepas que nada me parecería más justo que meterte una bala entre los ojos. Pero soy una chica frágil, fea y nerviosa, así que prefiero besarte.

Estaba tan graciosa tratando de ocupar con aquel cuerpecito flaco y sus borbotones de inteligencia el espacio que Laura llenaba de serenidad, presencia y ternura.

—El drama es que no lo ves, lo tienes delante y no lo ves. Te ciega el poderoso braguetazo que a Julio le ha permitido avanzar en mar abierto. Pero mírale bien: hijo de un padre ahogado, nadie le ha enseñado a nadar, se apoya en un tablón de madera y la madera está podrida. Que se mantenga a flote depende de que pueda seguir dominando a una mujer excitable. El arreglo la va a mantener amarrada un año o dos, pero si Laura afloja las cuerdas, si la fuerza del enamoramiento la arrastra lejos, mi hermano quedará encerrado en su pesadilla íntima: volver a ganarse la vida y depender de mi cariño.

—No sé de qué te quejas. Entonces tú ganas, volverías a tener a Julio para ti.

—¡Quiero que ganemos todos! No creas que esta historia del arreglo empieza contigo. Viene de muy lejos. Igual todavía revoloteabas por tu paraíso feliz. Les pasó algo, fue en una fiesta, al aire libre. Amigos del colegio de Laura. Julio no quería ir, pero cedió, a cambio consiguió que Laura se pusiera un vestido nuevo, ajustado, y unos zapatos como una fantasía de cintas. Quedó como un carnicero presumiendo de su culata de ternera. Laura se resintió, puso morros, se alejó de él. A Julio no le ahorraron nada, hablaron de las casas, los viajes y los coches que nunca se había podido permitir, le recordaron que dependía todavía del dinero de Laura. Las otras mujeres, vestidas con elegancia, le miraban como un animal exótico, un capricho en la vida de Laura; Julio se sintió por primera vez como un episodio, algo que podía terminarse. Se acercó a Laura y la oyó contarle a un corro de mujeres de dónde venían los Pons, su pasado como chófer de papá, la clase de apartamentuchos a los que la invitaba. Eran anécdotas que se repetían a menudo en la intimidad, que consideraban divertidas, Laura no calculó el efecto de compartirlas ante una audiencia mayor, ni que a Julio le sentaría como un hierro incandescente por la fosa anal. Al volver a casa Julio montó un espectáculo, le gritó, no sé si algo más. Espero que no. Y ella le perdonó. No al momento, opuso algo de resistencia, pero ambos lo interpretaron como una rendición precipitada. Julio había comprendido que podía ser algo pasajero en la vida de Laura y Laura que no tenía fuerza para oponerse a su marido. Así fue como empezó.

–¿No esperarás que crea que estás diciendo la verdad?

–Me da igual. Quiero que creas, y no creemos en las historias porque sean verdad, creemos porque lo necesitamos, porque nos gusta ser la clase de personas que creen en una historia así. ¿Pedimos un copazo? El tabaco no me sabe a nada.

Llamó la atención levantando el pie y agitando la chiruca. El camarero disimuló como pudo la risa.

–Me traerá un gin-tonic de Bombay para mí y uno de Seagram's para mi amigo. Pero ahórrenos el pepino y la pimienta rosa. Mi Daddy es un clásico. Acostumbra a venir con una pelirroja estupenda, pero incluso la mujer más paciente se harta de respirar el polvo de este sarcófago.

–Puede retirarse, gracias.

–Y deja de mirarme así, Diego. Julio no es un monstruo. Ya le gustaría, pero la verdadera maldad es muy difícil. Al dañar a Laura se hirió, se le comen los remordimientos. El acuerdo es su manera de pedir perdón, salvando su hombría, la estabilidad económica y sus excursiones eróticas. ¿Un arreglo? ¡Una chapuza! Su sistema es un desastre, Diego, una puta mierda.

–¿Y por eso ha recurrido a ti? ¿Para que intercedas?

–Sí, no... ¡No! ¿Por qué dices eso, no te abordó él? A mí no me metas en medio. ¿Por qué todo el mundo actúa como si los demás tuviéramos un plan para cada persona? ¿No dices siempre que la vida va de decidir sobre la marcha? Pues yo también tengo derecho a improvisar.

Me miró con unos ojos violentos, de acero.

–Nos servimos de los demás para tantas cosas, Diego, que a veces da un poco de asco. Señálame un ser humano y te mostraré una navaja suiza. Julio me quiere a su lado para recordar lo desgraciado que era, para alimentarse de mi mala sangre, para disfrutar de un cariño incondicional, para que apoye a su Laura y le ayude...

–¿A allanar moradas?

–A aprender a manejarte. Enseguida nos dimos cuenta de que nos había tocado la lotería, en cuanto te vi bajo la luz de la luna en aquel jardín de las narices. Un espléndido ejemplar de ángel caído, herido de orgullo, con las alas abrasadas. Un instrumento precioso, pero de alta precisión, usarte bien exige concentración y disciplina.

–¿Qué queréis de mí?

–¡Ya te lo dijo Julio! Que amplíes nuestro mundo. Pero decidiste tomártelo como algo que solo involucraba a Laura. Te convenciste de que apelábamos a tu gusto educado y a tus conocimientos artísticos, solo que tu sangre no pertenece a ese mundo. Eres hijo del dinero. ¿Qué crees que veían los Montsalvatges al mirarte? ¿Quién te crees que eras para Bodel mientras daba vueltas por la montaña mágica en tu reluciente coche nuevo? Un apellido venido a menos de cuyas sobras podían alimentarse unos años. Ayúdanos, ayúdate. Julio ha besado manos muy sucias para llegar a sitios donde no se le esperaba. Estoy tan orgullosa de él. Pero si ha progresado es gracias a lo oscuro y pequeño que es, no sabes la cantidad de alimañas que sobreviven a los depredadores gracias a su insignificancia. Pero no irá a más, no tiene contactos ni otro carisma que ese atractivo sexual que ya gastó en cazar a Laura. Está atrapado por el techo de su propio juego. Es muy triste verle chapotear en empresas agotadas... Y borra ahora mismo esa expresión de suficiencia de la cara, respeta los buenos ratos que hemos pasado juntos. Además, me has entendido perfectamente, Diego.

Os prometo que vi pasar nuestro verano bomba como dicen que sienten la vida los que van a morir. Enredado por una realidad ajena, viscosa como el sueño de una resaca. Me prometí que si escapaba de ese embrujo acamparía una noche en Les Coves.

—La nueva dirección del partido todavía está tierna, Berta. En la oposición no podemos movernos con el descaro de antes. Pero no pongas esa cara de macaco asesino, ahora vienen las buenas noticias: ha bajado la competencia, a un hombre con la energía de Julio le encontraremos sitio. Moverse, conseguir... son habilidades básicas para el partido.

Se había sentado sobre las piernas cruzadas, agitaba la copa como si fuese una tacita de té y ella un duende invitado por error a la fiesta de los zapatos rojos.

—No entiendo el rollo que te traes con el partido. Da

igual cómo te trataron tus amigos, en tu momento más bajo eres mil veces mejor que esa política de mierda.

–Ni se te ocurra confundirme con uno de ellos.

–Pobre Diego. Me gusta que recuperes tu orgullo, el fuego te sienta tan bien... Pero qué manía le tienes a Julio, qué asco te da. ¿Te lo imaginas inaugurando un polideportivo? Tu vía es demasiado lenta, los Pons ya tenemos nuestro rinconcito, aunque sea de Laura, lo que te pedimos es que nos conduzcas como una brújula al corazón del próximo pelotazo. Ayúdanos a invertir. Julio merece participar de la fabulosa España Sideral. Llegado el momento te prometo que será implacable, pero ahora no sabe dónde descargar el golpe. Ayúdale.

–¿Crees que si tuviese esa información no invertiría mi dinero?

–No lo tienes. Ni en sueños te acercas a la cantidad que heredó Laura. Investigué tus cuentas. Ya sabes que soy buena consiguiendo cosas. Y te he ahorrado el papelón de simular que dispones de dinero fresco. Qué cómodo hacerse el digno cuando ya dieron el zarpazo por ti: rentas sucias para financiar tus poesías y tu vocación de diablo seductor, pero el capital no lo tienes.

–¿Eso es lo que soy para los Pons? ¿Un intermediario? ¿Un conseguidor?

–No vas a convencerme de que te viene de nuevo: encanto y contactos, una inteligencia elástica y agradable. La suave amoralidad que segrega tu ineptitud para el compromiso. ¡Eres perfecto! Seguro que Bodel y los Montsalvatges te sacaron un buen rendimiento. Y no te quejes, a mí Julio me quería para recordarle a una esposa en horas bajas lo afortunada que era de tener un aspecto sexy y tres hijos sanos.

–Dime de quién ha sido la idea.

–Un trabajo conjunto. El primer latido fue cosa de Julio. Nos llevó al Poblet a ciegas porque había oído campanas del regreso de un hijo de papá forrado y con contactos. Estaba loco por meter el rinconcito en una inversión mágica. Ya te he dicho que nos causaste una impresión estupenda: un poco seductor de ti mismo, pero encantado de escuchar nuestros deseos. Julio estaba excitadísimo, pero al poco de volver a Barcelona perdió un buen pellizco en una inversión que parecía garantizada. Cómo debía temblar de gusto durante su primera jugada en la alfombra roja de la especulación. No estaba preparado para un correctivo, se resintió. Laura no descubrió nada de milagro, y a Julio le entró miedo de que la amenaza de la ruina le suministrase la fuerza para abandonarle que no había encontrado en la infidelidad. Julio se forzó a olvidarte, pero yo no me olvidé, decidimos ganar tiempo con la fantasía del gran mundo, ¿cómo ibas a resistirte al papel de educador? Al principio me pareció una suerte que Laura te recordase a tu madre, pero fue todavía mejor que te devolviese a Val, la pelirroja extraviada. Supongo que era una de tus mujeres complicadas, me gusta imaginarla retorcida, capaz de provocarte un sufrimiento duradero. Los hombres sois animales fascinantes. Y así hemos terminado en este decrépito museo fantasma de la sofisticación. Me confieso la autora intelectual de la intriga. ¿Puede hacerse?

–Puede hacerse.

–¿Y lo harás? Sí, claro que lo harás. Es tan divertido ser condescendiente con Julio, simpático y vacilón con la feúcha de Berta, descubrir con alegría «los encantos» de Laura, tú lo has dicho, ¡los Pons somos para morirse de risa!

Bailaba sobre el escenario de su excitación, y desde allí me observaba con una paciencia lenta y burlona.

–Estás total cuando me miras así, un poco amenaza-dor: «Ni se te ocurra confundirme con uno de ellos». ¿Te comportabas así antes de la caída? Qué formidable debió de ser verte arder en el cielo del orgullo. No me extraña que fascinases a tus amigos, qué tontos por dejarte ir, qué tontos, aunque eran unos niños, y más tonto tú por se-guir sumergido en ese pasado donde no te quieren. Tie-nes que dar un paso, aunque sea hacia atrás. No puedes quedarte en el cuarto donde te has encerrado. ¿No te das cuenta? Entre nosotros serás un arcángel. ¿Y si fuese esto lo bueno que te ofrece la vida en este tramo: salvar tres al-mas embarradas? O por lo menos una, la única pura, la mía. ¿Y ahora por qué no te ríes? ¿No lo encuentras gra-cioso?

–Haré lo que me pides.

–¿Sabes lo que de verdad es gracioso, Diego? Míranos a todos. A Laura, a Julio, a mí, a ti. ¿Y si la mente estuvie-se hecha para la monogamia? La obsesión, la vida conjun-ta, ser la preferencia de otra mente. ¿No es una falsa moral corregir a la naturaleza? ¿Qué hay de reprensible en una mujer que busca un amor con el que envejecer?

–Nada. Encontrarás a esa persona, Berta, lo mereces.

–Hablaba de Laura.

Siguió con una voz que parecía temblar con un leve desprecio.

–Lo más cómodo sería que Julio soltase a Laura cuan-do tenga el dineral en las manos, pero ¿por qué iba a ha-cerlo si ella no se opone a sus caprichos? Tendrá que ser Laura la que se vaya. Por suerte la ciudad está llena de pre-tendientes, sobre todo en verano. Tantos hombres. Me fijo, ¿sabes? Me gustan. Mirarles las manos. Que mis fan-tasías se mezclen con las que ellos se forman de mí. Dejan que me acerque con la guardia baja, me abrazan como si fuese un amigo y no un atractivo que los desafía. A veces me aburro, pero me cuido de no intimidarles, así consigo examinarles de cerca, por eso los conozco tan bien. ¿Y sabes qué? Visten y se peinan distintos, creen en ídolos diferentes pero se pavonean igual, y todos se arrugan como gusanos de miedo y ternura. No nos sirven. Laura no saltará por ellos de su barco, alguien especial tendrá que arrancarla de la estúpida órbita donde gira.

–¿Quién?

–Diego, trata de seguir el ritmo, ahora es un juego de ti. Ahoga en dinero a Julio y arráncale a Laura.

–No sabes lo que dices.

–Mírate. Llevas años respirando como la sombra de un mundo muerto. Y supongo que ni te pidieron explicaciones, demasiado exquisitos, se limitarían a alejarse y te condenaron a una vida de violencia psicológica sin ellos. Pobre Diego, pobre Petirrojo. No me extraña que tiembles cuando aparece una mujer preciosa e inocente con la que enmendar el error que cometiste con Val, fuese el que fuese, no creas que me importa. Pelirroja salva a pelirroja. Sálvanos. No seas idiota, acepta el trato. ¿No entiendes cómo te mira Laura? No escuches al corazón: es una criatura con una propensión alarmante a sugestionarse. Cierra los ojos y cree. No me negarás que si los animales nos parecen dignos de lástima es porque lo desconocen todo sobre la confusión amorosa, la euforia, la insatisfacción, las mil estrategias que manejamos para renovarnos, el embrollo, la tristeza y tantas oleadas de entusiasmo y ternura y nostalgia. Da igual quién seas, de dónde vengas, tu aspecto, el dinero que te queda, el tiempo que te permitan pasar aquí: enamorarnos y desenamorarnos es nuestra vocación, la raíz de la vida, mucho más poderosa que la curiosidad y la procreación. Sálvanos. Y no me vengas

313

ahora con que no crees en el amor. Nadie cree, pero ocurre. ¿No lo sentiste una vez? Vuélvelo a sentir.

—¿Y nosotros?

—Nos seguiremos viendo. Nos sonreiremos. Nos contaremos secretos. Seré esa hermana del alma de la que nunca te permitieron disfrutar. Pídeme ahora mismo en matrimonio y cada dos de julio celebraremos entre risas el aniversario de la tarde que te rechacé.

—¿Y tú? ¿Qué vas a hacer tú?

—¡Lo que me dé la gana! Seré rica para siempre. Adiós a los hombres. Son solo una excusa para sentir. Entramos en el amor buscando a alguien que nos enseñe a sentirnos especiales, y solo aprendemos a protagonizar una insípida comedia de interiores, miles de sumas y restas que no valen nada cuando el amor se va. Una contabilidad. ¿Nunca has deseado en un brote negro la muerte de las personas a las que más querías? No pongas esa cara, así es como aprendes que el corazón puede pudrirse vivo en el pecho. Y después de todo las mujeres demasiado inteligentes no son para ti, te sirvo cuando te escucho y cuando te respondo, pero vivir conmigo sería como acostarse en un nido de navajas abiertas.

Acunó la copa como si fuese una balanza, un péndulo o una guillotina. Sonreía con los ojos y movía los labios al ritmo de su canción favorita: «Río de ti, rayo de mí / No siento ninguna pena / Rayo de ti, río de mí / Esta es nuestra verbena».

—No voy a estar sola, mi pequeño Lucifer, no sufras. Me quedaré al lado de Julio. Ha de ser horrible ser él sin Laura, y me llevo bien con los críos, te aseguro que la que sobraba en el Poblet no era yo. ¿Quién va a convivir mejor que dos mellizos? Mi arreglo es el mejor para todos: deja que mis ideas entren despacio en tu elegante cerebro, familiarízate con ellas y luego sálvanos. Lo que te propongo no tiene ninguna dificultad, es «la solución oculta a la vista de todos». Unas dosis tolerables de sufrimiento y después una geometría elegante del afecto, el sexo y los cuidados. Alégrate, ¡podrás besar a Laura a diario! Llévate a la pelirroja y el ganador nos salva a todos. Esta vez no pierde nadie. ¡Sálvanos! Vuela, vuela, Petirrojo. Sé maravilloso, sálvanos a todos, ¡sálvanos!

Libro tercero

6. MAGIA BLANCA

Primero está el verano infantil que coincidimos como pinceladas del mismo paisaje. Un entusiasmo mutuo que el cuerpo no sabe cómo canalizar. Después viene la tarde que Clara nos vuelve a presentar en la universidad y el deslumbramiento de tu pelo de fuego y tu piel blanca y pecosa. Dices algo que no entiendo y me río y me devuelves la risa, dejo de ir una semana a clase, nada me ha preparado para esta revuelta excitada de la ternura. ¿Existe el amor a primera vista? ¿Cómo va a guardar una flecha para mí? ¿Estaré a la altura de la llamada? Consumo las tardes en Miramar y las noches conduciendo por Montjuïc. No entiendo la profundidad de la vida. Te invito a pasar un día de remo en el Poblet. Aceptas con una carcajada. Nos pasamos la semana previa orbitando el uno alrededor del otro. Después nos besamos en el saco de dormir y el universo entero se curva hacia ti, Val, su nuevo centro. La historia más vieja, la que Álvaro siempre ha evitado, una que siempre termina de la misma manera.

Q

Salgo a tu encuentro saltando y moviendo la mano. Te alejas casi a la carrera, te giras y me sonríes: nuestra vida es ahora esta marea de reunirnos y despedirnos. Nos vemos en una terraza, nos vemos en el parque a la salida de la clase, y es precioso descubrir que no conoces el cuadro del caballo que cuelga en la sala más pequeña del MNAC porque así podemos descubrirlo juntos. Las horas se nos pasan extendiendo los respectivos mapas de la memoria, examinamos los recuerdos como dos niños encerrados con un catálogo de papeles pintados. Tardaremos años en descubrir cómo los hemos embellecido (y con qué descaro) para estar a la altura de lo que creemos que el otro merece. Hablamos de nuestras familias de las que nadie más sabe y de cualquier asunto general como si fuéramos expertos porque de lo que se trata es de iluminar nuevos escenarios. ¿Cómo seremos de viaje? ¿Nadando? ¿Comiendo en un chino, cenando en un indio? ¿Bailando? ¿Hablando con tu hermana? ¿A las ocho y a las dos? Me vienes a buscar con tu coche color pistacho a la salida de las clases y nos vamos hacia los parques medio escondidos en el extremo de la ciudad. Paseamos de la mano durante horas aunque el sitio no nos guste mucho solo por pasear de la mano. Entre besos, copas y risas comprobamos nuestra compatibilidad de carácter, los tanteos se resuelven destilando los primeros planes y ambiciones que reconocemos como propios, incontaminados de pasado. Me levanto más pronto, mis notas mejoran, llego a todas partes protegido por una membrana de orgullo, río más fuerte, encaro los días con vigor, y me entristece ver cómo acaban. Y también avanzo como si arrastrase no tanto un peso como una responsabilidad, a cuya luz me siento madurar.

Q

Después de varios viajes por la península me propones que vayamos a Italia. Nunca he salido de España sin mi familia. Mi inglés me parece insuficiente como un ojo de cristal, no digamos ya mi italiano. A duras penas tenemos el dinero pero los vuelos están baratos, ¿en qué íbamos a gastarlo? Me agobié buscando hotel en un pulso desesperado entre nuestro presupuesto y las calles con prestigio. Me empuja el tirón salvaje de ser mejor por ella. Me ahogo en un vaso de agua. Valeria se da cuenta de mi agobio y se ocupa de los billetes y se hace cargo del hotel. Anota las conexiones desde el aeropuerto hasta el centro de la ciudad. No tengo que avanzarme, no estoy a los mandos, no soy un caballero andante ni Val una dama en apuros. Formamos una sociedad, los mejores amigos. En el aeropuerto Valeria está sonriente y guapísima. Yo no dejo de preocuparme. ¿Y si hay retrasos? ¿Y si no nos dejan viajar por un problema inesperado con la documentación? ¿Y si perdemos la dirección del hotel o nos equivocamos al reservarlo? Llegamos en autobús, arrastro la maleta bajo la lluvia y nos asignan una habitación estrecha, alejada de mis sueños como el último vagón de un tren de mercancías. Pero la veo sacarse los zapatos y sonreír, besarme como si solo buscase entrar en calor y el sexo no fuese una necesidad fisiológica ni un desafío sino la manera natural de invertir el sobrante de ternura. Al día siguiente desayunamos y salimos a comprobar cómo la luz despliega su encanto. Somos lo mismo el uno para el otro: el final de una espera y una tabla de confianza con la que negociar la corriente extraña de una vida que iba ya lanzada. Berna, París, Tokio, Florencia... vamos a estar haciendo esto una y otra vez.

Q

Los problemas llegan ahora del exterior. No estoy seguro de haberme preparado seriamente para trabajar, y conocemos demasiado bien lo poco que vale nuestro amor para la economía de mercado. Decidimos buscar un empleo estable, nos lanzamos a preparar unas oposiciones. Estar juntos empezó a ir en contra de nuestros intereses: nos distraíamos. Te dejaba en la academia y paseaba con la cabeza llena de poemas las horas que debía estudiar. Nunca como entonces he sentido que llevaba pegada a la piel una máscara con la que era imposible reconocerme. El día del examen fue terrible competir con personas que no eran nosotros, y que cargaban con su propio juego de ilusiones. Con una mirada nos confirmamos que habíamos suspendido. Fuimos a comer al Margot, pasamos la tarde en el puerto y me regalaste un llavero con forma de delfín que brillaba en la oscuridad. Cuando estamos juntos rigen otras reglas: incluso en la derrota nos beneficiamos.

Lo que sigue es una lenta lucha por aumentar, tú en las editoriales, yo en el museo, el saldo de la cuenta conjunta que traza la circunferencia de nuestras posibilidades, de lo lejos que podemos ir. Y hay una tarde de invierno que entramos en una cafetería y frente a una taza de chocolate te miro expectante (ya somos la persona que le puede hacer más daño a la otra) mientras repasas la contabilidad precaria de irnos a vivir juntos. Quieres convencerme de que podemos alquilar aunque estamos a doscientos euros de los ingresos mensuales que nos hemos impuesto como red de seguridad. Reímos como benditos al darnos cuenta de que ni siquiera hemos contabilizado los gastos de luz. Reímos porque son nuestros errores y los queremos como se quiere a la sombra que proyectan las virtudes del otro. Aunque nos prometimos no recurrir a las familias me planto frente a mi padre, y sentado sobre el barril de pólvora de nuestros desencuentros (los estudios que elegí, mi supuesta frialdad desde que mamá marchó, el desprecio que siento por la causa del partido) me ofrece más de lo que le pido, y pese a la cordialidad regreso a la calle como si me hubiese impuesto en una batalla cruenta.

Me enternece la diminuta libreta donde apuntas las direcciones de los pisos que nos podemos permitir, brillan como fórmulas mágicas capaces de transportarnos a la convivencia futura. Nos apetece tanto, Val, da igual que el estilo de la época prefiera no comprometerse, reservar espacios para uno... ¿qué quiero reservarme lejos de ti? Disfruto mucho de la displicencia con la que rechazas los consejos para que nos hipotequemos en lugar de alquilar y la minuciosidad tan tuya con la que acotas los barrios donde te gustaría vivir: ni demasiado lejos ni demasiado cerca de tus padres, a poca distancia de un parque y de la playa. Rellenas de rojo el trazado de las calles que te interesan. Soportamos juntos el aire gélido con el que nos reciben en las inmobiliarias, juzgados por personas que no saben nada de nosotros.

Te enamoras de un segundo sin ascensor, cincuenta metros cuadrados de techos altos, una cocina destartalada y la joya de una terraza que da a un patio iluminado por el sol como una *piazzetta*. Me dices que ya puedes oír el murmullo de nuestras conversaciones futuras y yo no resisto el impulso de agarrarte y bailar los pasos de un despeinado foxtrot.

Me tiemblan las manos cuando envío por correo la documentación que has reunido y esa noche me cuesta conciliar el sueño. Me despiertas con un beso para informarme de que han aceptado y preparamos juntos la transferencia que nos deja la cuenta casi al raso. Salimos de la inmobiliaria con las llaves brillando como un metal alienígena en la palma de la mano. Recorremos las habitaciones y yo sonrío sobrepasado mientras tu fantasía calcula los muebles que podemos permitirnos con nuestro presupuesto.

Salimos a recorrer las calles cercanas como si fuesen nuestro jardín. A las cinco de la madrugada todavía no te has cansado de bailar y besarme. Ni siquiera nos apetece demasiado hacer el amor. ¡Tenemos años de sobra para aprender a ser domésticos!

Compramos los muebles y los transportamos en una furgoneta alquilada por Bodel. Dos poetas subiendo por la escalera un sofá que no cabe en el ascensor. Clara está muy graciosa tratando de facilitarnos el trabajo con complicados cálculos trigonométricos que ni ella entiende. El espacio donde vamos a comer, pensar, charlar, entretenernos, leer, hacer nuestras necesidades y dormir se achica con los muebles dentro. Preparas café y tostadas para todos. El tiempo viaja rapidísimo hacia las copas. Despedimos a nuestros amigos y recibimos la primera madrugada en la terraza, y Val me cuenta al detalle los años más opacos de su adolescencia, cuando la acorralaba el desánimo. Y me habla como se le habla a un marido, a un cuerpo con el que no compartimos los sentidos pero del que también somos responsables, que ha prometido cuidarnos. La casa nos envuelve como si fuéramos los dos pulmones de un mismo organismo. Y me siento orgulloso y asustado de ocupar los zapatos que siempre he querido para mí.

♀

Los primeros días de convivencia me sirven para estudiar la velocidad de fuga del dinero: cómo gotea con el agua del grifo y corre con la electricidad. Empieza una época que durará años de consultar el saldo cada pocos días, como quien asiste al crecimiento de una mascota, temeroso de que se intoxique o se le abra una herida. Mientras lavo los platos, rebusco en una librería de segunda mano o me pruebo una camisa me sorprendo tratando de protegerla de cosas de las que apenas puedo defenderme yo. Acompañar a una persona supone dejar entrar sus miedos, sus tristezas, los salientes menos amables de su carácter, convivir con ellos como con un ojo vago. Estoy a su lado en varios disgustos con sus hermanas, con amigos, en la universidad, pero la primera vez que la vi derrumbarse me aterró la posibilidad de ser un día el responsable de un sufrimiento parecido, prometí que cuando la viese triste no me apartaría de su lado hasta que volviese a reír. Progresamos en el baile de la convivencia: aprendemos a estar juntos y a dejarnos espacio, las conversaciones crecen y se complican: a veces parecemos dos que improvisan sobre una partitura que conocen de memoria. ¿A quién vamos a agradecérselo sino a nosotros?

Q

Como uno que ve arder su casa o no puede impedir que el agua se le escape entre las manos, así de impotente me siento cuando empiezas a encontrarte mal, y me miras escondida desde el fondo de la cara. Renuncias a acompañarme al centro, nunca sales después de las cinco, te cuesta dar una vuelta por el barrio, al final ya no sales de casa. La analítica nos saca del avispero de las conjeturas a cambio de llevarnos a un sitio frío y oscuro. Tramitas la baja como quien confiesa un crimen. Te repito tantas veces que lo primero es cuidarte y que te pongas bien que se me pega a la lengua, también consigo que te lo creas. Cocino, limpio, me encargo de la compra, te arreglo la cama, preparo infusiones, soy el camarero de tus madrugadas. Gasto horas en el ordenador como si la red encerrase una solución mágica y dependiese de mi perseverancia encontrarla. Y aunque a veces me siento como un loco que se ha quedado dando palmas en una sala de fiestas vacía, a menudo consigo distraerte. Inventamos juegos y rutinas adaptadas a tus fuerzas. Trazamos planes. Incluso debilitados por la enfermedad, no hay nada mejor que sentir que la hora y el día son nuestros. Yo también me sobresalto cuando te digo que podría pasarme años así aunque no fueras a curarte. Algo suave y acogedor, resistente por dentro, complicadísimo de quebrar, me confirma que hablo en serio. Avanzamos con pasos cortos, luego largos. De una manera natural tu alegría empieza a volver. Salimos a cenar y enseguida estás preparando nuevos viajes. Te curas aupada en un equilibrio nuevo: un marido que ha resultado de confianza. Tenemos treinta y cinco años.

Q

Suena como una melodía que se te ha pegado y la escuchas a media película, durante los postres, mientras pagas unos pantalones: tenemos que decidir sobre los hijos antes de que se imponga una renuncia biológica. Me preguntaste si de verdad quería ser padre y no supe qué responderte. Ver crecer un carácter, transmitirle mi mundo sentimental, disponer de un legado humano... eran proyectos que unas veces me parecían atractivos (sobre todo cuando mezclaba tus rasgos con los míos sobre la masa de su cara futura) y otras me dejaban indiferente. Pensaba en el asunto porque era el momento y no porque lo desease o fuese a ser mi motor. Decidí dar un paso atrás y apoyar con cautela el progreso de tu propia decisión. El hijo sería de los dos pero me daba miedo que Val se arrepintiese, había escuchado tantas historias sobre las complicaciones de las mujeres para alcanzar una vida plena fuera de la maternidad. Y lo decidimos juntos, la idea madura despacio, nos acostumbramos a ella como a una casa, un perro o una pérdida. Pero fue Valeria la que con las piernas cruzadas en el suelo levantó la copa de vino blanco frío y brindó por una vida juntos «sin interferencias». «Los hombres dicen que solo los hijos pueden darle una vida plena a las mujeres cuando descubren que no quieren a sus hijos tanto como esperaban», así respondiste a mis miedos. Había algo inquietante en celebrar la inexistencia de una persona. El tercer y el cuarto hijo que una pareja decide no tener también son criaturas a las que se les niega la vida, pero con el primero se cuenta, y su negación casi puede palparse como una violencia personal. De noche soñaba con una cara que me miraba con furia desde el otro lado del cristal del existir. Te conté mis sospechas e inventaste el rito: escribimos los nombres que elegimos para nuestros hijos al mes de conocernos y quemamos el papel para liberar su alma hipotética y permitirles así encontrar otro cuerpo donde experimentar la conciencia. Y vi llorar de euforia a Val por haberse escapado de aquella carga asignada que parecía un destino. Qué feliz estabas. Confiaba en lo consistente que puedes llegar a ser cuando te decides por algo y no me fallaste: nunca te has arrepentido.

Q

Así como otras personas dividen su vida en etapas definidas por las mujeres o los hombres que han amado, nosotros las asociamos a nuestras casas: el piso con dos alas separadas por un largo pasillo en el corazón del Eixample que pintamos de salmón suave porque según tú era el color de la confianza; la casa que nos compramos a las afueras de Santander porque ya no podías más de los veranos mediterráneos y que decoraste como si cada mueble fuese un órgano vital; el tercero sin ascensor con la terraza abierta a la Piazza di Santa Rufina, donde cuidamos a Clara cuando enfermó. Progresamos en nuestros trabajos. Contamos con tiempo, dinero y confianza. La vida adopta contornos más serenos. Apenas discutimos. Permitimos que el silencio abra sus espacios entre nosotros. Todo se inclina hacia la dirección prevista, pero nos atrevemos a variarla: los cincuenta son los nuevos cuarenta y los sesenta los nuevos cincuenta. Pasamos meses en los sitios donde hemos sido felices sin la exigencia de la juventud, y visitamos países lejanos para renovar la sorpresa. Nos gusta probar comida nueva, los cuadros y las playas no se terminan nunca, el mundo se abre en una variedad imponente y seductora que la lucha por asegurarnos una posición no nos permitió ver. Hacemos el amor como una magia fiable. Las preocupaciones nos llegan como lejanos porrazos a un gong de hojalata. La felicidad no se parece en nada a como la imaginábamos y no puede parecerse más.

Q

Lo descubrieron en una revisión rutinaria. La posición es complicada y el deterioro muy avanzado. Acabo de cumplir ochenta y tres años y le había prometido a Val llegar juntos a los cien. Val me llevó a comer rodaballo en la terraza de Margot, que ahora lleva su nuera, Silvia. Cuando entran los postres me dice entre risas que si me voy se viene conmigo, y yo le digo muy en serio que por encima de mi cadáver. Me despido del vino blanco con una gran copa que me sabe a sueño. Salimos a la calle de la mano, como siempre, y dedicamos dos días a disfrutar de la rutina a la que hemos consagrado tantos inviernos: desayuno, película, una buena comida, paseo, y repasar y reordenar los recuerdos: el inesperado placer de la vejez. El lunes me vengo un poco abajo (y arrastro unos centímetros a Val) al reconocer que ahora sí se acerca lo que hemos sospechado siempre: que estar aquí no puede prolongarse demasiado, que uno se irá antes y dejará al otro solo. Remontamos contando las cosas que hemos perdido: mi pelo, tus mejores dientes, tanto colágeno, es un escándalo cómo se pierde el colágeno. Empiezo el tratamiento y duele y muchas veces quiero estar solo, tumbado y vuelto contra la pared como un animal herido, pero Val me suplica llorando que siga adelante, el egoísmo le brilla en la cara y me gusta. También me dice que nos arreglaremos para que el día merezca la pena, y se las apaña para tener razón. Pero cada semana me siento más débil, y un jueves a las seis de la tarde pierdo la visión de ojo izquierdo; aunque agradezco poder seguir leyendo, con la reducción del campo de visión Val empieza a vibrar con la textura de un sueño, y puedo creer que toda esta vida es el reverso de otra erizada de problemas, como si después de la brujería viniese la magia blanca. Cuando me levanto de la cama me pesa ser el guardián de una memoria tan larga, hace demasiado que se fueron Clara, Bodel y Álvaro: cuesta más recordarlos que ir hacia ellos. Me duele tanto que una tarde Val me abraza y me dice que ya he sufrido bastante. Pasamos un par de horas riendo y llorando de agradecimiento. El cuerpo se retuerce, pero la conciencia entra despacio en el líquido blanco de la morfina. Justo al borde me doy la vuelta y veo la arena marcada con las huellas de mi paso, son leves y empiezan a perder su perfil. Lo que sigue se parece a desembarazarse de la red elástica que me sostenía y liberarse de la presión de la muerte. Eso fue todo. Solo que durante un tiempo (si es que tiene sentido seguir llamándolo así) recibo fogonazos de los ocho años que Val me sobrevivió. Y mi chica encuentra maneras de que siga valiendo la pena, el duelo le proporciona un apoyo, estoy tan orgulloso de ella. Algunos días bajo la anciana se transparenta la muchacha de veinte años, que rema y me sonríe como una promesa, un reto, una expectativa, un presagio y un enjambre de dudas. No encuentro nada más sexy y sofisticado que la pareja humana de larga duración. El amor no es un destino ni una cobardía, sucede como un accidente de tráfico o como ese barrio que a fuerza de atravesarlo terminas queriendo tanto. Quemaría un sol para seguir viéndola. Y si Valeria al final muere es porque los humanos no hemos inventado otra manera de terminar.

7. CARTAS A UN FANTASMA

Caro Diego:

¿Ves como es mucho más divertido escribirnos en papel? Y ahora disculpa que haya incumplido la promesa de responderte enseguida. Mi atenuante: he estado un poco achacosa. Tres días bebiendo leche y aspirinas, con la cabeza arrasada por una leve migraña. Pero he disfrutado mucho imaginando cómo le dabas a la caligrafía (sigue igual de legible, puedes estar tranquilo) y salías a buscar el buzón para desprenderte de un puñado de párrafos que ya me pertenecen más a mí que a ti.

Que no te confunda mi retraso, pues. ¡Claro que me ha ilusionado recibir tu carta! Incluso la segunda, reclamando. Y yo también te disculparé si un día te retrasas (sobre todo cuando tenga la nueva carta en las manos): estos intermedios de silencio van a beneficiarnos, ¿no te parece que las amistades a distancia tienen algo de comunicarse a golpes suaves y rítmicos en el muro que separa las habitaciones?

Más detalles, detalles, quiero que me veas bien. Hoy martes, tapada con una sábana y media manta, regodeándome en una debilidad que ya no sentía, he abierto el sobre en la cama («vestida con decimonónico camisón») y al empezar a leerla he sentido una contracción del tiempo y me he visto en el Delta, una de esas tardes de verano que resolvíamos cocinando una tortilla que en el libro de recetas de tu madre llamaban *omelette*. He tardado un poco en comprender que el chico guapísimo que se pasa horas abriendo botellas de vino blanco helado y escuchando todo lo que tengo que decir es menos tú que una de tus versiones anteriores. Y eso me ha puesto un poco triste y después alegre, porque todavía no se había ido a Italia como un diablo cobarde después de hacernos lo que nos hiciste. Y luego he seguido leyendo.

Es una carta bonita, pero insuficiente. ¿Cómo vas a encapsular siete años en dos folios? Quiero saberlo todo de Diego Duocastella. Escribe más y más y más, envíame una carta cada día aunque no te responda, muéstrame una faceta tuya y luego otra, no tengas miedo a contradecirte, no te pares a pensar si me va a interesar o no, me interesará. Si te abruma la cantidad de material aquí van algunas ideas: ¿cómo son tus amigos italianos? ¿Todavía sales de excursión en busca de hierbas y flores? (Confieso que sigo siendo esa persona incapaz de distinguir la menta de la melisa.) ¿Estás en Barcelona de paso o has vuelto para instalarte? Tengo una noción muy difusa de dónde has vivido: ¿te instalaste en Mantua, o te has movido como un fantasma inquieto de Turín al Lido di Volano? Cuéntamelo todo, cuéntamelo ahora. Solo así entenderé con quién estoy hablando, quién eres debajo del nombre de mi viejo amigo.

Y ahora mi turno: tengo la edad esperada, en lo de cumplir años he salido muy exacta. Así que ya no soy una chica, pero tampoco lo era cuando nos separamos. Mi pelo ha perdido volumen, disfruto de mis últimos semestres de fertilidad, y si una noche no duermo bien la piel transparenta presentimientos de vejez, y cuando estoy sola me confundo y me reconozco en el tono desafiante de la conversación interior de mis treinta años.

Me sobrepasa la cantidad de cosas que no sabes de mí, y que no puedo transmitirte con un montoncito de palabras cortadas para la ocasión, deberías haber pasado estos años a mi lado, mientras se acumulaban capas de disimulo, afirmación, omisiones y sobreentendidos. Ya no es posible conocernos como solo se conocen quienes pasan años cerca... pero ¡qué le vamos a hacer! Te fuiste. Te dejamos ir.

Vivo en Balmes, traduzco, tengo un marido y dos gatos (uno de ellos extraviado en un laberinto de complicaciones territoriales). ¿Cómo vas a entenderme sin ver mi casa? Ahora no recuerdo si llegamos a visitarla juntos cuando vivía aquí mi abuela: techos altos, pasillos estrechos, luz a borbotones. Lo único que iba a gustarte de mi decoración nórdica es la funda persa verde, casi limón, con la que cubro el sofá. Parece tejida para tentarte. La casa me parece preciosa en otoño, segura en invierno y acogedora en primavera, aunque solo sea porque la lleno de flores que escojo por el color y que se mueren enseguida. Claro que ahora es verano, empieza a hacer un calor terrible, y aunque llevo mi vestido más fresco me aterroriza salir a la calle. Cada día que pasa el comedor se pone más húmedo y como asfixiado, sé que no es una buena frase, pero también sé que la arreglarás en tu mente.

Al llegar aquí he recolocado las sábanas en un gesto teatral y la carta se me ha caído de las manos, demasiado yo, yo, yo... y si he resistido el impulso de romper el papel a trocitos ha sido por lo bonita que luce mi letra (ya verás, ¡ya lo estás viendo!), y al recordar la cantidad de tontería que admite una carta si la escribes para una persona que quieres. Después de todo, ¿qué son los amigos? «Faros que iluminan parcelas de vida desconocidas», desde luego, pero también la experiencia inconcebiblemente sexy de que otra cabeza nos refleje desde ángulos inesperados, como una galería de espejos mágicos. Así que ahora te imagino sonriendo en un velero (¡me da igual que el mar te maree!), bebiendo uno de tus licores rojos mientras piensas: «Qué tía, la Montsalvatges, qué tía».

Me preguntas por el grupo, ¿sabes que después de que tú y Val os marchaseis mis hermanos siguieron siendo mis hermanos y Bodel mi amigo, pero apenas nos pienso como «nosotros»? Álvaro se ha consolidado como una persona importante en el reducido mundillo que le interesa. La fama le ha cambiado como nos cambia el amor, ahora es más paciente y afectuoso. Como apenas participo de su corte puede parecer que nos hemos distanciado, pero no hemos aprendido a vivir sin pensar el uno en el otro. Nos escribimos mucho y mantengo la fe en que mi hermano pequeño es la persona más resistente que he conocido: flexible para absorber cualquier cosa y duro para soportarlo todo. Y claro que Álvaro te respeta, es solo que su mundo transcurre a un ritmo distinto. Pero sabe quién eres, te reconoce: no desesperes, un día te llamará a su lado, te lo prometo... quiero decir que estoy casi segura.

Amanda sigue pareciendo una criatura frágil si la examinamos desde las expectativas de la salud convencional, pero por debajo la sostiene esa fibra suya tan resistente, y está decidida a vivir. Cuando quedamos las dos solas me recuerda a una lechuza ártica, agarrada a una inaccesible piedra glaciar mientras desafía al sol a ver quién parpadea primero. Pero luego nos freímos a mensajes y nuestras vidas corren como dos ríos paralelos que bordean los islotes de los amigos, la economía, los libros, nuestro hermano y la manera de organizar la sociedad. Ya ves que la noria de los Montsalvatges sigue girando con nosotras dentro.

Veo muy poco a Bodel, pero a un continente de distancia clavaría cómo se mueve y qué dice mientras disemina (no hay otro verbo, ¡piénsalo!) el humo blanco de su cigarrillo. Seguro que desde Italia podías convocar ese aire suyo que a falta de una palabra exacta llamábamos melancólico. No publica desde que te fuiste, pero estoy convencida de que conserva esa confianza en la acción bondadosa que tú y yo siempre vimos como un camino por el que solo se avanza a cambio de remover aguas muy oscuras. Pero escríbele, ¡escríbele!, es tan agradable escuchar sus consejos. ¡Escríbele!

Val ya no es demasiado real para mí, siete años son muchos para algunas personas y pocos para otras. La recuerdo con la textura de una idea brillante que no salió bien. Y temo que si nos enredamos a hablar de ella terminaremos tristes como dos viudos.

¿No me preguntas por la Ottoline? ¡Ya te lo cuento yo! Sigue igual de dispersa, obscena, dándose aires de Gran Dama Ofendida (más que entonces), vestida con retales de telas carísimas. ¿No te parece increíble que Álvaro haya tardado quince años en reconocer lo que nosotros descubrimos en medio minuto?

Pero lo que tú llamas el grupo ya no existe. Cada vez es más difícil verse, estamos todos tan metidos en nuestras ocupaciones más o menos intrascendentes. Nos hemos vuelto domésticos, ¡y nos gusta! Y tampoco lo echo de menos. Las últimas veces que nos juntamos estuvimos demasiado impersonales, interpretando un personaje que ya nos queda lejos. Dentro de diez o quince años estoy segura de que será bien sabroso volver a salir todos juntos de noche, y tú y yo recrearemos nuestros mejores números. ¡El alto vuelo de la tontería! ¿No es precioso que la nostalgia cubra de afecto pasajes de vida a los que ni siquiera nos gustaría volver?

Ahora me parece que aquel mundo contenía algo demasiado ideal. No sé, como una tierra donde todo el mundo te sonríe y no hay mendigos, y cada uno de tus amigos tiene algo terriblemente inteligente que aportar. Nos exageramos con un filtro de idealismo. Pero el incendio de libertad y talento con el que íbamos a llevarnos por delante tantas cosas mal puestas no fuimos nosotros. Nos quedamos en una pandilla de amigos guapísimos y buenos, con los que daba gusto compartir las horas. Eso era todo, y así está bien, ¡igual así es mucho mejor!

Y ahora volvamos a ti. Al principio te elogiábamos mucho, vivir en el extranjero sigue siendo imponente. Después se fueron distanciando: Amanda, Álvaro, Bodel... por este orden. Yo a menudo volvía de vagabundear por las tiendas con algo para ti: «Esto divertirá a Diego, esto le interesará, le escandalizará...». Y lo conservaba por si me decidía a llamarte o te daba por volver. Esa costumbre también pasó, pero he seguido echando de menos tus audaces interpretaciones de mis estados de ánimo, exponerme a que te burlases de mí era un precio barato a cambio de dejarme envolver por una personalidad que me gustaba.

¿Cómo voy a olvidar el día que nos conocimos y la batería de preguntas que me lanzaste? Mis respuestas te interesaban menos que mostrarte sofisticado, distante y burlón. Esa era tu idea de seducir, menudo criaturo, cuánto te quedaba por aprender antes de convertirte en la persona de la que me enamoré al estilo ligero de entonces. ¿No íbamos todos un poco enamoriscados de todos?

Ojalá pudiera recorrer hacia atrás el sendero del tiempo y darle un abrazo a la Clara friolera que cuando piensa en el futuro cierra los ojos de preocupación. ¡Ahora me siento tan a gusto conmigo! Existió una Clara convencida de que mi vida dejaría de tener sentido si te morías, y ahora durante meses ni me pregunto dónde estás, pero la fantasía se quedó conmigo, la cultivé y puedo convocarla, y no sabes cómo la disfruto. Quiero decir que el aprecio que siento por ti no puede enfriarse, da igual la distancia o lo que nos hiciste, da igual si he olvidado o perdonado, todo resbala sobre un fondo demasiado profundo de complicidad.

¿Qué estoy escribiendo? Esta sí que parece una pregunta venida de otro sistema solar. Mi obra de la que tanto oíste hablar se reduce a un puñado de cartas entregadas a sus circunstancias y que me importan un pimiento. No sabes los pocos correos personales que conservo de los miles que escribí. ¿Y tú? Siempre he creído que tu mente es capaz de formar ideas más profundas e insólitas que las que te permitías. Cuéntame de vuelta. Sé que me expongo a que me respondas con una maldad, pero me arriesgo y te perdono. ¿Qué sería de ti si te extirpasen tu sarcasmo? Estarías indefenso como un pájaro sin pico. Me gusta tanto tu picante como a ti mi narcisismo: juntos no corremos el riesgo de disminuirnos, trabajamos a favor del carácter del otro. No me digas que Italia te ha cambiado en esto, no quiero oírlo, era una parte de ti que me gustaba muchísimo.

¿Cuándo nos vemos? Si fuéramos los de entonces te propondría quedar en una cafetería, yo pediría un té y seguiríamos por donde lo dejamos, y dirías tantas cosas deliciosas que marcharía hinchada como el equivalente femenino de un pavo real. ¿Una abeja reina? ¿Una mamá osa? ¡Mira qué párrafos me salen cuando pensamos juntos! Y al segundo de quedarme sola informaría a mis hermanos de

337

que la vieja amistad está de vuelta. Quiero decir que nos veremos, claro que nos veremos, pero será después del verano, ahora planeamos irnos al sur: sentarme al sol, ponerme roja, comer todo lo que pueda y admirar esos colores intensos que no se parecen en nada a los óleos pálidos de nuestro norte. Ya solo disfruto de Barcelona cuando la siento como un sur. Pero cuéntame, sigue contando, Diego, quiero saber.

De nuevo casi tuya,

CLARA

Caro amigo:

Gracias por escribir, escribir y escribir. He disfrutado tanto con esta ofrenda de pasado... Te estoy muy agradecida, aunque no tanto como para enviarte una foto actual, y tampoco quiero una tuya, me gusta imaginar que me escribes y leemos estas cartas con las caras de entonces, y una imagen reciente (aunque fuese de tus manos) rompería las suaves ondulaciones de esta fantasía.

Me ha emocionado leer tu versión de nuestra historia. Pero no presumas de memoria prodigiosa, la mitad del trabajo se lo debes a tu imaginación. Fuimos muchas más veces al Delta que a pasear por Miramar, y de ninguna manera estuve cortante cuando por fin nos vimos en tu Poblet.

Y no solo distorsionas nuestra relación, también eres injusto con Álvaro: «Tu hermano aspira a ser adorado por una inteligencia sin aristas, una mujer como un espejo donde contemplar su gloria». Qué chorrada, como si nos pudiéramos enamorar por catálogo. ¡Laia es un encanto! Además de guapísima: incluso Amanda ha caído rendida a sus pies. La gente que vive sin complicaciones, sonriéndole al día como llega, es tan valiosa, deberías volver a intentarlo.

Admito que se puede aprender mucho de las personas observando su manera de amar. ¿Cómo ibas a sospechar de la fragilidad de Amanda, de la entrega de Álvaro, del fervor de Bodel y de tu concentración? El amor nos refleja, pero a menudo lo que emerge son reservas de carácter que se contradicen con la manera habitual de comportarnos como hijos, amigos, compañeros de trabajo, hermanos o madres.

Mírame a mí: me gustan los hombres y las mujeres, las personas jóvenes y las maduras, el atractivo y la intuición femenina, la confianza y la seguridad que transmiten algunos tíos, y toda la escalera de color de la inteligencia: quiero estar aquí y quiero estar allí, mi corazón es como las colecciones de ropa: enamoramientos de verano y enamoramientos de invierno. ¿Y con quién me quedé? Con una calamidad manirrota, solo porque es guapísimo y me hace reír, ¿iba a privarme de su compañía porque de jóvenes no le hubiéramos admitido en nuestra panda? Creo que sobreestimas la madurez de los adultos, la coherencia con la que tomamos las decisiones deja mucho que desear.

Además, si me incitas a hablar de lo que te ha dado por llamar «tu relación», debo empezar informándote de algo escandaloso: mi vida con Joan-Marc me satisface de una forma casi absurda. Aunque de tarde en tarde la irritación, el cansancio, los celos o cualquier otra tontería se las arregla para meternos en su noria deprimente, sabemos que si no los alimentamos irán a por otros. Le perdono y me perdona. ¿No te parece el verbo más precioso cuando confiamos en los viejos ojos del amor?

Mi marido tiene una cabeza mejor para sacarle fotos que para consultarla. Está llena de información de baja calidad, un engrudo de bulos y conocimiento de segunda mano mal digerido. Pero sabe dónde ir a comer, le gusta escucharme y me hace reír. Heredé la casa y el problema de cómo ganar dinero se atenuó, dejé de escuchar «calamidad», «calamidad», «calamidad» cada vez que le miraba y recordaba el saldo de nuestra cuenta conjunta. Descubrí que es bueno y bonito vivir en la alegría. Las semanas se nos van en planes y risas, hablamos y hablamos y seguimos hablando, y eso está bien. Es casi alucinante cómo me beneficia pasar los días a su lado, Diego, ¡está completamente fuera de tu alcance!

Me he vuelto muy vacilante en mi vida social: amago, me excuso, digo tonterías, llego tarde, me voy después de los besos. Y a veces lamento que de la calle Balmes no suba un hedor apestoso que disuada a las visitas. ¿No te sorprende que armáramos tanto alboroto para divertirnos? ¿Te acuerdas de lo avara que era con los días? ¿Lo mucho que me hacían llorar al irse? Ahora los dejo pasar sin drama. La emoción, el desafío y la búsqueda de experiencias por el camino más corto han cedido el escenario a un acomodarme diario entre mis gustos afianzados por los años. Me gusta quedarme cuatro o cinco horas en mi habitación, entretenida en algo que se parece mucho a no hacer nada, observando desde la barrera esas emociones increíblemente complejas en las que sumerjo la imaginación como si fueran cajas de flores blancas.

No me vengas ahora con que la mayoría de matrimonios son sórdidos y que enterrar tu amor en una sola persona puede ser enfermizo. Me sé todas tus opiniones, solían ser las mías. Y qué sexy me sentía cuando las defendía con el sabor de tus besos o los de Irina en la boca. Y qué guapa estaba nuestra pelirroja Val cuando trataba de convencernos de que un hombre y una mujer se pueden amar con pasión hasta que la muerte los reviente.

Ahora te diría que cada institución amorosa aspira a un ideal y tiene su propia manera de deteriorarse; estoy cansada de rescatar amigas que se metieron en relaciones abiertas cuando no podían ni sostener su vida. Estamos todos pegados a la telaraña del amor, el capricho y la suerte: me importa un pimiento contradecir a la Clara de ayer, ya no reina en mi vida. Y me está pasando, ¿qué quieres que te diga? Después de todo no vivimos de las ideas sino entre la experiencia, o al menos es el sitio donde yo quiero vivir. No me negarás que además de la Clara promiscua que tanto nos gustaba también te interesabas por la Clara que, con el pelo recogido y fingiendo un enfado burlón (¡qué pícara!, ¡qué astutos todos!), te pregunta por qué perdéis el tiempo tratando de averiguar cómo hacer felices a las chicas ajenas mientras dejáis que se agote el amor por la vuestra.

¿Te acuerdas? ¡Yo sí! Estábamos en la crepería Gabarain esperando a que abriesen el Méliès, tú para ver *Rashomon* y yo para besarte. ¡Qué enamorada! ¡Pobre Val! Qué triste, qué triste.

¿Cuándo nos veremos? Deja que te lea un correo antiguo: «No sabes cómo me fastidia tener que conformarme con estas raciones de ti, Diego. Doy por hecho que no volverás de Londres hasta que el calor se retire, así que ya no podremos pisar las hojas crujientes de los plátanos. Y te diré que da igual solo si me demuestras que sabes que no da igual. Antes de que nos convoques a todos, ¿te parece si nos regalamos algo más privado?». Me irritaban tanto las horas que me concedías entre semana, ¡como si fueras mi podólogo! Los miércoles todavía conservan un suave regusto a ti solo porque me dejabas alargar el café hasta la cena. Siempre con Val en la cabeza. Pero entonces era entonces y ahora es ahora, hablamos pero estamos jugando.

No sé si estoy interesada en una amistad saturada de palabras viejas. Sobre el papel volvemos a ser jóvenes, pero en cuanto nos abracemos y nos sentemos el uno delante del otro el pasado se nos desplomará encima. Tampoco te digo nada que no sepas.

Te besa,

TU CLARA

Caro Diego:

Claro que estoy contenta, ¿en qué fantasía iba a imaginar que me enviases tantos folios chorreantes de presente? ¡Si no entran en el buzón! Siempre he defendido que esa reserva de la que tanto te gustaba presumir era pura imitación del estilo de Álvaro. Y así es como no he querido saber pero he sabido... ¿recuerdas cómo nos fascinaba el arranque de ese libro maravilloso? Se nos iba la tarde conjugando variantes: «No he querido aparcar pero he aparcado», «No he querido marinar pero he marinado», «No he querido cuchichear pero he cuchicheado»... Bueno, da igual, al lío, ¡menuda ensalada de Pons!

Ya veo que pretendes darme trabajo: «¡Me entrego a ti, júzgame!». Y lo haría bien a gusto, créeme, pero, a la luz de frases tan turulatas como «Soy uno de esos hombres que ama con la inteligencia», está clarinete (por citar a mi marido) que a fuerza de malinterpretar la situación te has perdido en tu propia vida. Así que no me pidas soluciones elegantes y complejas, al estilo de los relatos que más nos gustan, cuando de lo que aquí se trata es de simplificar el asunto hasta que reconozcas su imponente pobreza.

No hay nada profundo en la vida de esos fabricantes de orgías, por debajo del aroma a obscenidad solo encontrarás barullo doméstico resuelto con un poco de sumisión femenina. ¿De qué quieres rescatarlos? Si ver satisfecho a su marido es lo que anima la vida de Laura, ¿por qué iba a privarse? Culpables, víctimas, codiciosos, apáticos, abandonados o exigentes... son posiciones intercambiables del mismo fluir. Los Pons van a seguir así, no van a detenerse, es su manera de estar en el mundo: secreciones y remordimientos.

Sé que estar en el lío es asfixiante, pero te has dejado arrastrar tú solito a un universo de tontería solo porque te hacen sentir especial. Pobre Diego, qué vulnerables sois las personas que necesitáis sentiros complejas para seguir adelante. «Deseamos el vigor, la salud, el sol, pero amamos a personas débiles, angustiadas, que recurren a las pastillas para sostenerse.» Mira qué tonterías me escribes, Diego, qué burricies, tienes el cerebro tierno y el corazón áspero como un coco, ¡el Julio Iglesias del Ampurdán! Te recomendaría la solución convencional: acostarte con Laura para relajar la tensión, pero tal y como estás todavía te pegarías más a ella. Y Laura no reconocerá su situación mientras te quedes a su lado alimentando algo de esperanza. Y en lugar de aclarar las cosas te limitas a prolongar la situación hasta extremos... repugnantes es la palabra, lo siento. Vete ya, ahora mismo, ¿qué ganas quedándote?

No eres un Pons, no lograrás aclimatarte, terminarán odiándote, la gente así cobra muy cara la condescendencia. ¿De verdad quieres meter la mano en ese avispero? Ojalá te hubieras quedado en Italia. ¿Qué podía pasarte de malo en Mantua? Te retienen con un conjuro muy débil, pero debes de estar triste y mayor, desentrenado. Concéntrate, vete, aléjate de su influencia, sal de su corte, es mi único consejo. En otro tiempo estarías ya lejos de ellos, riendo en un lugar seguro. Es de primero de seductor. Ocupa tu mente de otra manera, cada persona hace lo que está en su mano para sentirse viva. ¿Qué te impulsa a vivir? Seguro que a ratos sigues siendo el mismo muchacho que solo aspira a retirarse al campo con una mujer bellísima, bondadosa y sensual. Es un horizonte amable, podría salir bien. Pero ahora concéntrate en abandonar la pesadilla de los Pons, escribe solo para decirme que te has puesto a salvo, que vuelves a estar a los mandos, que cuando te vea reconoceré a nuestro Diego.

Te guarda sus besos,

LA MONTSALVATGES

Querido Diego:

Te prometo que he intentado escribirte todos los días: estoy lavando los platos, hablando con Joan-Marc, de compras o riendo por cualquier tontería y la cabeza se va hacia tu carta. Discuto, expongo... pero el momento de sentarme a escribir no llega. Y así han pasado diez días o dos semanas, ¿llevas la cuenta? Me disculpo, pero no me arrepiento.

Reconozco que es bonito cómo empiezas: «Me costó serenarme después de verte en sueños, me hubiese gustado retenerte con una anécdota o un plan, pero te alejaste y me desperté». Tampoco me molesta que opongas algo de resistencia a mi informe de lealtad conyugal: «No me digas que nunca te despiertas de madrugada preguntándote qué será de los dos, que no añoras la irresponsabilidad de una soltera incapaz de dañar ni decepcionar a nadie». Pero es entrañable y desesperado intentar convencer a una persona que se siente feliz de que no lo es.

«Siento haber ofendido a tantos amigos y personas cercanas. Me has reprochado tantas veces mi poco tacto, mi falta de atrevimiento y ambición. Estoy aquí, he veni-

347

do y voy a quedarme.» Y me alegro, Diego, créeme, ahora no importa lo que te diré después, he releído mi carta tres veces, y cada vez que paso por este párrafo vuelvo a sentir lo mismo: me alegro, me alegro mucho por ti. «No quiero volver a dañar a nadie, y si de verdad no se puede avanzar en la vida sin herir las expectativas de los demás, solo voy a permitirme lo inevitable, y estaré atento, me disculparé, voy a ser sincero mientras pueda.» Buenos propósitos, siempre estaré a su favor, pero también me los conozco de memoria: ¿no gira mi vida en una rueda mágica de propósitos de enmienda que se desploman entre risas?

Aquí tu carta entra en un pasaje turbio: «Después de Val mi vida ha pasado aturdida, en sordina», ¿no oyes cómo empiezas a sonar a hojalata? Aunque te reconozco que el borbotón de agua sucia no empapa los folios hasta que te lanzas a trazar paralelismos: «Laura me ofrece una segunda oportunidad, la de intentarlo de nuevo». El «con un resultado mejor» con el que rematas la frase me ha helado la sangre. «Los sentimientos que he acumulado durante siete años ahora sé dónde verterlos.» Ahí lo tienes: tratas a Laura como un sustitutivo (tú serías capaz de decir un lenitivo), un recipiente. ¿Es guapa? Ahora sí que me apetece ver una fotografía actual. ¿Es prudente como Val? Qué bonita era nuestra Valeria, ¿verdad? Uno de esos acuerdos casi mágicos entre las facciones y la expresión (mi marido es otro ejemplo) que le dan la razón a Keats: la belleza es verdad, la belleza consigue que el sexo sea sexo.

¿Sueñas con Val? Yo sí. A veces nos encontrábamos en una prolongación del Loop y nos besábamos muy despacio, enredando con suavidad unas lenguas sensibles como genitales; la luz era de un azul muy delicado, nunca habías estado aquí pero deseaba como un alivio que nos descubrieses, y el pecho de Val era cálido y muy blando, y ella no sabía qué hacer con el mío, pero le gustaba muchísimo mover el dedo corazón en mi boca durante horas, cuántos matices de sabor la piel... Supongo que experimenté tantas variantes distintas de esta escena que cuenta como sueño recurrente. Un juego, una coquetería. Educadas en los residuos franquistas, el amor entre mujeres se reducía a una picardía picante, caliente y vergonzosa como hacerse pipí encima, el preludio de las emociones viriles. La gran liga del amor heterosexual, a la caza del macho inseminador: anillo, boda, casa, descendencia. De esas ciénagas hemos escapado.

Pero volvamos a ti: le estás pidiendo a la vida una solución mágica, equilibrada, proporcional. Y lo último que la vida va a darte es una oportunidad de rectificar. Lo que hagas ahora no va a sanar el pasado, las cicatrices no son cremalleras, no pueden desabrocharse. Todos venimos después de alguien pero no merecemos ser el sustituto de nadie, y ahora mismo te sirves de Laura (¡la usas!) para vengar tu desengaño. Mi única duda es si este trueque de pelirrojas va de exhumar un cadáver para reintegrarte a la vida o de usar un cuerpo sano para follarte a una muerta. Aléjate de ella. Laura te está pidiendo algo más que un paseo por el gran mundo, todo su lenguaje corporal (¡como si la viera!) suplica que irrumpa un adulto en la sala, rendirse de una vez a ese abrazo moral que mencionan todas las novelas que le gustan, y que nunca ha pisado el teatro de cálculos, negocios y astucias de los Pons y de su padre. Y tú no puedes ayudarla, ese es el drama. Las personas morales son terribles, secas y decididas como esa flecha que una vez lanzada al aire no puede volver atrás. Hemos conocido a unos cuantos: Álvaro, Bodel y mi hermana están enamorados de su sentirse coherentes, cumplen con las promesas, ¡las recuerdan! El mundo moral está poblado de dragones. Y tú y yo, Diego, somos personas tibias e inconstantes, escurridizas como ardillas, entregadas a nuestro ocio, buenas para la fiesta, la conversación y el enamoramiento, pero demasiado elásticas para la perseverancia.

Pobres Pons, se han dejado confundir por tu cascada de reflejos seductores. Pero Laura buscaba en ti no solo la belleza del ángel, también su dureza, apoyarse en esa fuerza para escapar, y tú solo ofreces callejones sin salida. ¡No puedes pedirle a una mujer que huye de un incendio que se tumbe un rato contigo en la cuneta a mirar las flores! Te pasó con Val y te volverá a pasar con Laura: te presentas como un apoyo y cuando reclaman tu ayuda te hundes ante sus ojos. Hieres cuando te quedas y hieres cuando te vas. Por eso siempre has estado solo y nunca te ha querido nadie.

Esta carta debería terminar aquí, Diego, con una leccioncita moral, áspera pero sin amargura, que nos dejase suficiente aire limpio para seguir respirando juntos. Nos ha gustado tanto a los dos que nos riñan. Pero no voy a pasar por alto tus insinuaciones: ¿por qué fui al Poblet? Te lo he contado docenas de veces. Qué culpa tengo si la verdad te parece pálida. Quería saber cómo era la humanidad entre la que os habíais criado los Castellar, y acababas de prometerme que ibas a dejar a Val, ¿se te ocurre un motivo mejor?

No sé de dónde sacas que me dejé influir por Álvaro, nunca te juzgaría por las palabras de otro, y mi hermano no pronunció tu nombre en todo el viaje. Nos picamos el uno al otro, escuchamos música, hablamos de nuestro abuelo y de todas las novelas que le quedaban por escribir. Disfrutamos en cada parada de las terrazas abiertas al mar. Si no me quedé mucho rato fue por la arenilla que arrastrabas al mover los ojos, raíces de preocupación por otra mujer. No fue un presentimiento, no seas yuyero, fue algo que reconocí y me puso triste: «Yo estaba cómodo y caliente, pero me afligí

/ como si necesitase mover mi silla favorita / o serrar la rama donde me apoyaba», ¿recuerdas el verso de Bodel? triste como un zapato desparejado, como «ese tío que escucha la alegría de los fuegos artificiales / hundido en una zanja estrecha / y empatiza con ellos». Así de triste.

Te protegí con mi silencio. No se me escapó una sola palabra delante de Bodel y mis hermanos. Lo hice menos por ti que porque soy así. Supongo que atarían cabos por su cuenta, a ti no tengo que explicarte lo perspicaces que son, y ellos no estaban tan implicados, no tenían ninguna necesidad de rebajar el incidente. «Me convirtieron en una de esas personas que uno aprecia sin quererlas.» No lo sé, Diego, nunca fuiste lo que Bodel era para Álvaro ni lo que Álvaro era para Amanda. Dandy, orgulloso, medio poeta, astuto y vanidoso, por no decir débil: prometedor en todo e incapaz de desarrollar las preciosas ideas que se te ocurrían. Nos gustas y nunca te hemos tomado en serio.

«A Val no le hice nada que atentase contra los diez mandamientos, ni la maté ni le mentí ni la desatendí, y de repente era un apestado. Si Valeria hubiese muerto en tu casa, Clara, entre todos te habríamos perdonado. La pérdida es mía, no la culpa.» No lo sé, Diego, la moral no es un cálculo: perdonamos a las personas que nos parecen estúpidas, a las que nos agotan con su mediocridad, perdonamos antes a nuestros enemigos que a nuestros amigos. Quizás en la trama de nuestras relaciones ocupabas la única posición desde la que era imposible pasarlo por alto: demasiado cercano y no lo bastante próximo. Y Val se te murió a ti. No quiero volver a pasar por esto, no me escribas durante un tiempo, Diego, tengo tu correo, tengo tu dirección, ya lo haré yo.

Adiós,

C.

8. PELO DE SANGRE

Sé dónde estoy, Valeria, claro que sé dónde estoy. La cañada, la playa de piedras blancas y la caseta de baño. Y me tienta tanto quedarme aquí, arreglar el bote y pasarme las tardes pescando, dejar que las luciérnagas me avisen de la llegada de la noche, y confiar en que tarde o temprano volverás a buscarme. Pero la luz es demasiado agresiva y en las manos me corre la sangre de los treinta y pocos años, el tiempo ha dejado atrás este escenario sin peso, no van a permitir que me instale aquí.

Salgo del bosque por el camino blanco, en la playa los hijos de los pescadores siguen jugando a darse codazos, sucios de sal y mediodía. Una luz átona se mezcla con los árboles del paseo, los setos, los postes de teléfono y la primera línea de casas, todo fundido en la misma atmósfera de irrealidad. No me importaría refrescarme en el sueño de los Pons, pero los pies me llevan implacables hasta el caserón. La enredadera sangra, la hierba y los tréboles se disputan el suelo. La casa está a oscuras, me apoyo en el pasamanos caliente y no me preocupa que el crujido de los escalones me delate: los dos sabemos lo que nos espera en el descansillo de la escalera.

Te encuentro de pie junto a la ventana iluminada como la puerta de ingreso a otro mundo, Val, empapada de agua de ducha y vestida apenas con una de mis camisas. Tu mirada quema como una solicitud: es terrible cuando las personas dejan de confiar en ti, y todavía más terrible cuando siguen confiando al borde de la renuncia.

No puedo respirar de pie, así que me siento en el escalón y me despeino para airear las ideas. No cerramos la casa del Poblet después de que mi madre nos abandonase, cualquier familia se cuenta sus fábulas. Me acompañaste por primera vez aquí la tarde que remamos por el río. Y luego seguimos viniendo. De año en año pasábamos algunos días de verano que se han condensado en unas pocas imágenes: las cenas en la *trattoria* hablando de viajes para alimentar nuevos viajes, tu pelo de fuego, el vestido aguamarina, tú nadando en el mar a principios de septiembre mientras yo dejo pasar las horas en la piscina; mi Tarsus y las variedades de vino blanco que no nos cansábamos de probar. Elegíamos los pescados solo porque no conocíamos el nombre. A veces invitábamos a tus amigos del trabajo porque te gustaba preparar comida abundante. Pero nunca trajimos aquí a Bodel ni a los Montsalvatges. Era nuestro espacio: aquí comprobábamos el crecimiento de nuestra pareja.

Aquel año llevaba un desarrollo extraño. Primero fue la tarde de enero que pasamos en el Loop con Clara, teníamos treinta años y nunca nos habíamos sentido tan viejos, así que decidimos fumar como inmortales. Clara ríe como recuperando una intimidad que lleva años instalada entre vosotras. El humo se vuelve dorado al entrar en contacto con tu pelo de fuego. Yo os admiro en silencio, a mi mejor amiga y a mi amor; una geometría viable se forma entre nosotros, pero enseguida se deshace y no encuentro la determinación para contárselo a ninguna de las dos: las únicas mujeres en las que confío.

En marzo me pediste que hablase con Clara. Pasaba por un mal momento, y la relación con sus hermanos parecía embarrada. Al principio me sentí como un instrumento que se presta, algo para cambiar una rueda o desatascar un desagüe; después empezamos a vernos y a hablar, refrescamos nuestras conversaciones universitarias: reímos, recordamos, también planeamos.

Era atractivo acercarse a una debilidad nueva, cuidar a otra mujer. Fui al servicio (a lavarme las manos) y al volver encontré a Clara removiendo el café aunque no le había puesto azúcar. La mirada con la que me recibió al verme vino a confirmar que algo se estaba mezclando entre nosotros: entrábamos en una zona donde el deseo de saber más del otro y descubrir en qué podíamos convertirnos a su lado (un mundo oculto que presionaba el tejido de lo visible) desbordaba las nociones más generosas de la amistad.

Conducías por la carretera de Garraf y yo miraba la caída de los acantilados de arenisca roja sobre el mar, la decepción de que no sintieses el mismo desgaste que yo me contrajo los pulmones. Supongo que me puse a dar rodeos y a hablar al estilo papagayo de parejas conocidas que estaban rompiendo. Me cortaste con un «a nosotros no va a pasarnos» que sonó como un portazo y te pusiste a hablar de nuestras vacaciones y de la casa donde íbamos a vivir juntos. Quizás el asunto hubiese ido distinto de haberte mostrado receptiva a mi confusión... Preferimos pensar que tuvimos una oportunidad y la desaprovechamos que aceptar lo inexorable: es así, siempre es así.

Cocinaba sin prestar atención, el vino no me sabía a nada, nuestra intimidad todavía era algo valioso, pero también una representación amortizada: lo siento, es la palabra que me viene. Me pasaba las noches desvelado y fumando sin prestar apenas atención a mis responsabilidades. ¿No te parece una crueldad sostener una relación donde la persona que amas estará cada día más débil? Tan compenetrados como presumíamos de estar y no fuimos capaces de sincronizar el desencanto. Llenaste julio de planes, Val, nunca te había visto con tanta iniciativa, tan cargada de ilusión: seguías siendo la chica que me regaló una tarde de besos y remo, seguías creyendo en nuestro pacto de lealtad.

Mientras paseaba con la excusa de encontrar un libro, o entregado al puro vagabundear por las calles vacías de la Villa Olímpica, la imaginación anticipaba una complicidad de apoyo, risas, caricias suaves y conversación excitada que ni acostándonos cien veces agotaríamos: mi vida con Clara. Contábamos con el apoyo de las fuerzas más intratables de la creación: los treinta años, la curiosidad, el atractivo. ¿Quién iba a frenar ese mundo en marcha? ¿Tú? No me hagas reír, Val. ¿Qué ibas a presentar en tu defensa? Fuera de nuestra pareja ninguno de los dos creía en amores para toda la vida. Las personas se encuentran, se asocian, se dan lo que pueden durante un tiempo y después se alejan, se separan, se abandonan, y con suerte van transformándose en recuerdos amables. Es una ley de la vida. ¿Qué nos debíamos? ¿La promesa de una tarde de verano? Ya habíamos absorbido lo mejor de nuestras energías. ¿No sonaba más humano reinventarnos como dos amigos que van a seguir queriéndose y apoyándose mientras maduran?

Me froto la cara y me giro esperando verte en lo alto de la escalera, tiritando de frío y con mi camisa puesta. Pero no me atrevo a levantarme, todavía no. Antes quiero que entiendas que te estoy hablando con las ideas de entonces, ahora no creo que nos perjudicaras, no te culpes.

Las personas pueden ser preciosas o irritantes según el grado de amor con el que las miremos. Si me impacientabas era solo porque sentía que me estabas hundiendo en un sitio donde no quería ni merecía estar.

Cuando me pareció que no podía más te invité a cenar, seguro que recuerdas la *trattoria* de Lacatus, en la terraza casi secreta de Bruc con Diputació. El falso emparrado, aquel vestido que te dejaba al descubierto la espalda, manteles rojos, panecillos de Altamura, dos lágrimas esmeralda en tus lóbulos y una botella de Valpolicella. Sujeté la lengua mientras me derramabas una corriente de palabras sobre un futuro que sonaba excitante y del que ya no quería participar. Brillabas con emociones purísimas que parecían una reserva de nuestros primeros meses. Eras una persona maravillosa.

Quiero que entiendas que si hablé con brusquedad cuando trajeron los postres fue para no prolongar la agonía. Fantaseaba con que te echases a reír y lo aceptases con deportividad. Un corte limpio. Después pasaríamos a una fase de nuestra relación donde podrías seguir contándome tus problemas y yo compartir mis ilusiones. ¿Qué sabía Clara de mí? Te tomaste el postre y seguiste hablando de nuestros planes, eran unas frases que te habían quedado en el suelo de la cabeza y no querías retenerlas, de eso me convencí. Solo al llegar a casa reparé en cuánto habías disfrutado a mi lado todo este tiempo, en lo mucho que extraías de ser dos, en lo profundo de tu dependencia.

Durante dos semanas no respondiste a mis llamadas. Pese a la cantidad de noches que dormíamos juntos nunca dimos el paso de compartir casa: nos gustaba tanto decir que era el estilo de la época. El domingo a las cuatro y media tu madre telefoneó para decirme que te habían ingresado en el hospital. Me vestí pensando en las historias sobre cómo te lesionabas de adolescente, lo había olvidado porque la vida de las personas que amamos antes de conocernos es un poco irreal, y te gustaba tanto decir que lo habías dejado atrás gracias a mí.

En el hospital pregunté por tu habitación sin la seguridad de que te apeteciese verme. Me sonreíste desde la cama (con los ojos casi morados por las ojeras) y se me llenó el cuerpo de una alegría indeliberada y ardiente. Tu familia nos dejó solos como si interpretasen un paso de baile. Me senté al borde de la cama y te acaricié la melena roja despeinada, un privilegio que solo compartía con tu padre y tus hermanos, cuánta confianza entre nosotros: lo que sentía se parecía al amor, pero se alimentaba del pasado, no me movía a interesarme por lo que pasaría después. El futuro latía vacío de nosotros. No me costó ceder a tus caricias y miradas suaves, me movían la humanidad y la costumbre. Me hablabas como si el incidente que te había llevado al hospital (la muñeca vendada) fuese una interferencia sin relación con la idea de separarnos. Cada frase parecía una punzada para coser el tiempo de ahora con el de antes de la cena. Sencillamente no fui capaz de permitir que volvieras a casa para superar al mismo tiempo tu convalecencia y nuestra separación. Te propuse ir unos días al caserón, un campo de juegos familiar.

No recuerdo quién de los dos convenció y quién se dejó convencer para llegar al Poblet en el autobús que ya era viejo el día que fuimos a remar. Salimos después del almuerzo, esta vez sin mochila. La tapicería vieja y el archipiélago de manchas en el cristal no despertaron ningún recuerdo de juventud. Nadie podía confundir las gasolineras con estaciones espaciales. Son el agotamiento y el cansancio los que añaden a las cosas un destello nostálgico, y tú eras una persona volcada en el futuro.

Nos recibió la piscina, la enredadera sangraba mientras el césped competía con los tréboles. Te fuiste directa con las maletas a nuestra habitación en la planta alta y yo me quedé mirando el descansillo de la escalera, desde donde mi madre me veía salir hacia cala Blanca con la cabeza ardiendo de una imaginación capaz de transformar el arenal y el viejo cementerio y sus cruces de piedra en praderas extraterrestres.

Ordenamos juntos la ropa del armario. A ti te gustaban el corte y los tejidos, y a mí vestir muñecas, y como me apetecía cocinar nos dejamos caer hasta la Peixateria Luque y elegimos un disco de carne, espinas y gelatina de la familia de los rodaballos. Bebimos, bailamos y fumamos, bajo mi firme voluntad de separarnos fluía la emoción de verte sonreír dentro del vestido aguamarina, nos habíamos gustado tanto. Todo estaba decidido y de una manera fantástica y corriente todo seguía indeciso, suelto y abierto.

Nos habíamos pasado la tarde haciendo el amor y me enviaste a ducharme porque te apetecía quedarte a solas en la cama. Dejé atrás la camisa y bajé la escalera con el kimono que me regaló Álvaro, saboreando cada escalón. Creo que primero oí el chorro de la ducha y después el teléfono, así que supongo que tu voz pidiendo que no descolgara es un añadido dramático de la memoria. De lo que sí estoy bastante seguro es de ir esquivando tu vestido, el sujetador y los preciosos tacones camino del aparato, y de nada estoy más seguro que de la corriente gélida que me recorrió al oír la voz de Clara hablándome desde la cabina frente a Queviures Sales.

–Nos ha parecido graciosísimo llamar al caserón para asegurarnos de que estaba vacío, me alegro de encontrarme con su fantasma guardián. Álvaro tiene que resolver un asunto muy opaco en El Port de la Selva. Le llevará tres o cuatro horas. Así que tenemos esas horas. Tu casa me da miedo. Ven a verme.

Me dejé caer en el sofá, los gansos bordados del kimono aleteaban sobre mi cuerpo. Nunca he averiguado si fue una coincidencia que los Montsalvatges pasasen cerca del Poblet o si te fuiste de la lengua por coquetería o por inocencia. Tanto da, las historias no se cuentan para aclararnos, son las conexiones oscuras, las ambigüedades, los escondites y las esquinas que no se dejan iluminar las que al forzarnos a volver sobre ellas una y otra vez las convierten en nuestras historias, de las que no sabemos desprendernos.

Oí la puerta del baño y apareciste en el descansillo de la escalera, empapada de agua de ducha, y con mi camisa que te iba grande abrochada hasta el ombligo.

–Hola, ¿qué pasa? ¿Adónde vas? ¿Estás enfadado? No te enfades. Estamos bien.

Ahora preferiría que hubieses llorado, bajar juntos el último tramo de escalera, abrazarte en el sofá sin preocuparme de si el agua estropeaba la tapicería, cubrirte con la americana los muslos y darnos tiempo. ¿Hay algo más importante que cuidarnos los unos a los otros mientras quede tiempo, ser amables mientras todavía sea posible? Y tú no eras alguien, tú eras tú. Pero entonces me mordía la urgencia de encontrarme con Clara, como si no hubiese más días y oportunidades por delante, y los ojos lastimosos con los que tratabas de retenerme me herían como un insulto personal. Qué débil era entonces tu magia. ¿Hasta dónde tenía que hacerme cargo de ti? No íbamos a casarnos ni a tener hijos, ni siquiera vivíamos juntos. No era tu padre ni tu hermano, la ley no podía obligarme a ocuparme de tu equilibrio mental.

Dejé que se me calentase la boca y aflojé la lengua.

–Siempre habrá sitio para ti en mi vida, Val. Pero amamos como somos, y «mi elemento es la inconstancia»... Me estoy divirtiendo este fin de semana, pero no podemos reanimar algo consumido. Me he enamorado de Clara: lo siento, el amor es como una invasión alienígena ante la que estamos indefensos, quiero decir que no es culpa de nadie... Me gustaría que pienses en nosotros con ternura, pudo haberte pasado a ti...

Hablé durante cinco minutos más en el mismo tono, sentía cómo me ardía la lengua, y ahora prefiero pensar que oí las últimas frases como la anticipación de un mundo muerto, pero entonces me di la vuelta convencido de que estar sola te ayudaría a recuperarte (fue el verbo que se me ocurrió).

No miré atrás: ni cuando recorrí el comedor ni al salir del caserón. Clara me esperaba en un bar oscuro y diminuto. La conversación no fue ni bien ni mal, recuerdo que lo intentamos, pero no conseguimos hacernos reír el uno al otro. Me daba pena cómo tu presencia se enroscaba en la conversación sin que ninguno de los dos te mencionara, así que la puse al corriente. Clara me escuchó, pero sin complicidad. Entonces me molestó la tristeza seca que se le agitaba entre los ojos, ahora creo que era solo el cansancio acumulado de comprobar una y otra vez qué áspero es el juego de la vida.

La conversación se fue enfriando. Me pidió que no la acompañase y nos despedimos con dos besos que reanimaron algo nuestro afecto. Cuando me quedé solo me fijé en el grafiti de la pared, escrito con el trazo suelto de las expectativas: ¡VERANO BOMBA! Prefería morderme la mano hasta que sangrase que volver al caserón. Di un paseo hasta la playa: los hijos de los pescadores seguían jugando a darse codazos, sucios de sal y mediodía. Me senté en una terraza y pedí un negroni, no he podido volver a beber otro. El paseo estaba casi vacío y los pulsos pálidos de la luna emitían una y otra vez el mismo mensaje: no hay nada más valioso que asistir al despliegue de una conciencia que ha decidido querernos.

Calculo que serían las dos de la madrugada cuando llegué al caserón. Me dejé conmover por la enredadera que escupía sangre sobre las paredes y por el azul sereno de la piscina. Al levantar la mirada vi la ventana del descansillo iluminada como la entrada a otro mundo. Ahora repaso todos esos gestos como quien recuerda las frases de una canción que ha escuchado obsesivamente durante años, pero entonces me costó entender el sentido de aquel bulto caído donde los tréboles estrangulaban la hierba. La postura se parecía demasiado a como dicen que los ríos devuelven los cuerpos de los ahogados. Y al reconocerte pensé que te habías tumbado allí por jugar, y confundí con pulpa de ciruela lo que ahora sé que era sangre de tu interior: te habías arrojado desde el descansillo de la escalera.

Me quedé en cuclillas, cada vez que intentaba acercarme me parecía oír el ruido de los tejidos dañados. Nunca he sido valiente, pero cuando empezó a llover me lo tomé como un ensañamiento. Te cargué en brazos y entramos juntos en el caserón. Te dejé desangrándote en el sofá. Ni se me ocurrió darme un baño. Ahora sé que la química de la muerte es eficiente: el cuerpo entero viaja de lo alcalino a lo ácido, y la piel se afloja mientras la carne se contrae. Estar muerto es una tarea sencilla.

La noche rodeaba la casa como un anillo de cobre. La sangre había arrastrado fuera del cuerpo pensamiento, memoria y deseo, la trama mental que solíamos asociar contigo. Era casi emocionante que los virus y las bacterias, las levaduras y las hormonas siguieran trabajando en tu interior. Vomité. No reuní la fuerza para limpiarlo, todo era una montaña, qué más daba.

Mi padre llegó muy avanzada la noche. Había conducido durante horas, la carretera nueva era solo un proyecto, tuvo que negociar las treinta y tantas curvas sobre el acantilado. Me miró con una mezcla de ternura y fatiga, el único reproche que se permitió. Era solo que se le transparentaba el peso que uno se pone a las espaldas cuando se decide a criar a un hijo: la sospecha de que las responsabilidades no terminan nunca. No mencionó los olores ni la desfiguración del cuerpo, y entendió a la primera mi relato abstracto, o por lo menos se guardó las preguntas. Solo me pidió que me quitase la ropa y me diese una ducha mientras preparaba café. Incluso bajo el chorro de agua me envolvía la paciencia con la que se hizo cargo: llamó al hospital, puso una lavadora, cubrió el cuerpo con la sábana donde mi madre bordaba unos faisanes, dirigió al equipo de limpieza y llamó a tus padres: abrí los grifos de la bañera, de la pica y el bidet, me tapé los oídos con las manos. Después cerró la casa.

Viajamos en silencio carretera adentro, anochecía de nuevo. A las palabras de consuelo de mi padre apenas pude responder con monosílabos. Supongo que antes de entrar en el coche ya había decidido enviarme a Italia, entre los apellidos viejos siempre encontramos a alguien que se hace cargo mientras nos recuperamos, así amasamos nuestras segundas y terceras oportunidades. Sentía un agradecimiento tan intenso hacia mi padre que dejé que la vergüenza me atravesase como un interminable tren de mercancías. Desde entonces he tratado de verle lo menos posible.

Nos detuvimos en una gasolinera a repostar. Los autobuses pasaban cargados de jóvenes dispuestos a interpretar versiones nuevas de las viejas historias, cerré los ojos y

pedí que les fuese bien; las semillas de la amargura maduraban cerradas sobre sí mismas, buscaban cobijo en la humedad del sueño. Bajé la ventanilla, me distraje con el sonido metálico de los grillos. Cada pocos minutos me olía
las manos para asegurarme de que seguían allí las huellas
de tus sustancias interiores. Mi padre puso en marcha el
coche y para no seguir escuchándole cerré los ojos y Valeria abrió los suyos, vacíos de futuro: una y otra vez leía el
mismo mensaje en el movimiento de sus labios: «¿Cómo
vas a vivir con lo que acabo de hacerte?».

9. ÚLTIMOS ARREGLOS

El verano ha decidido adelantarse una semana. Una avanzadilla alienígena de olas de calor. Las horas arden y me paso el día debajo del aire acondicionado del despacho. Espero con ilusión que aparezca la primera colonia de pingüinos. Mec entiende que no es «operativo» (ahora hablamos así) compatibilizar el museo con mi desempeño como asesor áulico, y, aunque todavía no es oficial, al fino olfato de los funcionarios no se le pasa ni una: me han organizado una fiesta de despedida camuflada de final de curso. Gerchunoff ha traído empanadas y Vega Meadow ha comentado varias anécdotas del curso que en su boca me han parecido graciosísimas. Espero pasar a los anales como Diego el breve, un director algo ausente que impuso un interregno de tolerancia y despreocupación. Marc García García (condecorado con un orzuelo de concurso) me ha repetido dos veces que iba a echarme de menos. Se han abierto tres botellas de Camins del Priorat enviadas por Mec, y en la última media hora me temo que me he venido arriba con el espantasuegras. Le he dado dos besos a Vega Meadow y un abrazo de oso a Gerchunoff y he bajado solo en el ascensor canturreando «Una vita in vacanza» con la sensación del deber cumplido.

El mes que se va apenas me han fastidiado los sueños, y la paga doble me alcanza para caprichos. Así que espero dedicar cada vez más tiempo a Laura. También hay novedades en el frente de la salud: un dolor reumático se ha abierto una delegación en mi costado izquierdo. Las letras han empezado a bailotear sobre el papel, y, como las progresivas me dan dolor de cabeza, voy de mi corazón a mis asuntos con las gafas de cerca y las de lejos montadas en el puente de mi nariz. No estoy seguro de si se trata de una coincidencia o del primer asedio coordinado de la edad.

He salido de casa para ir a Miramar en el peor momento del día. El olor a basura llegaba como un alarido. Las ideas se han puesto a corretear como locas en busca de un pensamiento refrescante. Apenas me separaban dos calles de la parada del taxi, pero ha sido suficiente para sentir a los paseantes como virus moviéndose en un pedazo de carne descomponiéndose al sol.

El jardín de bellasombras soportaba un alud de luz que parecía caer de soles más agresivos. Los árboles, los setos, la terraza y las cabinas del teleférico vibraban como interferencias en el tejido de la realidad. ¿Me había pasado el año soñando?

Laura me esperaba en el sofá. Llevaba un traje de gasa de un lila intenso que podía ser el éxito de cualquier verano. Pero lo que me enamoró fue la pamela, con su cinta sinamay de un bergamota muy vivo.

—Se te ve contenta.

—Serán los cambios.

—¿Y ya no te asustan?

—No, ahora me gustan. Aunque ¿quién sabe en qué terminarán? Por lo menos sacuden la vida. Y tú, Diego, ¿estás con alguien?

Me sorprendió el tono tan directo, casi cortante, de la pregunta. Una prisa nueva.

–Siempre hay alguien.

–¿Quiénes son las afortunadas? ¡Y no me incluyas!

–Una amiga nueva y una amiga regresada. Pero de una me estoy alejando y con la otra no hemos encontrado la manera de volver. Nada serio. Además, Laura, yo no soy el centro de este juego.

–No, claro, va de mis decisiones. ¿No crees que ya estoy para que me den el diploma? Podríamos convertir estas citas en algo más emocionante.

–Dudo de miles de cosas, Laura, pero de lo que estoy seguro es de que no voy a examinarte.

Empezó a sonreír, pero enseguida fue como si enfocase la mirada hacia una intimidad de la que yo estaba excluido.

–Le he dejado.

–¿A Julio?

–Julio es mi marido, vamos a envejecer juntos. Lo acordamos, me lo prometió. Al nuevo, he dejado al nuevo. Final. Estoy contenta. Tú mismo has dicho que me veías bien. Y un abandono te prepara para los otros... O por lo menos te informa de lo barata que estás dispuesta a venderte. ¿No crees?

–No lo sé. ¿Qué ha pasado?

–Suenas protector. Me habría gustado que Julio sonase parecido.

–¿Y cómo sonó?

–Fastidiado. Como cuando uno de mis hijos enferma y nos obliga a cambiar de planes. Julio sabe que el crío no tiene la culpa de resfriarse, pero tampoco es capaz de perdonarle enseguida. ¿Entiendes? Pues así me mira: aterrorizado de que vuelva la situación del Poblet, como si no llevase ya un año colaborando con su... arreglo.

Pellizcó la tela de la falda y cruzó las manos como si quisiera rectificar la frase.

–Igual Julio tampoco pasa por su mejor momento, no quiero ser injusta. Ya no somos tan transparentes como antes. Tampoco ayudó que yo en un rapto de orgullo le desafiara a que invitase a su nueva chica a vivir con nosotros. Me dedicó esa sonrisilla con la que me advierte de que le parezco impertinente. Solo que no estaba siendo irónica, lo decía bastante en serio. Mi casa es grande.

–Quizás Julio no quiere involucrar a vuestros hijos...

–Esa es otra, ya le he dicho que me parece bastante egoísta dejar a los niños fuera. ¿No es mejor que sepan cómo se organizan sus padres? «Darles ejemplo», es una frase que a Julio le gusta mucho. Pero mi marido no encuentra las palabras. Y a mí no me da la gana de ayudarle. Todo ha recaído en mí: el perdón, la vergüenza, las prisas, incluso el arrepentimiento. Ojalá me hubiese enamorado yo, entonces el trabajo sería suyo.

–Quizás es ella la que no quiere.

–¿No quiere qué?

–Ni vivir contigo ni ser la media mamá...

–No sería la media mamá de nadie. No funciona así. ¿No lo ves?

–No sé cómo funciona, Laura. No sé por qué esperáis que entienda vuestra vida...

–¿Y ese plural? ¿Quién más te pide que entiendas su vida? Da lo mismo, me da igual... Además, es muy sencillo entendernos, somos personas, ¿no lo ves? No importa cómo organicemos nuestros afectos, siempre termina abriéndose paso lo mismo.

Se frenó en seco y dedicó casi medio minuto a mover los labios como si quisiera desviar la conversación a un caudal más amable.

–Valoro mucho estas conversaciones, Diego, es solo que ahora me doy cuenta de que mis viejos celos se movían sobre un fondo de generosidad. Y Julio... Ya te lo dije una vez... ¿no podrían ser los hombres con los que me enredo como tú?

–No sabes cómo sería yo en esa situación.

–Lo sabré... Quiero decir que sí lo sé: paciente, observador... te retiras para dejarme espacio. Te intereso. Y quien presuma de ocupar mi corazón tiene que esforzarse por leerlo entero...

Los ojos le brillaban como al fondo de una madriguera.

–Te lo contaré. Estábamos en casa de Alejandro. Su ex le había pedido alargar un par de días la custodia. Nunca sé si se alegra o le pone triste ceder sin resistencia. No esconde su otra vida al estilo de Julio, pero sigue siendo un terreno por explorar: ¿qué voy a ser yo para ese hijo suyo? Cómo se ha complicado mi vida afectiva, cuántas personas a considerar, qué bosque más enredado... Da igual, serían las siete y estaba contenta y cansada, me dolían los pies y quería que me cuidase. También le había convencido para ver una película de Angela Lansbury, no es fácil porque le encanta decir que detesta el cine clásico. Así que estaba tierna y agradecida, solo porque me han enseñado a ser generosa en el amor, a valorar el acercamiento más modesto. Le estaba esperando cuando oí primero un golpe y luego dos más. Enseguida me di cuenta de que lo hacía a propósito. Me dio pereza pasar por lo que venía, me apetecía tanto disfrutar de hora y media de familiaridad, aunque fuese abrazada a un hombre nuevo... Volvió al comedor hecho una furia, si me trató con frialdad fue solo porque todavía no habíamos entrado lo suficiente en la vida del otro. Eso me protegió. No encontraba los vinilos de la ELO, uno de los pocos grupos que puede escuchar con su hijo. Levanté mi cuerpo de gata deseosa de que la acaricien y me presenté voluntaria para buscarlo. Me respondió que estaba harto de mis insinuaciones de que no era capaz de encontrar las cosas de su hijo. Eran palabras de rabieta, pero el tono, entre el cansancio y el agotamiento, me empujó a darme cuenta de que a menudo yo también me sentía así a su lado. Me hundí en mi propio abrazo, y cuando encontró los dichosos discos (los había dejado en el cuarto de mamá, le había dado por emborracharse allí cuando se quedaba solo), en lugar de pedirme perdón me regaló una sonrisita acusadora: sospechaba que los había escondido yo.

Le recorrió la cara un brillo sádico, como cuando miramos por última vez un dolor agotado.

–No lo dejé pasar y me fui. No salió a buscarme, ¿por qué iba a comportarse como Julio? Soy incapaz de dejar las cosas así, solo una vez he podido irme a la cama sin reconciliarme con mi marido. Por suerte me había llevado las llaves. Volví al piso y Alejandro ya no estaba, no encontré ninguna nota, qué fría me pareció la luz encendida del baño. Bajé corriendo las escaleras y me quedé dos horas vigilando la entrada de la finca desde la acera de enfrente, se me estrechó el estómago al verle llegar con la camisa que le había regalado. Nos reconciliamos sin una disculpa, la luz de las farolas sobre los tilos me pareció tan romántica, me saltaban las lágrimas. Alejandro había bebido, pero dimos una carrera hasta la licorería, así que seguimos bebiendo. Me descalcé y me senté en el suelo al estilo de tus amigas y me puse alegre de pacharán, aunque es una bebida que ni siquiera me gusta. Hicimos el amor, fue bien. Nos dormimos abrazados y al abrir los ojos sentí una espina en el pensamiento: Alejandro no cederá, le va la autoestima, será cada vez peor. Dejé que la intuición actuase por mí, me largué, se terminó. No me apetecía ni encender el móvil. Así que esta vez la que abandonó fui yo. Ahora las llamas me alimentan en lugar de consumirme. ¿Entiendes? Claro que Julio no se marchó, estamos juntos, seguimos bien.

Terminó la frase muy despacio, como si inspeccionase a una mascota en busca de un bulto. No iba a añadir nada más hasta que yo le respondiese. Estaba dispuesta a pasar horas callada.

—Lo siento.

—¿Por qué? Ahora soy como tú. Ya no creo en amores que me acompañen de la adolescencia a la vejez. Desde hoy mi vida irá de apurar los acelerones del enamoramiento. Y después... ¡todo lo que viene después! Ya casi ni le puedo llamar desengaño, son experiencias... ¿No vives así? ¿No te gusta?

—¿De verdad es la vida que quieres para ti?

—No, claro que no. Quizás antes vivía de manera rutinaria, pero me gustaba: tan inquieta por llevar hasta mi marido y sus hijos las emociones que encontraba en mi interior; dedicada día y noche a preparar espacios de confianza y cuidado... ¡Daría tanto por volver a ser esa persona! ¿Puedo tocarte, Diego? Es una costumbre que tengo, con mi padre, con amigas... y te veo siempre tan distante, nadando en tu piscina de frío.

—Claro que puedes tocarme.

Iba a levantarse, pero me adelanté. Me senté a su lado en el sofá y dejé que se apoyase en mí: el peso y la temperatura de un cuerpo vivo, el aroma rojo del pelo. Qué vacía y estrecha se veía mi butaca.

—Gracias.

No se separó enseguida y la abracé. Nos quedamos callados unos minutos. Enseguida me llegó su voz.

—Pero estoy bien, no sufras. Y tengo a Julio. Tú eso no puedes entenderlo. Eres como un patinador atravesando el hielo de las relaciones fugaces. Una existencia sin responsabilidades. Los Pons no somos así, nos apoyamos. Tenemos hijos en común, proyectos de vida...

Se separó de mí sin brusquedad, pero decidida. Si se agitó en el asiento fue porque una emoción la atravesaba como una espina.

—Me engañó. Me dijo que íbamos a ser más felices si nos encerrábamos en casa, si le dábamos la espalda a personas que igual no quería tanto pero a las que guardaba afecto desde... Da igual, no tengo talento para el cálculo. He amado a Julio sin reservas, y no sabes lo caro que se paga ese atrevimiento cuando cambian las reglas del juego... ¿Sabes cómo recuerdo ahora la noche que me enteré de que ya no éramos dos? Horas separadas del resto de mi memoria, de un color abatido. Me dolía la raíz del cabello, notaba ruidos extraños en el oído, y el corazón tan contraído que no entiendo cómo se las arreglaba para seguir palpitando... Cuando reuní fuerzas para salir a la calle los escaparates me devolvían el mismo reflejo: una mujer alta, pelirroja y bien vestida, perdiéndose en las arenas movedizas de la inseguridad. No me conocía así. ¿Y qué crees que perseguía? ¿La verdad, la libertad, la dignidad? No, nada de eso, quería acurrucarme a su lado como una perra y volver a quedar absorbida por su amor. No sabes la de vulgaridad que he tragado, mi estómago no es lo bastante fuerte para vomitarla.

No esperaba una respuesta. Todo el sortilegio de la confesión venía del temblor incómodo que le alteraba la voz.

—Me ha dado por pensar en Raquel Rebolledo. Tú no sabes quién es, pero da igual. Cinco perpetuo en todas las asignaturas, un tributo viviente a la mediocridad. No sabes cómo me reía de su novio, que ahora será su marido. Pero ha construido un hogar y sus hijos tienen dos padres. ¿Y si fui valiente por cobardía? ¿Por miedo a no soportar la rabia cuando me acostumbrase a la pena? En los mejores momentos me preguntaba en qué se transformaría mi amor, ahora sé que un abandono no es la semilla de nada.

Lo dijo como si una criatura fresca abandonase el capullo de un viejo cansancio.

–He pensado mucho en tu Daddy. Me escandalizó un poco la manera como lo contaste, pero su sonrisa de veinte colmillos no era nueva para mí. Conozco a los depredadores. En cada calle encuentran chicas relucientes, ansiosas por descubrir qué pasa cuando un macho les derrite el cerebro. Y a esa curiosidad no pueden detenerla ni la casa en común ni los hijos. Supongo que fui o pude ser una de ellas. Pero al volver a casa con mis tres hijos acelerados, el grifo goteando y la nevera vacía vi a Daddy de manera distinta: las pastillas, las erecciones artificiales, el olor de la piel al envejecer, hongos en los pies, el reuma, el cansancio, las caries. Lo que la vejez hace con nuestros seductores es terrible: aunque lo disimulen con el poder que han acumulado, aunque hayan escrito todos esos libros donde comparan el envejecer de las mujeres, es un hundimiento. Pobre Bebé, soportando la sudoración, los ronquidos, las pérdidas de orina, todo lo que cubre el amor. Los celos no son una pasión triste, todos los libros mienten: los celos nos protegen de la soledad, transforman la repelencia de la vejez y el deterioro en ternura. ¡Los celos son una moral! Puedo ver a Julio como si estuviese sentado a tu lado: el pelo grasiento, la cara como un trapo blando, esa americana que le viene grande y los pantalones demasiado ajustados. ¡Y era él el que se avergonzaba de mí! Todos esos hombres tratan de rejuvenecer en el ejercicio de la misma ficción ridícula: que la excitación puede prolongarse, que el sexo puede ser el centro de algo. Julio ha recurrido a las mismas artimañas que Daddy. Esposas y amantes, no me hagas reír, todo se reduce a la misma frustración: no haber sabido convertir a tu esposa en tu amante. Y te diré algo más: no quiero verme reducida a ser la mujer que le procuraba compañía, satisfacía su orgullo y le ayudó a dirigir sus gustos y sus costumbres, sus amistades y su trabajo. Que resucite a su madre, que recicle a Berta. Yo voy a dejarle.

–Ya me contaste lo del estudio.

–No me refiero a encerrarme en un piso propio a pintar en mis ratos libres. Hablo de salir de su cama y de su vida.

–¿Y los niños?

–No me hagas esa pregunta. Es... decepcionante. A Julio le han dado igual. ¿Por qué iban a frenarme a mí? ¿No creerás que soy más responsable de ellos por ser su madre? Crecerán. Se irán. No puedo vivir recluida por ellos.

–¿Y la casa? ¿Y el trabajo?

–Hay abogados para la casa. Y Julio seguirá al frente de la empresa. Has invertido mi dinero, ¿no?

–¿Lo sabías?

–Claro. Somos las mejores amigas ahora. Nos lo contamos todo. Confío en Berta más que en mis ojos... para lo que me han servido. ¿Lo has invertido?

–Sí.

–¿Saldrá bien? Positiva, positiva. Saldrá bien, sí.

–¿Qué vas a hacer ahora, Laura?

–Has estado a punto de preguntar cómo voy a organizarme. Pensaba que según tú la vida se juega improvisando... Da igual, da igual. No tengo ningún horizonte. Me asusta el desorden, ¿quién me cuidará? «Tú que vienes a rondarme / Amárrate a mí. / Tú que vienes a rondarme / Arrímate aquí.» Pero las alternativas son peores, me deprimen. Y no quiero vivir triste. ¿Por qué lo preguntas? ¿Tienes planes para mí?

Me lanzó una mirada a medio camino entre el desafío y el presagio. Casi podía ver nuestro futuro en su parpadeo.

–No tengo planes, Diego, pero sí algo en mente. ¿Y quién no? ¿Cómo se puede vivir con la cabeza en blanco? Para eso la tenemos, para llenarla de cosas. De momento voy a recuperar mi vida, porque lo que abandono no era un experimento, era mi vida...

–¿Lo sabe Julio?

–No, no se lo he dicho. Antes quería oír cómo sonaba fuera de mi cabeza. Tampoco lo he hablado con Berta. Me da miedo que pueda tramar algo con Julio. No quiero darles ninguna ventaja a los Pons. Pero la cuidaré, no vamos a dejarla atrás, la cuidaremos. Tú y yo, los dos juntos. ¿Sabes qué me dijo el otro día?: «Los hombres no saben estar a la altura cuando los miramos con toda nuestra ilusión abierta y expectante». ¿Con quién andará liada ahora? A su manera es atractiva... aunque me costó mucho darme cuenta. ¿La has traído aquí?

–Berta solo quiere que nos vaya bien a todos...

–Ya está bien de Berta.

La mirada que me dirigió no era dura, ni siquiera fría, estaba demasiado ocupada tratando de no acorralarse.

–Ahora sí que tienes que venir a visitarme al estudio. Es tan agradable disfrutar de un espacio para mí, donde trabajar y pintar durante horas... Quiero aprender de nuevo qué da de sí una vida. Gatos, tés y una manta para los días fríos. Y plantas, muchas plantas. Y es un espacio realmente precioso: una finca antigua en Sarrià, se entra por una puerta inmensa, el recibidor es estrecho pero enseguida se abre a dos habitaciones, estoy pensando en decorarlas con atmósferas que contrasten. ¡Y huele a madera! Al fondo se prolonga en un patio precioso, con un árbol, cuando vengas ya me dirás cuál es, y si no lo sabes esperaremos a que dé fruto. No tenemos prisa... Tú y yo estamos empezando. La luz también es preciosa. ¿Vendrás a verme? ¡Claro que vendrás! A tu lado he descubierto la superficialidad con la que me entrego a las comodidades en lugar de concentrarme en mi trabajo, la cantidad de cosas cautivadoras que todavía me aburren, y todas esas personas valiosas que nunca van a interesarse por una como yo. ¡Y todo eso lo vamos a corregir!

El día quemaba los ventanales, la sala era una piscina de luz.

—¿Ya no te da miedo estar sola?

—Va a ser tan agradable cumplir los cuarenta con la palabra «novio» en los labios. Pero no les dejaré quedarse ni repetir demasiado. Estoy loca por ser la amante de uno y después la novia de otro. Pensaba que no podía vivir sin apoyarme en un amor de años... Mírame, Diego, necesito que me veas.

—Te veo, Laura, vas a tener una vida maravillosa.

—¿Sabes por qué nunca le he tenido miedo al futuro? Porque siempre lo imaginaba igual: paseando de la mano de Julio como dos ancianos. Al llegar a casa mi marido descansaría sobre mis muslos su cabeza calva, y yo acariciaría la versión arrugada del muchacho que sobrevoló mi juventud impulsado por la fuerza de lo que sentía por mí.

La tristeza se le pegó a los ojos mientras arrugaba las alas de la pamela.

—Nuestro matrimonio se parece cada vez más a un amor no correspondido... Pero fueron años tan hermosos...

376

Me resisto a considerarlos un desperdicio. ¿Qué había de malo en mi amor?

–Nada, Laura, nada. No permitas que nadie te quite los sentimientos y las palabras que te emocionan. Encuentra la manera. Nos pertenecen.

–Berta me lo ha contado todo.

Me sonrió, su piel se agitaba en un rosa vivo, lo atribuí a la luz de verano, pero también a una fuerza que fluía de su centro. No se parecía en nada a Val, cómo podía haberme engañado así. El color del cabello no significa nada: la enferma y la sana, la soltera y la madre, la que maté y la que puedo salvar.

–¿Qué te ha contado Berta?

–¿Sabes qué, Diego? Hay algo que los Pons no podrían quitarme ni aliados con mis hijos: la aspiración a crecer espiritual e intelectualmente al lado de alguien, a madurar con la cabeza bien alta. Era mi plan de vida, y si puedo... voy a recuperarlo. Los próximos cuarenta años los voy a vivir como me dé la gana. ¿Entiendes?

–¿Qué te ha contado Berta?

Esta vez la mirada fue muy fácil de descifrar: la del niño que revela dónde esconde lo que los adultos llevan horas buscando.

–¡Todo! Lo que piensas de mi arreglo, vuestro acuerdo y los planes que tienes para mí. Nos hemos reído mucho aclarando juntas por qué me traes a este sitio que a mí me gusta tanto y a ella le fastidia porque va hasta las cejas de complejos. ¿Has visto lo poco que me cuesta volver a ser la de siempre? Un poco altiva, disfrutando del clasismo del atractivo... ¡y resulta que a todos os gusto así!

Se levantó del sofá, se puso la pamela y dio un paseo triunfal. Todos sus gestos eran teatrales, pero no transmitía ni un gramo del histrionismo de Berta. Se movía con la fluidez natural de una mujer que se siente en su elemento. Una satisfacción casi violenta.

—Todo este tiempo he creído que me traías aquí para pasar unas horas agradables, rodeada de la decoración, las bebidas y tu manera de moverte entre todo esto. Y supongo que era así, ¡pero no solo así! Cuando por fin he atado cabos me he entristecido un poco. También trazabas el perímetro del terreno de juego: la escalera, el taxi, los árboles retorcidos... Intentabas impedir que lo nuestro se desbordase. Miedica, miedica... Claro que llevo tanta decepción encima que ahora me parece precioso.

—¿Eso te dijo Berta?

Volvió a sentarse, triunfal.

—Berta dice muchas cosas. Y yo elijo las que decido creerme. No me subestimes, solo porque no tenga vuestra clase de inteligencia no significa que a mi manera no lo sea. Y me halagó que te tomases tantas molestias, que te asustasen tus sentimientos o tus deseos, a estas alturas ya me da lo mismo. Pero eso no quita que te portaste mal, y te voy a poner una penitencia antes de perdonarte. No te alarmes, coincide con lo que llevas rondando desde que nos vimos por primera vez. Qué lejos queda el verano pasado... ¡Llevaba un pijama horrible! Pero da igual, pasado, es solo pasado. Dame la mano y salgamos de esta jaula de la amistad donde tu miedo pretendía retenerme. Subamos juntos al taxi. Llévame a cenar. Busquemos un sitio bueno para tomar una copa y donde puedan vernos bailar, ¡me llevaré los zapatos rojos! Aquí el tiempo está estancado. Deja que te rescate, vámonos.

—Laura, ¿qué te ha contado Berta?

—Tengo curiosidad por saber cómo te llamaré cuando estemos juntos, juntos de verdad... ¿Dídac? No sé si seré capaz. Berta me lo ha contado todo. Sé cómo tus amigos te dejaron atrás. Has pasado tanto tiempo escondido entre la culpa, pobre, estás tan pálido y frío, te conviene una compañera, arrímate a mí. No le des más vueltas, deja que Berta decida por nosotros. Te asusta que la alegría se te meta demasiado deprisa en tu corazón estrecho y lo desgarre. Lo respeto, ¡lo entiendo! No tenemos ninguna prisa, amárrate aquí. No puedo devolverte a Val, pero te ofrezco lo que Val no supo darte, todo lo que merecías. Piensa en aquel desastre como en el prólogo a la vida auténtica, tu vida con Laura. No supieron verte. Te prometo que no habrá Pons entre nosotros. Aunque Julio venga arrastrándose no le dejaremos entrar. Nuestro estudio será un círculo hecichero de sofisticación. Pintaré hasta que se me agoten las manos. Y pasaremos tantas horas juntos. Ya verás. Noches de esas... ¿cómo lo dijo Berta? Ah, sí, «que nunca terminaban en la imaginación». Y disfrutaremos de la compañía de tus amigos, porque vamos a ir a buscarlos: a Bodel, a Clara, a Amanda, a Álvaro. Volverán a ti, te aseguro que volverán. Los convenceré. ¿Cómo no van a perdonarte si se lo pido yo? Nos sentaremos y tomaremos vino blanco y charlaremos y yo os pintaré. Y todo pasará en mi estudio, será vuestra casa... ¿Por qué te levantas? Siéntate, Diego, estamos bien...

Recuerdo que la luz le daba de lleno en la cara, eso me puso las cosas más fáciles. Había algo grotesco en la perseverancia con la que se engañaba. En las manos me ardía todo lo que me habían quitado.

—Laura, eres una persona maravillosa, vas a ser muy feliz. Vuelve esta noche a casa, con tu marido, va a necesitarte. Las inversiones pueden salir mal, te lo aseguro. Despídeme de Berta, dile que os deseo lo mejor.

Primero los latidos se le repartieron por todo el cuerpo, después se concentraron en la garganta. El desconcierto le excavaba los ojos. Me conmovió, pero de una manera impersonal, el atractivo se le retiraba ya del cuerpo como una fiebre.

—Siéntate, Diego, nunca te has ido así, ¿qué te pasa? Sé que no tengo derecho a retenerte. ¿Quién va a echarte de menos una hora o dos más? ¿No te parece como si tú y yo llevásemos años dándonos mucho el uno al otro?

Un parecido tan superficial, bastaba con saber mirar a Laura: tan llena de curiosidad y coquetería, de energía, vida y amor: ni un cabello de sangre, esta vez no iba a morir nadie.

—No es culpa tuya, Laura, pero eso es indiferente, a mis amigos les daría igual. De las mil maneras de ser inocente has elegido la que más me hiere. No van a perdonarme, y por supuesto no van a incluirte. Cuídate del clasismo de la inteligencia. No hay otro más cruel. Te deseo lo mejor. No me llames, no me busques, no estaré.

Bajé las escaleras sin mirar atrás. Sentí cómo mi musculatura se liberaba de una red elástica. La perspectiva de la huida era tonificante. El día ardía como una plancha de luz, el azul incoloro se extendía en todas direcciones y en su centro quemaba un sol de sal. Desplacé la mirada interior a un prado nevado donde corderos recién nacidos aprendían a caminar, su carne reciente temblaba aturdida por la densidad de los colores y el empuje de la temperatura. Me acerqué a la playa, en la caseta de los socorristas aleteaba la bandera roja de prohibido el baño. El mar se retorcía como un caldo caliente: acababa de vomitar cientos de medusas, gelatina que se seca y se pudre despacio. La claridad viva escocía como un limón exprimido dentro del ojo. Me sentía limpio por dentro. Al fondo del espacio intuía una luz tenue de sudario, pero a mi alrededor solo progresaba un cielo vacío, monótono, muerto de azul, que consumía las sombras, los matices y los escondites: una transparencia cruel. Nunca volveré a poner un pie en Miramar. Y claro que me hubiese gustado ver la llegada del atardecer, pero el día amenazaba con aprender a volverse interminable. Así que me reí, cómo me reí.

10.

Cuando teníamos veinte años y éramos unos niños, Clara y Amanda, las hermanas Montsalvatges, se divertían preguntándome por mis sueños de futuro. Supongo que muy a mi estilo cada vez les hablaría de algo distinto, y que en todas las versiones aparecías tú, Val. Ibas a alejarte muy despacio de la chica que rema mientras enreda sus expectativas con las mías. Te gustaban tantas cosas: el mar, el olor de las naranjas, los libros ilustrados, la madrugada, las puertas pintadas de azul, terminar un viaje y preparar el siguiente. ¿Cómo tenías previsto ser? Es difícil pensar en ti sin ver esos ojos tuyos abiertos de asombro, riendo medio de lado como si te diese vergüenza la presión de la alegría. ¿Ibas a seguir evitando el conflicto, iluminando con una luz serena las habitaciones donde entrabas? He tratado de prolongarte, pero no se abren semillas en el corazón del sueño. ¿A qué distancia estás ahora? ¿Recuerdas la vida? ¿Te acuerdas de cómo eras? Yo planeo quedarme un tiempo aquí, no demasiado, las tres o cuatro décadas que me permitan, y estoy seguro de que de vez en cuando voy a sentir uno de esos *déjà vu* invertidos de los que tanto te burlabas: y es que todavía a veces al llegar a un sitio percibo con más intensidad la ausencia de lo que no he llegado a conocer (amigos perdidos antes de que alcanzasen mi presente) que lo conseguido y experimentado. Y ahora te has convertido en ese vacío para todos esos hombres y mujeres que hubiesen descansado su soledad y apoyado su entusiasmo en tu cuerpo y tus palabras. La muerte es una sustracción. Cuántas luces apagadas, Val, cuántas casas sin encender te llevaste contigo. Y nadie va a darse cuenta.

EPÍLOGO

No estaba planeado, pero a medida que me alejaba de Barcelona me he ido convenciendo de llegar al Poblet por la carretera vieja, que con sus curvas cerradas sobre el acantilado ponía de los nervios a mi padre. Mi plan es instalarme el verano largo que arranca con el primer sol de mayo y se prolonga hasta que el viento de noviembre impide el baño.

Me serena pensar que esta vez he cumplido con mis obligaciones sociales. No llevaba instalado ni una semana cuando di la sorpresa de abrir mi jardín al Cogollito de Mayo para un inevitable *brunch*. Gomà-Galindo lucía su mejor silencio y *Chichi* Portusach le confiaba a todo el mundo los negocios que llevaba en secreto con el grupo inversor Montano para instalar un parque temático sobre los despojos del Hotel Tritón. Después de un verano y medio de ausencia, Alba y su marido (con una magnífica expresión de intestino retorcido) se reincorporaban al circuito local. Nos hemos sonreído con una mezcla de tontería, agradecimiento y complicidad. He disfrutado de dos o tres apartes con La Sandra, ha estado graciosísima contándome el entierro al que los nativos sometieron al algarrobo destrozado en abril por un relámpago, no se parecía en nada a la mujer de dos temporadas atrás, igual aquel verano le dolían las muelas.

Pero mi golpe de mano maestra ha sido reunir la corte de Mec en el caserón para comernos un arroz, hacer equipo y dejarnos fotografiar por la prensa en camisas de un blanco futurista. Turris estaba tan agradecido por la invitación en calidad de momia local que a duras penas he esquivado el besamanos, para compensarlo he propuesto un aplauso para sus botones. El bueno de Armengol se lo ha pasado pipa escuchándole exponer durante media hora las intimidades de la segunda ley de costas. Mec ha dado una imagen estupenda, emitiendo carisma con su cuello Mao. Pragmatismo y espiritualidad, vamos bien. Y cada vez me gusta más cuando me llama Dídac, Dídac de Castellar, mi nombre, que por algo me lo pusieron.

Cuando me han dejado solo, he apagado las luces de la piscina. Después me he ido directo al descansillo y he comprobado en el espejo de la escalera que soy incapaz de reprimir la sonrisa irónica si pienso en el pesebre del poder. ¡Mi sitio! Entre los míos. Qué poco transmite la imagen reflejada de la turbulencia sentimental, ni siquiera sospecharías que mi dolor reumático avanza, aunque planeo parecerme cada día un poco más a una ventana pintada de blanco, algo confortable y de fiar, sin sobresaltos. Después he descolgado el espejo de la pared y lo he entregado al vertedero.

Me gustaría decir que he recuperado mis rutinas, reforzaría la imagen de persona de fiar, pero ya no me motiva tanto engañarme. Ni cactus ni natación ni excursiones, incluso el Tarsus se me hace bola. ¿En qué me ocupo? Mi padre está tan orgulloso con mi dedicación a la política que ha cedido a la propuesta de reformar la casa apoyados por un préstamo en condiciones de cohecho con el banco del partido. La única condición ha sido que le envíe el biombo chino de mamá. Me ha parecido razonable. He arrancado la enredadera, añadido un carril a la piscina y plantado césped artificial con varios islotes donde el día de mañana crecerán jugosas acacias. También planeo pintar la fachada de amarillo solar. He levantado el suelo, cambiado la vieja cocina para tropecientos invitados por algo más funcional y tirado los tabiques del piso de arriba para disfrutar de un espacio abierto donde fantaseo con reunir una biblioteca sobre moda, quién sabe si con los años será la mejor del sur de Europa o del norte de España, me da exactamente igual, el caso es que me queda tiempo de sobra.

En octubre la flotilla de operarios (con don Moyano a la cabeza) tiene orden de levantar la madera de los escalones y cegar la ventana del descansillo. Mientras, el día se me va escuchando música italiana, perdido en las memorias de Sagarra y aprendiendo a no marearme cuando me subo a un barco (Pere Antoni Pere perdió el suyo, no somos nadie). Duermo la mar de bien en un tatami y me levanto limpio de sueños.

Y ahora que pasen los asuntos del corazón: el medio año que siguió a mi última visita a Miramar lo dediqué a los «encuentros fugaces»: Emma, Caterina, Daisy, Áurea... gracias, estéis donde estéis, que los dioses de la ternura y el dinero os sean propicios. De marzo hasta que me vine al Poblet he estado enredado con una agente inmobiliaria de mi edad, o por lo menos de la edad que suelo imaginar que tengo. La advertí de mis antecedentes luciferinos y se partió de risa en mi cara. Pasará el verano en el círculo polar ártico con un hermano cetólogo que estudia el comportamiento social de las orcas. Nos enviamos mensajes solo por confirmar que el otro sigue allí, escritos en el idioma de la alta tontería. Supongo que tengo una ilusión.

Y ahora el escándalo que ha sacudido al Cogollito de Mayo: he aumentado la familia de los Castellar, pero mejor lo cuento en buen orden. Iba de paseo hacia la cañada y volví a cruzarme con Bernarda, que después de mi experiencia con los perros de la protectora me pareció una princesa. Trató de confundirme dándose un aire de galga, pero la reconocí por los ojos gelatinosos. Le acaricié el lomo hasta que volvió a ofrecerme el cuello y me la llevé a casa. No se comió el pienso que compré, pero se tragó sin masticar la receta que encontré en el blog de la doctora Saro: un revuelto de huevo crudo y pavo.

Al volver a casa encuentro montoncitos desperdigados de comida robada, estrategias de la vida callejera (el escondrijo entre las ranuras del sofá me parece de lo más sofisticado) que espero que se le vayan quitando, por lo menos ya no mete el morro entre la basura. También pasamos algunos desencuentros con el agua hasta que descubrí que le encantaba bañarse en el mar, pero solo si primero se entretenía un buen rato imitando el trote altivo de los ciervos y jugando al escondite con la espuma de la orilla.

Claro que Bernarda también fue paciente conmigo, la pobre tenía que frenar en un lío de patas cada vez que le tiraba la pelota hasta que comprendí que era demasiado rápida para las dimensiones del jardín. Su reino es la larga loncha de arena de cala Blanca, que recorre como una faraona. ¿Les gusta a todos los perros el sol? Nunca se me había ocurrido que sus pieles se pusieran morenas, y ahora me ilusiono pensando que es un rasgo específico de mi Bernarda, como ese extraño baile de puntas que ejecuta apremiada e implacable alrededor de sus cacas.

Como es perezosa y no se despierta antes de las doce me da tiempo de observar a mis anchas su hocico largo de oso hormiguero y cómo la respiración le tensa la piel. Ha sido cogerme confianza y empezar a meter la cabeza cada dos por tres debajo de mi mano para que la acaricie: espero que no se dé cuenta de que si va a más la manía de meterse en mi cama y deshacer las sábanas no encontraré fuerzas para reñirla. Desde que he descubierto que llora de ilusión cuando oye el timbre (la enamoran las visitas) estoy por incentivar mi vida social.

Y aunque Bernarda me sigue en todos los paseos que doy por los alrededores del Poblet, no me atreví a pedirle que me acompañara a cumplir mi última promesa: acampar una noche en Les Coves.

Salí de madrugada. La luna blanqueaba el sendero y los grillos raspaban sus afiladores. Vi cómo el sol ofrecía medio ojo proyectando un camino dorado sobre el mar. Desde la tumba del algarrobo las casas brillaban como puñados de sal. Y mientras la brisa transportaba el aroma balsámico de los pinos, el cielo y las aguas parecían suturados por las barcas: la luz doraba sus velas blancas.

Avancé por el camino estrecho con la velocidad que imprime conocer el terreno, al fondo de los derrumbaderos maduraban olivos negros.

Cuando llegué a la cala Negra palpitaba sobre la arena un enjambre de algas morenas. Me pareció que los árboles retenían algo de la energía de la última vez que nos vimos, pero si vencí la tentación de descansar unas horas y me fui directo a la entrada de Les Coves fue al descubrir los acantilados que formaban las nubes; el viento se agitaba como un calor móvil: se aproximaba una tormenta.

El problema del acceso se resolvió a medida que me acercaba: las entradas de roca formaban pequeños asideros que sorteaban el precipicio, una escalera natural. La zona aparecía limpia de vegetación, pero en las hendiduras la humedad alimentaba una planta azulada que desprendía diminutas flores blancas, de seda pegajosa. Las tres piedras de la entrada emitían destellos como indicios de un idioma.

Lo primero que encontré fue una sucesión de cuevas que se abrían con cierta amplitud por el lado del mar. Pero es imprescindible avanzar por el laberinto de brazos tortuosos formado por la lluvia y el mar (nunca como ese día el agua me ha parecido el blando arquitecto de la naturaleza) si se quiere acceder a las maravillas del interior. Caminé unos quince minutos por la llamada zona seca (aunque también allí se oía el paso de la corriente subterránea, que fluía abajo, muy abajo, en la oscuridad) antes de llegar al bosque de estalactitas que cuelgan del techo como embutidos de piedra. Me quedé allí media hora pensando en mis cosas.

En cuanto me puse en marcha la presión del agua empezó a abrir en el suelo fisuras tenues como las grietas de la porcelana. La roca resistió hasta romperse en una cuenca donde circulaba un agua que me recordó a esa bruma blanca que asociamos al cine y al sueño, recorrida por insinuaciones de pececitos dorados, flores fantásticas, algas temblorosas y una ondulación que solo podía ser la huella de un congrio. En algunas acequias laterales el líquido burbujeaba para recordar que la tierra arde por dentro.

Medio kilómetro después la cueva se abría en una sala amplia como una llanura, ocupada por mesas de piedra de distintos tamaños y columnas irregulares que parecían enfrascadas en una conversación; retenían en sus entrañas fósiles más antiguos que los dinosaurios. Una ciudad de piedra, dormida y ajena a la conciencia, endurecida por la soledad extrema y encerrada en su propia conducta, que la naturaleza había formado laboriosa e involuntaria.

Al dejar atrás la llanura me adentré por un túnel espacioso, dominado por el ámbar. A cada pocos pasos se abría a galerías individuales, para las que los primeros habitantes habían encontrado una utilidad: un hombre vivía allí, luego el hombre moría y la casa se cerraba sobre él como una tumba. Viviendas de un solo uso. Sentí crecer mi admiración por un pueblo que se niega a ocupar el espacio donde otros han soñado y agonizado, y prefiere buscarse un sitio nuevo, sin las impregnaciones de una vida anterior.

Asomé la cabeza a la casa-tumba más cercana: el mismo aire que en una celda conventual, aunque la cueva no era cerrada, progresaba más allá de la vista en dirección al mar. Entre la tierra negra brillaban círculos de vegetación tierna y acuosa, pero me dio pereza adentrarme más.

El premio gordo de la excursión me esperaba después de ascender doscientos metros de repecho: la estalagmita que los geólogos llaman la Catedral, y que a mí me recordó a un monolito esculpido según reglas arquitectónicas que no existen en ningún otro lugar. Había crecido entre los pliegues de la roca alimentándose de cristales de azufre y calcita con un hambre voraz. La ancha base se estrechaba en la cintura y después volvía a engordar en una columna de proporciones muy bellas. La piedra proponía un baile de colores: rosa, pastel, antracita, índigo. Era mucho más solitaria y perturbadora que una abadía en lo alto de un acantilado. Intimidaba pensar en cuántos veranos había superado sin sentirlos, me pareció una audacia asegurar que estaba vacía de conciencia. Claro que bajo la superficie la erosión del agua iba trabajando la roca, le llevaría siglos desmoronarla, pero ¿qué son los siglos para los milenios?

De salida pasé algo de miedo en un corredor tan estrecho que solo me dejaba ver pinceladas de verde salvia. El agobio me duró apenas cinco minutos, enseguida tropecé con una preciosa pared azul desgastada después de soportar un millón de oleadas de la luz que entraba por la grieta del techo que los geólogos habían bautizado como el Rosetón, aunque a mí me recordó a una claraboya. De noche la luna se veía nítida y alta, como metida en lo más profundo de una garganta. De una abertura más baja y estrecha caía un salto de agua que rebotaba sobre un baptisterio natural de cuarzo antes de alejarse por un desagüe de piedrecitas. Retuve un poco de agua en el cuenco de la mano y me la llevé a la boca; no recuerdo una más pura: era como beber cristal líquido.

Al salir me esperaba un paisaje transformado. Los caminos que descendían hacia la playa se confundían con la sombra. El acantilado tenía el aspecto de unas inmensas olas petrificadas. Pero lo más asombroso era cómo aquel mar de plomo frío parecía responder a una física distinta: las olas como músculos tensos debajo de la piel desplazaban enormes cantidades de agua con una energía casi consciente. En el cielo las nubes estrangulaban al sol y dejaban caer sobre las aguas sombras como cetáceos. Hice bien en esconderme en un saliente de la roca, porque la tormenta no tardó en caer: gruesa, densa, embarrada, nada que ver con las lluvias nítidas de enero. Densas cortinas caían ablandando la tierra. El viento levantaba montañas de agua, curvas y azules, cuyas paredes al derrumbarse se extendían en una irritación de espumas que me recordaron a enjambres de cabelleras sin rostro.

Di una veintena de pasos hacia el interior del saliente, me pareció que era el extremo abierto de una de las casastumba. Se estaba fresco y seco, le dediqué una mirada de respeto al interior: mareaba pensar que mientras estamos aquí cada hora es nuestra, pero que cuando se agotan ni la fuerza acumulada de los siglos sería capaz de recuperar la más modesta: que solo en el ecosistema de nuestro siglo se nos permite experimentar los desafíos y la confusión del amor. Me senté en el suelo y me dije que aquella mezcla de inquietud y familiaridad se debía a que todos tenemos una tumba esperándonos en algún lugar del tiempo.

Al salir un azul tierno se abría paso entre las ruinas de la tempestad. El agua se iluminaba aquí y allá como los repentinos descensos de un dios. Me senté en una roca jugosa de humedad. Media hora después los cielos se abrieron como lagos de luz. El mar transparentaba el paso de los peces y su respiración era suave como un pecho amado, parecía imposible que se estuviese comiendo las montañas, que la arcilla y el mármol fuesen sus nutrientes. Y era tan hermoso el juego entre los ojos y el paisaje, estar solos, completamente solos en un espacio que han contemplado antes miles de ojos. Imaginé el Mediterráneo surcado de naves abandonadas por la historia: velas cuadras, galeones, trirremes, dromones, onerarias, cocas, un drakkar y cientos de velas latinas. Identificamos el futuro con lo desconocido como si del pasado supiésemos mucho más, pero también los siglos nos abandonan como barcos de nostalgia tras los acantilados del tiempo: las culturas se desvanecen como sueños, y la naturaleza levanta y hunde sus escenarios geológicos. Órganos, especies, plantas, soles y planetas han existido solo para borrarse en los espacios inmensos del futuro. ¿Por qué toda esta cantidad de existencia efímera? ¿Qué le pasa a la naturaleza, por qué no puede parar? Una gaviota que llevaba horas suspendida en el aire rompió la inmovilidad al dejarse caer en picado sobre el agua y la dejó rosada de sangre.

Saqué de la mochila el saco de dormir, planté la tienda sobre una zona de arena protegida de la marea por una guardia pretoriana de rocas. Me comí el bocadillo de pastrami y pelé las dos manzanas que llevaba, las corté en gajos y dejé la mitad encima de una piedra. El sol era ya más suave y empezaba a teñir el aire de un malva que se entretuvo media hora trazando el perfil de las montañas. Cogí la linterna y me aseguré de que las pilas funcionaban, era un aparato muy viejo, pertenecía a un ramal de vida abortado. El atardecer se volvía acuoso, y el acantilado se iluminó como una llamarada mientras un sol líquido reflejaba sus últimos coletazos sobre la superficie del mar. Cerré los ojos para no ver las nubes tenues como gasas ensangrentadas, estaba tan harto del rojo, el rojo ya no es mi color.

Cuando abrí los ojos los árboles parecían tejidos con los hilos del sueño, casi transparentes, respirando bajo un estremecimiento de ilusión. El mar empezaba a comportarse como un cielo inferior, viciado por su propio latido. ¿Por qué temblaría la luna como una medusa muerta, arrastrada por la corriente? Todo volvía a casa: los pájaros a los nidos, los animales a sus madrigueras, el calor al espacio profundo. El aire nocturno empezaba a confundirse con el último residuo de la materia, el suave fondo invisible que late detrás de todo lo que vive. Justo después empezó la lenta infiltración de las estrellas.

Me tumbé en la roca más cercana. Acaricié la piedra y descubrí pequeños líquenes tiernos como los que crían los pozos. Inspiré el aire cargado de genista reseca y uva madura e imaginé que la roca donde me apoyaba se separaba del resto como una isla flotando por el espacio. Y me sentía tan a gusto tumbado en la oscuridad, dejando pasar las horas, perdiendo el rumbo interior del tiempo. Sobre mi cabeza se desplegaba el arco completo del firmamento.

Enfoqué con mi linterna la caja negra de la noche, estaba infestada de soles, estallidos de energía cósmica ardiendo en el centro de sus galaxias deshabitadas. Era intimidante cómo se condensaban en pinceladas de leche turbia, inscripciones puestas allí para recordarnos que la conciencia humana no puede escapar de la Tierra. Entendía mejor los sistemas solares si los imaginaba como cultivos de planetas, y el universo como una incubadora de galaxias. Un plan colosal para que mi conciencia pudiese nacer y madurar. Los vivos somos los únicos vencedores de la guerra del tiempo.

Me acosté en el saco. Cerré los ojos y me puse a entrar y salir del sueño; entre las corrientes vi pasar todas las caras de mi vida, borrosas como quien recuerda una existencia imaginada. Y enseguida regresó la antigua certeza como la música de un encantamiento: de nada nos desprendemos con tanta indiferencia como de esos mundos que contribuimos a destruir, claro que de nada nos cuesta más desprendernos. Y reconocí algo cierto y algo falso, profundo y superficial, que ataba y liberaba, pero me dio pereza distinguirlo, y supongo que pocas cosas me importaban tanto y daban absolutamente igual.

Febrero de 2023

ÍNDICE